KB076557

생오지
눈사람

문순태 소설집

圖書出版 오래

노년의 삶 통해 인생의 의미 찾기

두근거리는 마음 여미고 11번째 창작집 『생오지 눈사람』을 상재하고 보니 회한이 앞선다. 『생오지 뜸부기』를 낸 지 4년 만이다. 우리 나이로 올해 78세니, 아마도 이번이 내 생의 마지막 창작집이 될 것 같다. 이제야 어렴풋이 소설이 보이는 것 같은데 내 영혼이 메마르게 되었구나 싶어 아쉽다. 이럴 줄 알았더라면 더 치열하게 붙안고 매달릴 걸… 어영부영 흉내만 내다보니 어느덧 길의 끝자락이 보인다.

『생오지 눈사람』에 수록된 소설은 70대 들어 쓴 작품들이다. 내 깜냥에는 그래도 생오지에 들어오고 70이 넘어서도 일 년에 한두 편씩 꾸준히 작품을 써 온 셈이다. 생오지로 귀향한 후 10년 동안 소설과 더불어 참으로 오랜만에 자유롭게 살았다.

이번 창작집에는 주로 노인의 삶과 소통문제를 다룬 작품들이 실려 있다. 삶의 끝자락에서 잠시 숨을 고르고 뒤돌아보며, "노인은 어떤 존재이며 어떻게 죽음을 맞을 것인가"를 생각해보았다. 한 때 세상의 중심에서 치열하게 살아온 그들의 삶은 고통스러웠지만 화려했던 순간도 있었다. 성공한 삶이거나 실패한 삶이거나 저마다 삶의 흔적이 뚜렷하다. 6·25와 4·19, 5·16군사쿠데타와 5·18광주민주화운동 등 전쟁, 가난, 민주화, 산업화를 거쳐 오늘에 이르렀다. 그러나 성장의 그늘 속에 천덕꾸러기가 되어 자기방기의 학대에 이른 이들은 경제적 약자로 버림받고 있는 것이 현실이다.

나는 노인 한 사람 한 사람이 박물관이고 도서관이며 이야기 창고라고 생각한다. 그들의 축적된 삶 속에 엄청난 이야기와 빛나는 문화, 역사적 가치가 옹근히 살아 있다. 그런대도 우리는 낡았다는 이유로 그

생오지 눈사람

생오지 눈사람

초판 2쇄 인쇄 ㅣ 2017. 08. 05.
초판 1쇄 발행 ㅣ 2016. 12. 05.
지은이 ㅣ 문순태
발행인 ㅣ 황인욱
발행처 ㅣ 도서출판 오래

주소 ㅣ 서울특별시 마포구 토정로 222, 406호
이메일 ㅣ orebook@naver.com
전화 ㅣ (02)797-8786~7, 070-4109-9966
팩스 ㅣ (02)797-9911
홈페이지 ㅣ www.orebook.com
출판신고번호 ㅣ 제302-2010-000029호

ISBN 979-11-5829-023-8 (03810)

가치를 꺼내 보려고 하지 않는다. 노인들 생애에는 약자의 슬픔과 오랜 세월 충분히 발효된 지혜와, 불행을 행복으로 환치시키는 비법이 숨겨져 있기 때문에, 우리는 마땅히 그들의 지혜를 인생의 길라잡이로 삼아야 한다.

소설은 각성과 치유와 교시적 기능을 뛰어넘어 사회변혁의 힘을 가졌다. 그렇다면 지금까지 내 소설은 인간의 삶과 사회를 변화시키는데 조금이라도 도움이 되었을까? 내가 작가로 등단했던 70년대 초 우리 사회는 암울하고 답답했다. 닫힌사회의 불안을 온몸으로 체감했던 나는 "작가는 시대의 병을 앓는 환자이고 그가 쓴 작품은 투병기와 같다"고 말하고 싶었다. 따라서 한 때는 '문학은 역사의 칼'이어야 한다는 신념을 갖고 있었다. 문학이라는 지적인 칼로 잘못된 사회와 역사를 담대하게 베어내고 새 싹이 돋게 해야 한다고 믿었다. 그래서 『징소리』, 『청소부』, 『그들의 새벽』 등 70~80년대에 쓴 내 소설들은 사회성이 강하다.

이순을 넘기고부터 세상의 빛깔은 오방색도 무지개색도 아닌, 수천 수만 가지의 오묘한 빛깔로 이루어졌다는 것을 깨달았다. 빨강 안에 초록, 노랑, 주황, 갈색 등 여러 가지가 한데 어우러져 있다는 것도 알았다. 이질적인 것들의 어울림이야 말로 진정한 아름다움이 아니겠는가. 나는 나이가 들수록 시력은 나빠졌으나 세상은 더욱 명징하게 잘 보였다. 총체적인 시각으로 세상을 보게 되자 거시적 세계관이 미시적 세계관으로 조금씩 변하기 시작했다. 거대담론이 리얼리즘소설의 중요한 미학이긴 하지만 미시적 세계관도 놓치면 안 된다는 것을 알아차린 것이다. 작가는 역사변화의 현장인식도 중요하지만, 먼지만큼 작은 별꽃이나 코딱지꽃을 통해 광대한 우주를 볼 줄 알아야 한다는 것을 터득했다.

나는 노인이 되면서부터 노인의 삶을 통해 인생의 의미에 대해 나름대로 생각해보고 싶었다. 키르케갈의 말처럼 인생이 "고통이라는 열차를 타고 불안이라는 터널을 지나 죽음이라는 종착역에 이르는 것"이라면 얼마나 허무한가. 인생은 드라마도 아니고 소풍도 아니다. 쏜톤 외일더는 '우리읍내'에 나오는 대사에서 "인생은 커피 마시고 싶을 때 커피 마시고 만나고 싶은 사람 만나는 것"이라며, 일상성 안에서 의미를 찾으려고 했다. 나는 '눈뜨고 눈 감는 것'이라고 말하고 싶다. 눈 떠서 이 세상이 갖고 있는 모든 색깔을 다 보며 느끼고 깨닫고 마지막에 눈 감는 것. 문제는 한번 밖에 살지 못하니까 아무렇게나 살자는 것이 아니라, 한번 밖에 살지 못하니까 의미 있게 살자는 것이다.

암턴 나는 노인의 삶을 살아가면서부터 인생도 소설에 대한 생각도 변했다. '역사의 칼'에서 '구도의 길찾기'로 변했다고나 할까. 그러나 작가는 깨달음에 안존하는 도인이 아니다. 시대정신을 꿰뚫어보되 이웃들이 보다 행복한 삶을 살 수 있도록 지혜를 빌려주는 역할로 충분하다. 장검을 휘두르는 검객이거나, 견성이라도 한 듯 도인행세를 하며 자만해서도 안 된다. 소설은 아름다운 삶을 흐리게 하는 환각제도 세상을 가르치는 교편도 아니다. 주머니칼처럼 끝이 날카로운 펜으로 위선적인 삶이나 모순된 사회, 왜곡된 역사를 콕콕 찔러 정상궤도에 진입하

도록 자극을 줄 수 있어야한다. 날카로운 침으로 잠든 영혼을 일깨울
수 있다면 족하다. 소설은 "걸어다니는 거울" 같은 것인지도 모른다.
거울을 통해 개인과 사회와 역사를 꼼꼼하게 들여다보고 자성한다면
그것으로 충분하다. 그래서 내 소설은 '역사의 칼'에서 '구도의 길찾
기'를 거쳐 '성찰의 거울'이 되기를 바랄 뿐이다.

2016년 가을 '생오지'에서

생오지 눈사람

1

생오지는 무등산 뒷자락 깊은 골짜기 안에 한갓지게 숨어있는 조붓한 마을이다. 버스도 오지 않고 휴대폰도 잘 터지지 않는다. 동수와 혜진이가 해질 무렵 지친 몸으로 마을 초입에 있는 빈 집에 들어온 지 오늘이 9일째가 된다. 그동안 골짜기의 삶이 여름날 한낮 꿈처럼 흘러갔다. 시간속의 시간을 의식할 수 있을 만큼 깐깐하고 촘촘한 하루하루가 뚜렷하게 이어졌다. 지루하거나 답답하지 않았다. 두 사람은 난생처음 사람들로부터 이처럼 환심을 사 본 적이 없었다.

9일 전 동수와 혜진이는 새벽 5시에 강남 고속버스터미널에서 만나 광주행 버스를 탔다. 굳이 행선지로 남쪽을 택한 것은 어차피 다시 돌아오지 않을 길이기에, 되도록 서울에서 멀리 떨어진 곳으로 가고 싶었다. 행선지를 미리 약속해 둔 것은 아니었다. 매표창구

에서 동수가 행선지를 말했을 때, 다리가 아픈지 혜진의 맥없는 시
선은 줄곧 빈 의자를 찾고 있었다. 두 사람에게 광주는 한 번도 가보
지 않은 낯선 도시다. 낯선 도시를 찾아가는 그들은 가벼운 설렘도
떨림도 없었다. 한없이 두렵고 무겁기만 했다. 고속버스에 나란히
앉은 두 사람은 차창 밖에 무겁게 시선을 드리운 채 한동안 말이 없
었다. 메슥거리는 서울의 냄새와 광란의 색깔, 터질 듯한 욕망과 증
오, 어쩌다가 잠깐씩 맛보았던 간질간질한 기쁨이며, 아쉬움의 회
색빛 그림자를 마지막으로 눈에 담아보기 위해서인지도 몰랐다. 그
들은 공룡들이 우글거리는 정글 같은 도시로부터 추방당한 기분이
었다. 동수는 잠시 시선을 거두어 두 손으로 흰 오리털 점퍼로 가린
아랫배를 가볍게 감싸 안고 무표정한 얼굴로 차창 밖에 시선을 드
리운 혜진의 옆모습을 찬찬히 보았다. 눈두덩이가 약간 부었고 핏
기 없는 얼굴은 푸석푸석해 보였다. 동수는 혜진에게 아버지를 어
찌하고 왔느냐고 묻고 싶었지만 참았다. 혜진은 늘 어금니에 잔뜩
힘을 주고 기어코 아버지를 죽이고 나서 자신도 죽겠다는 말을 입
버릇처럼 되뇌곤 했다. 동수는 설마 혜진이가 집을 나설 때 아버지
를 죽였으리라고 생각하고 싶지는 않았다.

두 사람은 9개월 전 자살사이트에서 알게 되었다. 동수는 고등
학교 2학년을 중퇴하고 치킨 배달을 하고 있었고, 고등학교 3학년
인 혜진은 주유소에서 알바 중이었다. 한 달 동안 카카오톡으로 대
화를 나누다가 용기를 내어 만난 그들은, 동시에 감탄사를 뱉으며
거듭 놀랐다. 온전하지 않은 가정에, 그들의 일터가 한동네에 있다
는 것에 놀라고, 나이가 같은 것에 다시 놀라고, 두 사람 모두 어둡

고 눅눅한 반지하방에 살고 있는 것에 또 놀랐다. 혜진은 알콜 중독자 아버지와 같이 살고 있었고 동수는 치매를 앓는 외할머니와 살고 있는 등 처지가 비슷했다. 내일을 기약할 꿈조차 빛이 바랜 두 사람이었다. 혜진이가 같은 처지의 자신들을 가리켜 "우리는 똑같은 흙수저네."라고 쿡쿡 웃으며 말하자, 동수가 "우리는 흙수저도 아닌 똥수저야."라고 했고 그들은 서로를 가리키며 한바탕 배꼽을 잡고 웃었다.

고속버스에서 내린 두 사람은 터미널 제과점에서 헴버거로 간단히 아침을 때우고 근처 마트를 찾아가서, 두 달 후면 태어날 아기에게 입힐 배냇저고리며 모자, 조개껍질처럼 앙증맞은 빨간 신발을 샀다. 아기 옷가지를 살 때 혜진은 처음으로 하얀 제비꽃처럼 조그맣게 살짝 웃었다. 그 웃음이 바늘로 동수의 가슴을 콕콕 찌르듯 통증을 느꼈다. 동수는 무거워 보이는 등산화를 신고 있는 혜진에게 가벼운 운동화를 사주었고 혜진은 두 사람의 속옷을 여러 벌 샀다. 혜진은 죽음을 생각하기 시작하면서부터 매일 속옷을 갈아입는다고 했다.

두 사람이 고속버스터미널 앞에서 군내버스를 타고 주유소가 있는 종점에 도착한 것은 오후 3시가 다 되어서였다. 첫눈이 내리지 않은 초겨울인데도 시골 바람은 매섭게 살을 파고들었다. 오후가 되면서부터 짱짱하던 햇살이 설핏하게 숨고 눈이라도 내릴 것처럼 하늘이 칙칙하게 내려앉아 음울한 분위기였다. 소주와 담배며 싸구려 과자나부랭이를 파는 종점 허름한 구멍가게에서, 치아가 모두 빠져 입이 합죽해진 초로 할머니에게 라면을 끓여달라고 하여 허기진 배를 채웠다. 동수가 구멍가게 할머니에게 근처에 빈 집이 있느냐고 물었더니, 다리 건너 갈매 빛이 출렁거리는 산골짜기를 가리키며 생오지로 가보라고 건성으로 말했다. 두 사람은 합죽이 할머니가 턱 끝으로 가리킨 대로 산자락을 끼고 꼬불꼬불 감고 도는 조붓한 길로 접어들었다. 편백나무와 소나무가 듬성듬성한 자갈길은 울퉁불퉁했고 끝이 보이지 않았다. 동수는 고등학교 1학년 때 국어 선생님이 "지옥으로 가는 길은 반들반들한 포장길이고 천당으로 가는 길은 울퉁불퉁 가시밭길이다"고 했던 말이 떠올랐다. 그렇다면 지금 그들은 천당으로 가고 있는 것일까. 돌이켜보면 그가 지금까지 살아왔던 궤적은 이 길보다 훨씬 험했다.

경운기가 겨우 다닐 수 있을 정도로 좁은, 오솔길 같은 비포장 길을 따라 한참을 걸어도 마을은 나타나지 않았다. 몸이 무거웠으나 거의 기계적으로 움직임을 계속했다. 무엇에 홀린 기분이랄까. 두 사람은 마치 보이지 않은 힘에 이끌려 미지의 세계로 깊숙이 흡입되는 것을 느꼈다. 그러나 이미 되돌아 나오기에는 버스길에서 너무 멀리 와버렸다. 인가도 없는 후미진 산길이라 조금은 오싹 오싹 두렵기까지 했다.

버스에서 운동화로 바꿔 신은 혜진은 발뒤꿈치가 아프다면서 심하게 절뚝거렸다. 큰 바위가 기둥처럼 곧게 꽂혀 있는 산모퉁이를 돌자 길은 하늘을 향해 계속 구불구불 감고 돌았다. 밤나무 밑에서 잠시 쉬는 동안 혜진은 다시 등산화로 바꿔 신었다. 해가 짧은 계절이라 4시가 조금 지났는데도 골짜기에는 어슴어슴 산그림자가 낮게 깔리기 시작했다. 혜진은 두 팔로 아랫배를 감싸 안고 다시 걸었고 배낭을 짊어진 동수는 혜진이 벗어준 운동화를 손에 들고 뒤따랐다. 두 번째 산모퉁이를 돌았으나 마을은 보이지 않았다.

"우리 아기 태어나서 이 별들을 보면 무슨 생각을 할까?"

동수가 두꺼운 종이로 손바닥 크기의 별을 오리고 형광 페인트를 칠해 방 천장에 붙이면서 뚜벅 물었다. 동수는 생오지 빈 집에 눌러앉은 후부터 매일 틈나는 대로 방 천장에 별을 오려 붙였다. 시작한 지 1주일 쯤 되었는데 어느덧 천장의 반이 별로 가득 들어찼다.

"별을 보고 엄마라고 부르면 어쩌지?"

혜진이가 두 손으로 아랫배를 감싸 안고 고개를 들어, 나무토막 위에 아슬아슬하게 서서 별을 붙이고 있는 동수를 애틋하게 쳐다보며 촉촉한 목소리로 반문했다. 생오지에 자리를 잡은 후부터 그녀의 표정이 몰라보게 밝아지고 있었다.

"암턴 별을 보고 자라면 엄마 아빠를 닮지 않을 거고 우리들처럼 절망적인 생각은 하지 않을 거야."

"그럴까? 별을 보고 자라면 우리 같은 똥수저를 면할 수 있을까? 행복해질까?"

"당근이지. 그래서 내가 이렇게 허리 부러지게 별을 붙이는 거야."

동수는 별 하나를 붙이고 나서 형광등을 끄고 방바닥에 반듯하게 누워 천장을 쳐다보았다. 방이 깜깜해지자 머리 위에서 별들이 와르르 쏟아질 것 같았다. 그는 진짜 밤하늘에 반짝이는 별을 보는 것처럼 거푸 탄성을 질렀다.

"너도 누워서 쳐다봐. 진짜로 별들이 반짝이는 것 같아."

동수의 다급한 재촉에 혜진이도 두 팔로 방바닥을 짚고 조심스럽게 누웠다. 숨이 가빠지자 연신 한숨을 토해내며 천정을 쳐다보았다.

"진짜로 별들이 솟았네. 아, 정말 반짝거리네."

"그렇지? 내일부터는 북두칠성을 만들거야."

"우리 아기가 저게 가짜별이라는 걸 알아차릴 때쯤이면 우리는 떠나 있겠지?"

혜진은 오래 누워있지 못하고 일어나 앉으며 한숨을 토해내듯 말했다. 동수는 그 말에 대꾸하지 않았다.

천장에서 반짝이는 별을 쳐다보던 동수는 문득 혜진이와 함께 꽃잎이 불불 날리던 산벚꽃나무 밑에 느긋하게 누워있었던 때를 떠올렸다. 그날 그들은 죽기 좋은 장소를 물색하기 위해 소풍을 가듯 도시락을 싸 들고 교외선을 탔다. 그들은 북한강이 내려다보이는 산자락으로 올라갔다. 아무데서나 생을 마감하고 싶지가 않았다. 태어날 때는 자의대로 할 수 없었지만 죽을 때만이라도 가장 좋은 장소와 시간을 선택하고 싶었다. 고층 아파트 옥상이나 호젓한 다리 밑, 외딴 철길, 먼 바다, 고속도로 등도 생각해보았지만 내키지 않았다. 강이 내려다보이고 숲이 우거진 산이 좋을 듯싶었다. 남루하고 비루한 삶의 거푸집 같은 육신을 사람들에게 보이지 않으려면 깊은 산 속이 좋을 것 같았다. 산짐승처럼 흔적 없이 떠나고 싶었다. 계절에 대해서도 생각해보았다. 산이 주황색으로 물드는 가을이나 순백의 세상인 겨울도 생각해보았지만, 꽃 피는 봄날 아침 햇살 퍼지는 시간이라면 덜 외롭고 덜 쓸쓸할 것 같았다. 그들은 자살 장소로 이곳 푸른 소나무 숲 속의 오래된 산벚꽃나무를 선택했다. 꽃도 화사하고 눈앞이 툭 트여서 좋았다. 벚꽃이 흩날리는 봄날, 그들은 다사로운 햇볕 속에 앉아 진한 코발트빛 강물을 하염없이 내려다보면서, 각기 죽어야 할 이유에 대해서 확인하고 또 확인했다. 동수는 죽는다는 것이 조금도 억울하거나 슬프지 않았다. 진짜 슬픈 것은 날이 갈수록 어머니 얼굴이 점점 희미해지는 대신 할머니 얼굴은 더욱 뚜렷해지는 것이었다.

"사람은 누구나 한 때는 자신이 꽃처럼 아름답다는 생각을 한 적이 있겠지?"

"언젠가는 착각이었다는 것을 알게 되지. 사람은 결코 꽃처럼 영원하지도 아름다울 수도 없어. 꽃은 지고 나면 다시 피지만 사람은 그렇지가 않아."

혜진의 말을 동수가 받았다.

두 사람은 서로 길지 않으면서도 외롭고 힘들었던 삶에 대해 걸레를 씹듯 이야기하면서 산벚꽃나무 아래서 밤을 새웠다. 혜진은 당장 꽃이 피어 있을 때 꽃과 함께 떠나고 싶다고 했고, 동수는 할머니가 요양원에 들어갈 때까지만 기다려달라고 했다. 빈자리가 나기를 기다리느라 동수 할머니의 요양원 입원은 자꾸만 늦어졌다. 그리고 두 달 후에 만났을 때 혜진이 임신한 사실을 알게 되었다. 임신 때문에 그들의 죽음은 유보 되었다. 혜진은 아기를 낳을 때까지만 결행을 연기하자는 동수의 의견에 어렵게 동의해주었다. 처음에는 임신 때문에 유보한다는 것을 받아들이지 않으려고 했다. 아기한테

까지 부모가 겪은 삶을 대물림하고 싶지 않다는 이유에서였다. 그러나 동수의 생각은 달랐다. 생명체의 인격을 존중하자는 것이었다. 잉태된 생명을 없애는 것은 죄악이므로 죄를 짓고 떠날 수는 없다고 했다. 뱃속에서 자라고 있는 생명은 그들 두 사람의 의지와는 달리, 조물주의 다른 뜻이 숨어있을 수도 있기 때문에 그들 마음대로 해서는 안 된다면서 혜진을 설득했다. 그들은 아기를 낳을 때까지만 결행을 유보하기로 합의하고 출산하기 좋은 곳을 찾아 생오지까지 온 거였다.

"니네 할머니는 요양원에 잘 계시겠지?"

뜬금없이 혜진이가 동수 할머니 이야기를 꺼냈다.

"네 아빠는?"

동수는 할머니에 대해서는 대답을 하지 않고 조심스럽게 혜진 아버지 소식을 물었다. 동수는 할머니에 대해서 할 말이 없었다. 서울을 떠나기 이틀 전, 그러니까 정확히 말해서 11일 전에 그는 할머니를 천주교에서 운영하는 요양원에 모셔다 드린 후로는 소식을 듣지 못했다. 요양원으로 모시고 가던 날 새벽에 얼핏 놓아버린 정신줄을 붙잡았는지, 할머니는 정확하게 손자의 이름까지 부르며, "할미 버리지 말어."라고 몇 번이고 애원했고 동수는 눈물을 훔치며 고개를 끄덕였다. 동수는 요양원까지 가는 동안 차 속에서 내내 눈물을 흘렸다. 무엇보다 어머니와의 약속을 지키지 못한 것이 가슴 아팠다. 초등학교 5학년 때, 이른 새벽 포장마차를 끌고 가다가 교통사고를 당한 어머니는 두 달 동안 병원에 누워 있다가 끝내 숨을 거두었다. 어머니는 눈을 감기 사흘 전 동수의 손을 꼭 잡고 할머니를 부탁한다는 마지막 말을 남겼다. 어린 동수에게 할머니는 별이었고 햇살이었으며 이 세상의 마지막 버팀목이었다. 어머니가 세상을 뜬 후 동수는 할머니의 보살핌으로 중학교를 졸업하고 고등학교에 입학했다. 할머니가 치매 때문에 파지 줍는 일을 그만두었을 때도, 집을 나가 헤맨 할머니를 사흘 만에 찾았을 때도 할머니와 헤어질 생각은 손톱만큼도 하지 않았다. 할머니의 병세는 더욱 나빠졌다. 방문에 열쇠를 채우고 치킨 배달을 끝낸 후 밤늦게 돌아와 보면 옷가지며 이불, 잡동사니들과 책, 신문지 등이 찢겨져있거나 똥 범벅이 된 채 어지럽게 널려 있곤 했다. 동수는 울부짖으며 방을 치웠다. 그때마다 할머니한테 소리소리 질러대며 화를 냈고 끝내는 엉엉 울고 말았다. 그는 도망치고 싶었다. 심신을 친친 묶은 쇠고랑을 풀고 자유롭게 날고 싶었다. 자유롭기 위해서 죽음을 생각하였다.

"우리 아빠는 내가 없어져야 사람이 될 거야."

혜진이가 어둠 속에서 푸념처럼 말했다. 동수는 그 말에 안도했다. 혜진이가 아버지를 죽이지 않은 것이 분명하다고 생각했기 때문이다. 그는 천장의 종이 별들을 쳐다보며 할머니를 생각했다. 그는 밤마다 깜깜한 방에 누워 종이 별들을 쳐다보며 할머니와 어머니를 떠올리곤 했다. 아버지를 생각하면 종이 별이 어둠 속에 묻혀버렸다. 희미하게 반짝이는 종이 별들이 때때로 엄마와 할머니의 얼굴로 보였다. 그는 한 번도 아버지의 얼굴을 본 적이 없다. 태어날 아기도 별을 볼 때 아버지 얼굴을 떠올리지 못하게 될 것이라고 생각하자 명치끝이 싸하게 아려왔다. 마을 안쪽에서 왁자하게 개들이 짖어댔다. 한 마리가 짖으면 마을의 모든 개들이 따라서 짖어댔다.

동수와 혜진이는 개 짖는 소리와 닭 회치는 소리를 들을 때마다 이 세상에 아직 살아있음을 절감했다.

"생오지에 오기를 참 잘했지?"

혜진의 말에 동수는 어둠 속에서 빙긋이 웃으며 생오지에 찾아왔던 날을 다시 떠올렸다.

2

그들이 생오지에 도착했을 때는 설핏하게 해가 기울기 시작했다. 군내버스 종점에서 생오지까지, 혜진이 때문에 쉬엄쉬엄 걸은 탓도 있지만 꼬박 두 시간이 걸린 셈이다. 마을 초입에 사춤돌이 촘촘히 박히고 반듯하고 야트막한 돌담이 유난히 눈에 띄는, 허름한 기와집을 발견한 그들은 무턱대고 집 안으로 들어갔다. 마당으로 들어서는 순간 썰렁하고 음습한 느낌이 들어 빈 집이라는 것을 금세 알아차릴 수 있었다. 그러나 동수는 망설임 없이 "아무도 안 계십니까."를 연발하며 토마루로 올라섰고 조심스럽게 방문을 열었다. 형광등을 켜보니 키 작은 장롱이며 앞닫이, 앉은뱅이책상 등 비교적 단촐한 방안 등물이 말끔하게 정돈이 되어 있었다. 윗목 벽에 걸린 8절지 크기의 액자 속에 다닥다닥 붙어있는 사진들이 한눈에 들어왔다. 가장 큰 사진은 회갑잔치 상 앞에 옥색 치마에 노란 저고리 차림으로 다소곳하게 앉아 있는 둥그스름한 얼굴의 초로 할머니였다. 혼자 회갑 잔칫상을 받은 것을 보니 과부인 것 같고 그 옆에 빛바랜 흑백사진 속에 연탄집게 폼을 하고 조금은 삐딱하게 서 있는 청년이 남편으로 짐작되었다. 그 외에 여름날 바닷가에서 물빛 원피스에 짙은 색안경을 끼고 서 있는 사십대 후반의 얄쭉한 여자와 한 쌍의 결혼사진도 보였다. 동수는 액자 속 사진들을 통해서 이 집의 가족들을 얼추 짐작할 수 있었다.

오랫동안 비어두었는지 방에서는 눅눅한 냉기와 함께 곰팡이 냄새가 훅 덮쳐왔다. 벽에 걸린 달력을 보니 단풍이 붉게 물든 설악산 사진이 펼쳐져 있었다. 가을까지는 이 방에 사람이 살고 있었던 것으로 짐작되었다. 부엌으로 나가보니 장작과 마른 솔가지들이 쌓여 있어 아궁이에 불부터 지폈다. 냉장고는 전기가 끊겼고 찬장에는 그릇이며 크고 작은 냄비, 접시, 컵, 숟가락 등이 가지런히 정리되어 있었다. 찬장 밑 항아리에는 반쯤 쌀이 담겨 있었다. 동수는 우선 쌀을 씻어 솥에 안쳤다.

동수와 혜진이가 어둠이 짙게 깔려서야 반찬도 없이 맨밥으로 허기진 배를 채우고 있는데 갑자기 가까운 곳에서 개들이 와자하게 짖어대더니 밖이 두런두런 소란스러웠다. 그들은 숟가락을 든 채 방 문을 열고 스프링 튕기듯 마루로 나갔다. 초겨울의 차가운 달빛이 희끔하게 고인 마당에 여남은 명쯤 되어 보이는 사람들이 유령처럼 흐느적거렸다. 활짝 열어놓은 방문으로 새어나간 형광등 불빛에 비쳐 보이는 그들은 모두 허름한 차림의 노인들로, 지팡이를 짚고 있거나 유모차에 의지하고 선 채 마루 위의 두 사람을 무섭게 찔러보았다.

"뉘기여?"

"놀러 온 학생들인감?"

"느그덜 몇 살이냐?"

"시방 남에 집에서 뭣들 허는 거여?"

"애를 뱄구만 그려."

"어린 것들이 애를 배갖고 집에서 쫓겨난 거 아녀?"

"산달이 얼매 안 남었겠는디…"

몸을 똑바로 가누지 못하고 허리를 앞으로 구부정하게 꺾거나 가슴을 불뚝 내밀고 상반신을 뒤로 젖힌 채 실루엣처럼 흐느적거리는 노인들이 저마다 한마디씩 침을 뱉듯이 던졌다. 동수와 혜진은 한마디도 대답을 못하고 조금은 겁먹은 얼굴로 멀뚱하게 서 있기만 했다.

노인들은 한참동안 마당에 서서 그들끼리 두런거리다가 돌아갔고 가까운 이웃에 산다는 할머니와 이장이라는 할아버지 두 사람만 방으로 들어왔다. 얼굴에 기미가 많은 할머니는 반찬도 없이 맨밥을 먹고 있는 것을 보고 혀를 차더니, 김치라도 가져오겠다면서 서둘러 다시 나갔고 이장이라는 할아버지만 남았다. 귀를 덮은 쥐색 방한모에 도수 높은 안경을 낀 이장은 70살이 훨씬 넘어 보였다. 이장으로부터 홀로 살고 있던 이 집 주인 할머니가 한 달 전에 세상을 떴다는 이야기를 들었다. 이장 말에 동수와 혜진은 동시에 벽에 걸린 액자 속 할머니를 쳐다보았다. 사진 속 할머니와 두 사람의 시선이 얼핏 마주쳤다. 동수는 꺼림칙하거나 기분이 음음하다는 느낌이 전혀 없었다. 몸피가 왜소한데다가 이목구비가 올목졸목한 이장은 유난히 작은 눈을 버릇처럼 자주 끔적거리며 "딸이 하나 있었는데 삼년 전에 죽고 외손자는 호주로 이민을 갔으니께 맘 푹 놓고 이 집에서 살어."라고 말했다. 이장은 손으로 방바닥을 짚어보고 임산부가 차게 자면 안 된다며 군불을 더 지피라고 했다. 그는 매우 호의적이었다. 두 사람을 이상한 눈으로 보지 않았고 오래 전부터 잘 알고 있었던 것처럼 스스럼없이 대해주었다. 어떻게 해서 생오지까지 오게 되었는지에 대해서도 묻지 않았다. 이장은 생오지에는 12가구에 17명이 사는데, 모두가 고령의 노인들이고 혼자 사는 할머니가 12명이라고 알려주었다. 주민 17명 중에서 3명이 아파서 거동을 못하고 누워서 지낸다는 것까지 말해주었다. 이장 할아버지는 이야기 도중에 한참동안 바튼기침을 쏟아내더니 "올해 내 나이가 일흔 다섯인디 이 마을에서 기중 젊어." 하면서 어색하게 씨익 웃었다. 엉겁결에 동수도 따라 웃고 말았다.

그 사이 오른쪽 볼에 주근깨가 깨알처럼 박힌 할머니가 황토색 플라스틱 함지에 배추김치며 멸치젓, 깻잎 장아찌, 구은 김 등 반찬을 푸짐하게 가져왔다. 주근깨 할머니는 반찬을 방바닥에 펼쳐놓으며 먹다 만 밥을 마저 먹으라고 재촉했다. 두 사람은 이장과 주근깨 할머니가 지켜보는 가운데 밥을 두 그릇이나 먹어치웠다. 두 노인들은 그들이 맛있게 밥 먹는 모습을 그윽한 눈빛으로 바라보며 희끔희끔 웃었다.

다음 날 아침 겨울 햇살이 방문을 핥아댈 때까지 늦잠을 잔 동수는 밖에서 들려오는 소란스러움에 눈을 뜨고 조심스럽게 밖으로 나갔다. 혜진이도 푸스스한 얼굴로 동수를 따라나왔다. 노인들 대 여

섯 명이 저마다 지팡이를 들고 햇살이 따뜻하게 깔린 마루에 한 줄
로 한가롭게 걸터앉아 있는게 아닌가.

"잘 잤어?"

"좋은 꿈 꿨능가?"

"하이고 배가 더 불러부렀네."

"방은 뜨신가?"

"장롱 속에 이불 있으니께 꺼내서 덮고 자제 어쨌어?"

동수가 나타나자 할머니들은 저마다 한 마디씩 던지며 집에서
가지고 온 먹을거리들을 내밀었다. 그들이 가져온 것은 고구마, 홍
시, 달걀, 감 말랭이, 김치, 된장, 고추장, 젓갈, 장아찌 등이었다. 동
수는 할머니들이 가져온 것들을 받으며 고맙다는 말을 아끼지 않았
다. 할머니들은 한 시간쯤 머물다가 모두들 지팡이를 짚고 꺾은 몸
을 흐느적거리며 돌아갔다. 그림자 같은 할머니들의 뒷모습이 슬프
도록 공허했다.

그날부터 동수는 혼자 사는 할머니들 집에 불려가 장작패기, 닭
똥 치우기, 쥐약 먹고 죽은 개 묻어주기, 형광등 갈아주기, 닭 잡아
주기, 월동 대비 수도꼭지 싸주기 등 이것저것 자잘한 일을 도왔다.
일을 해주면 어김없이 그 대가로 쌀이나 반찬 등 먹을거리를 주었
다. 자식들한테서 용돈을 많이 받은 노인들은 더러 돈을 주기도 했
다. 생오지에 온 다음날부터 동수는 하루도 느긋하게 집에 붙어있
을 날이 없었다.

그날도 동수는 남편 죽고 한집에서 본처와 함께 살다가 혼자 된
운산댁 할머니 집에 형광등을 갈아주려고 갔다가, 붙들고 놓아주지

않은 바람에 오전 내내 첩살이 신세타령을 들어야만 했다. 가는 집마다 할머니들은 동수를 붙잡고 살아온 이야기를 시시콜콜 늘어놓거나 마을 사람들 흉을 보기 마련이었다. 그 때문에 동수는 생오지 노인들의 속사정을 훤하게 꿰고 있었다. 새터댁 할머니는 자식이 6남매나 되는데 지난 추석 때는 한 놈도 내려오지 않았다고 했고, 반촌댁 할머니는 젊어서 앞집 유부남과 바람피우다 쫓겨난 후 남편 죽자 찾아왔는데, 아들이 서울에서 대학교수가 되어서 한 달에 용돈을 백만 원씩이나 보낸다는 것도 알게 되었다.

월남댁 할머니 집에 수도꼭지를 고쳐주러 갔다가 두 시간 넘게, 젊어서 시집살이했던 이야기를 듣고 간신히 빠져나온 동수는 집 가까이에 이르러, 주근깨 할머니한테 다시 붙잡혔다. 주근깨 할머니는 동수가 오기를 기다리고 있었던 것처럼 대문 앞에 쪼그리고 앉아 있다가 반색을 하며 팔을 잡아끌고 집 안으로 들어섰다. 팥죽을 쑤었으니 먹고 가라는 거였다. 동수는 어쩔 수 없이 방으로 끌려들어갔다. 방안이 너무 어두워 아무것도 보이지 않았다. 주근깨 할머니가 형광등을 켜자 방 아랫목에 이불을 덮은 채 희고 앙상한 얼굴을 하고 나무토막처럼 반듯하게 누워있는 할머니 남편 갈밭 양반을 볼 수 있었다. 동수가 인사를 했으나 갈밭 양반은 꼼짝하지도 않고 천장만 쳐다보고 있었다. 환자 때문인지 방에서는 역한 고린내와 곰팡이 냄새가 코를 찔러와 구역질이 날 것만 같았다.

"그러께 시한에 눈 쌓인 산에서 미끄러져갖고 골반이 뽀개지고 박이 터져서 산송장이 되야부렀어. 손발 하나 까딱 못허고 말도 못혀. 우리 영감 돌담 쌓는디는 천재였어. 생오지는 말 헐 것도 없고 읍내 군청이랑 행교 담은 죄 우리 영감이 쌓았당께."

갈밭댁 할머니가 소반에 팥죽을 받쳐 들고 들어오며 푸념처럼 말했다. 그러고 보니 생오지 돌담은 어딘가 달랐다. 어느 집이나 높낮음 없는 가슴 높이 돌담이 각단지고 가지런했다.

"그래도 저 영감 땜시 어쩌지 못하고 사는구만. 영감 죽으면 나도 따라 죽을 거여."

동수는 빨리 먹고 빠져나가기 위해 아무 말 없이 숟갈로 거푸 팥죽을 입에 퍼넣었다. 동수는 방 안에 가득 고인 죽음의 냄새가 정말 싫었다. 되도록 숨을 쉬지 않고 팥죽 한 사발을 허겁지겁 비운 후 도망치듯 방에서 나오자 갈밭댁 할머니가 색시 갖다주라며 작은 냄비를 내밀었다.

"우리 죽으면 우리 집에 와서 살어. 우리 집 냉장고는 문이 두 짝이고 따순 물도 나와. 그리고 참 우리 죽으면 식량이랑 김치랑 다 갖다 묵어잉."

"왜 그런 말씀을 하세요."

"더 살기 싫어. 나헌테는 사는 것이 죄여."

동수는 곧 죽기라도 할 것처럼 말하는 갈밭댁 할머니를 쳐다보며 한동안 토마루 앞에 서 있었다.

"우리 영감 암만해도 올 시한을 못 넘길 것 같당께. 죽는다고 생각허면 무섭기도 허제만, 영감 없이 사는 거는 죽는 거 보담 더 무서워."

동수는 그 말에 발이 얼어붙은 듯해 걸음을 옮길 수가 없었다. 영감 없이 사는 것은 죽는 것보다 더 무섭다는 말이 귓전에서 오랫동안 부스럭거렸다.

"늙을수록 죽는 것도 사는 것도 무섭다는 것을 젊은 사람들은 모를 것이여."

한숨 섞인 그 말을 뒤로 하고 동수는 무거워진 발걸음으로 마당을 가로질러 나왔다.

발걸음을 재촉해 월남댁 할머니 집 앞을 지나려는데, 햇살이 화사하게 일렁이는 돌담 밑에 놓인 아름드리 긴 나무토막에 노인들 대여섯이 나란히 한 줄로 허리를 구부리고 앉아 왁자하게 잡담을 나누다가, 동수를 보자 반갑게 웃으며 손짓으로 불렀다.

"햇살이 참 좋으네요. 할머니들 무슨 이야기를 그렇게 재미있게 하세요?"

동수가 할머니들 앞에 바짝 다가가 걸음을 멈추고 섰다.

"죽는 이야기… 우리는 노상 죽는 이야기만 혀."

생오지에서 유일하게 안경을 낀 반촌댁 할머니가 씁쓸한 미소를 날리며 하는 말에 동수의 표정이 약간 굳어졌다.

"인저 우리가 갈 데라고는 북망산 한 곳 뿐인께."

"총각은 북망산이 워디 있는지 모르제? 숨 떨어지면 북망산이여."

"죽는 것 생각허면 무서와."

"나는 사는 것이 더 무섭네."

"여럿이 함꾸네 가면 덜 무서울 거 같은디…"

"누가 손잡고 저승문 앞꺼정 델다줬으면 좋겄어."

"영감이 마중나와 줄란가?"

"우리 영감탱이는 거그서도 고주망태가 되어 있을겨."

"우리 영감은 젊어 죽어서 나를 못 알아 볼 거로구만."

"젊어서 갔응게 각시 얻었것제."

"그나저나 죽고 나면 누가 나를 오래오래 잊지 않고 생각해줄란
가 몰러."

"자식들 있잖어."

"택도 없어. 우리는 돌아가신 부모 얼매나 생각허는감?"

동수는 서둘러 혜진이한테 가봐야겠다는 생각으로 조바심이 들
었으나 차마 걸음을 옮길 수가 없어 말뚝처럼 서 있었다. 문득 대추
씨처럼 말라 비틀어진 외할머니 얼굴이 떠오르면서 가슴이 먹먹해
졌다. 눈이라도 내리려는지 햇살을 가린 구름이 검실검실 낮게 가
라앉으면서 바람까지 쌩하게 불어왔다. 그때서야 할머니들은 각기
유모차를 밀고 한 줄로 길게 늘어서서 꿈틀 꿈틀 마을 안길로 움직
이기 시작했다. 그들의 뒷모습을 바라보던 동수는 우스꽝스럽기도
하고 슬프기도 하여 한동안 그 자리에 먹먹하게 서 있었다.

3

아침부터 눈발이 날리더니 한낮이 되자 구름이 무겁게 내려앉으
면서 하늘 한 구석이 술술 무너져 내리는 것 같았다. 동수와 혜진은
마루에 나와 골짜기 마을에 눈 내리는 정경에 취했다. 눈이 내려서

때 묻은 갈색의 세상을 단숨에 쓸어버렸다. 동수는 서울에 살면서 눈 내리는 것을 보고 한번도 아름답다고 생각하지 못했다. 그러나 생오지의 눈 내리는 정경은 그 느낌이 달랐다. 세상이 순백색으로 하나 되는 아름다움과 평화로움을 느낄 수가 있었다. 세상이 이처럼 아름다워 보인 것은 처음이었다. 그는 문득 북한강이 내려다보이는 산자락의 산벚꽃을 떠올렸다. 바람이 불 때마다 산벚꽃이 눈처럼 후루루 날렸다.

"봄이 오면 생오지에도 산벚꽃이 피겠지?"

"그렇겠지."

혜진이 혼잣말처럼 무심히 던진 말을 동수가 받았다.

"산벚꽃이 피려면 아직 멀었지?"

"앞으로 넉 달쯤?"

"아기를 낳고 한 달 후면…"

동수의 말에 혜진이 말끝을 흐렸다.

"산벚꽃이 지고 나면 복사꽃과 배꽃이 피고 배꽃 다음에는 오동나무 꽃이 피고 오동꽃 다음에 철쭉이 피고 철쭉이 지면…"

"철쭉 다음에 무슨 꽃이 피지?"

"맞다. 배롱꽃이 피겠구나."

"동수 너는 어떻게 꽃피는 순서를 그렇게 잘 알아?"

"엄마가 병원에 있을 때 늘 창밖 정원을 보면서 꽃이 피는 것을 기다리셨거든. 참, 저기 배롱나무가 있네."

동수가 눈이 쏟아지는 마당 끝 담 밑을 가리키며 큰 소리로 말했다.

"우리 엄마 유골을 엄마 고향 마을 앞산 배롱꽃 나무 밑에 뿌렸거든. 그래서 배롱꽃을 보면 엄마가 생각나."

동수는 말라죽은 나무처럼 뼈가 앙상한 배롱나무를 바라보면서 죽은 엄마를 떠올렸다. 그리고 지금은 눈발 속에서 바르르 떨고 있는 이 집 배롱나무도 여름이 오면 모슬린천처럼 붉고 파슬파슬한 꽃이 피어오르게 될 것이라고 생각했다. 술술 내리는 흰 눈발 속에 진홍빛 배롱꽃이 몸살 나게 핀 모습을 상상해보았다. 순백색과 진홍색의 신비로운 조화에 현기증을 느낄 정도로 황홀해지기까지 했다.

"그래? 산벚꽃이 지고 두세 달쯤 기다리면 이 집 마당에 배롱꽃이 필 텐데…"

동수의 말을 끝으로 두 사람의 대화는 끊기고 말았다. 그들은 말 없이 골짜기에 눈 내리는 모습을 오랫동안 바라보았다. 눈이 쌓여가는 세상은 고요 속에 하얗게 가라앉았다. 새들도 날지 않았고 바람도 불지 않았다. 움직이는 것이라고는 눈발뿐이었다.

아침에 내리기 시작한 눈은 밤이 되어도 멈추지 않았다. 다음날 새벽에 일어나 보니 여전히 눈발은 멎지 않았고 생오지는 눈 속에 깊숙이 파묻히고 말았다. 눈 때문에 할머니들 발길도 끊겼다. 동수는 그날 고무래를 들고 가까운 주근깨 할머니 집까지 길을 내다가 금방 다시 눈이 쌓여 포기하고 말았다. 눈은 잠시도 쉬지 않고 줄기차게 내렸다. 마을을 에두른 산의 푸른 소나무와 편백나무에는 가지가 찢어질 정도로 설화가 맺혔고 마을 뒤 대밭도 눈의 무게에 눌려 허리를 구부렸다. 생오지에는 그날 하루 내내 사람의 발길이 끊졌다. 동수가 점심을 먹고 정강이까지 빠지는 눈길을 더듬으며 마을을 한 바퀴 돌아보았다. 아무도 만날 수 없었다. 동수는 그날, 날이 어두워질 때까지 방에 들어앉아 마지막 종이 별을 붙였다. 그리고 그날 밤 동수와 혜진은 불을 끄고 나란히 누워 반짝이는 종이 별들을 쳐다보며 '아기별' 노래를 흥얼거렸다. 노래를 끝낸 동수는 종이 별을 쳐다보면서, 혜진에게 태어날 아기를 이장댁 할머니한테 맡기면 잘 키워줄 것 같다는 말을 하려다가 그만두었다. 이장댁 할머니는 예순일곱 살로 생오지에서 나이가 제일 적고 건강하며 인정도 많아 보였다.

눈은 사흘째 계속 내렸다. 대나무 숲은 하루 전보다 훨씬 낮아졌고 눈의 무게를 못 이긴 소나무 가지들이 부러지느라 숲 속 여기저기서 눈가루가 연기처럼 치솟았다. 동수는 아침을 먹고 집 밖으로 나갔다. 눈이 무릎까지 올라왔다. 그는 전날처럼 가지런한 돌담길을 따라 마을을 한 바퀴 돌았다. 여전히 아무도 만날 수 없었다. 돌아오는 길에 이장댁에 들렀다. 이장댁 내외가 아침을 먹다 말고 동수를 맞았다.

"이렇게 많이 오는 눈은 처음 봅니다."

눈을 치우지 못해 정강이까지 빠지는 토방에 서서 동수가 걱정스러운 얼굴로 이장 내외를 보며 입을 열었다.

"큰 산 밑 골짜기라서 겨울에는 엄청 눈이 와. 작년에도 눈 땜시 일주일 동안이나 길이 막혀 감옥살이를 했당께."

"일주일 동안이나요?"

"그나저나 안 사람 혈압 약 땜시 큰 걱정이여."

이장의 말은, 부인이 복용하고 있는 혈압약이랑 당뇨약, 기관지약이 떨어져서 보건소에 전화를 했더니 생오지에 오는 우편배달부한테 보냈다고 했는데, 우편배달부가 눈 때문에 생오지에 들어올 수 없어서 군내버스 종점 청풍상회에 맡겨놓았으니 가져가라는 연락이 왔다는 거였다.

"그럼, 빨리 약을 가져와야겠네요."

"눈 땜시 못 가. 약 며칠 안 묵는다고 설마 죽기야 허겄는가?"

이장은 의외로 태연했다. 그러나 동수는 이장댁 할머니가 약을 먹지 않으면 무슨 변고가 생길 것만 같아 불안했다. 태어날 아기를 위해서도 이장댁 할머니의 건강을 지켜주어야겠다는 생각이 들었다.

"제가 가서 약을 가져오겠습니다."

동수는 그렇게 말하고 당장 종점 마을까지 한달음에 뛰어가기라도 할 것처럼 서둘러 몸을 돌려세웠다. 그 모습을 본 이장이 큰 소리로 다급하게 동수를 불렀다.

"겁도 없이 이 눈 속에 참말로 가겠다고?"

"예. 제가 약 가져올게요."

"갈 수 있겄어?"

"눈이 계속 오고 있는데 언제 길이 녹을 때까지 기다리겠어요."

"꼭 가겠다면 내 장화를 신게."

이장은 마루 위 신장에서 장화를 꺼내 동수에게 신도록 한 후 튼실한 새끼줄로 장화를 여러 겹으로 친친 묶었다. 동수는 그 길로 의기양양해서 이장 집에서 나와 혜진이한테는 알리지도 않고 종점 마을을 향해 걸음을 옮겼다. 사흘 동안 쉬지 않고 내린 폭설로 길 주변의 높낮이가 없어져 어디가 길이고 어디가 논바닥인지 구별할 수가 없었다. 마을 앞 논다랑이 길을 더듬으며 겨우 전봇대 대여섯 개 구간까지 걸음을 옮겼는데도 온몸이 땀벌창이 되었다. 두 다리는 모래주머니를 매단 것처럼 무겁고 숨이 턱 끝까지 차올랐다. 게다가 눈이 계속 쏟아져 앞이 보이지 않았다. 몸이 무거워 아무데나 주저앉고 싶었다. 이장한테 괜히 큰소리를 쳤구나 후회했다. 죽을힘을 다해 마을에서 1킬로미터쯤 걸어 나온 동수는 눈 속에 흐물흐물 주저앉고 말았다. 눈 속에 파묻히듯 깊숙이 주저앉으니 눈을 퍼부어대는 먹장 하늘만 손바닥만큼 보였다. 하늘은 낮게 가라앉아 있었고 마을도 산도 보이지 않았다. 그대로 잠들고 싶었다. 그는 한참동안 눈을 감은 채 편안하게 앉아 있었다. 그때 어디선가 장끼 한 마리가 꿩꿩 울어대며 날아오르는 소리가 들렸다. 동수는 눈을 뜨고 몸을 일으켰다. 그는 리타르단도(점점 느리게)로 노래를 흥얼거리며 다시 걸음을 옮기기 시작했다. 쉬었다가 걸으니 다리가 더 무거워지는 것 같으면서 온몸이 자꾸만 눈 속으로 가라앉으려고 했다. 그는 힘겹게 걸음을 옮기면서 '지옥으로 가는 길은 아스팔트 길이고 천당으로 가는 길은 가시밭길'이라는 말을 계속 되뇌었다. 그는 내리는 눈을 보면서 북한강 산기슭에 가지가 찢어지게 피어있었던 산벚꽃을 떠올렸다. 꽃잎들이 바람에 날려 그의 얼굴을 스치는 것만 같았다. 산벚꽃잎처럼 흩날리는 눈을 보면서, 동수는 문득 눈 내리는 한 겨울에 죽는 것도 괜찮을 것 같다는 생각을 했다. 눈이 무릎까지 빠지는 길을 끝없이 헤매며 걷다가 아무데나 누워 단잠에 빠지듯 스르르 눈을 감으면, 두려움 없이 떠날 수 있을 것 같았다. 눈 속에서 죽으면 오히려 따듯할 것이라는 생각이 들었다.

이른 아침을 먹고 생오지를 출발한 동수는 점심때가 되어서야 버스종점 청풍상회에 도착했다. 평소에 한 시간 정도면 걸어올 거리를 네 시간이나 걸린 셈이다. 동수는 하얀 눈사람이 되어 어기적거리며 청풍상회 가게로 들어서자 말자 바닥에 쓰러지고 말았다. 나뭇짐 부리는 듯한 소리에 놀라 방문을 열고 나온 주인 할머니가 동수 몰골을 보고 소스라쳤다. 동수와 혜진이가 처음 이곳에 왔을 때 라면을 끓여주었던 합죽이 할머니였다. 동수는 가게 할머니가 끓여준 따끈한 커피를 마시고 나서야 정신을 수습할 수 있었다.

"그래 빈집은 구했어?"

"예. 마을 첫 번째 집에 살고 있어요."

"첫 들머리 집이라면 월파댁?"

동수는 마을 할머니한테 얼핏 들었던 것 같아 고개를 끄덕였다.

"그 집 할매 외손자 땜에 죽었어. 혈육이라고는 당랑 외손자 하나 있었는디, 그 못된 놈이 걸핏허면 돈 내놓으라고 땡깡을 부렸당께. 결국 돈 안 내놓는다고 할머니를 밀어뜨려갖고 머리가 깨져 죽은 거여. 손자 놈은 감옥 가고…"

청풍상회 할머니는 묻지도 않은 말을 나불나불 까발리고 나서 혀끝을 찼다. 월파댁 할머니가 죽게 된 사연을 듣고 나자 동수 마음이 무겁게 가라앉았다. 그런데 이장은 왜 외손자가 호주로 이민을 갔다고 거짓말을 했을까. 동수는 요양원에 입원시킨 외할머니가 생각났다. 동수는 청풍상회 할머니한테 휴대폰을 빌려 요양원에 전화를 하려다가 그만두었다. 그는 라면을 끓여달라고 해서 먹고 생오지로 향했다. 망망대해를 헤엄치듯 눈 속을 걸으면서도 동수는 할머니 생각을 떨쳐낼 수가 없었다. 그는 날이 어둑어둑해서야 생오지에 도착했다.

"자네는 생오지에 불을 가져오는 전깃줄과 같구만. 자네가 우리 옆에 있어서 든든허네."

이장은 몇 번이고 고맙다는 말을 했다. 그날 밤 동수는 벽에 걸린 액자 속에서 집 주인 할머니의 외손자 사진을 오래토록 들여다보면서 요양원 할머니 생각에 밤새도록 뒤척였다.

하늘이 무너지듯 나흘째 계속 눈이 내렸다. 동수는 여느 날과 같이 아침 일찍 일어나서 돌담길을 따라 마을을 한 바퀴 돌았다. 나흘째 쌓인 눈이 무릎을 넘어 허벅지까지 차올라 한 발짝 옮기는 데도 온몸으로 나무를 뿌리 채 뽑는 것만큼이나 힘이 들었다.

동수는 집으로 돌아오는 길에 주근깨 할머니 집 앞에 서서 가슴 높이 돌담 너머를 기웃거렸다. 아침밥 먹을 시간인데도 집 안이 너무 고즈넉했다. 토방에서 부엌으로 가는 곳에 발자국 하나 눈에 띄지 않았고 마루 위에는 내린 눈이 그대로 쌓여 있었다. 동수는 아마 할머니가 늦잠을 자겠거니 짐작하고 그대로 몇 걸음 걷다가, 마루에 쌓인 눈이 머릿속에서 자꾸 맴돌아 몸을 돌려세웠다. 정갈한 성격의 주근깨 할머니가 마루에 쌓인 눈을 쓸지 않았다는 게 이상했다. 마당으로 들어가면서 거듭 할머니를 불러보았으나 반응이 없었다. 눈이 폭신하게 쌓인 마루에 발자국 하나 없는 것을 본 그는 다급하게 방문을 열었다. 순간 동수는 주춤했다. 형광등이 켜진 방에 두 내외가 이불도 덮지 않고 나란히 누워 있는 모습이 이상했다. 할아버지는 반듯하게 누워 있었고 할머니는 남편 손을 잡은 채 엎드려 있었다. 다시 큰 소리로 할머니를 불러보았으나 대답이 없었다. 자세히 보니 두 내외가 모두 마포 수의를 입고 있는 것이 아닌가. 할머니 머리맡에 놓인 농약병이 보였다. 그때야 동수는 노인 부부의 죽음을 알아차렸다. 그가 짐작하건데 할아버지가 숨이 넘어가자 몸을 씻기고 수의를 입힌 후 자신도 수의로 갈아입고 농약을 마신 것 같았다. 동수의 눈에 방 윗목에 세워놓은 두 짝자리 문의 냉장고가 보였다.

주근깨 노인 부부는 마을 사람들이 깊이 잠든 사이에 외롭게 소리도 없이 떠난 것이다. 동수는 어떻게 해야 좋을지 몰라 한참동안 방 안에 서 있었다. 죽은 사람과 같이 있다는 사실이 전혀 무섭지 않았다. 팥죽을 얻어먹었을 때 코를 찔렀던 고린내도 나지 않았다. 그는 난생 처음 주검을 보면서, 산 사람과 죽은 사람은 숨 쉬는 사람과 숨 쉬지 않는 사람의 차이일 뿐이라고 생각했다. 동수는 주근깨 할머니 머리맡에 놓여 있는 전화로 이장한테 알린 다음 119를 눌렀다. 놀라고 다급한 목소리로 빨리 와달라고 거듭 소리쳤다. 이장이 숨을 몰아쉬며 방문을 열고 들어온 것은 전화를 한 뒤로도 30분쯤 지나서였다.

"우리 할멈 땜시 늦었구만. 두 노친네가 죽었다는 소리에 충격을 받고 쓰러져부렀다니께."

이장은 부인 때문에 얼굴빛이 어두웠다.

"119에는 제가 연락했어요. 자식들한테 알려야 하지 않겠어요?"

"자식들? 아들 하나 있는 건 오 년 전에 교통사고로 죽고 며느리는 아이들 데리고 개가를 했는데… 아직 손자들은 어리고…"

이장이 장롱에서 여름용 홑이불을 꺼내 시신을 덮은 다음 개털점퍼 주머니에서 너덜너덜한 수첩을 꺼내 뒤적이며 말했다. 이장은 한참 후에 왼손으로 송수화기를 들고 천천히 버튼을 눌렀다. 그는 애써 가라앉은 목소리로 누구에겐가 부음을 전하고 나서 깊은 한숨을 몰아쉬었다. 동수 생각에 개가한 며느리한테 알린 것 같았다. 잠시 후에 마을 노인들이 하나 둘 찾아왔다. 아홉 명의 노인들은 죽은 사람과 같은 방에서 벽에 등을 기대고 앉았다. 거동이 불편하거나 나이가 많은 노인들은 오지 못했다. 불을 지피지 않은 탓으로 방이 냉골이라 모두들 잔뜩 움츠렸다. 아무도 방이 춥다는 말을 하지 않았다. 한 시간쯤 지나서 방 안의 전화벨이 울리자 모두들 소스라치듯 놀랐다. 이장이 받았다.

"일일구차가 종점까지 왔는디, 눈 땜시 생오지에 들어올 수 없어 그냥 되돌아간다는디?"

이장이 난감한 얼굴로 좌중을 둘러보며 말했다. 모두 얼굴빛이 어두워지며 한숨을 쏟았다.

"제설차가 와서 좀 밀어주면 될 텐디?"

"일일구 운전사 말이 제설차도 못 온다고 허네요."

"허면 우리끼리 치상을 치러야겄구만."

"관은 어쩔 거여?"

"이 눈 속에 땅은 누가 어치게 파고?"

"이장이 면장한테 사정을 해봐."

누구인가 다급하게 채근을 하자 이장이 마지못해 송수화기를 들었다. 이장의 얼굴이 물 머금은 하늘빛으로 변하더니 고개를 돌려 좌중을 보았다.

"먹통이여. 쪼금 전에까지도 통화를 했는디…"

이장은 신경질적으로 거듭 버튼을 찍어댔다. 누구인가 휴대폰을 꺼내 이장 앞으로 밀어 주었다. 이장이 휴대폰을 열고 번호를 누른 다음 귀에 댔다.

"먹통인듸?"

이장의 말에 휴대폰 주인인 감골 영감이 한참동안 이리저리 되작거렸으나 여전히 불통이었다. 다른 노인들도 저마다 휴대폰을 꺼내들고 통화를 시도해보다가 고개를 저었다. 폭설로 길이 막히고 전화까지 먹통이 되었으니 생오지는 완전히 죽음의 섬이 되고 만 것이다.

"눈 땜시 전화선에 문제가 생긴 모양이여. 작년 겨울에도 그랬었잖어."

누구인가 한숨을 섞어 푸념처럼 말했다. 노인들은 대책 없이 냉골 방에 유령처럼 앉아서 거푸 한숨만 내뿜었다. 쓰러진 아내가 걱정이라면서 집에 갔다 오겠다고 한 이장은 한 시간이 넘도록 돌아오지 않았다. 그 사이, 할머니 둘이 부엌으로 나가 불을 지펴 물을 데웠고 감골 영감은 입술이나 축이자면서 집에 있는 소주를 가져오겠다고 나갔다. 방에 남은 노인들은 너무 추워 오들오들 떨고 있었다. 노인들과 함께 시신 옆에 앉아 있는 동수는 아무것도 할 일이 없었다. 그는 사람이 죽는다고 모든 것이 끝나는 것은 아니라는 사실을 깨달았다. 죽음은 산 사람이 지켜야할 도리와 책임과 까다로운 절차를 남긴다는 것을 알았다. 동수는 문득 날아다니는 새들, 물속의 고기와 산속의 짐승들의 죽음을 생각했다. 다른 동물들은 자유롭게 살다가 부담도 책임도 흔적도 없이 사라져가지 않은가. 그런 생각을 한 동수는 혜진이와 자신이 죽을 장소로 산속을 택하기를 잘했다 싶었다.

"어이, 이장댁이 죽었다여. 이장댁이 죽었다니께."

집에 소주를 가지러 갔던 감골 영감이 헐근거리며 헤엄치듯 마당 안으로 들어서더니 다급하게 소리쳤다. 그 소리에 방 안과 부엌에 있던 노인들이 모두 마당으로 나왔다. 동수는 가슴이 철렁 내려앉았다. 주근깨 할머니 내외가 죽었다는 말에 충격을 받아 쓰러졌다더니 기어코 숨을 거두고 만 것이리라. 주근깨 할머니 집에 있던 노인들이 모두 이장 집으로 몰려갔다. 이장은 숨을 거둔 부인 옆에 처연한 모습으로 쪼그리고 앉아서 계속 훌쩍거리고만 있었다. 노인들이 차례대로 이장의 등을 다독이며 탄식과 위로의 말을 했다. 동수는 아무 말도 못하고 윗목 구석에 앉았다. 그는 문득 생오지에 살고 있는 노인들은 계속 죽어갈 것이고 그렇게 되면 머지않아 마을이 없어지게 될지도 모른다고 생각했다. 노인들이 모두 죽고 텅 빈 마을에서 태어날 아기가 돌담 밑을 어슬렁거리는 길고양이 신세가 될지도 모른다는 생각이 겹치자 기분이 울적해졌다. 밤이 되자 노인들은 두 패로 나누어 주근깨 할머니 댁과 이장 집에서 밤을 새우기로 했다.

"팔십 넘은 노인들은 댁으로 돌아가시는 것이 좋겠네요."

감골 영감의 말에 일부 나이 많은 노인들이 하나 둘 돌아가자

막상 두 곳 상가를 지킬 사람은 모두 합해 열 명도 못되었다.

닷새째 되는 날도 눈은 멎지 않았다. 5일 동안 함박눈이 계속 내렸고 햇살 한줄기 내밀지 않았다. 노인들은 죽은 세 사람에 대해 간단하게 치상을 치르기로 하였다. 관을 사 올수도, 허리까지 눈이 쌓여 운구할 수도, 땅이 얼어붙어 토광을 팔 수도 없어서, 마당 한쪽에 눈 무덤을 만들기로 했다. 우선 눈 무덤을 만들어놓았다가 눈이 녹고 길이 열리면 장례를 다시 치르기로 한 것이다. 할아버지 할머니들이 두 패로 나눠 눈 무덤을 만들기 시작했다. 동수도 아침부터 땀을 뻘뻘 흘리며 주근깨 할머니 댁 마당 끝, 배롱나무 밑에 쌓인 눈을 치웠다. 그는 눈을 치우면서 갈밭 할아버지는 죽어도 그가 조각작품처럼 가지런하고 각단지게 쌓아놓은 돌담은 계속 남아있겠구나 싶어 자꾸만 담에 눈길이 갔다. 흙이 나올 때까지 눈을 치우자 두 노인의 시신을 대발로 감아 나란히 뉘인 다음 눈을 덮었다.

"꽃이 필 때까지 눈이 녹지 않았으면 좋겠구만."

눈 무덤을 만든 다음 누구인가 혼잣말처럼 중얼거렸다. 그들은 정오가 지나서야 마당에 실제 무덤보다 더 큰 눈 무덤을 만들고 나서 침통한 표정을 하고 집으로 돌아갔다.

혜진이가 집 밖에까지 나와 옴씰하게 눈을 맞고 기다리고 있다가 동수를 맞았다. 혜진은 머리에 눈을 듬뿍 인 채 언제나처럼 두 팔로 아랫배를 느슨하게 감싸 안고 있었다. 동수가 보기에 생오지에 온 후로 눈에 띄게 배가 불러온 것 같았다.

"추운데 왜 나왔어?"

"누워있는데 아기가 밖에 나가자고 발길질을 해서… 빨리 세상

구경을 하고 싶은가봐."

혜진이 어색하게 웃으며 동수 옆으로 바짝 다가섰다.

"배롱나무 밑에다 눈 무덤을 만들었어."

동수가 혜진의 머리에 쌓인 눈을 털어주며 말했다.

"꽃나무 밑에?"

"응. 배롱꽃 나무."

"난 아직 배롱꽃 한 번도 못 봤는데…"

"서울에는 안 펴. 따뜻한 남쪽에서만 피지."

"벚꽃보다 더 아름다워?"

"보고 싶어?"

"응"

"배롱꽃이 필려면 아직 여섯 달은 더 기다려야하는데?"

"여섯 달이면 여름이네? 그때쯤이면 우리 아기 백일도 지나서인데… 그래도 배롱꽃을 보고 싶어."

혜진이가 오랜만에 배롱꽃잎처럼 살포시 웃으며 말하자, 동수가 왼팔로 혜진의 어깨를 힘주어 감싸며 집 안으로 들어섰다. 눈발이 더욱 굵어지면서 바람이 건듯 불었다. 지붕마다 눈이 쌓인 생오지가 거대한 눈 무덤으로 보였다. 눈 무덤 속에서 생오지 노인들이 큰 소리로 울부짖듯 동수의 이름을 외쳐 불러대는 소리가 여기저기서 들려오는 것 같아 한동안 마을 안쪽을 두리번거렸다.

아버지의 홍매화

1

선암사에서 홍매화를 본 후부터 내 머릿속에서는 아버지의 매화나무가 쉴 새 없이 꽃을 피웠다가 지기를 되풀이했다. 뇌리에서 오래되고 진한 향기가 뿜어져 나와 콧속으로 혹하고 스며드는 것 같은 착각에 현기증을 느꼈다. 가볍고 메마른 바람이 살랑살랑 뺨을 간질이던 봄날. 선암사 매화축제에서 본 아름드리 홍매화 꽃은 늙은 기생이 머리에 고깔을 뒤집어쓰고 옴죽옴죽 춤을 추는 것처럼 가슴 시리게 오묘한 느낌을 주었다. 고혹적이거나 화려하다기보다는 슬프고 처절한 아름다움에 가슴 밑바닥이 홍건해졌다. 모두들 탄성을 내질렀지만 나는 어찌된 건지 자꾸만 눈물이 나려고 했다. 꽃을 보고 눈물이 나려고 하다니, 그런 자신이 부끄러워 한사코 고개를 숙였다. 바람이 건듯 불 때마다 진홍빛 물방울이 오종종하게 매달린 듯, 꽃잎들이 날개를 파닥거렸다. 그날 본 선암매(仙岩梅)와 작년 봄에 보았던 백양사 고불백매(古佛白梅)는 그 느낌이 완연하게 달랐다. 백양사 고불백매는 문자 그대로 깨달음이 깊은 노스님을 만나는 기분이라면 선암매는 이 풍진 속세의 온갖 풍파를 다 견뎌내고 외롭게 살아온 늙은 기생을 보는 듯했다. 심은 지 6백 년쯤 되었다는 선암매를 보고 나서 내 마음이 왜 이토록 비애에 젖은 것일까.

　선암매를 보고 돌아온 내 기분이 한동안 무겁게 내려앉았다. 얼굴의 골 깊은 주름을 애써 감추려는 듯 짙게 꽃단장을 한 늙은 기생의 슬프도록 처절한 모습이 머릿속에서 떠나지 않았다. 그때 갑작스럽게 떠오른 것이 아버지가 심은 홍매화였다. 그때야 나는 선암 홍매를 보고 슬픔을 느꼈던 연유를 짐작할 수가 있었다. 아버지의 홍매화가 내뿜은 찬란한 자태를 자세하게 본 것은 십수 년 전 일이었다. 고등학교에서 국어를 가르치던 매형이 폐가 나빠 휴직을 하고 시골로 내려가 있을 때였다. 나는 어머니와 함께 오랜만에 고향으로 매형을 찾아갔다. 매형은 옛날 아버지가 기생 홍매 머리를 올려 첩으로 들여앉히고 살림을 차렸던 집터에 오두막을 짓고 요양을 하던 중이었다. 마침 4월초라 마당 귀퉁이 돌담 옆에 홍매화가 까르르 소리쳐대듯 자지러지게 피어 있었다. 꽃나무 가꾸는 것을 좋아한 매형은 매화의 잔가지를 쳐서 고아하고 멋진 자태를 만들어 놓았다. 한 줄기로 뻗어 어른 허벅지만큼 굵은 밑동에 두 개의 가지가 휘움하게 뻗은 모습이 마치 불새가 날개를 치고 솟아오르는 모습이었다. 나는 홍매화 주변을 맴돌며 아름다운 자태에 흠뻑 젖었다. 그때 어머니가 매형을 향해 "저 천허디 천한 기생 꽃을 당장 잘라서 없애버리소." 하고 마뜩찮은 목소리로 말했다. 그때야 나는 어머니의 불편한 심기를 헤아리고 꽃나무로부터 시선을 거두며 물러섰다. 어머니는 아버지가 홍매를 첩으로 들어앉힌 후부터 홍매화를 볼 때마다 '천한 기생 꽃'이라며 침을 뱉거나 이맛살을 구겼다. 그 홍매화나무에 대한 사연을 누님으로부터 들어 알고 있을 터인데도, 매형은 끝내 잘라 없애지 않고 서너 해 더 꽃을 보다가 세상을 떴다. 지금은 누님이 혼자 그 집에 살고 있다. 나는 매형이 세상을 뜬 후로도 서너 차례 누님을 찾아간 적은 있었지만 특별히 눈여겨 홍매를 보지 않았다. 아마 내가 갔을 때가 홍매 피는 4월이 아니라서 그랬을지 모른다. 암튼 나는 그 후 아버지의 홍매에 대해 잊고 지냈다.

나는 홍매를 확인하기 위해 오랜만에 누님에게 전화를 걸었다.

"누님, 시방 집 마당에 홍매화 한창 피었지요?"

"뜬금없이 홍매화라니?"

"홍매가 들어오던 날, 아버지가 기념으로 심었다는 홍매화 말이오."

"뭣 땜시 그려?"

"갑자기 아버지가 생각나서… 아버지가 돌아가실 때까지도 그렇게 애타게 보고 싶어 하셨던 작은 엄니 생각도 나고…"

"작은 엄니는 무신 염병할 작은 엄니."

"암턴 홍매화 피었소 안 피었소?"

"폴씨게 없애부렀다. 어머니 살아생전 우리 집에 오실 때마다 하도 냉큼 잘라 없애불라고 해싸서."

"그래서 잘라버렸단 말이오?"

"농장에 팔아부렀제."

"팔아버렸다고요? 세상에 아버지가 심은 홍매를…"

누님의 말에 나는 가슴이 덜컥 내려앉으면서 다리에 힘이 빠지는 기분이었다. 아버지에 대한 죄송한 마음에 목구멍에 얼음덩이가 꽉 차오르는 듯 울울해졌다. 어떻게 해서라도 아버지의 홍매를 다시 찾아야겠다는 생각에 동창들과의 점심약속을 팽개치고 서둘러 차를 몰고 고향으로 달렸다. 차를 몰고 가는 동안 내 머릿속에서 아버지의 홍매화가 여러 차례 피었다가 졌다. 머릿속에서 꽃잎이 바람에 후루루 흩날렸다. 흩어지는 꽃잎 속에 옥색 모시두루마기 자락 펄럭이고 겅중겅중 구산천 노둣돌을 건너 홍매 집으로 가는 아버지의 모습이 보였다. 녹의홍상에 단정하게 가르마를 타 하늘색 옥비녀를 꽂은 홍매의 모습도 꽃처럼 떠올랐다가 이내 사라졌다.

아버지는 서른넷에 아랫마을에 사는 여자 오빠에게 발동기를 사주고 머리를 얹어 열아홉 살 홍매를 기생집에서 데려왔다. 연지를 찍어 바른 입술이 동백꽃잎처럼 도톰하고 예쁜 홍매는 마을의 다른 여자들과는 냄새와 입성부터 달랐다. 시지근한 땀 냄새 대신 아릿한 분 냄새가 났고 검정 치마저고리 대신 마냥 색깔 고운 비단옷만 입었다. 마을 여자들은 미투리가 아니면 잘해야 검정고무신을 신었는데 홍매는 언제나 붉은 매화꽃이 그려진 흰 고무신을 신었다. 그녀가 사붓사붓 걸을 때는 가볍게 펄럭이는 연분홍치마와 흰 고무신이 절묘하게 어울려 보였다. 아버지가 홍매와 살림을 차린 후부터 구산천 건너 홍매 집에서는 장구소리와 노랫가락이 그치지 않았다. 아랫마을 홍매 오빠 집에서 들리는 발동기 돌아가는 소리와 홍매 집에서 나는 노랫가락 소리에, 마을 사람들은 노골적으로 입을 비쭉이며 비아냥거렸고 그때마다 어머니는 심장이 덜컹거린다면서 두 주먹으로 가슴을 치곤했다.

아버지가 심은 내 키 높이의 홍매화가 꽃이 핀 것을 처음 본 나는 아버지의 여자가 홍매화를 닮았다고 생각했다. 아니, 그 여자가 꽃처럼 보였다. 6·25 한 해 전, 내가 초등학교에 입학하던 해에 심었으니까, 지금쯤 수령이 60이 넘어 제법 고묘한 자태를 갖추었으리라. 나는 차를 모는 동안 내내 아버지를 생각했다. 아버지는 나를 단 한 번도 품에 안거나 무릎에 앉히지 않았으며 정겨운 말로 다독여주지 않았다. 그때문인지 어렸을 적 아버지에 대한 애틋함이나 아련한 그리움을 별로 느끼지 못했다. 오히려 내 기억 속에는 서운함이나 원망이 켜켜이 쌓여있었다. 가장 원망스러웠던 것은 6·25 때였다. 토벌대가 새까맣게 앞산에서 내려와 총알을 퍼부어대며 마을을 덮치던 날, 우리 가족은 아침을 먹다 말고 혼비백산 마을 뒷산으로 도망을 쳤다. 토벌대는 도망치는 마을 사람들을 향해 총을 쏘아댔다. 도망치던 사람이 팔에 총을 맞고 피를 흘리며 한참동안 뛰다가 펄쩍 주저앉는 것을 보았다. 총알이 날아와 바위에서 튕기고 나뭇가지들이 우지끈 부러질 때마다 다리가 후들거렸다. 그때 같이 뛰던 아버지가 내 손을 팽개치듯 놓아버리고는 다복소나무 숲 속으로 자취를 감추어버렸다. 나는 헐떡거리며 계속 뛰었으나 아버지를 쫓아갈 수가 없었다. 그날 나는 홀로 으름덩굴이며 찔레가 얼크러진 덤불 속에 숨어, 놀란 고슴도치처럼 두 다리를 세워 팔로 깍지 낀 채 얼굴을 무릎에 묻고 소리 없이 울었다. 두려움보다 아버지한테 버림을 받았다는 원망스러움에 대한 서글픔이 더 커 눈물이 멈추지 않았다. 해가 설핏해서야 집에 돌아와 보니 식구들은 모두 무사했다. 정오가 조금 지나서 산에서 내려왔다는 아버지는 건너 마을 홍매 집에 가고 없었다. 나는 어머니에게 아버지 혼자 도망쳤다는 말을 하지 않았다. 그때 그 일로 나는 어른이 된 후에도 아버지에 대한 원망과 불신의 앙금이 사라지지 않았다. 나도 모르게 아버지에 대해 뜨악함을 느꼈으며 그 이후 틈이 난 부자간의 거리는 좀처럼 가까워지지 않았다. 아버지가 나를 특별히 정답게 대할 때도, 화를 낼 때도 문득문득 그때의 일이 떠오르면서 나도 모르게 심신이 굳어지곤 했다. 그리고 나는 어떤 경우에도 나 혼자 살아남기 위해서 자식을 버리는 아버지가 되지 않겠노라고 다짐했다.

창평 IC를 빠져나온 나는 가까운 주유소에서 기름을 넣으면서 누님한테 전화를 걸었다. 누님은 예기치 않은 나의 방문 예고에 무슨 일이냐고 거듭 되물으면서 별로 반가워하지 않은 기색을 했다. 평소에 누님을 찾아 간 적이 별로 없었기 때문이리라. 나는 초록색 운동모자를 깊숙하게 눌러쓴 주유소의 젊은 아줌마에게 지금도 창평에 장이 서느냐고 물었다. 여자는 귀찮다는 듯 다소 건조한 목소리로 "예." 하고 극히 사무적으로 대답했다. 대학에 입학하던 해, 나는 아버지의 심부름으로 홍매를 찾아 창평 장에 온 적이 있었다. 그때의 일이 생각나자 홍매 소식이 궁금해졌다. 홍매의 나이가 아버지보다 열다섯 살 아래이니 올해 여든이 조금 못 되었을 것이고 살아 있을 가능성이 크다.

"그랑께 시방… 네가 나를 보러 온 것이 아니라, 뜬금없이 그까짓 홍매화 꽃나무 땜시 서둘러서 여그꺼정 왔다고야."

누님은 집에 들어서자마자 홍매화를 어느 농장에 팔았느냐고 다그치는 내게 서운한 눈빛으로 찔러보며 탄식을 쏟았다. 나는 한참 동안 헛헛한 마음으로 홍매화가 뽑혀져나간, 대문에서 가까운 돌담 밑을 바라보았다. 홍매화가 서 있던 자리에 무릎 높이의 감나무 묘목이 심어져 있었다.

"아버지가 우리한테 남겨준 것이 달랑 그 홍매화나무 아니오? 누대로 살던 집터까지 다 팔아 잡수신 양반이 왜 홍매와 함께 살았던 이 집터만을 그대로 남겨 두었겠어요. 그거는 그 홍매화나무 때문이 아니겠소."

"홍매화 땜시?"

"누님은 다 늙었으면서도 여태 아버지 마음을 그렇게도 모르겠어요?"

"시방 너 무슨 말을 하는 거냐?"

"부모님이 짝을 정해준 대로 결혼을 하고 연애 한 번 안 해본 누님이 어찌 사랑의 오묘함을 알겠어요?"

"그래, 너는 연애결혼을 하고도 늦바람피우다 환갑이 넘어서 이혼꺼정 당했으니 사랑이 뭣인지 잘 알겠구나."

"어머니한테는 죄송하지만 아버지의 사랑이 부도덕하다고 해서 폄훼하지는 맙시다. 진정한 사랑은 어떤 제약이나 조건을 초월하고 시간이 오래될수록 아름다워질 수 있답니다."

"미친놈. 나는 엄니 살아 계실 때 홍매화를 없애버리지 못 한 것이 후회스럽구만."

"죽어서도 잊지 않기 위해 꽃나무를 심어줄 사람이 있다는 건 얼마나 아름다운가요. 내게는 그런 여자가 없으니… 이만큼 세상을 살다보니 아버지 마음을 알 것 같아요."

"네가 그런 맘을 가졌으니 이 꼴이제."

"긴 말 말고, 어느 농장에 얼마에 팔았어요."

"긍께, 그거는 알아서 멋헐라고?"

"돈이 얼마가 들더라도 기필코 홍매화를 찾아야겠어요."

내가 다급하게 닦달하자 누님은 돈을 받고 팔았다는 것 때문인지 마지못해 벌레 씹은 얼굴이 되어 농장 이름을 댔다.

"그 여자 소식은 모르죠?"

"홍매 말이냐? 뒈졌는지 살았는지 내 알 바 아니여. 헌데 그 여자는 왜?"

"그냥요."

"나는 한 번도 못 봤는디, 매형 말로는 홍매 꽃이 한창 필 때면 입성 고운 웬 할매가 길 건너 팽나무 밑에 우두커니 서서, 넋 나간 사람 맹키 우리 집 홍매를 바라보고 가더라고 허드라만… 설마 그 할매가 홍매는 아니겠제. 무슨 염치로 이 집을 기웃거리겄냐."

누님은 별 관심 없다는 듯 지나가는 말로 가볍게 뱉어냈다. 나는 오랜만에 누님을 만나 앉아보지도 않고 그 길로 농장으로 달려갔으며 외출한 농장 사장을 두 시간이나 기다렸다가, 어렵게 홍매화를 사간 사람을 알아낼 수 있었다. 다행히 홍매화를 사간 사람은 농장에서 그리 머지않은 곳에 살았다. 초등학교 교장으로 있다가 3년 전에 정년한 후 고향에 돌아와 한옥을 짓고 여생을 보내고 있다고 했다. 거기까지 정보를 얻은 나는 해가 저물어 일단 집으로 돌아왔다.

나는 현관에 들어서자마자 집 안의 모든 불을 다 켰다. 기다려주는 사람이 없는 아파트는 아무리 휘황찬란하게 불을 밝혀도 늘 쓸쓸하다. 나는 허출한 김에 라면부터 끓였다. 거실 탁자에 냄비를 통째로 놓고 허리를 꺾어가며 라면을 먹는 내 자신이 외롭다 못해 더 없이 구차하게 느껴졌다. 나는 라면을 먹으면서 소파 맞은편 벽에 걸린 사진들을 훑어보았다. 장례 때 영정으로 모셨던 아버지 어머니 사진이 매우 언짢은 눈빛으로 나를 내려다보았다. 아버지 어머니에게는 함께 찍은 사진이 한 장도 없다. 결혼해서 남매를 낳고 20여 년을 사는 동안 같이 찍은 사진 한 장 없다니, 이웃만도 못한 부부가 아닌가. 나는 어머니 사진 옆에 걸린 가족사진을 보았다. 첫 아이 결혼식 때 찍은 사진으로, 우리 부부가 맨 앞에 나란히 앉고 내 옆에 어머니가, 뒷줄에는 신랑인 첫째와 며느리, 그 옆으로 수녀복 차림의 딸이 서 있다. 모두 활짝 웃고 있어 얼핏 보면 평화롭고 행복한 가족 같다. 허지만 지금은 민들레 꽃씨처럼 바람에 흩날려버렸다. 어머니는 세상에 없고 이혼한 아내는 아들 따라 뉴질랜드로 이민을 갔으며 수녀인 딸은 잘 해야 1년에 한두 차례 다녀간다. 모두 떠나고 혼자 남은 삶이 허허롭기만 하다. 마치 홀로 깊은 산속에서 길을 잃고 헤매다 지쳐 쓰러진 채 밤을 맞는 것처럼 외롭고 허기지고 불안하다. 더더욱 나는 살아있는 동안 매화 한 그루도 남기지 못했으니 아버지보다 더 실패한 인생이 아닌가 싶었다.

　그날 밤 나는 새삼스럽게 누님한테 했던 말을 떠올렸다. 그리고 홍매에 대한 아버지의 사랑의 깊이를 나름대로 가늠해보았다. 6·25가 터지고 집안이 거덜나자 홍매는 아버지 곁을 떠나고 말았다. 집이 불타고 더 이상 고향에 머무를 수 없게 된 우리 가족은 빈 손 쥐고 도시로 나와 친지들 도움과 어머니의 품팔이로 하루하루 간신히 목줄을 지탱하며 살았다. 그 절박한 상황에서도 아버지는 홍매를 잊지 못했다. 말과 웃음을 잃은 아버지는 넋 잃은 표정으로 앉아서 하염없이 먼 산을 바라보기 일쑤였다. 나는 아버지의 시선이 유난히 멀어지는 것은 간절하게 홍매를 생각하기 때문이라고 믿었다. 그 무렵 내 눈에 아버지는 살아있는 사람이 아니었다. 옥색 두루마기 자락 휘날리며 자진머리 가락 걸음으로 노둣돌을 건너 홍매 집으로 갈 때나, 늙은 팽나무 그늘에 앉아 홍매 노랫가락에 맞춰 장구를 칠 때, 아버지는 가장 팔팔하게 살아있는 모습이었다. 홍매가 떠난 후, 아버지의 삶은 바람처럼 정처가 없이 흔들렸다. 걸핏하면 가족을 팽개치고 홍매를 찾아 나섰다. 짧으면 사나흘 길면 열흘이나 보름 만에야 거지꼴이 되어 돌아온 아버지는 한바탕 몸살을 앓곤 했다. 그때마다 어머니의 입에서는 홍매에 대한 욕설이 끝이지 않았다.

2

나는 골짜기 깊숙이 자리 잡은 마을로 서서히 차를 몰다가 조붓한 들머리 길로 접어드는 순간 급히 브레이크를 밟았다. 첫눈에 아버지의 홍매화라는 것을 알았다. 마을 초입 새로 지은 한옥 안마당

쪽에 활짝 핀 홍매가 소리치듯 나를 반겼다. 나는 차를 멈추고 밖으로 나와 한참동안 홍매를 바라보았다. 눈부신 4월의 햇살과 함께 마당에 꽃이 꽉 찼다. 나는 떨림과 설렘 때문에 차마 서둘러 가까이 다가가지 못하고 먼발치로 배견(拜見)하듯 꽃에 취해 있었다. 그것은 타오르는 사랑의 불꽃, 그리움의 눈물처럼 아름다우면서 한없이 슬퍼보였다. 가벼운 봄바람이 건듯 불자 홍매화 가지들이 아버지의 두루마기 자락처럼 팔락거렸다.

나는 떨리고 젖은 마음을 다독이며 조심스럽게 다가가, 사철나무 생 울타리 앞에 걸음을 멈추었다. 내가 쭈뼛거리며 울타리 안을 기웃거리자 골짜기 안이 삐걱거릴 정도로 개가 짖어댔고 내 또래 남자가 하늘빛 카디건 차림으로 다급하게 방문을 열고 나왔다.

"꽃이 하도 고와서요…"

나는 울타리 밖에서 웃는 얼굴로 목례를 하며 말끝을 얼버무렸다. 주인 남자가 큰 소리로 개 이름을 부르며 토마루로 내려섰다. 검정색에 목덜미가 하얀 개가 금방 주인의 소리를 알아듣고 조용해지더니 꼬리까지 쳤다. 나는 용기를 내어 집 안으로 들어섰다. 개 짖는 소리가 멈추자 을씨년스러울 정도로 조용했다.

"참 곱지요? 이 꽃이 소문이 났는지 이맘때가 되면 구경 오는 사람이 더러 있지요. 엊그제도 곱게 늙은 할머니 한 분이 소문 듣고 왔다면서 한나절이나 꽃을 바라보고 갔답니다."

"정말 슬프도록 곱네요. 나이가 들어서 그런지 요즘에는 꽃을 보면 슬퍼진다니까요."

"집 사람도 그런 말을 하던데… 홍매를 너무 좋아했어요. 죽을라고 그랬는지… 유둔재 너머에 사는 친정조카를 만나고 오더니 난생 처음 고운 홍매화를 봤다면서, 그 홍매화나무를 사다 우리 집 마당에 심자고 어찌나 조르던지… 농장에서 아무 홍매화나 사다 심자고 해도 기어코 재 너머 이 꽃나무를 원해서… 비싸게 구했답니다. 아내가 살았을 적엔 꽃이 시원찮더니 올해는 이렇게 탐스럽게 피었네요. 집 사람이 이걸 보았어야 했는데… 나 혼자 보기 아깝네요."

떠엄떠엄 말하는 주인 남자의 목소리가 음울하게 가라앉았다. 나는 꽃에서 시선을 떼지 못한 채 지싯지싯 마당 안으로 들어섰다. 그리고 아버지와 마주 대하듯 꽃나무 가까이 바짝 다가섰다. 가까이서 본 아버지의 홍매는 슬픈 사랑의 영혼이 타오르듯 처연한 아름다움을 자아냈다. 선암매에서 느꼈던 측연(惻然)함이 아닌, 그리움과 열정과 연민의 눈물이 범벅되어 다가오는 기분이랄까.

"이 매화를 보니 꽃이 사람으로 느껴지는군요. 사람이 꽃으로 보이는 경험은 있지만 꽃이 사람으로 느껴지는 것은 처음입니다."

나는 희미하게 웃으며 얼핏 집 주인의 표정을 살폈다. 그때 후루루 바람이 불어왔고 홍매 가지가 흔들리면서 어디선가 북장단에 맞춰 애달픈 여인의 애원성이 들리는 듯했다.

"맞아요. 요즘에는 이 홍매 꽃이 꼭 죽은 우리 집 사람으로 보인다니께요. 밤에는 우리 집 사람이 저 자리에 서 있는 것만 같아서 자다가도 벌떡벌떡 일어나 나와 보는구만요."

그러면서 주인은 잠깐 마루에 올라앉으라고 하더니, 한참 후에 소반에 하얀 녹차잔과 물 주전자를 받쳐 들고 나왔다. 그는 가볍게 우려낸 녹차를 찻잔에 따른 다음 잠깐 기다리라고 하더니 홍매 꽃

두 송이를 손바닥에 따들고 와서 찻잔에 띄웠다. 다섯 개의 진홍빛 꽃송이가 하얀 찻잔 위에 화르르 펼쳐졌다.

"향기가 괜찮습니다. 꽃이 지기 전에 따서 냉동시켜두었다가 한겨울에 녹차에 한 송이씩 띄워 마신답니다."

주인의 말에 나는 찻잔을 들어 코끝에 대고 천천히 들숨을 쉬었다. 콧김이 새었던지 꽃잎이 흐르고 노란 꽃술이 떨리는 듯 오묘한 향기를 뿜어냈다. 연하면서도 강렬하게 톡 쏘는 향기가 핏줄을 타고 몸에 서서히 퍼지면서 머릿속에 많은 홍매 꽃송이들이 피어나는 기분이었다. 나는 눈을 감았다. 두루마기 차림의 아버지와 붉은 치마에 꽃잎처럼 가볍고 앳되어 보이는 홍매가 떠올랐다 사라졌다. 한때 나와 죽자 사자 뜨겁게 만났다가 헤어진 여자들도 희미한 모습으로 그려졌다.

"실은 저 홍매화는 저의 가친께서 혼인날 제 모친을 위해 심은 거랍니다."

나는 빈 찻잔을 든 채 낮은 목소리로 말하며 주인 남자의 표정을 살폈다. 나는 아버지가 어머니를 위해 심은 거라고 거짓말을 했다. 주인은 다소 놀라는 얼굴로 나를 보았으나 한동안 말이 없었다.

"저 세상에 계시는 부모님 그리운 마음에 물어물어 여기까지 찾아왔습니다. 꽃을 보니 부모님을 뵌 듯 눈물이 나려고 하는군요."

"아, 그랬구만요. 그 심정 알겠습니다. 저도 저 꽃을 보면 죽은 아내가 생각난답니다."

두 사람은 오랫동안 말없이 다사로운 봄 햇살과 적당한 바람에 눈짓하듯 하늘거리는 홍매화를 바라보았다. 홍매화를 바라보는 주인의 그윽하면서도 무연(憮然)한 눈빛이 너무 애처로워보여서 차마 그곳까지 찾아온 이유를 솔직하게 말할 수가 없었다. 농장에서 사온 값에 배를 더 줄 테니 다시 되팔라는 말이 입 안에서 뱅뱅 돌뿐이었다. 그날은 그렇게 발길을 돌렸다.

집으로 돌아오는 길에 창평 장터에 들러 옛날 홍매가 살았던 집을 찾아보았으나 주막은 흔적조차 발견할 수가 없었다. 국밥집들이 들어선 장터 광장에는 자동차로 꽉 차 있었다. 나는 한동안 장터 주변을 돌아다니며 홍매의 자취를 수소문해보았다. 그녀가 아직 살아 있을 것만 같았다. 생뚱맞게 지금 홍매를 찾아서 무엇을 어찌하겠다는 생각은 없었다. 다만 할 수 있다면 그녀에게 활짝 핀 아버지의 홍매화를 보여주고 싶었다. 서너 시간 동안 장터 주변을 뒤적이다시피 했으나 헛수고였다. 홍매 찾는 것을 포기하고 돌아서는 발걸음이 무거워지면서 시울이 촉촉하게 젖어왔다. 막연한 그리움이 목울대에 꽉 차올랐다. 지난날의 기억들이 다 그리웠다. 어려서, 홍매 때문에 아버지한테 구박을 받고 속을 끓여 눈물 마를 날이 없는 어머니를 볼 때마다, 두 주먹을 불끈 쥐곤 했던 분노와 원망과 미움마저도 아련한 그리움으로 살아났다. 어머니를 불행하게 만들었고 가정의 평화를 깨뜨려 친지들로부터 지탄 받았던 아버지와 홍매의 사랑마저도 슬픈 전설이 되어 그리움의 붉은 꽃으로 피어난 듯싶었다. 비록 축복이 아닌 비난 속에 피어난 사랑이라 할지라도 이 세상 모든 사랑은 오랜 시간이 지나면 전설이 되어 기억 속에 그리움으로 살아남게 되는 것인지도 몰랐다.

느린 걸음으로 장터를 나오는데 한갓진 모퉁이 낡은 슬레이트

집 앞 평상에 가지런하게 가르마를 탄 낭자머리 노파가 먼 산에 시
선을 매단 채 그림처럼 오롯이 앉아 있는 모습이 눈에 들어왔다. 정
갈하고 단아하게 보인 낭자머리 때문인지 분위기가 지금 세상 사람
이 아닌 것처럼 아뜩하게 느껴졌다. 백 년 전쯤에 살았던 사람으로
보였다. 흰 치마저고리와 흰머리에 꽂힌 하늘빛 비녀며 흰 고무신
때문인지도 몰랐다. 얼굴도 달빛에 젖은 박꽃처럼 창백했다. 나는
조심스럽게 다가가서 노인 옆에 앉았다. 옆얼굴의 눈 밑이며 입 언
저리와 목덜미의 깊게 패인 주름을 보고서야 이 세상 사람이라는
것을 알았다. 갸름한 얼굴에 오목한 눈매며 도톰한 입술이 어딘가
낯이 익은 듯했다. 나는 노인의 얼굴에서 홍매의 기억을 찾아보려
고 잠시 되작거려 살펴보았다. 지금의 주름진 얼굴에서 60년 세월
의 더께를 걷어낸다면 붉은 매화꽃처럼 곱고 화사한 본디 모습이
보일 것만 같았다.

"여기 사신 지 오래되셨습니까?"

내가 헛기침을 토하고 나서 한껏 목소리를 낮게 깔고 물어서야
노인은 먼 산으로부터 천천히 시선을 거두어 무표정한 눈빛으로 나
를 보는가 싶더니 다시 고개를 돌려버렸다.

"한 사오십 년 되었을까… 헌데 왜 그러시우?"

노인의 목소리는 생각보다 탄력이 느껴졌다.

"사십 년쯤 전에 여기 살았던 작은 어머니를 찾고 있습니다요."

"…"

"유둔재 너머… 구산에서 살다가… 6·25 후 장터에서… 주막을
냈던…"

내가 더듬거리듯 말하자 노인은 시선을 앞산 멀리 드리운 채 고개만 서너 번 가로저을 뿐이었다. 노인의 얼굴이 워낙 무표정하게 굳어있는 것을 본 나는 말문이 막힌 듯 더 이상 묻고 싶지가 않았다. 나는 큰 소리로 혹시 홍매가 아닙니까? 하고 물으려다가 천천히 일어서고 말았다. 울컥한 마음을 다독이기 위해 나는 서둘러 자동차 안으로 들어가 핸들에 얼굴을 묻고 말았다. 시울이 펑 젖어 운전을 할 수가 없을 것 같았다. 흔적은 40년의 긴 시간 속에 묻혀버렸지만 기억만은 머릿속에 생생하게 살아 있었다.

홍매를 찾아 헤매다가 병이 든 아버지는 끝내 폐병이 들어 눕고 말았다. 그 무렵 아버지는 겨릅처럼 깡말라 바깥출입을 못한 채 누워 안타까울 정도로 힘겹게 숨만 팔딱거렸다. 세상을 뜨기 보름 전쯤이었던 것 같다. 아버지께서 일으켜 앉혀달라고 하더니 머리맡 오동나무 궤에서 자그마한 보자기를 꺼내 내 앞에 내밀었다. 아버지는 숨이 끊어질 것 같은 가래 끓는 목소리로 홍매가 사는 곳을 알려주며 그 보자기를 전해달라고 당부했다. 붉은 매화꽃이 그려진 하얀 여자 고무신이었다. 나는 아버지의 부탁을 받고 어머니 몰래 창평으로 홍매를 찾아갔다. 아버지가 알려준 대로 홍매는 창평 장터에서 주막을 내고 있었다. 나는 먼발치에서 오랫동안 홍매의 주막을 지켜보았다. 낭자머리에 흰 치마저고리 차림의 홍매는 젊고 건장한 남자와 술잔을 놓고 좌판에 마주앉아 깔깔대며 노닥거리고 있었다. 나는 망설였다. 용기가 없었던 것도, 술청의 분위기를 깨게 될까봐 걱정되어서도 아니었다. 갑자기 어렸을 때 토벌대에 쫓기던 때, 아버지가 내 손을 놓고 혼자 도망쳤던 일이 생각났다. 나는 아버지에 대한 원망을 곱씹으며 아버지가 전해달라고 한 고무신을 시궁창에 던져버리고 도망치듯 숨이 차오르도록 뛰었다. 나는 아버지에게 고무신을 홍매한테 잘 전해주었노라고 거짓말을 했다. 아버지는 꺽꺽 자주 숨을 꺾으면서도 홍매 입성은 어떠하더냐, 누구랑 살고 있는 것 같더냐, 너를 반겨주더냐, 애비한테 전하라는 말은 없더냐는 등 이것저것 되풀이해서 물었다. 그때마다 나는 거침없이 아버지 비위에 맞는 말을 해주었다.

"건강이 좋아지시면 한번 찾아오시라고 하드만요."라는 말에 아버지는 희끔희끔 웃기까지 하면서 "참말로 그러더냐? 참말로… 그렇게 전하라고 말했단 말이냐? 참말로?"라고 다그치듯 거듭 되물었다. 그때의 일을 생각하면 아버지에게 큰 죄를 지은 것 같아 괴로웠다. 그 고통은 내 손을 놓아버렸던 아버지에 대한 원망보다 몇 곱절 더 무겁게 나를 짓눌렀다. 나는 오랫동안 자동차 핸들에 엎드린 채 고개를 들지 못했다. 숨을 거두기 전 아버지의 간절한 부탁을 짓밟아버렸던 일이 칼로 오목가슴을 후비듯 고통스러웠다. 고통은 그리움과 슬픔이 되어 눈물로 흘렀다. 나는 소리 없이 울었다.

3

"잔뿌리 조심해요. 나무는 잔뿌리가 생명입니다."
나는 괭이와 삽으로 홍매화나무 밑동 둘레 땅을 파고 있는 인부들을 향해 소리쳤다. 나무의 큰 뿌리는 몸통을 지탱해주는 지주 역할을 하고 영양분을 빨아들이는 것은 작은 뿌리라는 것을 알고 있었다. 워낙 나무가 오래되어 밑동 흙의 둘레가 돌확만큼 컸다. 봄이 오려면 아직 멀었는데도 다행히 땅은 얼지 않았다. 나는 오래된 매화나무는 나무에 물이 오르기 전에 옮겨야 살 수 있다는 농장 사장의 말대로, 해동이 되기 전에 아버지의 홍매를 팠다. 늙은 인부가 괭이와 삽으로 분을 뜰 정도의 둘레를 표시해주자 굴착기의 육중한 쇠바가지가 땅을 깊숙이 내리찍었다. 붉은 흙이 두부처럼 뭉떵 잘라졌다. 나는 굴착기를 멈추게 하고 톱을 들고 옆으로 뻗은 작은 뿌리들을 잘랐다. 옮겨 심은 지 얼마 안 되어 아직 뿌리가 분 밖으로 뻗지 않았다. 집 주인은 못내 서운한지 가까이 오지 않고 마루에 앉아서 아쉬운 표정으로 홍매 발취작업을 바라보고만 있었다. 나는 어렵게 집 주인을 설득하여 홍매를 캐갈 수 있게 되었다. 그동안 세 차례나 이곳 달빛 골짜기 마을에 와서 아버지에 대한 사랑과 그리움을 절절하게 하소연했었다. 집 주인은 내 효성에 졌다면서, 아버지의 홍매보다 더 오래되고 수형이 아름다운 것을 대신 심어준다는 조건으로 간신히 승낙을 해주었다. 마당 가운데에는 아버지의 홍매화 자리에 심을 다른 홍매화가 어슷하게 누워 기다리고 있었다.

밑동을 반쯤 팠을 즈음에 누님이 생질과 함께 도착하여 차에서 내리는 모습이 보였다. 아버지의 홍매를 아버지 묘소 앞에 옮겨 심는 것을 반대해온 누님이었기에 나는 별로 반갑지가 않았다. 누님은 아버지의 홍매를 묘소로 옮기는 것은 저승에서까지 어머니를 괴롭히는 일이라면서 자식 된 도리로 어찌 그런 불효를 저지르겠느냐며 나를 닦달했었다. 나는 무엇보다 누님 때문에 아버지가 어머니를 위해 심은 것이 아니었다는 사실이 집 주인한테 발각이 될까 걱정이 되었다. 집 주인은 아버지가 어머니를 위해 심은 것이 아니라, 다른 여자를 위해 심었다는 사실을 알게 되면 생각이 바뀔지도 모르기 때문이었다.

"잘 살랑가 모르겠다잉."

누님이 홍매 가까이 와서 목을 빼어 관심 있게 뿌리 쪽을 내려다보며 혼잣말처럼 말했다. 나는 그렇게 말하는 누님의 속내를 가늠할 수 없어 주춤했다. 누님은 홍매를 옮겨 심는 것을 반대하기 위해 여기까지 찾아온 것이 아니란 말인가.

"꿈을 꾸었는디, 아버지가 활짝 핀 홍매화나무 아래서 환하게 웃고 계시더라. 돌아가시고 첨으로 아버지 꿈을 꾸었당께."

"그래요? 아버지께서 누님이 반대하는 것을 알고 계신 모양이네요."

나는 조심스럽게 누님의 눈치를 살피며 대꾸했다.

"이 큰 나무를 묘소까지 어뜨게 옮기끄나."

"그래도 사람 마음을 옮기기보다는 쉽지 않겠어요?"

나무 밑동이 다 드러나자 인부들은 밖으로 삐어져나온 뿌리들을 자르고 마직포로 분을 싼 다음 고무줄로 단단히 동여맸다. 이제 완전히 캐낸 나무를 트럭에 실을 차례다. 인부들은 트럭에 옮겨 싣기 전에 한숨 돌리기 위해 땅바닥에 퍼질러 앉아 준비해 온 막걸리로 목을 축였다. 인부들이 쉬는 동안 나는 두 팔로 껴안을 수 없을 만큼 덩저리가 큰 분을 여러 차례 쓰다듬었다. 마치 아버지의 유골을 만지는 것처럼 애틋하고 경건한 마음이 들었다. 문득 7년 전 아버지를 이장했을 때 일이 떠올랐다. 아버지가 묻혔던 도시 외곽 야산에 아파트가 들어서게 되어 유골을 고향으로 모실 수밖에 없었다. 세상을 뜬 지 10년이 넘었는데도 육탈이 덜 되어 뼈에 거뭇거뭇 살점이 붙어 있었다. 아버지의 검은 유골을 대하자 붉은 매화꽃처럼 화사한 홍매의 얼굴과 흰 고무신이 머릿속에서 어른거렸다. 그리고 홍매가 전하더라는 내 거짓말을 듣고 오랜만에 희미하게나마 웃음을 보였던 아버지의 환한 모습이 떠오르면서 얼굴이 화끈거렸다. 나는 그날, 속죄하는 마음으로 대칼로 아버지 유골에서 살점을 모두 떼어내고 한지로 문질러 깨끗하게 닦아냈다. 아버지에 대한 연민과 아련한 그리움, 목울대에 뜨겁게 차오르는 슬픔 외에 다른 기분은 전혀 느끼지 못했다. 그러나 그것만으로는 아버지에 대한 속죄의 앙금이 사라진 것이 아니었다. 세월이 흐르고 내가 더 늙어갈수록 아버지에 대한 죄스러움은 더욱 커져만 갔다.

"생각해보면 나무도 인연 따라 가는 것 같어."

"사람이나 나무나 마찬가지제라우. 진짜 인연은 사람이 나무가 되고 나무가 사람이 되는 거라고 생각허는구만이라. 그런 세상은 없을까요?"

"다시 태어날 수만 있다면 나는 소나무로 태어나고 싶네. 사철 푸른 소나무로 태어나서 추위도 안타고 한평생 꼿꼿허게 허리 펴고 살고 싶구만."

마흔 안팎의 젊은이 말을 초로의 깡마르고 왜소한 인부가 받았다. 인부들이 아버지의 홍매를 캐낸 자리에 농장에서 사 온 매화나무를 대신 심었다. 나는 그들이 주고받는 말에 빙긋이 웃기만 했다. 그들은 홍매화 나무를 캐내고 그 자리에 비슷하게 생긴 매화나무를 심는 연유를 알 턱이 없으면서도 인연이라는 말을 했다. 나도 마음 속으로 인연이라는 말을 되뇌었다. 아버지가 사랑하는 여자를 위해 심은 홍매화가 60여 차례 아름답게 꽃을 피운 동안 세상은 요동치 듯 변하고 또 변했다. 많은 사람들이 사라졌고 새로운 것들이 모습을 드러냈다. 사랑도 미움도 꽃이 피고 지는 시간의 무덤 속에 완전히 묻혀버렸다. 나는 오랫동안 아버지의 홍매를 잊고 살아왔다는 사실이 후회 되었고 가슴이 아팠다. 뒤늦게나마 아버지의 홍매를 찾아서 산소로 옮기는 것은 내가 살아있는 동안이라도 아버지를 오래도록 기억하고 싶은 간절한 바람 때문인 것이다.

굴착기로 아버지의 홍매를 트럭에 싣는 동안 나는 집 주인에게 거듭 머리를 조아리며 고맙다는 인사를 하고 자동차에 올랐다. 길 안내를 위해 내가 앞장을 서고 그 뒤로 홍매를 실은 트럭과 굴착기를 실은 트럭이 따랐으며 누님과 생질이 타고 온 2인승 하얀 지프차가 뒤를 이었다. 한 시간쯤 후에 일행은 고향의 마을회관 앞 공터에 도착했다. 그곳에서부터는 굴착기가 아버지의 홍매를 높이 매달고 야트막한 마을 뒷산으로 오르기 시작했다. 굴착기가 아버지 산소에 도착했을 때는 하루의 해가 설핏하게 기울기 시작했다. 인부들은 해 지기 전에 서둘러 홍매화나무를 심었다.

"엄니도 안 계셔서 쓸쓸하셨을 건디, 인자 외롭지 않으시겠소."

누님이 아버지 묘소 토방 옆에 바짝 심어 놓은 홍매화나무 앞에 무릎을 꿇더니 두 번 큰 절을 올리며 말했다. 누님의 말끝이 어딘가 투정을 부리는 것처럼 톡 쏘는 듯했다.

"꽃 피면 올게요."

나도 아버지의 홍매화나무를 향해 가볍게 고개를 숙이며 혼잣말처럼 하직인사를 했다. 인부들과 굴착기는 어느새 억새밭 비탈길을 내려가고 있었다. 하늘이 낮게 가라앉으면서 바람이 부산하게 솔잎 사이를 휘감고 돌며 제법 날카로운 소리를 냈다.

"어쩐 일인지 엄니한테 죄스러운 생각이 손톱만치도 없어야."

누님이 밤나무가 듬성듬성 한 밭머리를 내려오다 말고 발부리 밑 구산천 건너, 혼자 살고 있는 집을 바라보며 뚜벅 입을 열었다.

"어머님이 살아계셨다면 생각도 못 할 일이죠."

문득 오래 전 아버지를 이장하고 이 길을 내려오면서 어머니가 내게 탄식하듯 한숨 섞어가며 했던 말이 떠올랐다. "느그 아부지 나헌테는 참말로 독살시럽고 몰인정 했어야. 한번은 이 밭에서 뙤약볕 쬠시로 콩밭을 매고 있었느니라. 일 년 중에 오뉴월 콩밭 맬 때가 젤로 덥거든. 아 글씨, 나는 땀 찔찔 흘림시로 콩밭 매고 있는디, 느그 아부지라는 사람은 홍매년 허고 집 앞 팽나무 그늘에 마주보고 앙거서 장구치고 니나노 가락으로 노래부름서 지랄염병허게 놀고 있드란 말이다. 환장허겄드라. 참다 참다, 오목가심에 불이 붙은 것맹키로 속이 끓어올라, 호맹이 자루 든 채로 쫓아내려가서 욕을 퍼부어 댐시로 악을 써댔단다. 아, 그랬더니 시상에 그느 아부지란 사람이 홍매년 보는 앞에서 내 머리끄덩이를 휘어잡고 돼기치드끼 땅바닥에 어풀치더니 발로 직신직신 밟드란 말이다. 그날 밤에 감나무에 목매달고 콱 죽어불라고 했다만 차마 네 놈 땜시… 징헌사람. 아이고 독헌 사람." 어머니는 말끝에 몇 번인가 진저리를 쳤다. 순간 나는 어머니가 너무 그리워 눈물이 나려고 했다.

　나와 누님은 어스름해서야 자동차를 세워 둔 마을 앞 공터에 도착했다. 누님과 생질이 다리 건너, 빤히 바라다 보이는 자기네 집에 가서 쉬었다 가라며 한사코 붙잡는 것을 저녁 약속이 있다면서 먼저 보냈다. 누님을 태운 자동차가 떠난 후, 얼핏 고개를 들어 아버지 묘소가 있는 마을 뒷산을 올려다보고 나서 차에 오르려는데, 느티나무 앞으로 누구인가 바람처럼 휙 지나가는 모습이 눈에 들어왔다. 빠르게 지나갔지만 분명 흰 치마저고리를 입은 노인의 모습이었다. 나는 고개를 거듭 갸웃거리면서도 강한 힘에 이끌리듯 부리나케 느티나무 쪽으로 뛰어갔다. 아무도 없었다. 나는 이내 돌아서지 못하고 한동안 느티나무 부근을 서성이며 조금 전 눈앞을 스친 흰옷차림의 노인을 찾기 위해 두리번거렸다. 그때 희끄무레 어둠이 깔리는 하늘에서 눈이 술술 내렸다. 마을회관 앞 가로등에 주황빛 불이 켜지자 하늘에서 붉은 매화꽃잎이 날렸고 어디선가 중중머리 가락의 장고소리가 바람을 타고 아련히 흘러왔다.

시소 타기

1

아침부터 구리철사 같은 초여름의 햇살이 따끔 따끔 얼굴을 쪼아 댄다. 바람마저 숨을 죽이자 지상의 모든 것들은 햇볕 속에 난질 난질하게 가라앉았다. 숨을 쉴 때마다 후텁지근한 기운이 목구멍을 타고 턱 끝까지 차오른다. 오늘도 비는 오지 않을 모양으로 하늘이 짙은 청자 빛이다. 5월에 들어서면서부터 쌍무지개 아파트 단지 경로당은 아침 9시에 문을 연다. 경로당 문이 열리기가 바쁘게 가장 먼저 숨을 헐근거리며 들어서는 노인은 거의 직장 없는 며느리와 함께 사는 할머니 할아버지다. 며느리와 눈빛 마주치기가 싫어 숟가락을 놓기가 무섭게 도망치듯 경로당으로 나오기 때문이다. 다음이 독거노인이고, 직장에 나가는 며느리와 함께 사는 노인이다. 며느리가 직장에 나간 후 할머니들은 집안 청소와 설거지를 해야 하고, 혼자 남은 할아버지 경우는 느긋하게 커피를 타 마시고 좋아하는 티브이 프로도 골라 보고 나서 천천히 뒷짐을 지고 헛기침 토해

내며 나온다. 점심때가 다 되어서야 느지막이 오거나 얼굴 잊을 만하면 한 번씩 띄엄띄엄 들르는 경우는 부부가 함께 사는 노인들이다. 부부가 같이 살아도 할아버지가 아직 밖에서 일을 하는 경우에 할머니는 거의 날마다 나온다. 대부분의 할머니들은 허리가 휘었고 지팡이를 짚거나 유모차를 밀고 오는데, 할아버지들은 같은 또래인데도 허리를 짱짱하게 곧추 펴고 지팡이도 짚지 않는다.

경로당에 나오는 노인들은 저마다 한껏 멋을 낸다. 염색한 머리도 단정하게 빗고 입성도 정갈하다. 할아버지들보다는 할머니들이 더 멋을 부린다. 얼굴 주름을 감추기 위해 파운데이션이나 크림을 바르는 것은 기본이고 노인들 특유의 냄새를 풍기지 않으려고 향수를 진하게 뿌리기도 한다. 귀걸이에 루즈를 짙게 바른 할머니도 있다. 오랫동안 혼자 살아온 할머니일수록 치장이 화려하다. 남녀가 경로당에서 같은 방을 쓴 후부터 할머니들의 화장이 더 짙어졌다. 입주 때는 남자와 여자들 방이 따로 있었는데 3년 전 지금 홍영호 할아버지가 경로당 회장이 되면서부터 같은 방을 쓰게 된 거다. 이유는 건강을 위해서라는 거였다. 방을 따로 쓸 경우, 경로당에서 보내는 대부분의 시간을 벽에 등을 기대고 흐물흐물 앉아 잡담을 하거나, 늘비하게 누워 낮잠을 자기 일쑤였다. 그런데 남녀가 같은 방을 쓰면서부터는 누워있는 사람이 없다. 남자들은 장기를 두고 여자들은 티브이 앞에 몰려있게 마련이다. 이성간에 긴장감이 살아있어 자세를 흐트러뜨리지도 않고 함부로 욕설을 뱉지도 않는다. 동성간에 싸움도 눈에 띄게 줄어들었다.

208동 1층, 33평에서 홀렁하게 혼자 사는 조소래 할머니는 9시에 시작하는 아침 드라마를 보고 아파트를 나섰다. 물빛 블라우스에 베이지색 바지를 입은 그녀는 아파트 화단으로 나와 활짝 핀 진홍빛 모란꽃 앞에 쪼그리고 앉았다. 5년 전 이 아파트로 이사를 올 때 단독주택에 심어두었던 뿌리를 옮겨 심었는데, 작년부터 다섯 그루 모두 꽃을 피웠다. 모란을 심고 가꾸기 위해 화단이 있는 1층 아파트를 선택했다. 남편은 모란 재배 전문가였다. 단독주택에 살 때는 3백 평이 넘은 집 앞 텃밭에 모란을 가득 심어, 해마다 6월이면 모란꽃바다를 이루곤 했다. 모란꽃이 필 때면 전국 곳곳에서 많은 사람들이 꽃구경을 왔다. 남편은 6년 전 모란꽃이 피는 6월에 방문을 훨쩍 열어놓고 모란꽃을 바라보며 숨을 거두었다.

"여보, 나 경로당에 다녀오리다. 저녁때 봐요."

조소래 할머니는 모란꽃을 쓰다듬으며 마치 살아있는 사람에게 말하듯 했다.

11시가 가까워지자 널따란 경로당 방 안이 그들먹했다. 이날 점심을 먹을 사람들은 얼추 다 온 것 같다. 그런데 점심 담당 장넙순 할머니가 나타나지 않았다. 이날 점심은 미역국에 병어조림을 먹기로 전날 공표를 했고, 식사당번인 장넙순 할머니가 시장을 봐오기로 되어 있었다. 홍영호 회장의 78번째 생신이라, 이날 점심은 특식인 셈이다.

"총무가 전화 좀 해보씨요."

회장의 말에 주 총무가 스마트폰을 꺼낸다. 쌍무지개 경로당 안에서 스마트폰을 가진 여자는 주 총무 한 사람뿐이다. 68세로 여자들 중에서 가장 나이가 아래인 주 총무는 귀걸이에 분홍빛 루즈까지 뒤발했다. 주 총무가 스마트폰 번호를 누르고 있는데 장녑순 할머니가 두 손에 장바구니를 들고 헐근거리며 들어섰다. 노인들의 시선이 일제히 장녑순 할머니의 이마에 화투짝만큼 크기로 붙어있는 반창고에 쏠렸다.

"움마? 이마를 다쳤는개비네?"

주 총무가 일어서서 장바구니를 받아들며 걱정스러운 눈빛으로 물었다.

"어프러졌어. 아, 클씨, 마트를 가고 있는디, 도둑고양이란 놈이 뒤에서 나를 휙 밀드라고. 엉겁결에 두 손으로 손지갑을 꽉 움켜쥐는 바람에 깨고락지 맹키로 앞으로 팍 꼬꾸라지고 말았당께. 그래서 병원에 가서 약 쪼간 바르고 오느라고 늦어뿌렀어."

"큰일 날뻔 했구만."

"그랑께, 백구동 사는 도둑고양이 그 놈 말이제라?"

"그 놈이 손지갑 날치기헐라고 그랬구만."

"움켜쥐지 안 했드라면 영락없이 지갑 날치기 당했을 거구만."

"그 잡녀러 새끼를 어째사쓰까잉."

"미성년이라 감옥에도 못 보낸다드만."

"당장 붙잡아서 되게 영금을 보여야 혀."

경로당 노인들은 흥분하여 저마다 한마디씩 쏟아냈다.

2

쌍무지개 아파트단지, 텅 빈 어린이 놀이터에 초여름 오후의 쨍쨍한 햇살이 널름거린다. 오후가 되면서부터 바람이 살랑살랑 불자 놀이터를 에두른 버찌나무 우듬지들이 일제히 너울거린다. 까맣게 익은 버찌들을 쪼아 먹기 위해 날아든 산까치 몇 마리가 놀랐는지 깩깩거리며 분주히 날아오르더니, 다시 나비처럼 날렵하게 가지 끝에 엉겨 붙었다. 놀이터에 조소래 할머니 혼자 헌거롭게 앉아 있다. 그녀는 매일 점심을 먹고 놀이터에 나와 해질 무렵까지 앉아 있곤 했다. 놀이터는 종일 비어 있게 마련이었다. 그녀는 혼자 놀이터에서 시간을 보내면서, 아이들이 놀이터를 가득 메우고 왁자지껄했을 한때를 떠올렸다. 눈을 감으면 아이들의 떠들어대는 소리가 왕왕 귓전에 맴도는 것 같았다.

느티나무 그늘 밑, 짙은 갈색 인조목 벤치에 앉아서 졸고 있던 조소래 할머니가 산까치들의 소란스러움에 소스라치듯 고개를 들고 눈을 떴다. 놀이터는 여전히 덩그렇게 비어있다. 조소래 할머니는 조금 전 경로당에서 미역국과 병어조림을 반찬으로 맛나게 점심을 먹었다. 식곤증으로 자울자울 졸고 있는데, 귀가 어두운 회장이 한사코 축구중계 방송을 듣느라 텔레비전을 크게 틀어놓는 바람에 입을 비죽이며 놀이터로 나오고 말았다. 시끄러운 새소리에 잠이 깬 조소래 할머니는 경로당으로 돌아갈까 하고 잠시 일어섰다가, 다시 주저앉아 눈부신 햇빛 속에 고즈넉이 가라앉은 놀이터를 쓸어보았다. 텅 빈 놀이터가 그녀 마음처럼 쓸쓸해서 반사적으로 고개를 들어 하늘을 올려다보았다. 구름 몇 조각이 흰 손수건처럼 가볍게 떠있다. 손수건들 중에서 하나가 5년 전에 세상을 뜬 영감 얼굴로 변했다. '썩을 놈에 영감탱이, 나 죽으면 국화꽃물로 몸뚱이 칼칼하게 씻어서 묻어준 다음에 죽겠다등만, 매정하게 먼첨 가다니. 에이 배신자.' 조소래 할머니는 눈살을 찌푸리며 후닥닥 시선을 내려버렸다. 그때, 놀이터 건너 쪽 큰길에서 통통 튀 듯 구름다리를 내려오고 있는 꼬맹이가 눈에 들어왔다. 초등학생으로 보이는 꼬맹이는 다리를 내려와 놀이터 쪽으로 어슬렁거리며 천천히 걸어왔다. 아직 학교가 끝날 시간이 아니라서 조소래 할머니는 아이를 눈여겨 지켜보았다. 놀이터 안으로 들어선 아이는 맞은편에 앉아있는 할머니는 거들떠보지도 않고 가방을 맨 채로 그네에 앉더니 천천히 몸을 흔들어댔다. 아이는 왼손으로 그네의 쇠줄을 잡고 오른손에 들고 있는 아이스크림을 핥았다. 아이는 조소래 할머니 쪽으로는 한번도 시선을 주지 않은 채 아이스크림을 다 핥고 나더니 빈 봉지를 땅에 휙 던졌다. 조소래 할머니는 아이스크림 봉지를 쓰레기통에 버리라고 소리치려다가, 멈칫했다. 저 아이가 109동에 산다는 불량아이일지도 모른다는 생각이 스쳤기 때문이다. 주민들은 그 아이를 꼬마 도둑고양이라고 불렀다. 도둑고양이는 아파트 단지 안의 가게에서 물건을 훔치고, 노인들을 밀어뜨려 지갑을 날치기 하고, 자기보다 어린 아이들한테서 돈을 빼앗고, 층계에 놓아둔 장난감이나 자전거를 가져다 팔아먹는다는 등 소문이 짜했다. 주머니칼을 가지고 다닌다고도 했다. 경로당에서 듣기로 그 아이는 아이가 없는 집에 입양이 되었는데, 양부모가 이혼소송을 하면서부터 돌보지 않게 되었고 들고양이처럼 쏘다니며 삐뚤어지기 시작했다는 거였다.

아이는 놀이터를 떠나지 않고 계속 그네를 탔다. 그네를 타면서 흘깃흘깃 조소래 할머니를 훔쳐보는 것 같았다. 어쩌다가 시선이 마주칠 때마다 조소래 할머니는 흠칫 놀라며 바짝 긴장했다. 아이가 무엇인가 빼앗아갈 것이 없나 하고 탐색하는 것 같았다. 갑자기 달려들어 주머니칼을 들이대고 돈을 내놓으라고 하면 어쩌나 싶기도 했다. 그러면서도 조소래 할머니는 은근히 도둑고양이가 가까이 다가오기를 조릿조릿 기다렸다. 돈을 요구하면 그까짓 만원 한 장쯤 선뜻 내어 주리라 마음먹고 아이의 행동을 유심히 지켜보았다. 얼마 후, 아이는 그네에서 내려오더니 잠시 할머니 쪽을 얼핏 바라본 후, 미적미적 대여섯 발짝 가까이 걸어오다가 미끄럼틀 위로 올라갔다. 조소래 할머니는 눈에 힘을 주어 시선을 팽팽하게 던졌다. 벤치에서 미끄럼틀까지는 20미터도 채 안 되는 거리라서, 얼굴표정의 흔들림까지도 다 읽을 수 있었다. 각지고 검게 그을린 얼굴에 코끝이 뭉뚝하고 작은 눈이 매섭게 번뜩였다. 키는 작아도 다부지게 생겼다. 두 사람의 눈빛이 마주치자 조소래 할머니 쪽에서 마음을 다잡고 살포시 미소를 보냈다. 꼬맹이는 반응을 보이지 않았다. 잠시 후 대여섯 걸음 미적미적 다가오다가 회전무대에 올라서서 한참 동안 상반신을 거칠게 흔들어대더니, 벤치 코앞에 있는 시소 한쪽 끝에 엉거주춤 앉아 무표정하게 조소래 할머니를 바라보았다. 할머니는 꼬맹이가 시소를 타고 싶은 게로구나, 짐작하고 유심히 바라보았다. 얼핏 두 사람의 시선이 엉켰고 이내 아이 쪽에서 고개를 돌렸다. 조소래 할머니가 천천히 일어섰다. 그때 바람이 살랑 불었고 버찌를 쪼아 먹던 때까치들이 후루루 날개를 친 후 다시 앉았다. 할머니는 다소 경계하듯 잠시 미적거리다가 가까이 다가가 꼬맹이 반대쪽 시소 끝에 조심스럽게 앉았다. 순간 덜커덩 하는 소리와 함께 꼬맹이가 솟구쳐 올랐다. 다음 순간 조소래 할머니가 엉덩이를 가볍게 들어 올렸고 꼬맹이가 쿵 내려앉았다. 두 사람은 말없이 쿵딱 쿵딱 시소를 탔다. 몸무게가 두 배나 무거운 조소래 할머니 쪽에서 엉거주춤한 자세로 균형을 맞춰주었다. 꼬맹이가 흰 이를 드러내며 처음으로 희끔 웃자 조소래 할머니도 활짝 얼굴을 폈다.

"너, 백구동 사는 거 맞쟈?"

"알면서 그딴 건 왜 물어요?"

조소래 할머니 물음에 꼬맹이가 스프링에 튕기듯 반사적으로 되물었다.

"그렇구나. 그렇다면 이름은 물어봐도 되냐?"

"조재벌이어요. 웃기는 이름이지요?"

"조재벌? 재벌이 되라고 그런 이름을 지어주었구나. 누가 지어주었냐?"

"그딴 거 몰라요."

"아직 학교가 파할 시간이 아닌데 왜 벌써 온 거냐?"

"점심만 먹고 와요. 학교에는 점심 먹으러 가거든요."

"공부는 안하고?"

"골치 아프게 그딴 건 왜 해요?"

잠시 대화가 끊겼다. 꼬맹이는 '그딴 거'라는 말을 달고 사는 듯 싶었다.

"집에는 왜 안 가고 왜 놀이터로 왔어?"

"열쇠가 없어요."

"열쇠가 없다니?"

"양부모가 이혼소송을 하면서 내 열쇠를 가져가버렸어요. 아줌마가 나를 믿지 못하겠다는 거겠지요. 그래서 아줌마가 들어오기 전에는 집에 갈 수 없어요. 양부모가 이혼하게 되면 다시 보육원으로 가야한데요. 여기로 입양되기 전에도 파양이 돼서 일 년 동안 보육원에 있었거든요."

꼬맹이는 마치 남의 이야기 하듯 아무렇지 않게 술술 말했다.

"아빠는…?"

"아저씨요? 집에 들어오지 않은 지 오래 되었어요."

조소래 할머니는 잠시 할 말을 잃고 두 발로 땅을 밟은 채 무연히 앉아 있었다. 꼬맹이가 허공에 떴다. 조소래 할머니는 서울에 사는 열세 살짜리 손자를 떠올렸다. 작년 여름방학 때 다녀갔으니 손자를 본 지도 1년이 가까워온다. 초등학교에 다닐 때까지만 해도, 방학과 명절 때는 어김없이 할머니를 찾아오더니, 중학생이 되면서부터는 전화도 뜸해졌다. 영감과 둘이서 교외 단독주택에서 살 때였다. 영감이 묘목을 얻어다 앞마당에 심어놓은 자두나무가 처음으로 주렁주렁 주황색 열매를 맺었다. 영감은 유치원에 다니는 손자에게 꼭 보여줘야한다면서, 아들한테 전화를 걸어 주말에 아이와 함께 다녀가라고 했다. 손자가 오기로 한 하루 전날 밤에 비바람이 휘몰아쳤다. 아침에 나가보니 자두가 옴씰하게 떨어져버렸다. 크게 실망한 노부부는 땅에 떨어진 자두 꼬투리를 하나하나 실로 묶고 가지에 매달아놓았다. 아침을 먹고 있는데 아들한테서 전화가 왔다. 바쁜 일이 생겨서 내려올 수 없다는 거였다. 부부는 너무 실망했지만 잠시나마 떨어진 자두를 실로 묶어 매달면서 느꼈던 간질간질한 행복감만으로 만족했다. 그리고 영감이 살아 있을 때 가끔씩이나마 그 추억을 이야기하면서 웃을 수 있어 좋았다. 조소래 할머니는 울컥 손자가 보고 싶었지만 참았다. 요즘에는 전화도 이쪽에서 먼저 하지 않는다. 부담을 주기 싫어서다.

"엄마는 일찍 들어오시냐?"

"아줌마요? 대중없어요. 어떤 날은 떡이 되도록 취해서 한밤중에 들어오기도 해요."

"네 저녁은 어떻게 하고?"

"쫄쫄 굶고 밖에서 기다려야지요. 운이 좋으면…"

꼬맹이는 말끝을 흐리며 약간 어색해하는 표정으로 조소래 할머니를 얼핏 보았다. 아마 꼬맹이는 밖에서 양어머니를 기다리다가 너무 배가 고프면 상가에 들어가 먹을 것을 훔치거나, 빵이나 과자를 먹고 있는 아이를 보면 빼앗았을 것이라고 조소래 할머니는 생각했다.

"보육원에 가면 굶지는 않을 텐데…"

"보육원은 싫어요. 밥그릇도 없이 식판에 밥을 담아 먹는 거 싫어요. 꼭 포로 같아요. 할머니 포로 알아요? 난 포로가 되는 거 싫어요."

꼬맹이는 뜻밖에 '싫어요'에 힘을 주어 단호하게 말했다. 조소래 할머니는 이유를 물어보려다가 꼬맹이 표정이 너무 딱딱하게 굳어져 있는 것을 보고 그만두었다.

"앞으로 어쩔 거냐?"

"모르겠어요. 그냥 여기가 좋아요."

"왜 좋은데?"

"그딴 거 묻지 말고 빨랑 내려줘요."

허공에 떠 있던 꼬맹이가 다급하게 소리쳤다. 그때야 조소래 할머니는 다리에 힘을 주고 퍼뜩 일어섰고 그 바람에 꼬맹이가 쿵 떨어졌다. 두 사람은 한동안 시소를 즐겼다. 조소래 할머니가 신경을 써서 힘의 균형을 잘 맞춰주었다.

"너, 시소 타고 싶었구나."

"혼자는 못 타잖아요."

"친구 없어?"

"다들 싫어해요. 허지만 그딴 건 상관없어요."

"싫어하는 거가 아니고 무서워하는 거 아닌가?"

"싫어하는 거나 무서워하는 거나 마찬가지 아녀요?"

"너 혹시 송곳이나 칼 같은 거 가지고 다니냐?"

"아닌데요? 제발 그딴 거 묻지 말고 시소나 타요."

꼬맹이는 도리질까지 치면서 강하게 부인했다. 그러나 조소래 할머니 생각에 아이의 강한 부정이 오히려 마음에 걸렸다. 조소래 할머니는 내색을 하지 않으려고 엉덩이를 올렸다 내렸다 하면서 시소 타는 데 열중했다.

"나 시소 잘 타쟈?"

"허지만 내가 할머니보다 더 높이 올라갈 수 있잖아요. 몸이 무겁다고 시소 잘 타는 건 아니라고요."

"그렇구나. 네가 더 높이 솟구칠 수가 있구나."

그러면서 조소래 할머니는 두 다리를 뻗고 일어섰다가 엉덩이에 온몸의 무게를 실어 철퍼덕 앉았다. 쿵 하고 시소 끝이 땅에 부딪치는 소리와 함께 꼬맹이가 바람처럼 허공으로 높이 솟구쳤다. 조소래 할머니는 점점 더 엉덩이에 힘을 주어 주저앉았고 그때마다 꼬맹이는 더 높이 허공으로 솟구쳐 올랐다. 아이는 재미있는지 깔깔대고 웃었다. 두 사람은 그렇게 시소를 즐겼다. 놀이터에 햇살과 바람과 웃음소리가 가득했다. 시간이 꽤 흘렀지만 그들은 시소 타는 것을 멈추지 않았다. 조소래 할머니는 오금이 저리고 등에 땀이 질퍽했지만 멈출 수가 없었다. 오랜만에 듣는 아이의 천진스러운 웃음소리가 듣기 좋았기 때문이다. 그때 구름다리 쪽에서 푸른 완장을 두른 경비원이 놀이터를 향해 걸어오는 것이 보였다.

"스톱, 스톱. 시소 멈춰요."

경비원을 보자 꼬맹이가 갑자기 불안해하는 목소리로 다급하게 소리쳤다. 꼬맹이의 날카로운 목소리에 놀랐는지 버찌나무에서 한 무리의 산까치 떼가 후루루 날아올랐다. 조소래 할머니는 그러나 시소를 멈추지 않았다.

"할머니, 멈추라니깐."

꼬맹이가 다시 소리쳐서야 조소래 할머니는 엉거주춤 일어섰고 그 순간 꼬맹이가 경비원 눈치를 살피며 도망칠 준비를 했다. 조소래 할머니가 꼬맹이 손을 힘껏 잡았다.

"재벌아, 시소를 많이 타서 배고프쟈? 냉큼 우리 집으로 가자."

조소래 할머니가 꼬맹이 손을 잡아끌었다. 꼬맹이는 손을 잡힌 채 경비원을 향해 시선을 못 박고 있었다. 구름다리를 건너온 경비원이 걸음을 멈추어 섰다. 조소래 할머니는 꼬맹이 손을 잡고 놀이터를 나와 아파트단지 쪽으로 걸었다.

"이 손 놔요. 도망치지 않을게요."

그 말에 조소래 할머니가 손을 놓았다. 꼬맹이는 도망치지 않고 조소래 할머니 옆에 바짝 붙어서 수걱수걱 따라왔다. 잠시 후 꼬맹이가 뒤를 돌아다보았다. 경비원은 그때까지도 걸음을 멈추어 서서 꼬맹이를 꼬나보고 있었다. 꼬맹이가 경비원을 향해 매롱 하고 혀를 내밀었다. 놀이터 쪽에서 산까치들이 낭자하게 울어댔다.

3

아파트단지 안에 들어서자 꼬맹이는 여전히 쫓기는 아이처럼 눈알을 휘굴리며 사방을 두리번거렸다. 양 어깨에 잔뜩 힘을 주고 있는 것으로 보아 여차하면 도망칠 준비를 하고 있는 것 같았다. 불안해하는 기색이 역력했다. 조소래 할머니는 슬며시 아이의 손을 잡고 안심하라는 듯 미소를 보냈다. 그러나 불안한 기색은 여전했다. 조소래 할머니는 아이의 손을 잡고 208동 아파트 화단까지 가서 모란꽃 앞에 쪼그리고 앉았다. 아이도 엉거주춤 엉덩이를 약간 쳐들고 앉더니 자꾸만 두릿두릿 주위를 살펴보았다.

"영감, 오늘 우리 집에 손님이 왔어요. 아파트로 이사 와서 처음 맞은 손님이랍니다. 영감, 걱정 말아요."

조소래 할머니가 모란꽃에 대고 말을 하는 동안에도 아이는 안절부절 못하며 계속 주변을 두리번거렸다. 조소래 할머니 뒤를 따라 현관 안으로 들어서는 순간 거실에서 흘러나오는 라디오 소리가 들리자 아이는 주춤 걸음을 멈추었다.

"아무도 없어. 너무 조용하면 쓸쓸하니까, 밖에 나갈 때는 라디오를 켜 놓는단다."

할머니가 말해서야 아이의 눈빛은 비로소 안정을 찾은 듯 거실로 들어서서 벽에 걸린 사진들을 유심히 들여다보았다. 그 사이 조소래 할머니가 라디오를 껐다.

"이 집에서 나 혼자 산다."

"쫌 전에 화단에서는 누구한테 말을 하신 거예요?"

소파에 나란히 앉아서야 아이가 뚜벅 물었다.

"응, 들었구나. 육 년 전에 하늘나라에 간 우리 영감한테."

"근데 왜 꽃에 대고 말을 해요?"

"모란꽃은 우리 영감 혼이나 같거든."

"예 … ?"

조소래 할머니는 대답 대신 씩 웃어보이며 베란다로 나가 화단 쪽 창문을 훨쩍 열고 모란꽃을 내려다보았다. 모란꽃 향기가 솔솔 바람을 타고 콧속으로 파고 들어와 핏줄을 타고 온몸으로 저릿저릿 퍼지는 것 같았다. 모란꽃에서는 영감의 냄새가 났다. 그래서 할머니는 집에 있을 때는 언제나 화단 쪽 창문을 훨쩍 열어놓는다.

"이리 와서 꽃향기 좀 맡아봐라."

할머니가 꼬맹이를 향해 손짓을 했다.

"모란꽃은 씨를 뿌리고 나서 구 년이 지나야 꽃을 피운단다. 구년 만에 여덟 개의 꽃잎이 피는데 이것을 팔중이라고 한단다. 그리고 해가 거듭할수록 꽃잎이 많아져 천중, 만중이 된단다. 만중이 되면 꽃잎이 너무 무거워 꽃이 제대로 고개를 쳐들 수조차 없게 되지. 꽃이 피어 만중이 되기까지는 꼬박 십사 년이 걸린단다. 제대로 꽃을 완성시키는데 십사 년이 걸리는데 하물며 사람이야 사람구실 하기까지는 오죽 세월이 오래 걸리겠냐. 재벌이 너도 서두르지 말고 열심히 살면 언젠가는 네 이름대로 재벌이 될 수 있을 게야."

조소래 할머니는 평소 남편이 집에 오는 손님들에게 해주곤 했던 이야기를 꼬맹이한테 말해주었다. 꼬맹이는 아무런 반응도 없이 잠자코 듣기만 했다.

"얼른 저녁밥 지어줄 테니께 앉아서 입맛 다시고 있거라."

조소래 할머니는 칸막이 목기에 호도며 잣, 땅콩을 담아 탁자 위에 놓았다. 그때 탁자 위에서 전화벨이 다급하게 울렸다.

"백삼호 모란꽃 할머니 맞죠? 별 일 없지요? 여기 경비실인데요. 혹시 좀 전에 놀이터에서 같이 있던 아이가 백구동 도둑고양이 아니었남요?"

경비원의 목소리가 어찌나 찌렁찌렁 울리던지 꼬맹이 귀에까지도 들렸다. 조소래 할머니가 호도를 먹고 있는 꼬맹이를 보았다. 순간 꼬맹이의 눈알이 바삐 움직였다.

"아녀요. 우리 손자 놈인디요"

"아, 그래요. 도둑고양이 보면 경비실로 연락 주세요."

할머니는 신경질적으로 송수화기를 놓고는 텔레비전을 켠 다음 리모콘을 꼬맹이 손에 쥐어주었다. 꼬맹이는 스스럼없이 리모콘을 받아 바쁘게 채널을 움직이다가 아이돌 노래가 나오자 눈을 번쩍 뜨며 상반신을 앞으로 꺾었다. 할머니는 저녁을 짓기 위해 주방 쪽으로 갔다. 평소에 먹던 잡곡밥 대신 흰 쌀로 밥을 안치고, 돼지고기를 넣은 애호박국을 끓이고, 조물조물 가재나물도 무치고, 자반무침, 계란말이, 갈치구이 등 여러 가지 반찬을 만들었다. 혼자 있을 때는 잡곡밥과 김치, 아니면 생선이나 한 도막 구워서 대충 먹곤 했는데, 오랜만에 누구를 먹이기 위해 이것저것 반찬을 만들다보니 신이 났다. 비로소 살아있다는 기분이 들었다. 꼬맹이가 맛나게 먹는 모습을 상상하자니 생글생글 웃음이 터져 나오기도 했다.

꼬맹이는 조소래 할머니가 갈치구이를 발라 밥숟가락에 얹어주는 대로 냉큼 냉큼 받아먹었다. 꼬맹이는 밥을 두 그릇이나 먹어치웠다. 꼬맹이가 밥을 먹는 동안 조소래 할머니는 일부러 한 마디도 하지 않고 입으로 음식 들어가는 모습만 우두커니 바라보았다. 할머니는 꼬맹이가 편한 마음으로 먹고 싶은 대로 먹기를 바랐다. 숟가락과 젓가락이 번갈아가며 입 속으로 부지런히 들락거리는 모습이 마치 기계가 일정한 속도로 움직이는 것만 같아 신기하기까지 했다. 꼬맹이는 밥을 먹고 나서 사과 두 개를 깎아 주었더니 순식간에 다 집어먹었다.

설거지를 끝내고 조소래 할머니와 꼬맹이는 나란히 소파에 앉아서 텔레비전 만화를 보았다. 리모콘을 꼬맹이가 꼭 쥐고 있었기에 할머니는 좋아하는 드라마 프로를 선택할 수가 없었다. 꼬맹이는 텔레비전을 보면서도 텔레비전 옆 문갑 위에 놓여있는 할머니와 손자가 함께 찍은 액자 속 사진을 계속 훔쳐보았다. 할머니 칠순잔치 때 초등학교 5학년이었던 손자와 찍은 사진이었다.

"손자여요?"

꼬맹이가 텔레비전에서 시선을 떼지 않은 채 건성으로 물었다.

"그래. 지금 네 나이 때 찍은 거란다."

"나도 할머니가 있으면 좋을텐데…"

꼬맹이는 여전히 텔레비전에서 시선을 거두지 않고 혼잣말처럼 나지막이 중얼거렸다.

"할머니가 있으면 입양을 하지 않아도 되고… 아플 때 이마도 만져주고… 할머니가 있으면 등도 긁어주고 돈을 벌어서 맛있는 것도 사 드릴 수 있는데…"

"네가 어떻게 돈을 벌어?"

"맘만 먹으면 나도 돈 벌 수 있어요. 파지도 줍고 빈병도 모으고…"

"공부는 안 하고?"

"할머니가 있다면 출세를 해야 하기 때문에 공부도 열심히 해야지요."

꼬맹이가 조소래 할머니를 힐끔 쳐다보며 말했다. 할머니는 아무 말도 하지 않았다. 해주고 싶은 적당한 말이 떠오르지 않았기 때문이다. 한동안 침묵이 흘렀다. 꼬맹이가 갑자기 텔레비전 볼륨을 올렸다. 만화 프로가 끝나자 꼬맹이는 다시 여기저기 채널 버튼을 눌러대더니 아이돌 가수들이 뛰고 춤추는 장면에서 멈췄다. 금세 아홉 시가 넘고 열 시가 다 되었다. 꼬맹이는 제집으로 돌아갈 생각을 하지 않았다. 여느 때 같으면 아홉 시엔 어김없이 잠자리에 드는 할머니였는데 이날만은 잠이 오지 않았다.

"너 집에 안 가도 되겠어?"

"괜찮아요."

"그럼 우리 집에서 자고 갈 거냐?"

"그럴 생각이어요."

꼬맹이 말에 할머니의 입에서 바람 빠지는 소리처럼 퍼허 하고 가볍게 실소가 터져나왔다. 대책이 없는 아인지 넉살이 좋은 건지 분간할 수가 없었다. 그러나 이상하게도 얌체 같은 그런 아이가 조금도 밉지 않았다. 오히려 관심과 호기심을 불러일으켰다.

"네 덕분에 오늘 밤에는 불을 끄고 자도 되겠구나."

조소래 할머니가 가볍게 하품을 삼키며 말했다.

"할머니도 불을 켜고 주무세요? 나도 무서워서 불을 끄고는 잠을 못 자는데… 헌데 할머니는 어른인데 뭐가 무서워요?"

"너는 뭐가 무서운 건데?"

"배고픈 것도 무섭고, 혼자라는 것도 무섭고, 경비아저씨도 무섭고, 보육원에 다시 돌아갈 일도 무섭고… 맞아요. 혼자라는 거가 제일 무서워요. 가족도 없고 친구도 없고 전화할 사람도 전화해줄 사람도 없다는 게 무서워요. 매를 맞거나 욕을 먹는 거는 전혀 무섭지 않아요. 할머니는요? 노인이니까 죽는 거가 무섭겠죠?"

"죽는 거 보다는… 나도 혼자라는 것이 젤로 무섭단다. 혼자 죽는 걸 생각하면 정말 무섭단다. 그래서 늘 라디오를 켜 놓고 밤에는 불도 끄지 못하고 그런단다."

"손자도 있고 아들도 있으면서 왜 혼자라고 그래요? 진짜 혼자는 나 같은 아이랍니다."

꼬맹이의 그 말에 갑자기 조소래 할머니의 명치끝이 싸하게 틀어오는 것 같았다. 아이한테 할 말이 없었다. 나도 혼자인 거나 마찬가지란다 라고 말 하고 싶었지만 입이 열리지 않았다. 그 말을 하면 아이가 조롱하거나 화를 낼 것만 같았다.

4

조소래 할머니는 불을 끄고 잠이 들었는데도 비가 오는 소리도 듣지 못하고 늦잠을 자고 말았다. 이렇게 늦잠을 자보기는 영감이 죽은 후 처음이다. 옷을 갈아입고 거실에 나와 보니 꼬맹이가 보이지 않았다. 조심스럽게 문간방 문을 열어보았더니 아이가 엎드려 자고 있었다. 할머니는 싱긋이 미소를 말아 올리며 한참동안 잠든 아이 모습을 바라보았다. 납작하게 배를 깔고 엎드리고 만세를 부르듯 두 팔을 머리 위로 쭉 뻗고 자는 모습이 꼭 개구리가 움치고 있는 것 같았다. 할머니는 소리 나지 않게 방문을 닫고 베란다 쪽으로 가서 비를 흠씬 맞고 있는 모란꽃을 내려다보았다. 순간 모란꽃밭에 앉아 비를 맞고 있는 영감이 보였다. 눈을 비비고 머리를 도리질하며 다시 내려다보았다. 꽃들만 함초롬히 비에 젖고 있었다.

잠이 깨어 밖으로 나가보면 영감은 언제나 새벽같이 일어나 모란꽃밭에 앉아 풀을 뽑고 있었다. 영감은 직장에서 돌아오면 거의 모란꽃밭에서 시간을 보냈다. 그렇게 평생을 모란꽃에 바쳤다. 해방 되기 2년 전, 농업학교를 졸업하던 해에 일본에 건너가 모란꽃 열 뿌리를 가져와 심었는데 모두 죽고 한 뿌리가 살았다. 뿌리에서 싹을 틔우고 꽃이 피고 씨를 맺었다. 그 씨를 텃밭에 뿌리고 가꿔가면서 3백 평 밭을 모란꽃으로 가득 채웠다. 사월 초파일 무렵이었다. 사촌오빠 소개로 첫선을 본 날, 영감 집에 처음 온 조소래 할머니는 모란꽃밭을 보고 탄성을 멈추지 못했다. 화려한 진홍의 꽃바다에서 풍겨오는 짙은 향기에 어지럼증을 느꼈다. 바람이 건듯 불어 꽃물결이 일렁이자 가슴이 뛰었다. 그녀는 이처럼 꽃을 사랑하는 사람이라면 마음이 부드럽고 향기로워 평생을 사랑받고 살 수 있을 것이라고 믿었다. 결혼을 하고 보니 남편은 아내보다 꽃을 더 사랑하는 것 같아 질투가 나기도 했다.

그래서 어느날 '당신은 나보다 모란꽃을 더 좋아하는군요.' 라고 따지듯 묻자, 남편은 '나는 당신과 모란꽃을 다 사랑한다오. 모란꽃이 당신이고 당신이 모란꽃이니까.' 하고 말했다. 그 말에 질투심이 일시에 사라져버렸다.

"그래요, 이제는 모란꽃이 영감이오."

조소래 할머니는 혼잣말로 중얼거리며 몸을 돌려세웠다. 정말 그녀는 이제 영감을 보듯 모란꽃을 보며 살고 있다.

"할머니 잘 주무셨어요."

꼬맹이가 잠에서 깨어 거실로 나오며 꾸벅 인사를 했다.

"학교 늦겠구나. 금방 아침 채릴께 세수해라."

두 사람은 마치 오랫동안 한 집에서 살아온 할머니와 친손자처럼 스스럼없었다. 할머니는 아침 준비를 서둘렀다. 김치찌개도 끓이고 생선도 구웠다. 꼬맹이가 세수를 끝내고 소파에 앉아 텔레비전을 보고 있는 동안에 아침식탁을 준비했다.

"밥 먹기 전에 엄마한테 전화하지 그랬어. 걱정하실 텐데."

"아줌마 나 걱정 안 해요."

"설마 … "

"나한테 관심 없어요."

꼬맹이는 숟가락을 놓자마자 거실 구석에 처박아 둔 가방을 꺼내 등에 멨다. 조소래 할머니는 아이의 가방 안에 무엇이 들어있는지 궁금했다. 아이는 아파트에 들어온 후 한 번도 가방을 열지 않았다.

"학교에 가려고?"

"학교에 가야 점심을 먹지요."

현관에서 운동화를 신으며 꼬맹이가 말했다.

"잠깐 기다려라."

조소래 할머니가 신발장 서랍에서 빨간 고무줄로 묶은 열쇠를 꺼내더니 아이 앞에 내밀었다.

"학교 끝나고 갈 데 없으면 여기 와 있어도 된다. 시소 타고 싶으면 놀이터로 나오고."

"그럴게요."

꼬맹이는 당연한 듯 조금도 망설이지 않고 선뜻 열쇠를 받아 바지 주머니에 넣었다. 순간 조소래 할머니는 약간 떨떠름한 기분이 들면서, 열쇠를 준 것이 후회되기도 했다. 꼬맹이가 문을 열고 들어와서 무엇인가 훔쳐갈지도 모른다는 생각이 들었다. 그러다가도 우리 집에 훔쳐갈 게 뭐가 있다고, 텔레비전은 무거워서 못 가져갈 것이고, 낡은 라디오나 전기밥솥 같은 건 얼마든지 훔쳐가라지 뭐. 장롱 속에 은행통장이 있지만 비밀번호를 모르는데 어쩔라고, 조소래 할머니는 스스로 마음을 다독였다. 경로당에 가기 위해 옷을 갈아입은 할머니는 꼬맹이가 군것질을 사먹도록 천 원짜리 두 장을 식탁 위에 놓아두고 나가려다 다시 들어와 지갑 안에 넣었다. 아이를 시험하는 것 같아서다. 그날은 아파트로 이사 와 처음으로 라디오를 켜놓지 않고 현관을 나섰다.

아파트 문을 잠근 조소래 할머니는 화단으로 내려갔다. 어느새 비가 그치고 모란꽃잎 위에 햇살이 쨍쨍하게 내리꽂혔다. 여느 때와 다름없이 모란꽃 앞에 쪼그리고 앉아 아침인사를 하고 경로당으로 향했다. 경로당에서는 노인들이 109동 도둑고양이 이야기로 시끌벅적했다. 아파트 경비원들이 꼬맹이를 붙잡기 위해 단지 주변을 샅샅이 살폈으나 찾지 못했고, 한밤중에 도둑고양이 집에 가보았는데 문이 잠겨져 있었다는 거였다. 경로당 회장은 노인들에게 도둑고양이를 보면 즉각 관리사무소에 연락을 해줄 것을 당부하기도 했다. 조소래 할머니는 아무 말도 하지 않았다. 재벌이가 걱정되었다.

그날도 조소래 할머니는 점심을 먹고 서둘러 놀이터로 나와 버찌나무 그늘 밑 벤치에 앉아 자울자울 졸았다. 이따금 새소리에 잠이 깨면 놀이터를 휘둘러보거나 구름다리 쪽을 바라보았다. 점심시간이 지났으니 꼬맹이가 나타날 시간이 되었는데도 보이지 않자 은근히 초조해졌다. 할머니는 벤치에서 일어나 놀이터를 한 바퀴 돌고 나서 시소에 앉았다. 엉덩이를 들어올리자 쿵 하는 소리와 함께 반대쪽 시소 끝이 땅에 내리 꽂혔다. 할머니는 일어섰다 앉았다를 계속했다. 재미가 없었다. 시소는 혼자 탈 수 없다고 한 꼬맹이의 말이 떠올랐다. 할머니는 햇볕 때문에 다시 벤치에 가서 앉았다. 꼬맹이는 나타나지 않았다. 놀이터를 한 바퀴 돌아보고 혼자 시소를 탔다. 한동안 놀이터를 서성이다가 큰 길로 연결되는 구름다리까지 가보았다가 다시 벤치로 돌아왔다. 지루하고 답답했다. 나무 그늘에 앉아있으려니 거푸 하품이 쏟아졌지만 눈심지에 힘을 모아 졸음을 쫓았다. 어느덧 여름날의 긴 해가 쓰레기 소각장 굴뚝 쪽으로 설핏하게 기울기 시작했다. 저녁밥을 지을 시간이 다 되었다. 할머니는 벤치에서 천천히 일어서서 아파트 쪽으로 휘적휘적 걸음을 옮겼다. 다리에 힘이 빠져 아무데나 주저앉고 싶었다. 아파트 단지 입구에 이를 때까지 할머니는 몇 번이고 걸음을 멈추고 놀이터 쪽을 돌아보았다.

조소래 할머니는 아파트에 당도하여 힘없이 화단에 쪼그리고 앉았다. 모란꽃이 어둠 속에 묻혀가기 시작했다. 할머니는 그날만은 영감한테 아무 말도 하고 싶지 않았다. 한참동안 쪼그리고 앉아 있다가 두 손으로 무릎을 짚고 힘겹게 일어섰다. 그때 할머니가 사는 103호 아파트에 쨍하게 불이 켜졌다. 순간 조소래 할머니 얼굴이 반짝 밝아졌다.

자두와 지우개

　오래된 그 상자는 어디로 사라졌을까. 내가 집을 비운 사이 날개를 달고 어느 먼 곳으로 날아가 버린 것일까, 아니면 내 눈을 가리고 후미진 집안 구석에 숨어있기라도 한 것일까. 나는 사흘째 온 집안을 뒤져가며 오래된 오동나무 상자를 찾고 있다. 삶은 계란과 우유 한 잔으로 아침을 때우고 난 나는 안채와 떨어진 황토색 지붕의 창고 문을 열고 들어섰다. 네 벽을 판넬로 둘러막은 데다, 북쪽으로 손바닥만한 유리창이 달랑 하나뿐인 창고 안은 눅눅하고 후터분했다. 쿰쿰한 곰팡이 냄새가 콧속을 간질였다. 나는 창고 문을 훨쩍 열고 서서 천천히 안을 둘러보았다. 전에 살던 사람이 헛청으로 썼던 다섯 평 남짓한 창고에는 발을 들여 넣을 수 없을 정도로 오만 잡동사니들이 아무렇게나 가득 널려 있었다. 고장 난 세탁기, 엎어진 잔디깎기, 빈 보루박스, 녹슨 예초기, 뒤엉킨 새끼줄 다발, 연장 통, 개 사료 포대, 농기구 등 오랫동안 사람의 손길이 닿지 않았음을 보여주었다. 창고 안은 요즈막 내 머릿속을 들여다보는 것처럼 어지럽다. 처음 이 집으로 이사를 와서 몇 달 동안은 창고 안이 늘 가지런하게 정리가 되어 있었던 것이 언제부터인가 만사가 귀찮아지면서 창고 문을 열어본 지도 오래된 것 같다.

내가 찾고 있는 상자는 창고 안에도 없었다. 먼지를 뒤집어쓰고 천장까지 쌓여있는 보루박스와 사료포대들을 모두 들추어보았지만 상자는 눈에 띄지 않았다. 창고 안에서 상자를 찾는 동안 온몸이 땀 벌창이 되고 말았다. 나는 기진맥진하여 창고바닥에 퍼질러 앉았다. 한동안 깊은 절망감에 빠진 채 머릿속이 텅 빈 듯 우두커니 앉아 있기만 했다. 내 생애에서 가장 소중한 것을 잃어버린 것처럼 허전함과 슬픔이 목울대에 꽉 차오르면서 기분이 울컥해졌다. 나는 울고 싶었다. 끝내는 참지 못하고 소리 내어 울어버렸다. 울면서, 눈물을 흘려본 지가 얼마 만인가 생각을 굴려보았다. 이렇게 소리까지 내어 울어본 적이 언제 또 있었던가? 아버지가 세상을 떴을 때는 너무 어렸고, 어머니 장례를 치렀을 때는 가슴이 먹먹해지면서 얼핏 시울이 펑 젖을 정도였다. 아내가 죽었을 때도 눈물이 나오지 않았다. 울고 있는 자신이 바보 같고 조금은 창피하다는 생각이 들었다. 그까짓 오래된 오동나무 상자 때문에 늙은 남자가 울다니, 그런 자신이 한심했다.

내가 찾는 상자 속에는 내 삶의 추억거리들이 모두 들어있다. 배냇저고리에서부터 돌 사진이며 초등학교 시절부터 중고등학교 때까지의 성적표와 상장, 쓰고 남은 학용품, 노트, 일기장, 책가방, 교모, 앨범 등 성장의 흔적들이 보관되어 있었다. 어머니는 대학에 들어간 나를 뒷바라지하기 위해 K시로 이사 했을 때도 내 잡동사니 추억거리들을 하나도 빠뜨리지 않고 세 개의 보퉁이에 옴씰하게 싸서 가져왔다. K시로 이사 온 어머니는 비가 새는 지붕을 보수하기보다는 먼저 목수를 불러다 상자부터 짰다. 사과상자보다는 약간 크고 뒤주보다는 작은 오동나무 상자에 깔끔하게 옻칠까지 하고는 그 안에 추억거리들을 넣어 붕어 모양의 열쇠를 채우고 방에 신주단지처럼 모셨다.

"훗날, 네가 어렸을 적에 쓰던 물건들이 쓰레기가 되지 않도록 해야 쓴다. 훗날 사람들이 네가 쓰던 물건들을 보고 많은 것을 배우고 뒷이야기를 허도록 해야 쓴다."

어머니는 학창시절 내가 쓰던 물건들을 버리지 않고 하나하나 소중히 보관할 때마다 주문을 외우듯 똑같은 말을 되풀이했다. 결혼한 지 6년 만에 남편을 잃고 아들 하나 믿고 의지하며 살아온 어머니의 모든 꿈은 내가 위대한 사람이 되는 것이었다. 어머니는 훌륭한 사람 대신에 위대한 사람이라는 말을 좋아했다. 어머니가 말하는 위대한 사람이란, 사극에서처럼 역사에 이름이 남는 사람이었다. 그러나 나는 방 안에 놓여있는 오동나무 상자를 볼 때마다 가슴이 답답할 정도로 위압감을 느꼈다. 무엇보다 나는 어머니가 바라는 대로 위대한 사람이 될 자신이 없었다. 어머니가 그토록 소중하게 보관하고 있는 상자 속 물건들이 결국 쓰레기로 버려지게 되리라는 것을 알고 있었다.

가끔 상자 속에서는 카랑카랑하게 어머니를 닮은 사람의 목소리가 들리는 것 같기도 했다. 내가 조금만 게으름을 피우거나 딴 생각을 할라치면 상자가 나를 **빳빳하게** 꼬나보면서 무섭게 꾸짖고 채근하는 것 같은 기분을 느꼈다. 그 상자가 나를 깔아뭉개고 있는 꿈을 꾸며 살려달라고 소리치면서 버르적거릴 때도 있었다. 그것이 단순히 나무로 만든 상자로만 보이지 않고 살아있는 생명체로 느껴지기까지 했다. 그 때문에 몇 차례 그 상자를 부엌이나 다락으로 옮겨놓으려고 했으나 어머니가 허락하지 않았다. 나는 그 상자를 없앨 궁리를 했다. 상자를 통째로 없앤다는 것은 당장 들통이 나는 일이기에, 그 안의 내용물들을 하나하나 빼내어 태워버리는 방법밖에 없을 갓 같았다. 그러나 그것도 마음속으로만 벼렸을 뿐 실제 행동으로 옮기지는 못했다.

내가 대학에 들어가고부터 어머니는 새로운 물건을 상자 속에 넣는 일이 눈에 띠게 뜸해졌다. 굳게 잠긴 열쇠 통이 다시 열리는 것을 오랫동안 보지 못했다. 아마 대학생이 된 후부터, 학생운동을 한답시고 내 성적이 별로 신통치 않았기 때문이었을 게다. 그 무렵 대학가는 하루도 조용한 날이 없었다. 교문에는 무장한 군인이 지키고 있었으며 교정에는 종일 매캐한 최루탄 가스가 낮게 가라앉아 있었다. 풍물패 동아리에서 꽹과리 담당이었던 나는 시위가 있을 때마다 앞장서서 전의를 북돋우어야만 했다. 곤봉에 맞아 머리가 터진 채 전경에 붙잡혀가서 일주일 동안 경찰서 철창 안에 갇혀 있기도 했었다. 그때부터 어머니는 차츰 나에 대한 희망의 끈을 놓기 시작했었는지 모른다. 나에 대한 꿈도 오동나무 상자 속에 처넣고 열쇠를 채워버린 것인지도. 어머니는 차츰 기력을 잃기 시작했다. 나는 그때 사람이 꿈을 잃어버리면 신체의 저항력이 떨어져서 쉽게 병이 든다는 것을 처음 알았다. 꿈이 크고 간절할수록 그것을 잃어버렸을 때의 절망감 또한 커서 더 큰 병에 걸린다는 것도. 나에 대한 어머니의 꿈은 항체이면서 삶을 지탱해주는 지지대였다는 것을 한참 훗날에야 깨달았다. 어머니는 3년 동안 시난고난 앓다가 세상을 떠났다. 세상을 뜨기 일주일 전쯤, 어머니는 눈을 감은 채 턱 끝으로 오동나무 상자를 가리키며 불태워버리라고 했다. 나는 어머니의 말을 거역했다. 막상 어머니가 세상을 뜨고 나자 더욱 그 상자를 없앨 수가 없었다. 중학교 도덕교사 자리를 얻어 결혼을 하고 신혼살림을 차렸을 때도 나는 마치 어머니를 모셔가는 것처럼 그 상자를 끌고 갔다. 열쇠를 따고 상자 속 물건들을 꺼내본 아내는 질급하여 당장 내다버리라고 했지만 그렇게 하지 않았다. 그 후, 근무지를 따라 수없이 옮겨가거나 아파트 평수를 늘려가면서도 나는 끝내 상자를 버리지 않았다. 이미 빛이 바래버린 어머니의 꿈일지언정 나만이라도 그것을 간직하고 싶었다. 늦게나마 어머니의 꿈을 이루어보겠다는 다짐을 하기 위해서가 아니었다. 다만 내가 살아있는 동안은 어머니의 꿈을 그대로 상자 속에 넣어두고 싶었을 뿐이었다.

그 상자 때문에 아내와 나는 여러 차례 언성을 높인 적이 있었다. 아내는 어머니와 달리 불필요한 것을 보관하는 것을 싫어했다. 소용없는 것들은 과감하게 버렸다. 지나치게 효용적 가치를 따졌다. 유행이 조금 지나거나 사이즈가 조금만 맞지 않아도 미련 없이 버렸다. 아이들의 성적표나 상장, 일기장 따위를 보관하는 일도 없었다. 과거에 집착하면 발전이 없다는 말을 버릇처럼 말하곤 했다. 추억은 머릿속에 담아두는 것으로 충분하다는 것이었다.

"당신은 허접 쓰레기 옛날 물건들을 보물단지처럼 끼고 살아서 교감도 못되고 평생 그냥선생으로 끝난 거라구요."

아내는 오동나무 상자를 치우지 않은 나를 비아냥거렸다. 그것은 쓰레기가 아니라 어머니가 버티고 살아온 힘의 밧줄과 같은 것이라고 되풀이 말했지만 아내는 오히려 비웃었다. 물론 아내 역시 세 자식들에게 꿈을 걸고 살았다. 다만 어머니와는 달리 꿈의 실현에 애면글면 매달리지 않은 것뿐이었다. 아이들의 성적이 떨어져도 아이들을 닦달하거나 크게 낙담하지 않았다. 아이들의 장래에 자신의 인생을 걸지 않았다. 나는 지금까지도 아내의 꿈이 무엇이었는지를 분명하게 알지 못하고 있다. 남편의 출세에 대해서는 오래전에 포기했고 그렇다고 자아실현에 대한 꿈을 갖고 있었던 것도 아닌 것 같았다. 아내는 꿈을 이루기 위해 아등바등 억척 떠는 것을 싫어했다. 모든 일에 쉽게 포기했고 손해를 보거나 불리한 것도 어렵지 않게 받아들였다. 나는 줏대 없이 흐물흐물 살아가는 아내를 볼 때마다, 나까지도 나약해지는 것 같아 걱정이 되었다. 어쩌면 꿈이 없다는 것은 삶을 버텨내는 버팀목이 없다는 것과 같은 것인지도 모른다.

　창고에서 땀을 많이 흘린 탓인지 11시도 안 되어 배가 고팠다. 나는 이른 점심으로 라면을 끓여 먹었다. 혼자 살다보니 밥 짓는 것 반찬 준비하는 것이 귀찮아져 라면이나 빵으로 끼니를 때울 때가 많다. 어떤 날은 저녁밥 대신 막걸리 한 사발로 배를 채우고 잠을 청할 때도 있다. 무엇보다 혼자 밥을 먹는 것이 싫다. 밖에 나가 외식을 하고 싶어도 혼자 식당에 앉아 있는 것이 청승맞아 그도 쉽지가 않았다. 혼자 세수하고, 혼자 밥 먹고, 혼자 산책하고, 혼자 일 하고,

혼자 술 마시고, 혼자 텔레비전 보고, 혼자 잠을 자는 것이 마치 혼자 관속에 들어있는 것처럼 무기력하고 답답했다. 혼자 사는 집안이 무섭도록 적적하여 가끔 종일 라디오를 크게 틀어놓기도 한다. 그러나 라디오 소리를 혼자 오래 듣고 있으면 '혼자 있소' 하고 세상을 향해 광고를 하는 것 같아 마음이 더욱 움츠러들게 마련이다. 아내와 사별하고 세상일에 외면하고 사는 것은 얼마든지 견뎌낼 수 있지만, 같은 집을 혼자 지키며 살아가기는 죽는 것보다 더 고통스럽다.

오후에는 비닐하우스를 뒤져보기로 했다. 전에 살던 사람이 겨울 토마토를 재배하려고 만든 비닐하우스는 20평도 넘어 보인다. 비닐하우스 안에는 K시에서 이사 올 때 가져온 이삿짐들이 풀지도 않은 채 가득 들어있었다. 아내의 화장대며 자개가 박힌 장롱 외에, 원목 식탁과 의자들이며 에어컨, 이불 둥치, 크고 작은 여러 종류의 식기들이 키 높이로 자라 허옇게 꽃을 피운 망초꽃 속에 쓰레기처럼 널려 있다. 곗돈을 부어 십장생 자개농을 장만했을 때 며칠동안 입을 다물지 못하고 싱글거리며 좋아하던 아내의 얼굴이 떠올랐다. 그밖에 아내가 살아 있을 동안 또 언제 즐거운 표정을 지어보였던가, 기억을 더듬어보았지만 생각나지 않았다. 서울에 사는 자식들에게 아무라도 엄마의 유품인 자개장롱을 가져가는 게 좋겠다고 했으나 아직 소식이 없다. 시골에서 남자 혼자 사는 데는 많은 살림이 필요하지 않았다. 냉장고와 밥솥, 냄비, 세탁기, 식기 몇 개면 충분했다. 나는 비닐하우스 안을 대충 살펴보고 밖으로 나오고 말았다. 한여름 뜨거운 햇살에 달구어진 비닐하우스 속은 숨이 막힐 정도였다.

수탉 홰치는 소리에 잠이 깬 나는 거실로 나가 창 밖을 보았다. 앞마당 끄트머리 감나무가 보이지 않을 정도로 안개가 쌓여 세상이 온통 부옇다. 마을 앞 느티나무도 대숲도 보이지 않았다. 무엇보다 자두의 집이 보이지 않아 불안하기까지 했다. 안개가 두꺼운 벽처럼 느껴져 답답했다. 나는 매일 아침 일어나자마자 대숲 아래 황토색 슬레이트 지붕의 자두 집을 보는 것으로 외로움에 위안을 삼아왔다. 비록 낡고 초라한 3칸짜리 집이지만 그 안에 자두가 숨을 쉬고 있겠거니 생각하면, 내가 혼자가 아니다 싶어 적잖은 위안을 느끼곤 한다. 나는 거실 창 옆에 바짝 붙어 서서 안개가 허물벗기를 기다렸다. 자두의 집을 보고 나서야 세수를 하고 아침을 먹는 등 나날이 똑같은 일상의 하루를 시작할 수 있기 때문이다. 감나무 우듬지를 감고 있는 안개는 좀처럼 물러서지 않았다. 더욱이 우리 집은 마을 맨 위쪽 편백나무 숲 귀퉁이 한갓진 곳에 자리 잡고 있기 때문에, 마을 끄트머리 대밭 모퉁이에 있는 자두 집까지는 너무 시야가 멀어, 안개가 완전히 걷히지 않으면 제대로 보이지 않는다. 나는 팬티 바람으로 똥마려운 강아지처럼 거실 안을 서성이며 안개가 사그라지기를 기다렸다.

내가 애타게 오동나무 상자를 찾고 있는 것도 자두 때문이다. 유년시절 자두한테 선물로 받았던 고무지우개를 찾기 위해서다. 나는 그 고무지우개를 난초가 그려진 필통 속에 넣어두었다. 지난 봄, 내가 고향으로 옮겨와서 40여 년 전 자두를 처음 본 순간, 웨하스 과자 크기의 직사각형 고무지우개 생각이 퍼뜩 떠올랐다. 그리고 지난달에야, 그 고무지우개를 오랫동안 필통 속에 넣어두었던 것을 기억

해냈다. 자두에 대한 속마음을 들키지 않으려고 그 고무지우개로 일기장 한 권을 다 지웠던 일도 생각해냈다. 나는 고무지우개를 찾아내 자두에게 보여주고 싶었다. 어쩌면 자두도 아직까지 내가 선물로 주었던 별모양의 조약돌을 간직하고 있을지 몰랐다. 내가 고무지우개를 보여주면 자두 또한 별모양의 조약돌에 대한 기억을 떠올리게 될지 모른다고 생각했기 때문이다.

나는 고향에서 자두를 다시 만나게 될 줄은 상상도 못했다. 자두는 내가 어머니와 함께 K시로 이사를 간 3년쯤 후에, 가족들과 함께 고향을 떠났다는 소문을 얼핏 들었을 뿐이었다. 그 후로 40여 년 동안 고무지우개와 함께 자두에 대한 기억은 까맣게 잊고 살았다. 아내가 죽고 혼자 고향으로 내려온 지 사흘 후, 아침 일찌거니 처음으로 아침 산책을 나갔다. 저수지 둑길에서 한 바퀴 돌고 돌아오는 길에 집 앞 길가에 꽃씨를 뿌리고 있는 내 나이 또래의 초로 여인을 자빡 만났다. 그녀는 나와 시선이 마주치자 살포시 미소를 머금어 보이며 집 안으로 들어갔다. 그곳은 자두네가 살았던 집으로 오랫동안 폐가가 되어 비어있었던 것으로 알고 있었다. 나는 잠시 걸음을 멈추고 어깨 높이의 나지막한 돌담 너머로 시선을 주었다. 몇 년 전 증조부님 이장을 하러 왔을 때까지만 해도 곧 찌그러질 듯 흉물스러운 폐가였던 것이 그런대로 사람 사는 집으로 보였다. 떨어져나간 문짝을 새로 달고 벽에 황토색 칠도 해 사람의 온기가 느껴졌다. 마당에는 화단을 만들어 이른 철쭉이 화사하게 피어있었다. 나는 그때까지만 해도 그녀가 자두인 줄을 전혀 알아보지 못했다.

햇살이 퍼지면서 감나무를 친친 감고 있던 안개가 우듬지에서부터 서서히 풀리기 시작했다. 바람이 가볍게 나뭇가지를 흔들자 안개 걷히는 소리가 사락사락 여인네 속치마 벗는 소리처럼 들리는 듯했다. 안개가 걷히자 신록으로 휘덮인 대지의 속살이 포실하게 드러났다. 드디어 마당의 오동나무 가지 사이로 자두집이 자오록이 보이자 나는 자신도 모르게 아, 하고 탄성을 흘렸다. 나는 양치질을 하면서도 자두 집에서 시선을 떼지 않았다. 먼발치로나마 자두 집을 바라보고 있는 순간만은 머나먼 시간의 강을 뛰어넘어, 순수했던 유년시절로 되돌아간 기분이었다. 그런 기분에 촉촉이 젖어있는 동안만큼은 외로움의 늪에 빠져있는 자신을 잊을 수가 있었다. 나는 눈이 시리도록 자두 집을 바라보고 나서 삶은 계란과 사과 한 알로 아침을 때우고, 다시 거실에 나와 자두 집을 바라보면서 커피를 마시다가, 오늘이 교회에 가는 일요일이라는 것을 알아차리고 일주일 만에 면도를 했다. 교회에 가는 날에는 자연스럽게 자두를 만날 수 있고 마을 사람들 의식하지 않고 몇 마디 대화도 주고받을 수가 있다. 물론 나는 기독교 신자는 아니다. 나는 사람이 죽으면 그것으로 영육이 함께 끝나는 것이고 천국과 지옥은 저마다의 마음속에 있다고 믿고 있다. 내세니 영생이니 하는 말은 믿지 않는다. 그런데도 벌써 두 달째 일요일만 되면 어김없이 교회에 나가는 것은 순전히 자두를 만나기 위해서다.

나는 서둘러 베이지색 바지에 하늘색 바탕의 체크무늬 티셔츠를 받쳐 입고 연신 머리를 쓰다듬으며 집을 나섰다. 교회 미니버스가 오려면 아직 반시간은 더 기다려야 한다는 것을 알면서도 발걸음이 바빠졌다. 느티나무 앞 공터는 비어있었다. 나는 목을 곧추 세우고 서서 대밭 모퉁이에서 느티나무까지 곧게 뻗은 마을 앞길에 시선을 던져 자두를 기다렸다. 교회버스가 오기 전에 그녀가 와주기를 바랐다. 나는 요즈막 일요일에 자두와 함께 미니버스를 타고 교회 가는 것이 유년시절 학교에 갈 때처럼 마냥 신나고 즐겁다. 이 기분을 맛보기 위해 일주일 동안 외로움을 견뎌낼 수가 있다. 이렇게 되기까지는 석 달이나 걸렸다. 저수지 산책에서 돌아오는 길에 자빡 만나고도 누구인지 몰랐던 그 다음날 저녁에서야, 그녀가 바로 자두라는 사실을 알게 되었으며 너무 놀란 나는 용기를 내어 전화를 걸었다. 그리고 나 혼자 일방적으로 숨 가쁘게 한참을 지껄여댔다. 내가 송수화기에 대고 쏟아낸 이야기란, 몰라봐서 미안하다, 이게 얼마만이냐, 몇 년 전부터 내려와 혼자 살고 있다는데, 나 역시 상처를 하고 혼자다, 늘그막에 이렇게 다시 만나게 되어 참으로 반갑다는 등등.

"나는 영보가 이사 오던 날 알았는데 뭘… 그동안 교편을 잡고 살았다며? 점순이가 벌서 가다니… 많이 보고 싶었는데…"

내가 한참을 지껄이고 나자 차분하게 가라앉은 자두의 목소리가 흘러나왔다. 점순이는 죽은 내 아내다. 갑자기 더 할 말이 없어진 나는 역시 일방적으로 전화를 끊고 나서야, 자두가 그동안 어디서 어떻게 살았으며 왜 고향에 내려와 혼자 살게 되었는지 궁금했다. 그날 밤 나는 새벽까지 잠을 이루지 못하고 몸살 나게 뒤척였다. 그 후로도 우리는 단둘이 만날 수 있는 기회가 없었다. 나는 자두를 보기 위해 아침마다 저수지를 산책하는 길에 흐느적거리며 자두네 집 앞을 지나곤 했지만 어찌된 일인지 자두는 내 앞에 모습을 나타내지 않았다. 애써 나를 피하는 것 같기도 했다. 그렇다고 불쑥 자두 집으로 쳐들어갈 수도 없는 일이었다. 자두가 한사코 나를 피하는 것은 두 사람에 대한 이상한 소문 때문일 것이었다. 내가 자두네 집에서 자고 나온 것을 보았다는 사람이 있다는 소문. 그러니까 보름 전쯤의 일이다. 마을에서 수다쟁이로 알려진 오강네가 뜬금없이 나를 찾아와서는 자두나 나나 서로 외로운 처지이니 둘이 살림을 합치는 것이 어떻겠느냐는 것이었다. 그러면서 오강네는 이미 두 사람 관계가 소문이 나 있다고 했다. 나는 그때 애써 강하게 부인하지 않고 애매한 태도를 보였다. 그때까지만 해도 나는 오강네가 자두를 먼저 만나보고 내 속내를 떠보기 위해 찾아온 것인지도 모른다는 생각을 했다. 소문이 잘못 난 것은 아마도 그 일 때문일 것이었다. 처음으로 통화를 한 다음날 아침, 나는 저수지 산책을 마치고 자두집 앞을 지나다가 그녀가 화단에서 키 높이의 은목서를 옮기는 것을 보고 도와준 일이 있었다. 아마 그날 누구인가 내가 이른 아침에 자두 집에서 나오는 것을 보고 헛소문을 퍼뜨린 것이리라. 오강네가 다녀간 후로 자두는 좀처럼 내 앞에 나타나지 않았다. 한 마을에 살면서도 자두와 만나는 것이 쉽지가 않았다. 상대편 반응이 예상 밖으로 냉담해 전화하는 것도 주저할 수밖에 없었다. 더욱이 그녀는 매일 마을 노인들과 함께 신작로에 풀을 베거나 쓰레기를 줍는 일 따위의 공공근로 작업장에 나가고 있었다. 나는 자두가 홀렁한 바지에 머릿수건을 두른 추레한 몰골로 낫이나 호미를 들고 일터에 나가거나 돌아올 때는 그녀가 민망해 할까봐 되도록 눈을 피해주었다. 자두는 공공근로 작업에 나가지 않을 때는 다슬기를 잡거나 산나물을 캐서 장에 가지고 나가 팔기도 하고 남의 밭일을 해주기도 했다. 늘그막에 혼자 곤고하게 살고 있는 자두를 생각할 때마다 애잔한 마음에 명치끝이 아릿하게 저려왔다. 자두가 받아주기만 한다면 매달 쓰고 남은 연금에서 얼마만이라도 도와주고 싶었다.

자두가 온다. 고샅을 나와 마을 앞 큰길로 들어서는 모습이 마치 매화꽃잎만한 배추흰나비 한 마리가 햇빛 속에서 날개를 팔랑거리는 것 같다. 느티나무 가까이 올수록 나비의 모습이 점점 커지더니, 어느새 단발머리 어린 소녀로 변했다. 자두가 시골 학교로 처음 전학 왔을 때 모습 그대로다. 발가락 쪽에 힘을 주고 땅껍질을 벗기듯 가볍게 튕겨 오르며 폴짝폴짝 걷는 모습이 영락없이 소녀시절 자두 모습이다. 자두는 초등학교 5학년 때 외할머니 혼자 사는 우리 마을에 엄마와 함께 이사를 왔었다. 갈쭉한 얼굴에 주황색 리본이 달린 머리핀을 꽃고 검정 스커트와 눈이 부시도록 흰 블라우스를 입은 자두의 모습은 요정처럼 예뻤다. 서캐가 허옇게 깔리고 검불처럼 부스스한 머리에 땀 냄새와 땟국에 전 치마저고리 바람의 여학생들만 보아왔던 같은 또래 사내아이들은, 향긋한 꽃 냄새가 나는 자두를 보자 한눈에 뿅 가고 말았다. 나 역시 첫눈에 총 맞은 기분이 되었고 망설임 없이 마음속에 점을 찍고 화장실 벽에 '자두는 영보 애인이다.'라고 낙서부터 했다. 그날부터 나는 자두 뒤만 쫄래쫄래 따라다녔다. 자두는 필통을 가지고 있었는데 깡짱거리며 뛸 때마다 필통 속에서 몽당연필들이 잘그락거리는 소리를 냈다. 나는 그 소리가 듣기 좋아 학교 오갈 때 어김없이 자두 뒤를 빠짝 따라 걸었고 그럴라치면 자두는 한사코 더 빨리 뛰곤 했다. 점순이한테 그 이야기를 했더니 점순이는 엄마를 졸라 필통을 샀고 난초가 그려진 그것을 마침내 내게 주었다.

어느새 자두의 모습이 교복차림의 중학생으로 바뀌는가 싶더니, 갈래머리로 변한 얼굴에 여드름이 돋고 가슴이 봉긋해진 처녀가 되었다. 우리는 함께 날마다 이십 리 길을 걸어 읍내 중학교에 다녔다. 두 사람 사이에는 언제나 점순이가 끼어들곤 했다. 나는 도시로 나와 고등학교에 들어갔고 자두는 집에서 농사를 짓는 홀어머니를 도왔다. 도시로 나온 후부터 자두의 모습은 기억에 없다. 내가 서 있는 느티나무 가까이 다가오고 있는 자두는 금세 황토색 염색을 한 개량한복 차림에 반백의 할머니로 변했다. 내가 한눈에 볼 수 있는 길 위에서 그녀의 반세기에 가까운 시간이 빠르게 흘렀다. 그 시간의 축적 위에 자두의 인생이 파노라마처럼 스쳐지나갔다. 인생이란 시간의 흐름과 함께 변화하는 것이 아닌가 싶다.

아담한 키에 환갑 넘은 나이답지 않게 허리를 곧게 펴고 사뿐사뿐 걸어오고 있는 자두는 한사코 내 시선을 피해 주위를 두리번거린다. 햇빛에 그슬려 얼굴이 거무죽죽해 보였으나 큰 눈이며 적당한 콧대로 인해 눈에 띄게 자태가 곱다. 자두는 나와 네댓 걸음 사이를 두고 걸음을 멈추더니 마을 쪽으로 고개를 돌렸다. 같은 교회에 다니는 대추나무 집 할머니를 기다리는 눈치다. 우리 동네에서 새터 교회에 다니는 신도는 나를 포함해서 세 사람뿐이다. 나는 버스가 오는가 보기 위해 바람모퉁이 쪽으로 얼핏 시선을 던졌다가 자두를 향해 고개를 돌렸다.

"저어… 자두한테 부탁이 있는데… 언제 시간 나면 점심이나 저녁을 초대하고 싶어서…"

나는 오랫동안 마음속에 담고 있었던 말을 쥐어짜듯 가까스로 꺼내고 나서 자두의 표정을 살폈다. 자두는 반응이 없다.

"읍에 음식이 맛있고 분위기도 좋은 한식집을 알고 있는데…"

나는 한 발짝 자두 가까이 다가가며 다시 말했다. 그때 마을 쪽에서 대추나무 할머니가 지팡이를 짚고 절뚝거리며 나오고 있었고 교회 버스가 빠른 속력으로 바람모퉁이를 휘돌아오고 있었다.

"자두하고 밥 한번 같이 먹는 것이 내 소원이여."

나는 버스가 도착하기 전에 큰 소리로 말했다. 자두하고 밥 한번 같이 먹고 싶다는 것은 요즈막 내 진정한 소원이다. 세계일주나 자식들과 함께 살고 싶은 것도 아니고, 유년시절에 잠시 좋아했던 여자와 밥 한 끼 먹는 것이 소원이라니, 자신이 생각해보아도 웃음이 나왔다. 어쩌면 나이가 들면서 내 소원은 점점 사소해지는 것인지도 몰랐다. 정말 내 소원은 자두와 함께 밥을 먹으면서 옛날이야기를 주고받고 그녀가 그동안 어떻게 살아왔는지를 듣고 싶은 것뿐이다. 더 큰 바람이 있다면 가끔 함께 맛있는 것을 사 먹고 마주보고 앉아서 차를 마시며 큰 소리로 웃기도 하고 세상사는 이야기를 나누는 것이다. 나는 이런 게 불가능하다고는 생각하지 않는다. 부끄러운 것도 지탄받을 일은 더욱 아니라고 생각했다. 나는 끝내 자두의 대답을 듣지 못하고 버스에 올랐다. 자두가 운전석 바로 뒷좌석에 앉고 대추나무 할머니와 내가 그 뒤에 앉았다.

"여름방학인디, 선상님 손자들 안 오요?"

좌석에 앉자마자 대추나무 집 할머니가 내게 큰 소리로 뚜벅 물었다. 나는 대답 대신 쓸쓸하게 웃기만 했다. 자식들은 내가 이사 왔을 때 잠시 코빼기를 비치고 간 뒤 소식이 없다.

"할머니 손자들은 언제 오는데요?"

내 물음에 대추나무 할머니는 가볍게 고개를 저었다.

"부산으로 시집가서 산다는 자두네 딸내미도 엄니한테 댕겨간 지가 일년이 넘었제?"

대추나무 할머니가 앞좌석 쪽으로 고개를 길게 빼며 물었지만 자두 역시 대답이 없다.

그날 교회에서 예배를 마친 신도들은 새터에서 혼자 살다가 세상을 뜬 여든아홉 살 할머니의 장례식에 참예했다. 모두 늙은 신도들이었다. 읍에 있는 장례식장까지 갔다 오는 동안 교회 버스 안은 무겁게 가라앉아 있었다. 말 한마디 없이 무표정한 그들이 모두 죽은 사람처럼 보였다. 늙은 신도들은 머지않아 자신에게 닥쳐올 죽음의 그림자를 생각하며 두려움에 갇혀있는 듯했다. 그런 분위기와는 어울리지도 않게 라디오에서는 송대관의 '사랑해서 미안해'가 왕왕대며 흘러나왔다. 나는 버스 안에서 내게 닥쳐올 죽음에 대해서 생각했다. 사실 나는 아내가 세상을 뜬 후부터 죽음의 그림자가 줄곧 내 주위를 맴돌고 있다고 느끼기 시작했다. 어쩌면 죽음은 망각이며 기억의 끝일지도 모르겠다. 결국 죽음은 가장 소중한 것들을 잊거나 잃어버리는 것이 아닐까. 또한 죽음은 당사자보다 가장 가까운 사람에게 더 큰 고통과 상처를 남겨주는 것이라는 생각을 했다. 그래서 나이가 들수록 가까운 사람에게 상처를 남기지 않도록 하는 것이 현명할 것 같다. 그러나 죽을 때 외롭지 않기 위해서는 그렇게 할 수도 없는 일이 아닌가.

그날 밤 나는 용기를 내어 자두한테 전화를 걸었다.

"전화해서 미안헌데… 정말 내 소원 한번 들어줘. 같이 밥 먹으면서 옛날이야기나 좀 허드라고. 내일 저녁 어뗘? 6시에 비석거리에 나와 있으면 내가 차 갖고 나갈게."

나는 책을 읽듯 빠른 속도로 말을 하고 가슴 조이며 반응을 기다렸다. 다행히 자두는 전화를 끊지 않았다. 텔레비전 연속극을 보고 있었는지 낮은 톤의 배경음악이 전류를 타고 촉촉하게 흘러나왔다. 여자 울음소리도 뒤섞여 나왔다.

"내 말 듣고 있어? 다른 뜻은 없어. 죽기 전에 둘이 얼굴 마주보며 밥 한번 먹고… 커피도 한잔 마시면서…"

자두가 전화를 끊지 않았다는 것을 알게 되자 나도 모르게 더듬거렸다.

"내일은 안 되고…"

"그래? 그럼 언제?"

다급하게 묻고 있는 내 목소리가 쩌렁쩌렁 울릴 정도로 컸다.

"금요일 저녁에… 우리 집으로 와."

"자두 집으로?"

귀를 의심하며 다시 묻는 순간에 전화가 뚝 끊겼다. 너무 뜻밖이어서 나는 만세라도 부르듯 송수화기를 머리 위로 높이 들어올리고 아랫배를 쥐어짜며 후유 한숨을 깊게 내쉬었다. 나는 믿어지지가 않았다. 뭔가 좀 이상하다는 생각이 들기도 했다. 그동안 애써 나를 피하던 그녀가 내 청을 순순히 받아들이다니. 그것도 자기 집으로, 낮도 아니고 저녁에 나를 초대하다니. 그렇지만 나는 그녀의 결단을 긍정적으로 받아들이기로 했다.

다음날부터 나는 다시 오동나무 상자를 찾는데 열중했다. 기어코 고무지우개를 찾아서 금요일 저녁 자두 집에 갈 때 가져가 보여주고 싶었다. 오랫동안 자두를 잊지 않았음을 전하고 싶었던 것이다. 새삼스럽게 지금 고무지우개를 찾겠다고 허둥대는 것은 꼭 자두에게 보여주고 싶은 이유만은 아닐지도 모른다. 나는 요즈막 할 수만 있다면 그 고무지우개를 찾아, 유년시절 잘못 쓴 일기를 지우듯 후회스럽기만 한 내 삶의 흔적들을 말끔하게 지워버리고 싶었다. 그리하여 얼마 남지 않은 인생노트를 그 누구에게도 휘둘리지 않고 내 의지대로 새로 쓰고 싶었다. 돌이켜보면 지나온 내 삶은 누군가에 의해 손발이 묶인 채 타의적으로 끌려왔다는 기분이 들었다. 나를 여기까지 끌고 온 사람은 어머니일 수도, 아내와 자식들일 수도 있었다.

안방 붙박이장과 다락방을 구석구석 살펴보고 보일러실도 뒤져보았다. 종일 집안을 뒤져보았지만 오동나무 상자는 찾을 수가 없었다. 나는 저녁에 두 아들과 딸에게 전화를 걸어 오동나무 상자를 보지 않았느냐고 물어보기까지 했다. 오랜만에 아비의 전화를 받은 자식들의 반응은 갖가지였다.

"어머니가 돌아가시기 전에 태워버린 것 아닐까요? 어머니가 그걸 보기 싫어했잖아요."

증권회사에 다니는 큰 아이 말에 나는 거칠게 고개를 흔들었다.

아내 장례 때 분명 내가 상자 속에서 필통을 찾아내고 그 속에서 별 모양의 조약돌을 꺼내 아내의 관속에 넣어주지 않았던가.

"형이 없앴을지 몰라요. 아마 어머니가 없애라고 형에게 유언을 했을지도…"

만화가 둘째는 큰 애 핑계를 댔다. 만화 같은 억지에 나는 실소했다.

"집에 있을 테니 잘 찾아보세요. 헌데 꾸끔스럽게 그건 왜 찾으세요?"

유치원 선생인 딸은 분명 시골집에서 보았던 것 같다고 애매하게 말했다.

결국 나는 상자 찾는 것을 포기했다. 고무지우개에 대한 생각도 깨끗하게 지우기로 했다. 포기하고 나니 한결 마음이 가벼워졌다. 한동안 심신을 집중하고 찾는 일에만 매달렸던 그 과정과 열정이 오히려 내게는 소중했다는 생각을 했다. 지금까지 내 생애에서 무엇인가를 찾기 위해 이렇듯 직심이었던 적이 단 한번도 없었던 것 같았다. 나는 그동안 상자를 찾으면서 깨달은 것이 있다. 한때 내가 소중하게 생각했던 것은 가족, 재산, 명예, 건강, 자식들의 출세 따위였다. 그러나 참으로 소중한 것은 평소에 하찮게 생각했던 것이라는 사실을 알게 되었다. 태어나서 맨 처음 찍었던 사진, 초등학교 때 짝꿍 얼굴과 이름, 이성으로부터 받은 첫 선물, 처음 연애편지를 썼던 내용, 나를 가르쳤던 선생님들의 이름, 부부가 처음 만나서 주고받은 말, 살아오면서 가장 행복했던 순간 등. 나는 이제야 내가 하찮게 생각했던 것들을 어머니께서 소중하게 간직해온 깊은 마음을 헤아릴 수 있었다. 어머니는 상자 속에 꼭 아들이 위대한 사람이 되기를 바라는 소망만을 담은 것이 아니었다는 것도.

나는 자두에게 고무지우개를 보여주는 대신, 그녀가 오랫동안 간직할 수 있는 작은 선물을 준비하기로 했다. 처음에는 충전용 손전등이나 비타민제, 썬 크림 중에서 하나를 고를까 했다. 손전등은 밤에 실외 화장실에 다니기에 편리할 것 같았고 건강을 위해서는 비타민제가, 일하러 다닐 때 얼굴이 타는 것을 막기 위해서는 썬 크림이 좋을 것 같았다. 그러나 결국 읍에 나가 몇 시간 동안 헤맨 끝에 쑥색 크로셰 모자를 샀다. 황톳빛 개량복과 잘 어울릴 것 같았고 오래 보관할 수 있을 것이라고 생각했기 때문이다.

금요일 저녁, 날이 어슬어슬해지자 내가 좋아하는 베이지색 바지에 주황색 체크무늬 셔츠를 받쳐 입고 자두 집으로 향했다. 자두가 마루 끝에 전등불을 밝힌 채 집 밖에 나와 나를 기다리고 있었다. 내가 분홍색 종이 쇼핑백을 넘겨주자 자두는 희미하게 웃는 얼굴로 받았다. 방으로 들어간 나는 자두가 안내한 대로 아랫목 장미꽃 무늬 방석에 앉았다. 내가 자리에 앉자 자두가 마루 쪽 방문을 훨쩍 열어 둔 채 부엌으로 나갔고 그 사이 나는 방문을 닫고 잠시 방 안을 둘러보았다. 초로 여자 혼자 사는 방이라고는 하지만 방안등물이 너무 단출했다. 방 윗목에 낡은 반닫이가 달랑 놓여있고 그 위에 단정하게 개켜진 이불과 하얀 베개 하나가 보였다. 반닫이 옆 앉은뱅이책상에 역시 작고 오래된 텔레비전과 전화기가 있었다. 벽에는 날짜가 큼직큼직한 농협 달력과 추가 달린 괘종시계며 크고 작은 사진들이 다닥다닥 붙어 있는 액자가 걸려 있었다. 나는 엉거주춤 일어서서 액자 속의 사진들을 들여다보았다. 색동옷의 여자 아기를 안고 있는 젊은 자두의 얼굴은 곱고 행복해보였다. 단발머리 여중생 사진과, 딸의 졸업식 날 안개꽃다발을 안은 자두의 얼굴에는 쓸쓸하고 서글픈 그림자가 드리워져 있었다. 면사포를 쓰고 신랑과 나란히 찍은 딸의 결혼식 사진도 보였다. 졸업식 이후 자두의 사진은 더 이상 없었다. 자두 혼자 찍은 사진도, 그녀의 남편 사진도 보이지 않았다. 3, 4년 전에 회갑을 맞았을 터인데 회갑잔치 사진 한 장 없었다. 나는 액자 속 몇 장의 사진으로 그동안 자두가 살아온 삶의 편린들을 더듬어 볼 수가 있을 것 같았다. 그동안 자두의 삶은 외롭고 핍진하고 고달픔의 질곡이었다는 것도.

잠시 후 자두가 부엌으로 난 샛문을 열고 밥상을 들여서야 나는 자리에 앉았다. 푸짐하고 정갈하게 차려진 밥상을 본 나는 자신도 모르게 탄성을 쏟았다. 배추김치며 멸치볶음, 매실장아찌, 깻잎, 등 밑반찬 외에 쇠고기 무국, 계란찜, 고사리를 넣은 조기조림 등 자두의 지극한 정성이 그대로 보이는 했다. 이렇게 깔끔하고 호사스러운 밥상을 받아본 지가 얼마만인가. 자두는 조금 전 내가 닫았던 방문을 다시 열고나서는 밥상을 가운데 두고 마주 앉았다. 나는 자두가 방과 마루에 불을 밝혀두고 한사코 방문을 훨쩍 열어놓으려는 속내를 이해할 수가 있었다. 자두는 분명 마을 사람들을 의식하고 있는 것이리라. 그러면서도 나를 초대해준 그녀가 더없이 고마웠다.

"너무 신경을 썼구만 그려. 뜻밖에 이렇게 초대를 해주어서 고마워."

나는 쇠고기 무국에 숟가락을 적셔 천천히 음미하고 나서 입을 열었다.

"죽은 사람 소원도 들어준다는디, 산 사람 소원 못 들어주겄어. 헌디, 어째서 소원이 고작 밥이여?"

"자두허고 먹는 밥이 어디 보통 밥인가? 나헌테는 이보다 더 큰 소원이 없제. 끼니때마다 혼자 밥 먹는 사람한테 누구랑 함께 얼굴 맞대고 밥 먹는 일은 일대 사건이여. 사실 나이 들고 보니 별다른 소원도 없어."

잠시 두 사람은 말없이 숟가락질만 했다. 나는 반찬이 너무 맛이 있어 염치불고하고 이것저적 먹어치웠다. 기실 나는 자두의 예기치 않은 호의와 정성에 자꾸만 목이 후끈거리고 시울이 뜨거워서 얼굴을 바로 들기가 힘들었다.

"나도 그쪽한테 소원이 하나 있는디…"

국에 밥을 말아 후룩후룩 떠먹고 있는 나를 빤히 바라보며 자두가 말끝을 흐렸다.

"소원? 말해봐. 자두 소원이라면 뭣이든 들어줄게."

"챙피스러운데…"

"소원을 말하는데 뭣이 창피해."

"남자랑 노래방 한번 가고 싶어."

"노래방? 그것이 소원이여?"

"스물한 살에 결혼 한 후로 지금까지 노래 한번 못 불렀고 춤 한번 춰보지 못했어."

그 말을 하고 나서 자두는 부끄러운지 숟가락을 놓고 두 손바닥으로 얼굴을 포옥 가려버렸다. 나는 할 말을 잊은 채 멍멍한 기분으로 천장을 올려다보았다. 결혼하고 40여 년 넘도록 노래 한번 불러보지 못하고 춤 한번 추지 못했다는 자두의 그 말이 가시처럼 오목가슴에 걸려 따끔거리는 것 같았다. 자두는 오랫동안 얼굴에서 손바닥을 거두지 않았다.

"그래, 노래방에도 가고 춤추는 데도 가보지 뭐."

나는 일부터 호쾌한 목소리로 말하고 거푸 숟가락질을 해서 밥그릇을 깨끗이 비웠다. 그 사이 자두가 한사코 내 시선을 피하며 샛문을 열고 부엌으로 나갔다. 나는 잠시 밥상에서 물러나 앉아 문밖을 바라보았다. 어느새 달이 떠오르는지 저수지 부근이 희끄무레하게 달그림자가 퍼지고 있었다. 나는 한동안 어둠을 토렴하듯 달빛이 일렁이는 저수지를 바라다보았다. 어둠과 달빛 속에 지나온 두 사람의 삶이 점액질로 머물러 있는 것처럼 보였다. 유년시절의 여자친구와 같이 밥 한 끼 먹는 것이 소원인 자신이나, 남자랑 노래방 한번 가보는 것이 소원이라는 자두나, 같은 길을 걸어온 사람처럼 이물 없이 느껴졌다.

"자, 커핍니다."

부엌에 나갔던 자두가 커다랗게 연꽃이 그려진 플라스틱 쟁반에 커피 두 잔을 받쳐 들고 들어왔다. 커피향이 꽃향기처럼 톡 쏘며 콧속으로 스며들었다. 자두가 허리를 구부리고 내 앞에 쟁반을 놓을 때, 커피 향을 음미하던 나는 너무 놀라 하마터면 소리를 지를 뻔했다. 자두의 목에 별 모양의 조약돌 목걸이가 걸려 있는 것을 보았던 것이다. 분명 내가 아내 관속에 넣어주었던 별 모양의 조약돌 목걸이었다. 조금 전 밥상을 들고 들어왔을 까지도 자두의 목에서 그것을 보지 못했는데 어쩐 일인가. 어쩌면 일부러 그녀가 내게 보여주기 위해 저고리 밖으로 드러내놓은 것인지도 몰랐다.

"이 조약돌 기억나? 이걸 나한테 주면서 한 말이 뭐였는지 알아?"

자두가 커피 잔을 내게 건네주며 물었다. 잔을 받아든 나는 여전히 놀라움을 감추지 못한 얼굴로 달빛이 물여울처럼 고이는 저수지를 바라보고만 있었다.

"그때, 그랬었지. 하찮은 돌이라도 오랜 세월 물에 씻기면 별이된다고. 어린 나이에 어쩌면 그런 말을 할 수 있었지? 나는 그 말이너무 좋아 일기장마다 첫 장에 적어서 빨간 볼펜으로 밑줄을 그어두곤 했었어."

자두는 그러면서 후루루 소리가 나게 커피를 한 모금 마시더니내 시선을 따라 말없이 저수지 쪽을 바라보았다. 두 사람은 오랫동안 그렇게 말없이 앉아서 달빛과 어둠이 지나온 수많은 시간처럼부옇게 버물러진 저수지의 밤을 하염없이 바라보고 있었다. 어둠이망각이라면 달빛은 기억일까. 나는 잠시 혼란에 빠졌다. 내가 자두에게 준 것이 별 모양의 조약돌 목걸이였다면 아내의 관속에 넣어준 것은 지우개였단 말인가. 그런 것도 모르고 지우개를 찾았다니,머릿속이 뒤죽박죽이 되어버렸다. 그동안 나는 왜 아내의 관속에별 모양의 조약돌 목걸이를 넣어주었다고 믿고 있었으며 자두한테왜 지우개를 보여주어야겠다는 생각을 했는지 알 수 없다.

휴대폰이 울릴 때

1

어제는 휴대폰이 다섯 번 울렸다. 네 번은 이선희가 부른 '오빠 생각'의 첫 소절이 길게 울렸고 한 번은 초인종의 그것처럼 짧고 낮은 소리를 냈다. 하루에 네 번의 전화는 여느 날에 비해 결코 적은 것이 아니다. 종일 휴대폰이 단 한 번도 울리지 않은 날이 있다. 휴대폰이 울리지 않은 날은 내가 눈 뜨고 숨만 쉬고 있을 뿐 암흑 속에 갇혀있다는 기분이 들었다. 어쩌면 휴대폰 울림은 또 다른 내 생명의 작은 외침일지도 모른다. 3년 전 내가 출판사를 접고 k시에서 깊고 한갓진 이 골짜기로 옮겨 왔을 때까지만 해도, 하루에 스무 번 이상 휴대폰이 울렸었다. 문자도 많이 왔다. 그랬던 것이, 해가 바뀔수록 점점 뜸해지더니 지난해부터 갑자기 눈에 띄게 줄어들었다. 그만큼 내가 세상과 멀어지고 있다는 것을 실감했다. 세상 밖으로 내동댕이쳐진 기분이랄까. 세상과 멀어진다는 것은 내가 알고 있는 모든 사람들로부터 잊혀져가고 있음을 의미한다. 그것은 죽음과 다를 바 없다고 생각했다. 그렇다고 소외당하는 것이 억울하다거나 견딜 수 없을 만큼 외롭지는 않았다. 기실 내가 목마르게 기다리는 건 단 한 통화의 전화였기 때문이다.

나는 변기 위에 앉아 전날 걸려온 휴대폰 통화기록을 하나하나 점검하기 시작했다. 어떤 침해도 받지 않은 화장실 공간에 앉아 있는 동안에는 혼자만의 여유로운 평화를 마음껏 누릴 수 있어 좋다. 바람이 건듯 불자 화장실 유리창 밖으로 소나무 숲이 너울너울 출렁인다. 바늘 끝 같은 솔잎을 흔들고 달려와 화장실 유리창을 흔드는 솔바람 소리에 기분이 날아갈 듯 가벼워진다. 나의 하루 일과는 아침 6시쯤 마당 앞 벽오동나무에서 낭자하게 들려오는 박새 울음소리에 잠에서 깨어나자마자, 화장실 변기 위에 앉아 전날 걸려온 휴대폰 통화 내역을 되새겨보는 일부터 시작된다. 반복되는 삭제와 저장. 대부분의 전화번호는 과감하게 삭제를 한다. 소통을 유지하고 생이 다하는 그날까지 인연의 끈을 놓치고 싶지 않은, 특별한 경우에만 저장을 한다. 대부분 삭제를 하고 저장하는 경우는 극히 드물다. 세상과 연결된 번다한 인연의 끈을 너절너절 붙들고 살기 싫어서다. 저장은 소통이고 채움이며 삭제는 단절이고 비움에 해당되는 것인지도 모른다. 그러고 보니 내 나이가 어느새 내리막길로 들어서고 있다는 느낌이 들었다.

어제 마지막 전화는 '발신자 표시 없음'이다. 또 그 이상한 전화다. 간밤에 11시가 넘어 느지막이 잠자리에 들려는데 다급하게 '오빠생각'이 흘러나왔다.

"야, 순중아, 나다. 너 혼자만 잘 살고 있으니 행복하냐? 나 네 놈

고민 안다. 너, 그 여자를 기다리지? 그 여자가 오지 않으니까 사는 게 허무하고 너무 외롭지?"

나는 더 이상 듣고 싶지 않아서 일방적으로 전화를 끊어버렸다. 그 이상한 전화는 이달 들어 벌써 네 번째다. 그는 내가 이곳으로 이사를 온 후부터 매달 한두 차례 어김없이 전화를 해왔다. 저음에 울림이 낮은 목소리로 보아 내 나이 또래 같았다. 그동안 전화로 내게 했던 말들을 종합해보면 그는 나에 대해서 소상하게 알고 있는 듯 싶었다. 내 신상에 관한 것은 물론 내가 어떻게 살고 있으며 무슨 생각을 하고 있는지를 꿰뚫어보는 것 같기도 했다. 어쩌면 아주 가까이서 나를 지켜보고 있는 것인지도 몰랐다. 어쩔 때는 어둠 속에 혼자 앉아 있다가도 그가 내 곁에 있는 것만 같아 후닥닥 놀라 불을 켜기도 하고, 잠자리에 누워 있다가도 옆에 누워 있는 것 같아 벌떡 일어나기도 했다.

처음 전화가 왔을 때 나는 그가 동창생인 줄 알고 친절하게 받아주었고 언제 한번 우리 집에 놀러 오라고까지 했다. 혹시 고향 친구가 아니면 옛날 직장 동료인가 싶어 여기저기 수소문해보았지만 아니었다. 도대체 누구냐고 어르고 닦달해보았다. 그때마다 그는 나를 잘 아는 사람이라는 말만을 되풀이했을 뿐이다. 나는 그를 알지 못하는 사람으로 단정하고 나서부터 그의 잡다한 이야기에 더 이상 귀를 기울이지 않았다. 처음엔 그가 누구일까 하고 호기심에 사로잡혔으나 차츰 기분이 나빴고 두려움을 느끼기도 했다. 섬쩍지근한 느낌에 소름이 돋을 정도였다. 무엇보다 내 삶을 가까이서 들여다보며 삶을 간섭하려는 것 같아 정나미가 떨어졌다. 나를 놀리는 것 같기도 하고 걸핏하면 나를 꾸짖는 그 건방진 태도가 싫었다. 한번 만나자고 내 쪽에서 부탁을 했는데 그렇게 하겠다고 대답은 하면서도 내 앞에 나타나지 않고 있다. 그는 영원히 내 앞에 모습을 드러내지 않을지도 모른다.

나는 엄지손톱에 힘을 주어 '발신자 표시 없음'을 삭제했다. 두 번째 전화는 고등학교 동창회 간사였다. 동창생 염정수가 폐암 수술을 받았다면서 병원과 병실을 알려주었다. 염정수라면 고등학교 때 친하게 어울렸던 친구다. 내가 k시에 살고 있을 때는 동창회 모임에서 가끔 만났었는데 시골로 내려온 후로 소원한 사이가 되고 말았다. 나는 빠른 시일 안으로 시간을 내어 병문안을 가야겠다고 말했다. 간사는 요즘 내 전화번호를 묻는 동창들이 몇 명 있었다는 말을 전했다. 나는 그들이 누구냐고 물으려다가 그만두었다. 특별히 내 삶에 관심을 가질 동창생이 없을 것이라는 생각 때문이었다. 어쩌다 동창회 모임에 나가보면 서로 찐더운 정을 느끼기보다는 친구를 대하는 태도들이 서로 데면데면해하기 마련이었다. 기력이 빠지고 쇠잔해가는 친구들을 통해 자신을 비춰보며 외롭고 쓸쓸한 내리막길 인생을 뼈저리게 절감할 뿐이었다.

다음은 마을 이장 전화다. 이번 주 토요일 점심 때 면장이 마을 주민과의 대화가 있으니 참석해달라는 전갈이었다. 물론 나는 참석할 생각이 없다. 지난해 면장과의 대화에서 우리 집 앞에 가로등을 설치해달라고 부탁했을 때 그렇게 하겠다고 대답을 해놓고도 아직 무소식이다. 면장의 대화는 진정 주민들을 위한 것이라기보다는 군수한테 점수를 따기 위한 제스처에 불과하다는 게 내 생각이다. 나머지 두 번의 통화는 여론조사를 위한 것과 잘못 걸려 온 전화로 삭제. 마지막 메시지함을 열어보았더니 은행대출 광고였다.

세수를 끝낸 나는 아침밥 준비를 시작했다. 전기밥솥에 밥을 안치고 무국을 끓이기 위해 양지머리에 간장과 마늘 다진 것을 섞어 조물조물한 다음, 프라이팬에 살짝 볶아 나박나박 썬 무와 함께 냄비에 넣고 찰박하게 물을 붓고 끓였다. 국이 끓는 동안 부추를 송송 썰어서 뿌린 계란찜 뚝배기를 불 위에 얹고 반찬을 하나씩 꺼내 식탁에 놓았다. 절대로 반찬 플라스틱 통을 통째로 놓지 않고 작은 접시에 먹을 만큼만 담았다. 끼니때마다 거르지 않고 꺼내 먹는 밑반찬으로는 김치 외에 마늘장아찌, 매실장아찌, 토하젓, 양파절임, 김, 간장게장이다. 혼자 사는 남자 밥상으로 이만하면 성찬이다. 아침을 준비하는 데만 한 시간이 넉넉히 걸린다. 나는 하루 세 끼 꼬박꼬박 밥을 짓고 국을 끓여 먹는다. 국도 아침에는 무국, 점심은 된장국, 저녁은 미역국을 어김없이 끓인다. 무국은 담백하고 시원하며 된장국은 달큼 텁텁하면서도 개운하고 미역국은 비릿한 바다 향기가 좋아 즐겨 먹는다. 끼니때마다 국을 끓여서 각기 다른 맛을 음미한다는 게 참으로 행복하다. 나는 단 한 끼도 소홀하게 대충 때우지 않는다. 끼니때마다 차분한 마음으로 정성들여 밥을 짓고 반찬을 만들어 먹는 것이 하루하루 내 삶의 가장 중요한 일과이다. 음식을 만들어 음미하며 먹고 설거지까지 하는 시간이 하루 다섯 시간쯤 걸린다. 음식을 만드는 동안만은 마치 의식을 준비하듯 사뭇 엄숙해지기까지 한다. 정성을 다해 주무르고 혀끝으로 맛을 보아가며

간을 맞추고 모양새를 갖추는 과정이 진지하고 아름답다. 국이 바글바글 소리는 바람소리 시냇물 흐르는 소리 못지않게 듣기 좋다. 센 화력에 끓는 소리가 절정을 이룰 때, 나는 내 인생에서 언제 저렇듯 열정이 끓어오를 때가 있었던가 돌이켜본다. 밥솥에서 김이 솟으면서 향긋한 밥 냄새가 콧속을 간질일 때, 나는 드디어 편안함과 행복감을 맛본다. 내가 준비한 음식들을 식탁에 차려놓고 앉아있을 때, 나는 살아온 인생의 궤적을 찬찬히 더듬으며 맛을 즐긴다.

설거지를 끝내고 나서는 거실 소파에 앉아 여유로운 마음으로 커피를 마신다. 앞산의 솔숲이 시야 가득 들어온다. 윤기 자르르한 늦가을 아침 햇살에 잘 버물러진 솔잎들이 푸르게 반짝거린다. 창문을 열자 바람에 실려 온 솔향기가 찌릿찌릿 뼛속으로 스며드는 것 같다. 솔향기를 맡으며 커피를 마시자니, 이럴 때 인생을 이야기할 수 있는 누구인가 옆에 있다면 얼마나 좋을까 하는 생각이 들기도 한다. 이럴 때면 더욱 간절하게 연행의 전화가 기다려진다. 그러나 내 삶을 간섭하고 훼방 놓는 사람은 싫다. 나는 외롭지만 자유로운 것이 좋다.

나는 커피를 마신 다음, 간단한 청소를 끝내고 뒷산에 오른다. 매일 이맘때쯤이면 똑같은 복장 똑같은 보폭으로 똑같은 길을 따라 뒷산에 오른다. 올라갔다 내려오자면 한 시간쯤 걸린다. 날마다 같은 시간에 같은 길을 오가는 것이 조금도 지루하거나 권태롭게 느껴지지 않았다. 같은 시간 같은 길을 걸으면서도 일상의 미세한 변화를 찾을 수만 있다면 생각은 얼마든지 달라질 수 있다고 믿었다. 나는 이곳으로 오기 전 25년 동안 똑같은 일을 해왔다. 25년 동안 같은 사무실에 출근해서 시집 출판하는 일을 해왔지만 조금도 싫증을 느끼지 않았다. 시집이라는 가벼운 볼륨의 똑같은 책일지라도 한 권의 시집 안에 수록된 시의 내용이 각각 다르듯이, 되풀이되는 일상 속에 작은 변화의 연속이 있었고 그것이 내 삶을 하나의 길로 연결시켜주었다. 나는 시집 전문 출판사를 하면서 그녀를 만났고 12년을 같이 사는 동안 4권의 시집을 출판했다.

조연행을 처음 만났을 때 나는 마흔다섯 살이었고 그녀는 나보다 두 살 위였다. 눈물과 외로운 영혼을 노래하는 내용의 시가 내 마음을 울렸고 낭창한 몸매며 창백하고 우수에 찬 얼굴에 마음이 끌렸다. 더욱이 어려서 부모를 잃고 남동생과 고아원에서 자라온 그녀의 처지가 나와 같아 강한 동류의식까지 느꼈다. 그녀의 첫 시집 〈빛나는 시절〉을 출판하던 해에 우리는 계약결혼을 하고 내 원룸에서 같이 살기 시작했다. 아무라도 먼저 헤어지고 싶다고 말을 하면 붙잡지 않고 미련 없이 놓아준다는 조건이었다. 나는 그녀의 시 창작 작업을 위하는 일이라면 아낌없이 도왔다. 그녀가 가고 싶어 하는 곳이라면 어디든지 함께 가주었고 시를 쓸 수 있는 환경을 만들어주기 위해 최선을 다했다. 시인이 되는 것이 꿈이었던 나는 그녀의 시를 통해 대리만족을 하는 것으로 행복감에 젖었다. 그것으로 충분했다. 기분 좋을 때는 그녀의 시를 큰 소리로 암송하곤 했다. 그녀와 같은 공간에서 호흡하며 사는 것이 마치 시가 만들어낸 신비로운 이미지 세상에서 꿈을 꾸듯 하루하루가 황홀하고 행복했다. 그러나 한 권 두 권 시집이 불어날수록 그녀의 명성은 높아졌고 눈에 띄게 오만해져갔다. 나를 대하는 태도 또한 강팔라지기 시작했다. 네 권째 시집 『허공에 누워』가 출판되었을 즈음, 그녀의 명성과 오만함에 비례해 출판사 재정은 가파른 내리막길이었다. 그 무렵 그녀는 걸핏하면 술에 취해 밤늦게 들어오기 십상이었고 말도 없이 자주 외박을 했다. 시인협회 세미나를 빙자하여 나를 따돌리고 해외여행을 가기도 했다. 시인답지 않게 호사스런 몸치장을 했고 고급 음식점이나 분위기 좋은 커피숍만을 즐겨 찾아다녔다. 그때서야 나는 그녀의 시가 진정한 그녀의 삶과 영혼에서 우러나오는 것이 아니라, 기교에 의한 언어의 유희에서 비롯된 것임을 깨달았다. 허위의식에 지나지 않다는 것을 알게 된 나는 시의 진정성을 회복하라는 충고를 자주 해주었다. 그 때문에 우리는 말로 서로를 할퀴는 설전을 폈고 나는 그녀로부터 이별선언을 통고받았다.

나는 편백나무가 듬성듬성 서 있는 굽잇길로 올라갔다. 편백나무의 알싸한 향기가 톡 쏜다. 조붓한 등성이를 휘움하게 돌아 가파른 소나무숲길로 들어섰다. 참나무며 떡갈나무 등 잡목 낙엽들이 떨어져나간 후의 솔숲이 한껏 짙푸르러 보인다. 날카로운 바람이 솔잎을 휘돌며 쥐흔들자 솔바람소리가 휘몰이가락으로 귓바퀴를 쿡쿡 쑤셔댄다. 나무 우듬지를 빠르게 옮겨 날며 우짖는 박새 소리에 나는 가끔 발걸음을 멈추고 하늘을 쳐다본다. 어제는 솔숲에서 산까치가 나를 반겼는데 오늘은 박새가 머리와 꼬리를 까불거리며 인사를 한다. 지금까지 박새는 집 주위에서만 우는 것으로 알고 있었는데 깊은 산 소나무 숲에서도 운다는 것은 새로운 발견이다. 똑같은 길에서 나는 어제와 다른 것을 보고 느낀다.

2

나는 여전히 오늘도 변기 위에서 전날의 휴대폰 통화기록을 점검하고 있다. 첫 번째 통화는 고등학교 동창 손창수였다. 나는 그가 극장에서 영화간판 그림을 그릴 때 몇 번 만난 적이 있었다. 그때 그는 흘러간 영화만을 골라 재방영하는 오거리 극장에서 영화 〈충녀〉의 간판을 그리고 있었다. 1972년에 상영되었던 김기영 감독의 〈충녀〉는 가난한 집 가족을 먹여 살리기 위해 호스티스 생활을 하던 윤여정이 남궁원의 집에 첩이 되어 들어가 살면서 생기는 갈등을 그린 영화다. 내가 그녀의 두 번째 시집 〈내 마음의 풍차〉를 내던 해, 우연히 오거리 극장 앞을 지나다, 극장 앞 공터에서 윤여정이 엽기적인 모습으로 절규하는 장면을 그리고 있던 손창수와 자빡 마주친 거였다. 그가 아주 오래 전부터 극장에서 영화 간판 그림을 그린다는 이야기는 들었어도 직접 본 것은 그날이 처음이었다. 나와 눈이 마주친 그는 당황한 빛이 역력했다. 헝클어진 장발에 페인트가 덕지덕지 묻은 낡은 카키색 작업복 차림의 그는 반가움보다는 자괴감으로 온몸이 굳어진 표정이었다. 그가 붓을 놓고 주위를 두리번거리며 내게로 다가와서는 어정쩡하게 손을 내밀었다. 우리는 서로 어색하게 웃으며 한동안 말없이 손을 잡고 흔들었다. 그는 내게 시를 쓰느냐고 물었고 나는 천천히 고개를 흔들었다. 그러자 그는 하늘을 쳐다보며 공허하게 씩 웃었다. 그 웃음의 의미를 알 수 있었다. 그와 헤어져 돌아서는 내 마음이 무거웠다. 목구멍에 차가운 얼음덩이가 막힌 것처럼 왠지 울컥해진 기분이었다. 고등학교 때 그는 미술부였고 나는 문예부였지만 늘 같이 어울렸다. 그는 화가, 나는 시인이 되는 것이 꿈이었다. 우리는 화가와 시인이 되면 함께 시화전을 열기로 약속하기도 했었다. 그는 저마다의 얼굴에는 인생의 희로애락이 옴씰하게 담겨있다면서, 풍경화보다 얼굴 그리는 것을 즐겨했다. 아직 생각이 여물지 못한 나이에 그런 말을 한 그가 웅숭 깊어 보였다. 고등학교 2학년 때 그가 연필로 그려준 내 초상화를 아직 간직하고 있다. 짙은 눈썹에 세상의 고통을 몽땅 짊어지고 있는 듯 힘겹고 우수에 젖어 있는 표정이었다. 내가 시인이 되어 첫 시집을 내면 그 초상화를 사진 대신 넣겠다고 약속했었지만 빈 말이 되고 말아 가슴 아프다. 그와 극장 앞에서 그렇게 헤어진 후 나는 한동안 그의 모습이 머릿속을 떠나지 않고 맴돌아 무척 괴로웠다. 다시 찾아가서 밥이라도 한번 같이 먹겠다고 다짐했지만 마음뿐이었다. 그리고 그로부터 10여 년이 지나, 오거리 극장이 문을 닫게 되었고 그는 페인트공으로 날일을 다닌다는 소식을 얼핏 들었다.

오랜만에 전화에서 듣는 친구의 목소리는 건조하게 가라앉아 있었다. 나는 목소리만 듣고도 손창수라는 것을 알 수 있었다. 어쩌면 나는 그에게서 전화가 오리라는 것을 예측하고 있었는지 몰랐다.

"너… 시 쓰냐?"

"너는 그림 그리냐?"

그의 물음을 되받아치듯 즉각 반문했다. 대답 대신 한숨처럼 무겁고 깊은 숨소리만 들렸다. 나는 침묵 속에서 그가 대답할 때까지 기다렸다.

"아직 꿈은 버리지 않았다."

"꿈이라고? 하긴, 꿈마저 버린다면 인생이 너무 삭막하지. 허지만 이루어질 수 없는 꿈은 악몽과도 같다는 걸 잊지 말아라."

"그래서 말인데, 네게 부탁이 있어서 전화를 했다."

친구는 내가 살고 있는 마을에 빈 집이 있는지 알아봐달라고 했다. 다시 본격적으로 그림을 그리기 위해서 한갓진 시골에서 살고 싶다는 것이었다. 빈집이 없으면 내 집 방을 빌려달라고 매달렸다. 그의 말이 숨 가쁘게 쫓기듯 다급하여 당장이라도 짐을 싸들고 내 집으로 쳐들어올 것만 같았다. 암에 걸린 아내가 살아있을 때는 시골에 들어가서 살 엄두를 낼 수가 없었는데, 1년 전에 아내가 세상을 떠나고 홀로 남게 되자, 외롭긴 해도 자유로워졌다고 했다. 그러면서 그는 또 생기 넘치는 목소리로 내 옆에 있으면 어쩐지 그림을 다시 그릴 수 있을 것만 같다는 말을 강조했다. 나는 친구의 아내가 유방암에 걸려 6년 동안 투병생활을 하다가 작년에 세상을 떠났다는 것도 그때야 알았다.

통화를 하는 동안 내 머릿속에는 팔레트 대신 페인트 통을 들고 어설프고 공허하게 웃는 그의 모습이 계속 부스럭거렸다. 나는 친구의 전화를 받고 확실한 답을 해주지 않았다. 우리 마을에 빈 집이야 있지만, 첫째는 친구를 끌어들이고 싶지 않았고 둘째는 다시 그림을 그리겠다는 그의 말을 믿을 수 없었기 때문이다. 친구는 자유로워졌기에 시골에 들어올 수 있다고는 했지만 외로움 때문에 옛 친구 옆으로 오고 싶어 하는 것이라고 생각했다. 그가 진정 그림을 다시 그리려면 외로움 속에서 자유를 즐길 줄 알아야하지 않을까 싶었다. 친구의 전화를 받고 난 나는 종일 기분이 무겁고 거무죽죽하게 가라앉아 있었다. 친구에게서 또 하나의 나를 느꼈기 때문이다. 갑자기 친구가 짐을 싸들고 나를 찾아오면 어쩔까 은근히 걱정이 되기도 했다. 나는 지금 그 누구의 침해도 받고 싶지가 않았다. 함께 있어도 마음이 한결같이 유유하고 편한 사이가 되기란 그리 쉬운 일이 아니지 않는가 싶다. 친구가 옆에 있으면 오히려 나의 간절한 기다림에 방해가 될 것이기 때문이다. 오로지 순결한 외로움만으로 마음을 비운 채 기도하듯 기다림의 시간을 채우면서 살고 싶을 따름이다. 나는 전화를 끊고 나서야 손창수한테 염정수의 소식을 물어보지 못한 것을 후회했다. 염정수가 퇴원하기 전에 병문안을 가야할 텐데 하면서도 하루하루 미적거리고 있는 자신이 부끄러웠다.

이날 내가 받은 전화는 한 통화뿐이었다. 두 통화는 내 쪽에서 한 전화다. 한 통화는 면 보건소에 전립선 약이 도착했는지 알아보는 전화였고 다른 한 통화는 내가 경영했던 출판사에서 편집 일을 했던 미스 장에게 한 전화다. 이름을 부를 때면 오종종한 얼굴에 비해 유난히 큰 눈을 뗘꾼하게 뜨고 놀란 얼굴로 쳐다보는 미스 장을 떠올리며 용기를 내어 저장된 전화번호를 눌렀다. 미스 장이라면 그동안 조연행의 소식을 알고 있을지도 모른다는 생각을 하면서. 미스 정은 출판사에 있을 때 연행한테 시 창작 지도를 받기도 했기 때문에 계속 유대관계를 지속하고 있을 것이라 생각했다. 전화를 받는 미스 장의 목소리는 생김새와 성격 그대로 용수철이 통겨 오르듯 톡톡 튀었다. 그녀의 뾰족뾰족한 목소리는 경계의 가시울타리를 치고 있는 것 같아 마음을 열고 접근하기가 어렵게 느껴졌다. 내가 연행과 헤어진 것을 알고 있는 미스 정은 먼지를 털어내듯 냉엄하게 모른다고 잘라 말했다. 번호가 바뀌었는지 전화를 걸어도 받지 않는다면서, 최근에 '시인'지에 시가 발표되었으니 잡지사로 문의를 해보면 알 수 있을 것이라고 했다. 나는 그러고 싶지 않았다. 미스 정이 거짓말을 하고 있는 것 같았다. 그보다 서운한 것은 미스 정이 내가 어디서 어떻게 살고 있는지에 대해서 전혀 관심을 갖고 있지 않는다는 사실이었다. 미스 정은 내 근황에 대해 한 마디도 묻지 않았다. 10년 가까이 한 식구처럼 살아온 사이인데 어쩌면 그렇게 낯선 사람 대하듯 몰인정 할 수가 있단 말인가. 그것도 어쩌면 연행 때문인지도 모른다. 나와 헤어지고 나서 연행이 나에 대해 험담을 했을지도. 돌이켜보면 연행과 함께 살아온 세월, 얼마나 많은 치부와 약점을 보였던가.

저녁에 양치질도 하지 않고 잠자리에 드는 것은 물론, 샤워는 잘해야 일주일 만에 한번 꼴로 할 정도며, 속옷도 잘 갈아입지 않은 게으르고 칙칙한 성격에다가, 식탐이 많아 게걸스럽게 음식을 먹고, 아무데서나 쩝쩝대며 이쑤시개로 치아를 쑤셔대고, 손가락으로 발가락 사이에 낀 때꼽자기를 후벼 파 코를 실룩거리면서 발 고린내를 맡고, 공공장소에서 거침없이 방귀를 뀌고, 잠잘 때 천장이 들썩일 정도로 코를 골며, 걸핏하면 꽥꽥 소리를 지르고, 술을 마셨다하면 세상을 뜬 어머니를 외쳐 부르며 통곡을 하는, 못나고 괴팍한 성격임을 연행은 너무도 잘 알고 있지 않은가. 어디 그것뿐인가. 제본소에서 돌아온 어음을 막기 위해 돈을 융통한다는 핑계로 고향에 혼자 남아있었던 어머니 임종도 지키지 않았고 작은 집 조카가 대학 입학금 때문에 도움을 청했을 때도 거절을 했으며 시골에 살던 연행의 남동생이 간경화로 서울에 올라와 통원치료를 받기 위해 한 집에서 지낼 때는 또 얼마나 쌀쌀맞게 대했던가. 연행의 동생과 한 집에서 지낸 3개월 동안 나는 한 번도 그를 살갑게 대해주지 않았었다. 연행의 기억 속에 나는 이기적이고 천박하고 편협하고 지저분하고 비인간적인 사람으로 남아있을 것이 분명하다. 무엇보다 연행이 나에 대해 심하게 반감을 느낀 것은 여러 차례 반복적으로 그녀의 자존심을 건드렸기 때문일 것이었다. 나는 시를 쓰는 그녀가 아리스토텔레스의 '시학'이나 노자의 '도덕경'은 고사하고, 김소월의 '진달래꽃'도 읽지 않았음을 알고 자존심에 상처를 주었고, 내가 좋아하는 수패 작곡 '시인과 농부'며 조각가 로댕의 연인 까미유 끌로델을 모르는 그녀를 비난했으며, 떡갈나무와 굴참나무, 참새와 박새조차 구별하지 못하고 어떻게 시를 쓰느냐고 걸핏하면 몰아세우곤 했다. 그때마다 나는 좋은 시인이 되려면 기교나 언어의 유희에 매몰되지 말고 사물의 본질에 대한 철저한 인식과 이해와 사랑이 앞서야 한다고 하면서 제발 공부 좀 하라고 닦달했다. 아마 연행이 떠난 이유가 내게서 받은 자존심의 상처 때문이었을 것이다. 아니 더 큰 이유는 내가 시골로 내려와 살기로 결심한 것 때문이었을지도 모른다. 그녀는 시골에 사는 것을 죽기보다 더 싫어했다. 시골은 밤이 너무 깜깜해서 무섭다고 했다.

3

　다음날 저녁　잠자리에 들 무렵에 받은 전화는 김병서라는 고등
학교 동창한테서 걸려온 거였다. 웅변대회에 나가서 여러 차례 상
을 탔던 병서는 허여멀쑥한 얼굴에 몸피가 크고 잘 생긴 친구였다.
공부도 잘해서 학생회장을 지내기도 했다. 목소리가 우렁차고 울림
이 좋아 그의 구령소리를 들으면 자신도 모르게 차렷 자세가 취해
지는 등 마음을 절도 있게 움직이게 만들었다. 그의 카리스마와 리
더십을 인정한 선생님들과 친구들은 장차 정치가가 될 것으로 믿었
다. 지방대학 정치학과를 졸업한 그는 한동안 지방 정치판을 기웃
거리더니, 칼날 같은 신군부 시대 DJ 캠프에 들어가 민주화운동 깃
발을 드는가 싶었다. DJ가 집권을 하자 병서도 공천만 따면 막대기
만 꽂아도 당선된다는 그 국회의원 한자리쯤 쉽게 꿰찰 줄 알았는
데, 국민화합을 내세워 신군부를 처벌하지 않는다면서 DJ를 비판하
고 나섰다. 그는 결국 좌파도 우파도 아닌, 경계인으로 밀려나 세상
을 싸잡아 후려치며 휘청거리고 살다가 언뜻 나이가 들어 지금은
아파트 경비를 하고 있다는 소문을 들었다.
　"신념으로 정치하는 시대는 끝난 거야. 신념은 개똥이 된 거지.
정치는 저속한 만화야."
　병서는 여전히 쩌렁쩌렁한 목소리로 밑도 끝도 없이 내게 한마
디 퉁겨내고는 게거품 뿜듯 최근 국회에서 예산안 날치기 통과를
둘러싸고 벌어진 여야 논쟁을 꼬집었다. 그러면서 그는 차기 정권
교체의 가능성에 대해 열을 올렸다. 쇠잔해가는 몸뚱이 편히 뉘일

방 한 칸 없는 처지인데도 그의 관심은 오직 정치였다. 나는 김병서
의 그 같은 집착에 짜증이 났다. 그리고 슬펐다.

"동창회 때 들었는데, 너 시골에서 혼자 산다며? 그래서 말인
데… 조만간 너한테 찾아가서 부탁할 게 있어서 말야…"

그러면서 병서는 생뚱맞게 내가 사는 마을에 놀리는 땅이 있느
냐고 물었다. 묵힌 땅이 있으면 농사를 짓고 싶다고 했다. 나는 어물
어물 말끝을 흐리며 확실한 답을 주지 않았다. 손창수로부터 빈집
이 있으면 알아봐달라는 전화를 받았을 때처럼 기분이 개떡 같이
구겨졌다. 조만간 나를 찾아오겠다는 말을 남기고 전화를 끊은 병
서는 5분도 지나지 않아 다시 흥분된 목소리로 다급하게 내 이름을
불렀다.

"깜빡 잊었는데, 염정수 소식 들었냐? 너하고 짝꿍이었지? 색소
폰 잘 부는 친구 말이야. 그 친구 폐암 말기라는데 죽기 전에 한번
만나봐라. 병원에 갔더니 네 이야기를 많이 하더라. 네 전화번호를
묻기에 가르쳐 줬어. 공기 좋은 시골에서 요양을 하고 싶은가봐."

염정수 이야기를 듣는 순간 저음으로 흐느끼는 듯한 색소폰 소
리가 바람을 타고 귓속으로 흘러들었다. 무슨 일이 있어도 주말에
는 꼭 병문안을 가리라 다짐했다. 고등학교 때 음악동아리 활동을
했던 염정수는 호소력 있는 바리톤 목소리로 노래를 곧잘 불렀고
색소폰 연주도 수준급이었다. 수학여행 때 '오 대니보이'를 연주했
었는데 한창 물오른 청춘의 싱그러운 마음을 질퍽하게 녹여주었다.
지방대 법대를 졸업하여 사법시험에 네 번씩이나 떨어지고 공무원
시험에도 낙방한 후, 시골 땅을 처분하여 단란주점을 하다가 그것

마저 말아먹고 종당에는 업소에서 색소폰 연주를 하여 먹고 산다는 이야기를 얼핏 들었었다. 그날 하루 내 머릿속에는 페인트 통을 든 손창수와 아파트 경비실에 두 손으로 턱을 받치고 넋을 놓고 앉아 있을 김병서, 그리고 업소에서 흐느끼듯 색소폰을 불고 있는 염정수의 얼굴이 계속 부스럭거렸다. 이상하게도 교복 입은 고등학교 때의 푸른 대나무처럼 싱그럽고 활기찬 얼굴은 떠오르지 않고, 한몸 가누기도 버거울 정도로 기력이 빠져 휘주근한 초로의 모습만이 흐느적거렸다. 실패한 인생은 유령처럼 실체조차 희미했다. 물론 그 속에 나도 어정쩡하게 끼어 있었다. 그 친구들의 환영은 잠시도 떠나지 않고 나를 첩첩이 에워싼 채 내 행동과 생각을 지배하려고 했다. 실체도 없는 그 친구들에게 나는 완전히 속박당한 기분이었다. 혼자 있으면서도 그들과 함께 있는 것만 같아 잠시도 자유롭지가 못했다. 불안했다. 당장 친구들이 내가 사는 집으로 들이닥칠 것만 같았다. 그때부터 나는 전화 받기가 두려웠다. 휴대폰이 울릴 때마다 심장이 철렁 내려앉으면서 머리가 지끈거렸다. 그 때문에 휴대폰을 진동으로 바꿔놓았다.

나는 오늘 아침에도 어김없이 화장실 변기에 앉아 휴대폰 점검을 시작했다. 어제는 부재중 전화가 두 통화. '발신자 표시 없음'의 문자가 떴다. 어제 오후 느지막이 나는 예의 그 이상한 전화라는 것을 알고도 아무렇지도 않게 받았다. 그는 한동안 그 누구도 정확하게 알지 못하는 내 유년시절을 이야기했다. 그는 내 유년시절에 대해서 함께 자란 고향 친구들보다 더 자상하게 알고 있었다. 무엇보다 앞집에 살았던 앵두와 숨바꼭질 놀이를 하다 대창으로 짚더미를 쑤셔 그녀 허벅지에 큰 상처를 냈던 사실까지 알고 있어 기겁했다.

"기다리는 사람은 오지 않고 기다리지 않는 사람이 올 것 같지? 그게 인생인 걸 어쩌겠나. 허지만 기다림은 희망이야. 기도하듯 기다려보게. 그리고 친구들을 거역하지 마. 혼자만 잘 살면 행복할 것 같지? 안 그래. 혼자 걸으면 빨리 갈 수는 있겠지. 그러나 여럿이 함께 걸으면 더 멀리 갈 수 있다는 것을 알아야지. 같은 꿈을 꾸었던 옛날 친구들을 가까이서 자세히 들여다보면 자신이 더욱 잘 보일 거야."

"너는 도대체 누구냐?"

"내가 누구냐고? 나를 알려거든 네 자신부터 잘 들여다보라고. 내 눈엔 네가 너무 잘 보이는데 네 눈에는 내가 보이지 않은 모양이군. 오늘 하루도 나는 너만 보고 있었어. 오늘 네가 무얼 했는지 한번 맞춰볼까?"

그는 그날 하루 내가 무슨 일을 했는지에 대해서 마치 함께 붙어 있기라도 했던 것처럼 소상하게 이야기했다. 몇 시에 점심을 먹고 화장실은 몇 차례 간 것까지 정확하게 알고 있는 것을 말하자 소름이 돋으면서 더욱 불안해졌다. 마치 나 자신이 내게 전화를 하고 있는 것처럼 기분이 괴이했다. 나는 더 이상 그의 이야기를 듣고 있을 수가 없어서 휴대폰 전원을 꺼버렸다.

나는 잠자리에 들기 전에 장롱의 서랍이며 책상 속, 잡동사니들을 쌓아 둔 수납장들을 다 뒤져서 고등학교 졸업 앨범을 찾았다. 앨범 속에서 세 친구들의 인물 사진을 한 사람씩 되작거려 들여다보았다. 낡은 흑백사진이었지만 검은 눈동자만은 샛별처럼 빛났다.

그들은 저마다 내게 무슨 이야기인가 하고 싶은 듯 간절한 눈빛으로 나를 쳐다보았다. 나는 다시 앨범 뒤쪽에서 네 명의 친구들이 마지막 소풍 때 찍은 스냅사진을 발견했다. 모자를 옆으로 삐딱하게 눌러 쓴 손창수는 오른손 검지와 장지로 담배를 꼬나물고 연기를 뿜는 폼을, 김병서는 콜라병을 소주병인 듯 들고 나발을 불고, 염정수은 허리를 옆으로 구부슴하게 꺾고 색소폰을 부는 시늉을, 맨 오른쪽의 나는 왼팔로 염정수의 어깨를 감싸 안은 채 오른손 검지로 허공을 향해 무엇인가를 가리키고 있었는데, 다른 세 명의 친구들의 시선이 모두 같은 방향을 바라보고 있었다. 내 손가락이 가리키고 있는 허공에 시선을 모은 네 친구의 꿈은 결코 멀어보이지가 않았다. 고3 때 같은 반이었던 우리는 '4 파인 트리'라는 클럽을 만들고 자주 어울렸으며 사회에 나가서도 변치 않은 우정을 나누자고 약속했었다.

그날 밤 나는 한동안 잠을 이루지 못하고 뒤척였다. 같은 꿈을 꾸었던 옛 친구들을 가까이서 들여다보면 자신이 더 잘 보인다는 이상한 전화의 목소리가 뇌리에서 떠나지 않았다. 나는 손창수와 김병서, 염정수 등 세 친구가 내 집에 와서 나와 함께 어울려 사는 장면을 상상해보았다. 처음에는 바퀴벌레들이 엉켜있는 것처럼 진저리쳐질 정도로 끔찍하여 거칠게 도리질을 쳤다. 실패한 네 명의 친구들이 인생의 내리막길에서 함께 어울리는 모습이 더 없이 초라하고 슬퍼 보일 것 같았다. 양로원의 한 장면을 연상시켰다. 그러면서도 한편으로는 보기에 구차스러울지라도 마음만은 편안할지도 모른다는 생각이 들었다. 실패한 사람이 성공한 친구와 함께 있는 것보다는 훨씬 여유로울 수 있지 않겠는가 싶기도 했다. 생각이 바뀌자, 함께 있는 네 친구들의 모습이 전혀 달라보였다. 나는 가을 햇살이 포실하게 내려 쌓이는 마루에 걸터앉아 시집을 읽고 있고, 손창수는 감나무 밑에서 막 추수를 끝낸 황량한 들판을 캔버스에 담기 바쁘고, 김병서는 마당 귀퉁이에서 흙을 파고 가을 배추씨를 뿌리고, 염정수는 노랗게 물든 은행나무 밑 벤치에 앉아 트럼펫을 연주하는 모습이 오래된 흑백영화의 한 장면처럼 고즈넉한 아름다움을 발산했다. 다른 사람을 의식하지 않고 저마다 자기 일에 열중하고 있는 네 사람의 모습이 생생하게 살아있어 보였다. 그곳에 성공한 인생과 실패한 인생은 없었다. 다만 함께 꿈을 꾼 친구들이 있을 뿐이었다. 나는 그들이 넓은 세상이라는 공간에서 저마다 자리를 차지하고 해왔던 일들이 가치 있는 것이라는 것을 비로소 깨닫게 되었다.

색소폰 소리에 놀랐는지 개울 건너 콩밭에서 비둘기 한 마리가 푸드득 날개를 치고 앞 산으로 날아가자, 네 사람의 시선이 일제히 솔숲으로 향했다. 나는 슬프도록 아름다운 그 장면을 머릿속에 오래 머물러 있도록 하기 위해 슬며시 눈을 감았다. 저음의 색소폰 소리가 차갑게 얼어붙었던 마음을 흥건히 적셔주었다.

다음날 아침, 나는 변기 위에 앉아서 휴대폰 폴더를 열고 통화기록 점검을 시작했다. 먼저 부재중 전화 중에서 두 통화의 '발신인 표시 없음'을 삭제시켰다. 내 쪽에서 일방적으로 전화를 끊은 후로 그가 계속 통화를 시도 한 것이리라. 이어 메시지함을 열고 내용을 확인했다. 어제 오전, 정확히 11시 27분에 보내온 염정수의 메시지.

"나 먼저 간다."라는 글자가 점점 더 커다랗게 확대되어 시야를 파고들었다. 이건 무슨 소리야. 먼저 간다니 도대체 어디를 간다는 말인가. 나는 마음속으로 전화를 할 것이지 이 무슨 엉뚱한 문자야, 하며 실소를 삼켰다. 그런데 어딘가 좀 이상하다는 생각이 나를 무겁게 짓눌렀다. 나는 한동안 눈을 감은 채 우두커니 앉아 있었다. 그의 색소폰 소리가 아득히 먼 곳에서 솔바람을 타고 들려오는 것 같았다. 다시 못 본 메시지를 열었다. 내가 일어나기 전인, 새벽 5시 15분에 보낸 메시지다.

부음: 염정수씨, 15일 새벽 2시 30분에 운명. 시립병원 장례식장, 발인 17일 10시 시민공원묘지.

메시지를 읽는 순간 나는 변기 위에서 벌떡 일어섰다. 갑자기 머릿속이 텅 비고 현기증이 일면서 목이 탔다. 염정수는 죽기 17시간 전에 내게 먼저 떠난다는 문자를 보냈단 말인가. 믿어지지가 않았다. 장난일까. 누가 사람의 생사를 가지고 장난을 칠 수 있단 말인가. 나는 빳빳하게 선 채로 저장해 놓은 손창수와 김병서의 전화번호를 확인하기 위해 다급하게 전체 통화 내역을 살폈다. 떨리는 엄지로 통화기록을 차례로 누르며 한 줄씩 아래로 내려가다가 메뉴를 잘못 찍었고 엉겁결에 모두 삭제를 누르고 말았다. 휴대폰에 저장된 전화번호가 모두 날아가 버리고 말았다. 내 귓속에서 이명처럼 흐느끼던 색소폰 소리가 갑자기 뚝 끊기면서, 더 이상 아무 것도 들을 수가 없었다.

은행잎 지다

1

　고라니는 집 앞 벤치에 앉아서 노랗게 물든 은행나무를 바라보고 있었다. 나는 청년을 고라니라고 불렀다. 껑충하게 키가 크고 갸름한 얼굴에 유난히 귀가 쫑긋하며 눈이 깊고 맑아서다. 어쩌면 그는 해가 떠오르기를 기다리며 동쪽 하늘 끝을 쳐다보고 있는지도 몰랐다. 여느 날보다 한 시간쯤 일찍 일어난 그는 아침밥 먹을 생각도 하지 않은 채 꼼짝 않고 무겁게 앉아 있었다. 검정 터틀 넥에 소털 색깔 카디건이 잘 어울려 보였다. 소털 색깔이 무척 따뜻하게 느껴졌다. 벤치 등받이 위로 두 팔을 길게 뻗고 목을 곧추 세운 모습이 마치 날개를 치고 금세 허공으로 날아오를 것처럼 가벼워 보였다. 가늘고 기다란 손가락이 마지막 잠을 자고 일어난 누에처럼 맑고 하얗다. 그는 양손 검지가 컴퓨터 자판기를 톡톡 두드리듯 연속적으로 의자 등받이를 찍어대고 있었다. 하느님을 향해 '살려주세요. 지금 죽기에는 너무 억울해요'라고 간절하게 메시지를 보내고 있는 것처럼 느껴졌다. 나는 바람이 차가우니 그만 안으로 들어가자는 말을 하려다가 발소리를 죽이며 조심스럽게 그에게 다가갔다. 등 뒤에서 본 고라니는 전혀 환자 같지가 않았다. 튼실해 보이는 견주뼈와 넓은 등짝이며 참나무 토막처럼 굵은 목이 췌장암 말기환자로 보이지 않았다.

햇살이 퍼지기 전이라 목덜미를 헤집고 들어온 가을바람이 제법 선득거렸다. 바람이 건듯건듯 불어올 때마다 노란 은행이파리가 하나 둘 떨어져 허공에 포물선을 그리며 날렸다. 은행잎은 잠시 허공을 맴돌다가 물봉선이며 여뀌풀이 우북하게 우거진 개울에 살포시 내려앉아 천천히 물을 따라 흘러갔다. 네모가 반듯한 마당 끄트머리 개울가에 서 있는 은행나무 밑과 아직 엽록소가 빠지지 않은 잔디 위에도 은행이파리 몇 개가 떨어져 있다. 노란 은행잎과 초록빛 잔디 색깔이 절묘하게 조화를 이루었다. 이윽고 소나무 숲 위로 아침 햇살이 퍼지기 시작했다. 햇덩이가 삿갓 모양의 산 정수리 위로 모습을 드러내자 붉은 빛이 소나무 숲을 가득 덮었다. 햇살에 흠뻑 젖은 은행나무가 황금빛으로 빛났다. 은행잎이 너무 눈부셔 눈이 시릴 정도였다. 은행나무를 바라보는 사람의 마음까지도 샛노랗게 물들어버릴 것만 같았다.

내가 가까이 다가가자 고라니의 손가락 움직임이 멈췄다. 나는 고라니가 무슨 생각을 하고 있는지 무척 궁금했다. 무사히 하룻밤을 넘기고 새 날을 맞게 해준 하느님께 감사하고 있는지, 오늘 하루 또 어떻게 삶을 견뎌낼 수 있을까 걱정하고 있는 것인지도. 아니면 하루가 다르게 점점 호흡이 곤란해지면서 목을 조이듯 엄습해오고 있는 죽음을 두려워하고 있는지도. 스물아홉의 젊은 나이에 죽음을 맞기가 얼마나 황당하고 두렵고 억울하겠는가 싶어 오목가슴이 먹먹해졌다.

나는 3개월 전, 대학병원 호스피스 병동에서 고라니를 처음 만났다. 얼마 후면 그는 호스피스병동에서 1인실로 옮겨진 후, 지하에 있는 영안실로 내려가게 될 것이었다. 그날 고라니는 내장신경차단 시술을 받았다. 고통을 느끼지 못하게 척추에서 내장으로 연결된 신경을 화학적으로 파괴시킨 것이다. 한번 파괴된 신경을 다시 되살릴 수 없기 때문에 생명의 시한이 1년 미만의 환자에게만 시행되는 시술이다. 내장신경차단 시술을 받기 전까지만 해도 그는 하루 1천 밀리그램의 모르핀 주사를 맞아도 고통을 견뎌낼 수가 없었다.

그를 처음 본 순간 나는 낯설지 않은 얼굴에 당황해할 만큼 놀랐다. 어디선가 여러 번 만난 적이 있는 것 같은데 굳게 잠긴 기억 창고의 빗장이 열리지 않았다. 그는 훤칠한 키에 눈에 띌 정도로 잘 생긴 꽃 미남이었다. 나도 모르게 '아깝다'는 말이 튀어나오려는 것을 간신히 참아냈다. '아깝다. 아깝다. 너무 아깝다.' 나는 그 말을 마음속으로 수없이 되뇌었다. 그의 나이가 스물아홉 살이라는 것을 알았을 때, 24년 전에 죽은 내 아들 진석이 생각이 용수철처럼 뇌리에서 튕겨 올랐다. 24년 전에 맨홀에 빠져 죽지 않았더라면 내 아들도 지금 스물아홉 살이 되었을 것이다. 고라니를 처음 본 순간 나는 잠시 죽은 아들 생각에 마음이 칙칙하게 내려앉았다. 죽은 아들 생각과 함께 시한부인생 고라니에 대한 연민이 내 마음을 흥건히 적셔놓았다. 그 무렵 나는 1년여 동안, 79세의 폐암말기환자 간병에 심신이 메말라 있어 다른 사람에 대해 동정이나 연민을 느낄 만큼의 여유가 없었다. 내가 망치라고 불렀던 노인이 죽고 나자 나는 나른한 해방감 속에서 거의 한달 동안이나 바깥출입도 하지 않고 방에 누워 무척추 동물처럼 흐물흐물 지냈다. 노인이 내 몸의 모든 기를 깡그리 빨아들여 무덤 속으로 가져가버린 기분이었다. 그만큼 노인은 1년 동안 무던히도 나를 괴롭혔다. 얼마나 지쳤던지 당분간 간병인 노릇은 하지 않기로 결심했다. 그런데도 이상하게도 고라니를 본 순간 마지막까지 그의 옆을 지켜주고 싶어졌다.

화가 지망생인 고라니가 무동골로 내려온 것은 땡볕이 창끝처럼 쏟아지던 짱짱한 여름이었다. 그는 호스피스병동에 누워 죽음을 기다리기 싫다면서, 화구를 챙겨 이곳으로 왔다. 무동골에는 그의 외할아버지가 20년 전 정년퇴직을 하고 내려와 살았던 낡은 황토 집이 있다. 작년에 외할머니와 외할아버지가 한 달 간격으로 세상을 뜬 후 비어 있었다. 그동안 고라니가 아프기 전까지만 해도 황토집에 와서, 화단이며 정원수들을 돌보며 며칠씩 쉬어가곤 했단다. 화단에는 여름에 피는 꽃들이 시들어 황량해보였다. 여름에 이곳에 왔을 때까지만 해도 흰 접시꽃이며 붉은 봉선화와 맨드라미, 산에서 옮겨 심은 노란 원추리, 장미 주황색의 백일홍, 해당화가 한데 어우러져 피어있었고, 개울 쪽으로는 하얀 찔레꽃과 키 큰 자귀나무 꽃, 자줏빛 참싸리 꽃이 울타리처럼 에둘러 있었다. 화단의 화초며 꽃나무에서 외할아버지의 손길이 정갈하게 느껴졌는지, 고라니는 이곳에 오던 날 한나절 동안이나 화단의 꽃을 바라보며 시울이 펑 젖은 채 깊은 생각에 잠겨 있었다. 외할아버지와 외할머니로부터 남다른 사랑을 받아온 터라, 그리움이 사무쳤던 것이리라. 외할아버지 내외는 시쳇말로 닭살이 돋을 만큼 금슬이 좋았다고 했다. 앞뜰에 자귀나무를 심어놓은 후로 늙은 부부는 단 한번의 다툼도 없었다고 했다. 외할아버지가 세상을 뜨기 한 달 전 여름, 고라니가 찾아왔을 때도 깃털처럼 생긴 푸른 잎에 종 모양의 자줏빛 꽃이 활짝 피어 있었다. 신기하게도 자귀 꽃은 낮에 꽃잎이 활짝 펼쳐졌다가 밤이 되면 오므라져서 희붉게 보였다. 그 때문에 이 나무를 야합수(夜合樹) 또는 합혼수(合婚樹)라고 한 것인지도 모른다. 고라니는 내게 외할아버지 할머니 이야기를 자주 했다.

고라니는 췌장암 말기로 3개월 시한부 진단을 받았다. 암세포가 모든 장기로 퍼져 수술조차 할 수 없게 되자 마지막 삶을 정리하기 위해 이곳으로 온 것이다. 먼저 떠난 외할아버지와 외할머니를 그리워하며 자연 속에서 죽음을 맞기 위해 왔다고 해야 옳다. 그가 무등골에 온 지 오늘로 87일째다. 의사 말대로라면 살날이 3일 밖에 남지 않은 셈이다.

"바람이 차구만, 감기 들면 어쩔라고… 그만 안으로 들어가제."

나는 고라니 옆으로 바짝 다가가며 걱정스러운 목소리로 말했다.

"백일잔치가 며칠 남았지요?"

고라니가 고개를 돌려 얇고 가느다란 눈길로 매달리듯 나를 보며 물었다. 고라니가 말하는 백일잔치란 그가 암 선고를 받고 나서 백 일째 되는 날을 기념하기 위한 날이다. 백 일째라면 의사가 말한 3개월 시한보다 열흘을 더 살게 되는 날이기도 하다. 고라니는 그날을 맞아 이곳에 친구들을 불러 잔치를 하겠다는 거다. 이곳으로 온 후부터 그는 백일잔치를 위해 마지막 생명에 불을 댕겨 고통을 참아가며 혼신을 다해 그림을 그리기 시작했다. 그는 백일잔치가 끝나면 돌잔치 준비를 하겠다는 농담도 했다. 나는 그렇게 되기를 바랐다. 돌잔치까지 아직 아홉 달이 남았는데, 그때까지 살아주기를 간절하게 빌었다.

"백일까지는 두 주일… 그러니까 십삼일 남았구만."

"그때까지는 살아있겠지요?"

"무슨 소리야. 돌잔치까지 하기로 해놓고…"

내 말에 고라니는 다시 턱 끝을 쳐들고 시선을 멀리 던졌다. 이곳으로 온 후 그의 시선이 하루하루 가늘어지면서 멀어져가고 있었다. 그의 시선이 머무는 곳이 어디쯤일지 가늠하기가 어렵다. 한동안은 앞산 소나무 숲을 바라보는 것 같다가, 하늘의 구름에 머무르는가 싶었는데 요즈막엔 해지는 하늘의 끝자락에 매달려 있는 것 같았다. 그는 어쩌면 가뭇없는 이승의 끝자락을 보고 있는 것인지도 몰랐다.

"아줌마 가족은 어디 있어요?"

고라니가 하늘에 시선을 가느다랗게 매단 채 지나가는 말투로 뚜벅 물었다. 그러고 보니 고라니와 함께 지낸 지 3개월이 다 되도록 나는 그에게 한 번도 내 이야기를 해본 적이 없었다. 그가 나에 대해서 아는 정보는 한동안 늙은 폐암환자의 간병인이었다는 것뿐이었다. 하기야 고라니가 그동안 나에 대해서 별로 알려고도 하지 않았다. 그는 내 나이가 49세이고 15세 때 강간을 당했으며, 20세에 아비가 누구인지도 모르는 아이를 낳아 혼자 기르다가, 내가 식당으로 돈 벌러 간 사이에 아이는 맨홀에 빠져 죽었고, 혼자 살며 교회 청소부로 일하던 중 5년 전 자궁암에 걸려 수술을 받았고, 회복된 후부터 호스피스병동에서 암 환자 간병인 일을 하고 있다는 것 등을 알 턱이 없었다.

내가 반응이 없자 고라니는 내 대답을 재촉하듯 얼핏 나를 돌아보았다.

"아무도 없어."

"남편은요? 자식은요?" "

나 혼자야."

나는 희미하게 웃으면서 건성으로 말했다. 고라니는 고개를 돌려 내 삶의 궤적을 추적하기라도 하려는 듯 한참동안이나 내 얼굴을 찬찬히 들여다보았다. 시선이 짧아진 그의 눈길이 맑고 촉촉하게 느껴졌다. 연민이 담긴 그의 시선이 오래도록 찐득하게 내 얼굴에 머물렀다. 죽음을 앞둔 사람으로부터 연민의 눈길을 받은 내 기분이 참으로 묘했다. 이런 기분은 처음이다. 잠시 두 사람의 시선이 엉켰다. 내 쪽에서 먼저 후닥닥 고개를 돌려버렸다.

"아주머니가 제 옆에 있어줘서 마음 든든해요."

"나도 마찬가지야."

"저와 같이 있는 것 무섭지 않으세요?"

"나는 괜찮아. 그쪽이야 말로 무섭지 않아?"

"뭐가요? 죽는다는 거요?"

고라니의 그 말에 나는 심장에 총알을 맞은 듯 뜨끔했다. 괜한 말을 물었구나 하고 금방 후회했다.

"내가 죽는다고 생각하면 너무 무서워서 잠이 안와요. 억울해서 목이 찢어지도록 악을 쓰고 싶기도 해요. 아무도 없는 깜깜한 어둠 속을 혼자 가야한다는 걸 생각하면 떨리고 숨이 막혀요. 지옥불더미에 떨어져도 살아날 수만 있다면 얼마나 좋을까 싶어요. 아니, 육신이 사라져도 영혼만이라도 이승에 남는다면…"

고라니의 그 말에 나는 목울대가 후끈거리면서 울컥 눈물이 쏟아지려고 했다. 그를 위해서 아무것도 해줄 수 없다는 것이 그렇게 안타까울 수가 없었다. 내가 그를 위해 할 수 있는 일이란 마지막 순간 죽음을 지켜봐주는 것뿐이 아닌가. 고라니의 죽음을 지켜보는 것은 조금도 무섭지 않으나, 그가 떠난 후 그의 모습을 머릿속에서 완전히 지우기가 쉽지 않을 것 같아 마음이 무거웠다.

그날 오후 나는 고라니가 갑자기 굴전이 먹고 싶다고 해서 읍내에 가려고 길을 나섰다. 비포장 골짜기 황톳길을 20분쯤 걸어 나와, 반시간이나 기다렸다가 텅 빈 군내버스를 탔다. 나는 무동골을 나선 지 두 시간 만에 읍내 장에 가서 굴과 생조기, 미나리 등 야채를 사가지고 해가 설핏해서야 돌아왔다. 간단히 장을 봐오는 데만 다섯 시간이나 걸렸다. 그날 저녁 고라니는 저녁밥 대신 굴전을 석 장이나 맛나게 먹었다. 끼니때 음식을 대하면 모래를 씹는 것 같다면서 젓가락으로 밥알을 세듯 깨작거리기만 하던 고라니가 이날 저녁에는 걸신들린 사람처럼 먹었다. 이렇듯 맛나게 먹은 것은 처음이다. 나는 과식 때문에 탈이 날까 걱정이 되어 소화제 대신 매실차를 끓여주었다. 먹고 싶은 것이 있으면 말하라고 했더니 홍어삼합이 먹고 싶다고 했다. 나는 다음 장날에는 홍어를 사오겠다고 했다. 과식을 한 탓인지 그날 밤 고라니는 8시도 못되어서 잠자리에 들었다.

그날 밤 나는 또 맨홀에 빠진 꿈에 진저리를 쳤다. 다섯 살 난 아들이 죽은 후, 나는 한동안 밤마다 맨홀에 빠진 꿈에 시달렸다. 하수 썩은 냄새 때문에 창자가 뒤집힐 것 같은, 깜깜하고 답답한 맨홀 밑바닥에, 오물을 삼키지 않으려고 까치발을 하고 서서 살려달라고 소리치다가 깨어나 보니 온몸이 흠씬 땀에 젖어 있었다. 20년쯤 지나서야 그 악몽이 사라졌는가 싶었는데, 고라니를 만나고 나서 다시 꾸게 되었다. 이상하게도 맨홀에 빠진 사람이 자신과 고라니로 번갈아가며 바뀌곤 했다. 오늘 밤, 처음에는 자신이 냄새나는 하수도관 속에서 두려움에 떨었는데 어느새 나는 보도에 쪼그리고 앉아서 맨홀 바닥에 빠져 허우적거리는 고라니를 들여다보고 있었다. 나는 고라니의 살려달라고 울부짖는 소리에 놀라 잠에서 깼다. 죽는다는 것은 어쩌면 맨홀에 빠지는 것과 같을지도 모른다는 생각이 들었다. 나는 고라니가 걱정되어 화장실을 사이에 두고 있는 그의 침실 문을 열고 들어가 보았다. 고라니는 불을 켜 놓은 채 잠들어 있었다. 그는 언제나 불을 환하게 켜놓고 잠을 잤다. 죽음 같은 어둠이 두렵기 때문이리라. 나는 침대 옆에 상반신을 꺾고 서서, 이불을 걷어찬 채 깊이 잠든 고라니의 얼굴을 가까이 들여다보았다. 아직도 그의 몸은 나무토막처럼 탄탄해 보였다. 그의 몸에서 죽음의 그림자는 보이지 않았다. 불빛 속에 잠든 얼굴이 조각처럼 눈부시게 해맑았다. 나는 아깝다는 말을 버릇처럼 되뇌면서 나도 모르게 고라니의 얼굴을 만지려다가 소스라치며 멈추었다.

2

아침 일찍이 거실 전화기가 다급하게 울어댔다. 나는 고라니 어머니 유여사가 전화한 것이라고 짐작했다. 이 집 전화번호를 아는 사람은 고라니 부모 외에는 아무도 없다. 고라니는 이 집으로 온 후부터 자신의 휴대폰 배터리를 아예 뽑아버렸다. 누구의 전화도 받고 싶지 않기 때문이리라. 여기로 온 후에 그가 누구와 통화하는 것을 한 번도 나는 보지 못했다.

"아주머니, 이번 주말에는 못 가겠는데 어쩌지요? 중동에 출장 중인 아빠가 귀국길에 파리에 들러 딸을 만나고 월요일에 돌아오신다니까, 화요일에나 수요일쯤에 같이 갈게요."

언제나 그렇듯 고라니 어머니의 전화는 극히 사무적이었다. 지난주에는 그녀가 운영하는 패션 살롱 주최로 쇼가 열리게 되어 바쁘다는 핑계로 토요일에 잠깐 와서 얼굴만 보고 도망치듯 되짚어 올라가버렸다. 고라니한테 전화를 바꿔주고 싶어 얼핏 눈치를 살폈다. 고라니가 다급하게 손사래를 쳤다. 나는 그의 어머니가 고라니의 상태에 대해 물어오기를 기다렸다. 아무 말이 없기에 어제저녁에 굴전을 맛있게 먹더라는 이야기를 하려고 했는데 전화가 뚝 끊겨버렸다. 나는 고라니에게 친 어머니가 맞는 거냐고 묻고 싶어졌다.

"어머니께서 주말에 못 오신다는데, 심심하면 친구들이라도 부르지 그래."

나는 고라니의 눈치를 살피며 조심스럽게 물었다. 그는 별로 어머니를 기다리는 것 같지도 않아보였다. 이 세상에서 그가 기다리는 것은 아무것도 없을지 몰랐다.

"여자친구도 없어? 전화해봐. 내가 맛있는 거 만들어서 대접할게. 이럴 때 여자친구라도 놀러오면 좋을 텐데…"

고라니의 반응이 없자 소파에 마주 앉으며 다시 말끝을 흐렸다.

"여자친구 같은 거 없어요."

"그 얼굴에 여자친구가 없어? 아픈 뒤로 헤어진 거야?"

"처음부터 없었어요. 스물아홉이 되도록 연애 한번 못해 본걸요."

"설마…"

"진짜요. 워낙 숫기가 없어서요. 아직 여자 손 한번 잡아보지 못했다구요."

"참말로 아깝네."

"저… 이대로 죽으면 정말 몽달귀신이 될까요? 옛날에는 총각이 죽으면 몽달귀신이 된다고 해서 세상에 나오지 못하도록 시신을 관 속에 엎어서 매장을 했다는데…"

나를 바라보는 고라니가 다소 익살스럽게 웃고 있었지만 목소리는 납작하게 가라앉았다. 공허하게 느껴지는 그의 미소가 나를 더욱 슬프게 했다. 그의 말이 농담으로 받아들여지지 않은 것이다. 나는 그에게 아무 말도 할 수가 없었다. 잠시 침묵이 끈끈하게 고였다. 스물아홉이 되도록 동정이라니, 그의 순결이 오히려 아깝고 안타까워 내게 부담이 되었다. 본능적 욕망이 한창 끓어오르는 피 끓는 나이에 동정 그대로 죽음에 이른다는 것이 너무 슬퍼서 화가 났다.

그날 고라니는 종일 햇볕에 앉아 그림을 그렸다. 내가 파라솔로 그늘을 만들어 주었지만 명주실 같은 가을 햇살이 좋다면서 마당 가운데에 딱딱한 나무 의자를 놓고 이젤 앞에 앉아 그림을 그렸다. 오늘은 지하수 수도관 옆에 서 있는 선향나무를 그렸다. 21년 전 고라니가 초등학교에 들어가던 해에 외할아버지가 심었다는 선향나무는 몸통이 어른 허벅지만큼 튼실하고 가지가 우산처럼 둥그스름하게 펼쳐져, 사철 푸른 그늘과 향기를 넉넉하게 뿜어냈다. 그림을 그리기 전 고라니는 새끼손가락만한 선향나무 가지 하나를 꺾어 킁킁대며 연신 냄새를 맡았다. 그는 내게 향나무 가지를 건네주며 '향나무는 자기 몸에 상처를 크게 낼수록 향기가 강하게 뿜어져 나오지요. 사람도 자신을 희생해서 남을 사랑할 때 진정한 사람의 향기가 나는 거 아닐까요.' 하고 혼잣말처럼 중얼거렸다. 고라니는 그러면서 선향나무를 외할아버지 나무, 자귀나무를 외할머니 나무라고 했다. 선향나무를 볼 때마다 외할아버지가 생각나고 자귀나무에 분홍 꽃이 피면 외할머니 모습이 떠오르곤 한다고 했다.

고라니가 그린 향나무는 윤기 자르르한 가을 햇살을 담뿍 받고 진녹색으로 빛났다. 개울가의 노란 은행나무와 짙푸른 향나무 색깔이 너무 잘 어울려 보였다. 완전히 다르면서도 비슷한 색깔의 어울림은 이질적이지 않고 친근감이 들 정도로 조화를 이루었다. 노랑색에 초록이, 초록 속에 노랑이 서로 깊숙하게 스며든 것 같았다. 고라니는 마지막으로 진초록의 향나무 우듬지 한쪽 가지 위에 흰눈을 소복하게 얹어놓았다. 초록색 잎과 흰빛의 눈이 절묘한 조화미를 연출했다. 흰 눈이 차갑게 느껴지지 않고 오히려 따뜻해 보였다. 고라니는 왜 향나무에 눈이 내려앉게 했을까. 단순히 색깔의 대조법으로 초록 위에 흰빛을 덧칠하지는 않았을 것이다. 어쩌면 향나무에 눈이 내리는 모습을 볼 수 있는 겨울까지 살아있기를 간절하게 바라는 마음을 담고 있는 것인지도 모른다. 그림으로 표현된 고라니의 애절한 마음이 내 가슴에 전달되자 또 가슴앓이처럼 명치끝이 아려왔다.

종일 햇볕에 앉아 그림을 그린 탓으로 몹시 피곤했던지 고라니는 저녁밥을 먹는 둥 마는 둥 하더니 곧장 침실로 들어갔다. 그날 밤, 밤이 깊어 화장실에 앉아있던 나는 고라니의 침실에서 창자를 쥐어뜯는 듯한 신음소리가 들려와, 소변을 보다 말고 다급하게 뛰어 들어갔다. 그는 무릎을 꿇어 머리를 침대에 처박고 엎드린 채 버르적거리며 호흡곤란과 통증 때문에 괴로워했다. 내장신경차단시술을 받고 이 곳으로 온 후 한동안 통증을 호소하지 않았던 그가 어쩐 일로 다시 고통스러워하는 것인지 모르겠다.

"119 부를까?"

"몸이… 내 몸이… 바위에 깔린 기분이어요. 너무… 무거워서… 압사할 것만 같아요. 숨이 막혀요."

고라니는 머리를 거칠게 흔들며 띄엄띄엄 말했다. 그의 고통이 내게로 전이되기라도 한 듯 내 심장이 찢어질 듯 아팠다. 이럴 때 내가 할 수 있는 일은 아무것도 없었다. 나는 침대 위로 올라가서 두 팔에 힘을 주어 그의 상체를 감싸 안았다. 그의 몸이 흠씬 땀에 젖어 있었다. 그가 나를 끌어안더니 격렬하게 몸을 떨며 소리 내어 울었다. 그의 울음이 내 뼛속까지 울렸다. 그리고 얼마 후, 그는 사지를 쭉 뻗고 침대에 반듯하게 엎뎠다. 나는 그의 줄무늬 면 잠옷 속으로 손을 넣어 천천히 등을 긁어주었다. 그의 등은 넓고 촉촉하고 따뜻했다. 얼마 후, 신음소리가 잦아지는가 싶더니 두 무릎을 가슴 쪽으로 바짝 끌어 모은 채 모로 누웠다. 나는 그의 등 뒤에 다가앉아 계속 등을 긁어주었다. 등을 긁어 주면서 자울 자울 졸았다. 어느새 신음소리 대신 코 고는 소리가 들렸다. 순간 나는 그의 등 뒤에 몸을 뉘인 채 얼핏 잠이 들고 말았다.

얼마나 잤을까. 맨홀에 빠진 고라니의 살려달라는 비명을 듣고 소스라치며 잠에서 깨어보니 주위가 깜깜했다. 내가 잠든 사이에 고라니가 불을 끈 모양이었다. 가슴이 묵직하게 느껴져 손을 대보니 고라니가 내 젖무덤을 더듬고 있는 게 아닌가. 순간 한겨울 알몸에 찬물을 뒤집어쓴 것처럼 정신이 번쩍 들었다. 나는 그가 놀라거나 무안해하지 않도록 조심스럽게 그의 손을 뜯어내려고 했다. 내 손이 그의 손등에 닿자, 고라니의 다섯 손가락이 낙지의 빨판처럼 강한 흡착력으로 젖가슴에 찰싹 달라붙어 떨어지지 않으려고 했다. 나는 내 손을 거두고 그대로 숨을 죽였다. 그러자 고라니의 손이 점점 배꼽 아래쪽으로 미끄러지듯 서서히 더듬어 내려가더니 잠시 치골 불두덩 위에 멈췄다. 고라니의 숨이 점점 거칠어졌고 꼴깍 꼴깍 마른 침 삼키는 소리가 들렸다. 그가 조심스럽게 내 불거웃을 쓰다듬었다. 손가락 끝이 바르르 떨렸다. 나는 더 이상 그를 애타게 하고 싶지 않아 그가 놀라지 않도록 몸을 조금씩 움직여 손과 발가락으로 잠옷과 팬티를 무릎 아래로 긁어내렸다. 그러자 기다렸다는 듯이 고라니의 몸이 날렵하게 나를 찍어 눌렀다. 나는 자연스럽게 온몸으로 고라니를 받아들였다. 나를 점령한 고라니는 젊고 열정적이며 굳건한 남자였다. 그는 내 배 위에서 파도처럼 격렬하게 온몸을 떨었다. 나도 그를 끌어안은 두 팔을 오래도록 풀지 않았다. 내 몸은 여자로 태어난 후 처음으로 오르가즘의 꼭짓점에서 포말처럼 산산이 부서졌다. 나는 그 순간 수치심도, 죄책감도, 부도덕하다는 생각도 없었다. 다만 나는 여자로서가 아닌, 어머니의 입장이 되어 따뜻한 모성애로 고라니를 받아들여 품어 안은 것이었다. 돌아올 수 없는, 먼 길 떠나는 고라니를 위해 마지막 위로가 되었으면 싶을 뿐이었다. 겨울을 기다리는 황량한 들판처럼 허허로운 고라니의 순결한 마음에 꽃잎 같은 점 하나를 찍었다는 생각을 했다. 두 사람 사이에 끈적끈적한 침묵이 한동안 흘렀다. 순간 불현듯 죽은 아들이 떠올랐다. 탕수육이 먹고 싶다고 투정부리던 것을 생일날 사주겠다고 미뤘는데, 아들은 생일을 하루 앞두고 죽었다. 먹고 싶다고 앙탈부릴 때 사주지 못한 것이 내내 뼈가 저리도록 후회스러웠다. 중학교 졸업을 한 달 앞두고 이모 집을 뛰쳐나온 일도 후회되었다. 한 달만 더 참았더라면 중학교 졸업장을 받고 내 힘으로 야간 고등학교라도 다닐 수 있었을 것이고, 그랬더라면 내 인생이 이처럼 처참하게 망가지지는 않았을 지도 모를 일이다.

"고마워요… 미안해요… 고마워요… 정말 미안해요."

한참 후에 그는 고맙다는 말과 미안하다는 말을 여러 차례 되풀이했다.

"꼭 엄마 같아요. 전 엄마의 사랑을 받지 못했거든요."

"그래 엄마라고 생각해. 나도 아들처럼 생각할게."

"헌데 뭐라고 부르죠? 이제부턴 아주머니라고 부르고 싶지 않아요."

"그냥 아무렇게나 불러. 우리는 남자와 여자, 환자와 간병인 사이가 아닌, 그냥 사람과 사람이 만난 거니까."

고라니는 내 가슴에 얼굴을 무겁게 묻은 채 소리 내어 울었다. 나는 그가 실컷 울도록 내버려두었다. 그의 눈물이 내 가슴을 적셨다. 목울대가 뜨겁게 달아오르자 나도 함께 울었다. 울지 않으려고 어금니에 힘을 주고 눈을 질끈 감았으나 서러움과 깊은 회한으로 온몸이 절퍽하게 녹아들었다. 어느덧 두 사람의 울음이 방안에 흥건했다. 울고 나자 수치심도, 부도덕함도, 무렴함도, 안타까움도 함께 씻겨 내려간 듯 오히려 기분이 개운해졌다.

"이를 악물어도 울음을 참을 수가 없어요."

"실컷 울어. 슬픔은 남겨두면 못 써."

"미안하고 고마워요."

"진짜 미안한 건 나야."

"저 잊지 않으시겠죠? 사람이 죽는다는 거는 존재의 소멸이 아니라 망각되어지는 것이라고 생각해요. 존재가 사라지는 것보다는 사랑하는 사람으로부터 잊혀진다는 것이 더 슬픈 일이지요."

그 말에, 나는 고라니를 안은 두 팔에 힘을 주었다. 눈물이 멈추지 않았다. 내가 울고 있는 이유는 고라니에 대한 연민 때문만은 아니다. 오랜 세월 맨홀에 갇혀 살아온 내 자신에 대한 뼈저린 회한과, 가슴에 빗장을 단단히 걸어 폐쇄시킨 채, 그 어떤 남자도 받아들일 수 없을 만큼 내 자신에게 가혹했던 지난날의 삶이 너무 억울했다.

그러나 고라니를 한 남자로, 믿을 수 있는 한 사람으로 받아들인 지금, 나는 비로소 맨홀에서 빠져나와 자유를 찾은 기분이다. 해방감에서 비롯된 기쁨과 회한으로 자꾸만 눈물이 나왔다. 나는 고라니와 함께 하나가 되어 낯선 시간 속으로 끝없이 흐르고 싶었다.

우리는 한낮이 될 때까지 알몸 그대로 침대에 납작하게 가라앉아 있었다. 정오가 넘어서야 나는 고라니에게 먹을 것을 마련해주기 위해 옷을 입고 밖으로 나왔다. 거실로 나가보니 고라니가 그의 휴대폰에 바테리 충전을 위해 전원을 꽂은 채 큰 소리로 통화하고 있었다. 친구한테 이곳으로 와달라고 부탁 하고 있는 것 같았다. 그가 전화를 하는 것은 무동골에 와서 처음이었다. 더욱이 오랫동안 처박아두었던 휴대폰 배터리 충전을 하는 것은 놀라운 일이었다. 그는 내가 옆에 있는 것을 알면서도 나를 바라보지 않았다. 아니, 바라보지 못한 것이리라. 아침을 먹으면서도 그는 나를 정면으로 보지 못했다.

"몸은 괜찮아?"

내가 묻자 그는 식탁 위에 시선을 내린 채 고개만 가볍게 끄덕였다. 괜찮다는 것을 강조하기라도 하려는 듯 그는 전에 없이 쫓기듯 밥 한 그릇을 다 비웠다.

아침을 먹고 나서 그는 스케치 모델이 되어달라면서 나를 은행나무 밑에 서 있게 했다. 나는 그가 원하는 포즈를 만들기 위해 여러 차례 자세를 고쳤다. 그는 가늘고 흰 손으로 내 팔과 어깨를 잡고 흔들며 움직이게 하거나, 턱 끝을 올렸다 내렸다 하면서 시선 둘 곳을 정해주기도 했다. 그의 손이 내 몸에 닿을 때마다 나는 오랫동안 죽어있던 몸안의 미세한 세포들이 기지개를 켜며 살아나는 듯한 느낌이었다. 그러면서도 두 사람의 시선이 엉키는 것을 한사코 피했다. 그의 손끝 촉감은 따끔거릴 만큼 뜨겁고 향기로웠다. 그는 여러 차례 자세를 교정하다가, 은행나무에 어슷하게 등을 기대고 서서, 기도하듯 두 손을 합장하고 약간 고개를 들어 산 너머 하늘 끝을 바라보는 자세를 취하도록 했다. 그는 나 자신을 위해 기도하라고 말했다. 그러나 나는 아들이 죽은 후로 지금까지 나 자신을 위해서 한 번도 기도를 해보지 않았다. 그러나 지금은 처음으로 나 자신을 위해서 기도 하고 싶었다. 나를 구해주세요. 내게 삶의 용기와 희망을 주시려거든 고라니부터 살려주세요. 지금까지 나는 나 자신이 아닌 다른 사람의 생명에 대해 이렇듯 강한 애착을 가져본 일이 없었다.

"은행나무를 보고 있으면 인생이 느껴져요. 인생의 사계절이 보이는 것 같거든요."

그림을 그리다가 잠시 쉬고 싶다면서 신문지로 캔버스를 덮은 다음 마루에 걸터앉은 그가 말했다.

"헌데 제 인생은 푸른 여름으로 끝나고 마는 군요. 내 뼛가루를 저 은행나무 밑에 뿌리면 해마다 내 생명의 일부가 황금빛으로 피어날 수 있을까요?"

고라니는 은행나무를 바라보며 중얼거리듯 말했다. 하늘을 향해 기도하는 자세로 두 시간쯤 그렇게 서 있자니 목이 아프고 다리에 힘이 빠지면서 자꾸만 주저앉고 싶었다. 그러나 그는 내가 조금이라도 움직일라치면 말 대신 고개를 거칠게 흔들어대거나 손을 휘저었다. 너무 오줌이 마려워서 잠깐 쉬겠다고 하고 화장실에 가면서 흘끔 그림을 구경하려고 했지만 그는 상반신을 꺾어 온몸으로 캔버스를 가리면서 못 보게 했다. 나는 나를 모델로 그린 그림이 너무 궁금했다. 그러나 고라니는 끝내 그림을 보여주지 않았다.

주말에 고라니의 두 친구가 무동골에 왔다. 전날 전화를 받고 온 것이다. 장발에 유니폼처럼 똑같이 쥐색 후드 티를 입고 있는 그들은 한눈에 봐도 그림 그리는 친구들이라는 것을 알 수 있었다. 두툼한 뿔테 안경을 낀 한 친구는 훌쩍 큰 키에 깡말랐고 하늘색 벙거지를 눌러 쓴 다른 친구는 키는 깡동한데 덩치가 우람했다. 그들은 내가 차려준 점심을 먹은 다음, 그동안 고라니가 그린 그림들을 모두 차에 싣고 떠났다.

친구들이 다녀간 날 밤, 고라니는 악몽을 꾸었다면서 큰 소리로 나를 침실로 불렀다. 나는 잠을 자지 않고 그의 침실을 지켰다. 심장이 빠개지듯 내 마음이 아팠다. 나는 무릎을 꿇고 엎드려 괴로워하는 그의 어깨를 주물러주고 등을 긁어주었다. 그는 자정이 넘어서야 가까스로 잠이 들었다. 그가 잠이 들자, 나는 안타깝고 답답한 마음에 소리 나지 않게 방문을 열고 거실로 나왔다. 거실의 유리창에 붙어 서서 어둠의 장막이 두껍게 펼쳐진 마당을 바라보던 나는 너무 놀라 하마터면 비명을 지를 뻔했다. 마당에 웬 사람들이 쭈뼛쭈뼛 서 있는 것이었다. 벌렁거리는 가슴을 진정시키고 유리창에 눈을 바짝 대고 바라보니 검은 물체는 미동도 하지 않았다. 그것은 사람이 아니라 나무들이었다. 마당의 나무들이 내 눈에 사람들로 보인 것이다.

가을 한낮의 햇살이 주황색으로 물들어가는 대지 위에 눈부시게 꽂혀 내렸다. 잣죽을 끓였으나 고라니는 먹지 않았다. 그는 아무 말 없이 탈진한 모습으로 눈을 감은 채 침대 위에 누워 있었다. 통증을 호소하지도 않았다. 오랜만에 얼굴이 아침바다처럼 평화로웠다.

다음날, 그의 부모가 왔다. 고라니 어머니와 마주치는 순간 처음으로 나는 죄스러움과 수치심으로 심장이 덜컹거렸다. 분명 두 살이 위였지만 화려한 몸치장과 탱탱한 얼굴 피부 때문에 나보다 젊어 보인 그의 어머니가 한 여자로 느껴지면서 부럽기도 했다. 기분이 묘했다. 부모가 왔는데도 고라니는 침대에서 일어나지 않았다. 부모님이 오셨다고 큰 소리로 말해서야 잠깐 일어났다가 다시 누웠다. 부모는 말없이 아들의 침대 모서리에 앉아 있었다. 병원으로 가는 게 좋겠다고 했을 때 그는 고개를 흔들며 완강하게 거절했다. 그의 부모는 아들을 떠나보낼 준비가 되어 있는 듯 되도록 겉으로 슬픔을 드러내지 않고 담담해 보이려고 애쓰는 것 같았다.

"병원으로 데려가고 싶은데 저렇게 마다고 하니… 암턴, 상태가 위급하면 지체하지 말고 전화해요."

다섯 시간쯤 아들 옆에 무료하게 앉아 있다가 떠나면서 그의 어머니가 내게 말했다.

"백일잔치까지 일주일 남았어요."

"그때까지 괜찮겠어요?"

고라니의 아버지가 차에 오르면서 음울하게 가라앉은 목소리로 물었다.

"물론이죠. 끝까지 희망을 가지세요."

나는 자신 있게 말했다. 측백나무가 울타리처럼 두 줄로 조밀하게 줄지어 서 있는 조붓한 진입로를 뚫고 빠져나가는 자동차 뒷모습을 한참동안 바라보고 서 있다가 집으로 돌아오자, 고라니가 그새 마당에 나와 햇빛 속에 허리를 펴고 꼿꼿하게 서 있었다. 그가 나를 보더니 햇살처럼 환하게 싱긋 웃었다. 그가 웃는 모습을 보자 축축하게 구겨졌던 내 기분이 금세 고슬고슬해졌다. 그의 미소를 보고 있으면 죽음의 그림자가 한 발짝씩 뒤로 물러서고 있는 듯했다.

부모가 다녀간 뒤 고라니의 상태가 조금 나아진 듯싶다. 아침에 일찍 일어나서 나와 같이 마을 안 골짜기 깊숙한 곳에 있는 편백나무 숲까지 산책을 했다. 그는 편백나무 숲에서 뿜어져 나오는 상큼하면서도 톡 쏘는 듯한 나무 향을 좋아했다. 산책을 마치고 돌아와서는 느지거니 아침밥을 먹고 햇빛 쏟아지는 은행나무 밑 벤치에 앉아 차를 마시며 이야기를 나누었다. 그는 처음으로 내가 살아온 이야기를 듣고 싶어 했고 나는 숨김없이 걸레쪽처럼 더럽고 남루한 내 과거를 까발려가며 이야기해주었다. 일곱 살에 어머니가 죽고 아버지가 재혼하자 이모 집에 맡겨졌고, 열다섯 살 때 이모부한테 성폭행을 당해 집을 뛰쳐나가 설렁탕 집에서 잔심부름을 하며 지내다가, 식당 주인아저씨한테 겁탈을 당한 일에서부터, 스무 살 때 이름도 모르는 남자의 아기를 가진 것이며, 그 아이가 맨홀에 빠져 죽은 후, 맨홀에 갇힌 삶을 살아온 이야기를 꾸역꾸역 토해냈다. 이모 집에서 뛰쳐나와 거리를 떠돌면서 사흘 동안 굶었던 일이며, 간병인 노릇을 하면서 겪었던 고통스러웠던 일도 숨기지 않았다. 자궁암에 걸려 난소 적출수술을 받은 이야기는 하지 않았다. 계모와 함께 사는 아버지를 찾아갔다가 문전박대를 당하고 밤늦게 돌아오다가 부랑아들한테 끌려가서 다리 밑에서 윤간을 당했던 이야기를 할 때, 나는 자신도 모르게 온몸을 떨며 언성을 높였다. 그런 일을 겪고 난 나는 세상의 모든 남자들을 나를 헤치는 적으로 생각하며 살아왔다고 했다. 기실 나는 단 한 번도 남자를 인생의 동반자로 생각해 보지 않았다. 남자를 생각하면 분노와 적의가 칼날처럼 날카롭게 번뜩였다.

"지금도 내 아이가 맨홀 바닥에서 살려달라며 울부짖는 소리가 들리는 것만 같아."

이야기를 하면서 나는 커피를, 그는 오디차를 마셨다. 그는 이제 그림은 그리지 않았다. 그렇게 낮에는 둘이서 차를 마시며 이야기를 나누고 음악을 듣고 산책을 하거나, 그가 먹고 싶은 것을 만들어 먹으면서 하루를 보냈다. 되도록 낮잠은 자지 않도록 했다. 밤에는 고라니의 침대에서 함께 잤다. 밤이면 그가 한사코 같이 있고 싶다고 칭얼대기도 했지만 언제 위급상황을 맞게 될지 모르기 때문에 잠시도 곁을 떠나 있고 싶지가 않았다. 밤마다 고라니는 가슴 한복판에 가지런하게 올려놓은 내 손을 꼭 잡고 잤다. 더 이상 관계는 갖지 않았다. 가끔 그가 찌증을 부리며 집요하게 관계를 요구하기도 했지만 그때마다 나는 그를 힘껏 안아주거나 등을 긁어주며 어린애 어르듯 달래주었다. 내가 거절할 때 그는 고집을 꺾고 순순히 내 의사에 따라주었다. 그는 다른 남자들과는 달리 나를 존중할 줄 알았다.

밤에 잠을 자다가 얼핏 깨어 보니 고라니가 보이지 않았다. 화장실 문을 노크해보았으나 반응이 없기에 문을 열어보았다. 화장실에도 없었다. 다급하게 거실로 나와 어둠이 켜켜이 내리덮은 마당을 보니 은행나무 밑에 희끔한 사람의 그림자가 보였다. 외등을 켰다. 황금빛으로 출렁이는 은행나무 밑에 고라니가 서 있는 것이 보였다. 백열등 불빛에 비친 그의 모습이 또 하나의 은행나무처럼 눈부셨다.

산색이 주황색으로 짙어지면서 아침저녁에는 바람이 소쇄해졌다. 햇살도 가늘어져 어느덧 가을이 끝자락에 와 있음을 피부로 확연히 느낄 수 있었다. 가을로 접어들면서 한 번도 거센 비바람에 부대끼지 않은 탓으로, 은행잎은 옴씰하게 그대로 매달려 햇살 속에서 황금빛으로 일렁였다. 지금 같아서는 백일잔치 때까지 은행나무가 황금빛을 그대로 유지해줄 수 있을 것 같았다. 그러나 어느 날인가는 잎이 모두 떨어져 앙상한 나목으로 뼈만 남게 될 것이라는 것을 나는 알고 있었다. 나는 그 날이 두려웠다. 나는 고라니가 감기라도 걸릴까 걱정이 되어, 마당에 나올 때나 산책길에서는 소 털색 카디건을 입도록 했다. 석 달 전 무동골에 왔을 때까지만 해도 그는 내 말을 듣지 않고 자기 고집대로 행동했다. 그랬던 그가 지금은 먹는 것 입는 것은 말할 것 없고, 하나부터 열까지 매사에 내 말에 고분고분 따라주었다.

백일잔치 전날 나는 읍내에 다녀왔다. 삼겹살도 넉넉하게 떠오고 술이며 음료수, 과일, 떡과 싱싱한 야채도 샀다. 고라니의 부탁대로 제과점에 들러 큼직한 초코 케이크도 잊지 않았다. 나는 밤늦게까지 잡채를 만들고 고라니가 좋아하는 굴전을 부쳤다. 내가 음식을 장만하는 동안 고라니는 내 곁에 찰싹 달라붙어서 구경을 했다.

3

백 일째 되는 날 아침, 고라니는 기분이 좋아보였다. 나는 고라니의 부탁대로 가위로 그의 머리칼을 잘라주었다. 무동골로 들어온 후 한 번도 이발을 하지 않은 탓으로 머리는 귀를 완전히 덮고 어깨까지 닿았다. 나는 귓밥이 살짝 보일 정도로만 잘랐다. 그에게는 적당한 장발이 더 어울려 보였기 때문이다. 내가 머리를 잘라주자 그는 손수 일회용 면도로 손에 잡힐 듯 덥수룩하게 자란 수염을 밀고 나서 스킨과 로션을 발랐다. 머리와 수염을 자르고 면도를 한 고라니의 얼굴은 이목구비가 확연하게 드러나면서 더욱 희고 맑아졌다.

고라니는 목욕을 하겠다면서 탕에 가득 물을 받아달라고 했다. 적당한 수온을 맞춰가며 탕에 물을 받고 있는데 느닷없이 고라니가 욕실로 들어오더니 내 앞에서 발가벗었다. 나는 밖으로 나와 있는 동안에 그가 목욕을 하다가 탈진하여 욕탕 속에 쓰러지지나 않을까 걱정이 되어 안절부절 못했다. 끝내 나는 참지 못하고 타월을 들고 욕실로 들어갔다. 알몸의 그는 탕 속에 앉아 있다가 나를 보고도 별로 놀라는 빛이 아니었다. 나는 그의 머리부터 감긴 다음, 다짜고짜 그의 팔을 잡아 일으켜 세우고 온몸에 샤워기로 물을 뿌렸다. 그런 다음, 주저하지 않고 뒷목에서부터 어깨와 팔, 겨드랑이를 차례로 비누질을 했다. 문득 맨홀에 빠져죽은 아이를 고무대야 속에 세워 놓고 목욕시켰던 기억이 떠올랐다. 물을 싫어한 아이는 목욕을 시킬 때마다 큰 소리로 떼를 쓰며 울었다. 야들야들하고 부드러운 아이의 피부 감촉이 아직 손끝에 살아있는 것 같았다. 비누를 든 내 손이 고라니의 등과 가슴, 배와 허리를 지나 아랫도리 쪽으로 내려갔다. 치골을 지나 털렁한 음낭에 머무르자 그의 페니스가 꿈틀 살아나기 시작했다. 그가 내 팔을 잡았지만 나는 손을 멈추지 않았다. 허벅지와 무릎, 정강이 아래까지 비누질을 한 나는 다시 샤워기로 비눗물을 칼칼하게 헹군 다음, 목에서부터 때를 벗기기 시작했다. 수증기가 욕실 안에 가득 차면서 부옇게 고라니의 알몸을 휘감았다. 내 손길이 닿은 그의 피부가 발그레해졌다. 고라니의 피부 어디에서도 암의 흔적을 찾아볼 수가 없었다. 자욱한 수증기 속에서 그는 아직 탄탄하고 눈이 부실 정도로 윤기가 흘렀다. 나는 문득 오래도록 푸르고 싱싱한 빛을 유지하고 있는 푸렁이 수박을 떠올렸다. 목에서 발뒤꿈치까지 말끔하게 때를 벗겨낸 나는 사타구니에 다시 비누질을 하여 샤워기로 씻어냈다. 마지막으로 손가락으로 발가락 사이의 때꼽재기까지 씻어낸 다음에 타월로 다독여가며 몸의 물기를 죽였다.

늦은 아침을 먹고 나자 친구들이 액자가 끼워진 고라니의 그림을 트럭에 싣고 왔다. 친구들은 그의 그림을 마당에 에둘러 서 있는 스물아홉 그루의 나무에 매달았다. 같은 수종의 나무인데도 실물 나무와 그림 속의 나무가 각기 다른 느낌을 주었다. 실물 나무는 나무 그대로 독자적인 존재감을 갖고 있었지만, 그림 속의 나무에서는 고라니의 생각과 감정이 느껴졌다. 나무들이 어딘가 외롭고 슬퍼보였다. 마치 나무속에 고라니가 서 있는 듯했다. 나는 은행나무에 걸린 그림 속의 내 모습을 보다 말고 울컥 눈물이 솟구쳐 얼른 돌아서버렸다. 그림 속의 내 모습이 너무 처절하고 애잔해보였다. 황금빛 은행나무조차도 눈물처럼 서럽고 비극적으로 보였다. 고라니가 그런 내 행동을 멀찍이 서서 바라보고 있었다가 천천히 다가왔다.

"집에 가실 때 저 그림 가져가세요."

고라니가 내 등 뒤에서 속삭이듯 말했다. 나는 얼른 주방으로 들어와 버렸다. 찬물로 여러 번 세수를 했지만 눈물이 멈추지 않았다.

정오가 가까워지자 고라니의 친구들이 몰려들었다. 그의 부모와 이모네 가족 등 친척들도 왔다. 부모는 이날따라 아들의 기분이 좋아보이자 얼굴이 한껏 밝아졌다. 얼추 삼십 명쯤 모였다. 약속대로 정오가 되자 고라니의 백일잔치가 시작되었다. 친구의 사회로 그림 전시 테이프를 끊고 케이크를 자르고 고라니의 간단한 약력소개가 있은 다음 그림들을 둘러보았다. 그림을 둘러보고 나서 음식을 먹기 위해 마당의 잔디밭에 깔아놓은 멍석에 앉았다. 음식을 먹기 전에 고라니의 인사말 순서가 있었다. 박수를 받으며 좌중 앞에 선 고라니의 얼굴이 상기된 듯 붉은 기운이 돌았다. 그는 내가 골라준 대로 집에서 가져온 감색 신사복 정장에 하늘빛 와이셔츠를 받쳐 입고 청색 넥타이를 맸다. 말쑥하게 차려입은 그의 모습은 사철 푸른 선향나무처럼 창창해보였다. 고라니는 헛기침을 하고 나서 좌중을 훑어보았다. 그곳에 와 있는 한 사람 한 사람을 사진 찍듯 가슴속에 간직하기라도 하려는 것처럼 오랫동안 시선이 머물렀다.

"고맙습니다. 이상하게도 저의 장례식을 보는 기분이 드네요. 그렇지만 제가 태어나서 오늘처럼 기쁜 날은 처음입니다. 저는 어머니 뱃속에서부터 스물아홉 해를 살았습니다만, 오늘로 겨우 백일을 맞게 되었습니다…. 의사 선생의 말대로라면 저는 이미 열흘 전에 죽었어야 했고 오늘까지 열흘 동안은 덤으로 산 것이나 마찬가집니다…. 따라서 오늘로 백일을 맞았으니, 앞으로 저에게는 또 돌잔치가 남아있습니다. 이제… 한 시간이 천년 같은… 새로운 하루하루가 시작될 것입니다…. 스물아홉 해를 살아온 동안 감사해야 할 사람들이 너무 많습니다…. 고마운 분들 내 영혼 속에 소중하게 담아 가겠습니다."

고라니는 말을 하다 말고 목이 타는지 두어 차례 침을 삼키고 나서 휘청거리며 밭은기침을 했다. 장발 친구가 그를 부축해주었다. 고라니 어머니의 흐느끼는 소리가 들렸다.

"이제 저는 홀로 먼 길 떠날 준비를 끝낼 수 있게 되었습니다. 제가 가는 길이 비록 외롭고 끝없이 깜깜한 어둠뿐이고, 다시 돌아올 수 없는 길이라고는 하지만, 여러분들 마음속에 슬픔을 남겨두고 싶지는 않습니다…. 다행스럽게도 제가 길 떠나는 것을 두려워만 하고 있을 때, 세상으로부터 버림받은 한 사람을 만났고, 그 사람을 통해 억울함과 후회와 슬픔을 남기지 않고 세상에 대한 사랑을 간직하고 떠날 준비를 할 수가 있게 되었습니다. 저는 다만, 누구나 한 번은 가야할 길을 조금 먼저 떠날 뿐입니다. 먼저 가서 기다리겠습니다…. 여기 오신 분들, 원하신다면 제 그림 한 점씩 가져가시기 바랍니다. 다만 은행나무 그림만은 이미 주인이 정해져 있으니 가져가지 마십시오…. 다시 한 번 고맙고 미안합니다."

고라니의 인사말이 끝나자 여기저기서 훌쩍거리는 소리가 들렸다. 나는 눈물을 주체할 수가 없어 화장실로 들어가 문을 걸어 잠그고 소리 내어 울었다.

잔치가 끝나고 사람들이 하나 둘 무거운 얼굴로 돌아갔다. 마지막으로 고라니의 부모가 남았다. 고라니는 피곤하다면서 먼저 침실로 들어갔다. 그의 부모는 은행나무 밑 벤치에 말없이 한 시간쯤 앉아 있다가, 무슨 일이 있으면 지체하지 말고 즉각 전화하라는 말을 남기고 돌아갔다. 갑자기 하늘이 찜부럭하게 가라앉고 있었다.

모두 떠난 뒤 나는 고라니의 침실로 들어갔다. 고라니는 똑바로 누워 눈을 뜨고 천정을 쳐다보고 있었다. 그가 들숨을 쉴 때마다 가느다랗게 풀잎 떨리는 소리가 들렸다. 숨쉬는 것이 무척 힘들어보였다.

"힘들지? 한숨 푹 자."

나는 고라니 옆에 앉아 이마 위로 흘러내려온 그의 머리카락을 쓸어 올려주며 말했다.

"고마워요."

고라니가 눈을 감으며 풀잎 떨리는 소리와 함께 거친 숨을 몰아쉬며 말했다. 나는 그를 혼자 떠나게 하고 싶지 않았다. 이 넓고 넓은 세상에 단 하나 기다리는 사람도, 붙잡아주는 사람도 없는데 굳이 남아있을 이유가 없었다. 나는 고라니의 체온을 느낄 수 있도록 바짝 다가 누워 그의 손을 잡았다. 바람이 드세어지면서 유리창문이 덜컹거렸다. 후두두 빗방울소리가 들리자 가슴이 철렁 내려앉았다. 나는 비바람에 은행잎이 떨어질까 걱정되었다. 거친 비바람에 노란 은행잎들이 어둠 속에서 화르르 날리는 것이 눈에 보이는 듯했다.

안개섬을 찾아서

1

노루섬은 남쪽 바다 끄트머리에 있다. 소안군도에 속한 이 작은 섬은 지도에도 없고 정기여객선도 다니지 않는다. 고작 여남은 가구에 스무 명 남짓 살고 있다. 소안도에서 추자도 중간쯤에 위치한 이 섬에 가기 위해서는 목포에서 쾌속선으로 일단 완도군 노화도 이목항까지 가서, 다시 고깃배나 낚싯배를 타야한다. 나는 노루섬에 형님이 가 있으리라고는 상상도 못했다. 형님이 가출한 지 다섯 달이 지나서였다. 바다낚시를 좋아하는 내 오래된 친구 k로부터 형님을 보았다는 말을 들었을 때 큰 충격을 받았다. k의 말로는 형님은 그곳에서 섬마을 사람들과 함께 배를 타고 멸치잡이를 하고 있더라는 것이었다. 평생 동안 대학교수로 있다가 2년 전에 정년을 한 형님이 어부가 되었다니 믿을 수가 없었다. 40년 이상 금슬 좋게 살아온 정숙한 아내와 사회적으로 출세한 두 아들, 네 명의 손자를 둔, 다복한 형님이 무엇이 부족해서 늘그막에 머나먼 섬에서 험한 어부

생활을 한다는 말인가. k는 첫눈에 형님을 알아보고 너무 놀랐다고 했다. 형님 쪽에서 당황해 할까보아 차마 아는 체도 못했다고 했다. 마을 사람들한테 수소문해봤더니, 서너 달 전에 섬에 들어와서 방을 하나 얻어 살면서 이장인 집 주인과 같이 멸치잡이 배를 탄다고 했단다. 섬사람들은 형님을 서울에서 노숙자 생활을 하다가 노루섬까지 흘러들어온, 불쌍한 외톨이 노인으로 믿고 있더라고 했다.

나는 망설이지 않고 큰 조카한테 전화를 했다. 나 혼자 먼저 노루섬에 가서 확인부터 해볼까 하는 생각도 해보았지만, 그동안 행방을 감춘 형님 때문에 집안이 엉망이 된 터라 일단 소식부터 전하지 않을 수 없었다. 처음 며칠은 집에 있기 답답해서 여행을 갔거니 했다. 형님은 2년 전 정년퇴직을 한 다음날에도 혼자 배낭 하나만 메고 나흘 동안 전국을 돌아다니고 온 적이 있었다. 그러나 이번에는 달랐다. 일주일이 지나도 소식이 없자 혹시 해외여행을 간 것이 아닐까 싶었는데 여권을 발견하고 나서 경찰서에 실종신고를 내는 등 온 가족이 본격적으로 찾아 나섰다. 뒤늦게야 신용카드며 저금통장, 휴대폰까지 그대로 두고 빈 몸으로 집을 나간 것을 알게 되었다. 슈퍼 아줌마 이야기로는 등산복 차림에 어울리지도 않은 볼사리노 중절모자를 쓰고 집을 나서는 것을 보았다고 했다.

나는 형님을 찾기 위해 6·25 때 떠나 온 후 처음으로, 흰거위산 골짜기에 있는 고향에도 가보았고 친척이나 친구들 집 등 갈만한 사람들을 모두 찾아 연락을 해보았다. 형님 때문에 큰 조카는 해외 연수도 포기했고 둘째는 평수 넓은 새 아파트를 사놓고도 입주를 미루고 있다. 평소 건강하던 형수는 혈압이 올라 두 번이나 쓰러졌다. 지난 다섯 달 동안 집안은 초상집 분위기였다.

　큰 조카한테 전화를 한 지 한 시간도 못 되어 근무 중인 두 조카와 형수가 숨을 몰아쉬며 집에 들이닥쳤다. 구청에 과장으로 있는 첫째 조카가 먼저 달려왔고 20분쯤 후에 대기업 부장인 둘째가 형수를 모시고 왔다. 나는 k한테서 들은 이야기를 그대로 전했다. 형수와 조카들 역시 그 말을 믿지 않았다. 고희를 앞둔 노령에 무엇이 부족해서 그 험한 멸치잡이를 하다니, 사람을 잘못 본 것이 분명하다면서 코웃음을 쳤다. 그러나 나는 k의 말을 믿었다. 노루섬이라면 형님이 갈 수 있는 곳이기 때문이다. 50여 년 전 형과 나는 아버지를 따라 노루섬에 갔고 그곳에서 2년 가까이 살았었다. 물론 형수와 조카들은 그 사실을 모른다. 어쩌면 형도 나도 그때의 일을 숨기고 싶었는지 몰랐다. 떠올리고 싶지 않은 아픈 기억이다. 아버지는 그곳에서 행방불명이 되었고 형과 나는 도망치듯 섬을 빠져나왔다. 지금도 노루섬을 생각하면 배고픔과 두려움, 외로움과 슬픔이 한꺼번에 몰려왔다. 좋은 기억이라면 슴새에 대한 것 하나 뿐. 형님은 처음 본 새라면서 슴새를 무척 좋아했다. 흑비둘기와 사촌인 슴새는 길고 조붓한 날개에 꽁지가 짧고 발에 물갈퀴가 달렸다. 날개와 몸을 좌우로 기울이면서 지그재그로 날아오르는 모습이 재미있다고 했다. 형님은 슴새가 땅에서는 바로 날아오르지 못하고 비탈면을 내닫거나 나무 위에 기어 올라가 뛰어내리면서 날아오르는 모습을 보며 깨알처럼 웃어대곤 했다. 형님은 어떻게 알았는지 검정 슴새는 북극과 남극을 오갈 정도로 멀리까지 난다고 했다. 1년에 4만 킬로미터를 난다는 것도 알고 있었다.

"못난 양반, 카드라도 가지고 갈 것이지. 얼매나 고생이 심헐 까."

남편이 멸치잡이 어부가 되었다는 말을 들은 형수는 손등으로 눈물을 훔쳤다. 형수는 어부가 되었어도 좋으니 살아있기만 하면 다행이라고 했다.

형님이 집을 나간 후 형수는 처음에 자신을 데리고 가지 않은 것 때문에 시큰둥했다가, 점점 걱정이 커지면서 같이 살아오는 동안 남편한테 섭섭하게 했던 일들을 떠올리며 후회했고, 한 달 두 달 시간이 흐르자 고통 속에서 심신을 제대로 가누지 못할 정도로 삶이 휘청거렸다. 자식들 결혼시켜 각각 살림내보내고 부부만 남아 호젓하게 살다가, 남편 없이 혼자 남게 되니 사는 것이 밤중에 혼자 길을 걷는 것 같다고 했다. 형수는 당장 노루섬에 가보겠다고 서둘렀다. 두 아들도 함께 가겠다고 했다.

"아직은 확실한 것이 아니니, 나 혼자 다녀오지요."

나는 한사코 같이 가겠다는 세 모자를 간신히 말렸다. 결국 큰 조카와 내가 다녀오기로 결정을 보았다.

다음날 새벽 나와 조카는 서둘러 목포행 열차를 탔다. 날이 밝아 올 때까지 우리는 열차 속에서 못다 잔 잠을 잤다. 눈을 뜨고 차창 밖을 바라보니 모내기가 한창인 6월의 들판을 달리고 있었다. 초여름 농촌은 햇살이 구름에 가려지긴 했어도 연두색과 야청 빛깔 속에 마냥 평화로워보였다. 날씨가 찜부럭한데다가 야트막한 산자락의 나뭇가지들이 몸살나게 흔들어대는 것을 보니 바람이 드세어진 것 같았다. 휴대폰을 꺼내 시간을 보니 9시가 조금 넘었다. 서둘러

나오느라 아무것도 먹지 않아서인지 공복감이 느껴졌다. 아침의 공복감은 속이 쓰렸다. 목포에 도착하려면 아직 1시간은 더 기다려야 했다. 조카도 출출한지 김밥과 커피 두 잔을 시켰다.

"도대체 아버지는 왜 집을 나가셨지요?"

조카가 커피를 마시면서 불만스러운 목소리로 뚜벅 물었다. 그동안 두 조카들은 이 질문을 나에게 수없이 던졌다. 조카들은 아버지의 가출에 대해 계속 의문을 품고 있었다. 물론 나도 형님의 가출 이유를 정확히 알 수가 없다.

"남쪽 바다 끝에 있다는 그 섬에는 왜 가셨을까요?"

"글쎄다. 아마 뭔가를 찾으러 가셨을지도 모르겠다."

"뭘 찾아요?"

"뭔가… 잃어버린 것이 있을지도…"

나는 차창 밖 멀리 시선을 던진 채 애매하게 말했다. 조카한테 그렇게 말은 했어도 나 자신 형님이 무엇 때문에 노루섬에 갔는지 알 턱이 없다.

"잃어버린 것이라뇨? 도대체 뭘 잃어버렸는데요?"

"평생 앞만 보고 아등바등 살아오면서 잃어버린 것이 어디 한 두 가지겠느냐?"

"예?"

나는 조카가 워낙 큰 소리로 되묻는 바람에 차창 밖으로부터 천천히 시선을 거두고 내가 무슨 말을 했는지 잠시 생각해보았다. 조카는 내 표정에서 아버지에 대한 비밀이라도 탐지하려는 듯 의아스러운 눈빛으로 내 옆얼굴을 뚫어져라 보았다.

"그러니까 내 말은, 네 아버지가 그동안 오직 가족을 위해서 열심히 헌신적으로 살아왔기에, 교육자로서나 가장으로서나 이만큼 일가를 이루었지만, 여기까지 오는 동안 뭔가 소중한 것을 잃어버릴 수도 있지 않겠느냐 그 말이다. 가령 말이다…"

나는 더 말을 잇지 못하고 잠시 말끝을 흐리고 말았다. 형님이 잃어버린 것이 있다면 그것은 무엇일까 생각해보았다. 어쩌면 그것은 내게도 똑같이 해당되는 문제인지도 몰랐다. 형님이 정년퇴임 직후 혼자 여행을 하고 돌아와서 내게 한 말이 생각났다. 형님은 정신없이 뛰어오느라고 소중한 것을 어디엔가 두고 온 것처럼 허전하다고 했다. 지금 불행하지는 않지만, 외롭고 슬프고 늘 허기졌던 지난날을 생각하면 모든 것에 감사하게 생각하면서도 찬바람이 가슴을 뚫는 것처럼 헛헛하다고 했다. 그러면서 형님은 지금 할 수만 있다면 68세부터 시작해서 유년시절까지, 인생의 필름을 되돌려가면서 거꾸로 살아보고 싶다고 했다. 그래서 두고 온 것, 미처 보지 못했던 것, 느끼지 못했던 것, 잘 못했던 것, 소홀히 했던 것, 남에게 상처 주었던 것들을 하나하나 되짚어보고, 잘못한 것은 되돌리고 용서받고 싶다고 했다.

"노루섬에 누가 있어요?"

한참 후에 조카가 물었다. 나는 대답 대신 거칠게 고개를 흔들었다. 나는 조카에게 유년시절 아버지를 따라 그 섬에서 2년을 살았고 바다에 나간 아버지가 살아 돌아오지 못했다는 이야기를 하고 싶지가 않았다. 더욱이 아버지가 사라지고 나서 살기가 막막해지자 아버지 친구였던 집 주인의 돈을 훔쳐 도망쳐 나온 이야기는 누구에게도 할 수 없었다.

열차가 목포역에 도착했을 때는 바람이 더욱 거칠어졌고 비까지 흩뿌렸다. 비바람 때문에 여객선이 발이 묶여, 우리는 목포역 대합실에 앉아 대책 없이 시간을 보냈다. 조카가 아침이나 먹자고 했으나 비바람을 뚫고 식당을 찾아다니기도 귀찮아졌다.

낡은 목조건물 역 대합실, 의자 하나 없는 시멘트 바닥에 남루한 옷차림의 사람들이 빼꼭 들어차 있었다. 서로 등을 기대고 졸거나 앉은 채 저마다 무릎에 얼굴을 처박고 잠든 사람들도 보였다. 이들 중에는 섬으로 들어가기 위해 배 시간을 기다리는 사람들이거나, 밤에 기차가 도착하여 통금시간이 해제될 때까지 시간을 보내는 사람들이 대부분이었다. 아예 대합실에서 붙어사는 비렁뱅이들도 상당수 있었다. 우리 삼부자도 그들 틈바구니에 끼어 날이 밝기를 기다렸다. 아버지는 형제를 양쪽에 앉히고 두 팔로 허리를 감싸 안은 채 앉아서 꾸벅꾸벅 졸았다. 나는 한 번도 졸지 않았다. 산골에서 자란 나는 처음 바다를 보게 되는 설렘 때문에 눈이 감겨지지 않았다. 나는 기차를 탈 때부터 줄곧 머릿속에 바다를 그렸다. 내가 상상하는 바다는 그림책에서 보았던, 코발트 빛깔의 수평선과 그 위로 유유히 흐르는 배, 하얗게 부서지는 파도와 상어 떼며 물을 뿜는 고래, 낮게 나는 갈매기들이었다.

대합실 벽에 걸린 커다란 괘종시계가 열두시를 쳤다. 그때 밖에서 호루라기 소리가 요란했고 헌병들 대여섯 명이 대합실 안으로 들어서더니 권총을 휘두르며 줄을 서라고 무섭게 윽박지르며 소리쳐댔다. 틈새에 비집고 앉아서 얼쑹얼쑹 잠이 들거나 졸고 있던 사람들이 겁에 질린 얼굴을 하고 비실비실 줄지어 섰다. 헌병들은 권총을 거꾸로 잡고 군밤을 주듯 차례대로 줄지어 선 사람들 머리를 쳤다. 형이 먼저 맞고 아버지 다음으로 내가 맞았다. 눈에서 번갯불이 번쩍 튀었지만 그렇게 아프지는 않았다. 아프지 않았는데도 괜히 눈물이 났다. 이유도 없이 권총으로 얻어맞은 것이 슬펐다. 헌병들은 아이고 노인이고 할 것 없이 권총 손잡이로 머리를 치고 나서 밖으로 내쫓았다. 우리 삼부자도 대합실 밖으로 쫓겨났지만 갈 데가 없었다. 다른 사람들과 같이 역 건물 벽에 붙어 서서 오들오들 떨며 헌병들이 사라지기만을 기다렸다. 가을이라고는 해도 밤의 바닷바람은 꽤 쌀쌀했다. 어둠 속에서 파도소리와 함께 비릿한 갯내가 콧속을 후비고 들어와 핏줄로 스며드는 듯했다. 파도소리와 갯내가 좋아 추위를 참을 만했다. 1955년의 일이니 55년 전이다. 그때 그 일을 생각하면 쓴웃음과 함께 슬픔이 목구멍에 가득 차올랐다. 그 시절은 그랬다. 그런, 말도 안 되는 세상을 살아온 것이다.

그때 아버지는 낯선 땅에서 철저히 은둔하기 위해 노루섬을 택한 것인지도 몰랐다. 현실도피라고나 할까. 마을 들머리 집에서 산탓으로, 한밤중에 총부리를 들이대며 지서장 집으로 가자는 욱대김에 어쩔 수 없이 길 안내를 할 수밖에 없었단다. 그날 밤 지서장의 다섯 식구가 살해되었으며 아버지는 결국 빨치산과 내통했다는 이유로 2년 동안 감옥살이를 하고 나왔다. 그 사이 어머니는 아버지에게서 떠났고 우리 형제는 고모 댁에 얹혀살았다. 아버지는 고향에 버티고 살아갈 수가 없었다. 일가족을 몰살시킨 살인자 취급을 받고는 살 수가 없었다. 자본주의와 사회주의를 구별할 줄 모르는, 농사꾼 아버지는 고향에서 사회주의자라는 붉은 딱지가 붙은 것이었다. 결국 아버지는 한때 우리 마을에서 가까운 장터에서 두부 집을 하다가 섬으로 돌아간 친구를 찾아 남쪽 바다 끝에 있는 외딴 노루섬으로 갔다. 두 아들과 함께 목숨 부지하고 살기 위해서는 그 길 밖에 없었던 것이다.

정오쯤 되자 비가 멎으면서 바람도 한결 잦아들었다. 나는 조카와 함께 역에서 가까운 여객선터미널로 향했다. 바람은 숨을 죽였으나 바다는 여전히 으르렁거리고 허연 이빨로 방파제를 물어뜯으며 온몸을 뒤척였다. 노화도행 배는 다음날 아침 9시에 떠난다고 했다. 우리는 여객선터미널에서 가까운 식당에서 홍어탕으로 아침 겸 점심을 때웠다. 그날 밤은 고하도 앞바다가 한눈에 들어오는 바닷가 호텔에서 묵었다. 호텔방 침대에 누워 철썩이는 파도소리를 들으니 감회가 새로웠다. 55년 전에는 여인숙에 들어갈 돈이 없어 역 대합실에서 노루잠을 자다가 헌병들한테 권총으로 머리를 얻어맞고 내쫓김을 당했었는데, 지금은 비싸고 안락한 호텔방에 누워 있다니, 세상이 좋아진 건가 내 형편이 나아진 건가 모르겠다.

호텔방에서 창문을 열고 바다를 보았다. 갑자기 내 머릿속에서 슴새가 지그재그로 날아올랐다. 형님과 같이 바닷가에서 해가 질 때까지 슴새를 관찰했던 기억이 떠올랐다. 바다와 하늘에서 강한 슴새는 땅 위에서는 약하고 불안해보였다. 땅 위에서는 다리를 곧추 펴지도 못하고 15도 정도 어슷하게 굽혀서 기듯이 걷는 모습이 우스꽝스러웠다. 형님은 내게 슴새에 대해 자세히 이야기해주었다. 바다에서 사는 슴새는 한여름 번식기에 딱 한 번, 그것도 해가 진

다음에야 상륙을 한다고 했다. 우리는 그날, 바다 물결에 몸을 맡기고 여유롭게 흔들리면서 해가 지기를 기다렸다가, 날이 어둑해져서야 조심스럽게 땅에 발을 딛는 모습을 보았다. 형은 슴새의 모성애에 대해서도 이야기해주었다. 슴새는 1년에 알을 딱 하나만 낳는데, 그 단 하나의 알은 슴새에게 삶의 전부라고 했다. 슴새는 땅굴을 파고 낙엽을 끌어다 둥지를 만들고 알을 낳으며, 비가 와서 둥지가 물에 잠겨도 절대 떠나지 않고 알을 품고 있다고 했다. 나는 형님의 이야기를 들으며 집을 나간 엄마를 생각했다. 슴새는 또 암놈과 수놈이 열흘간씩 번갈아가면서 알을 품으며 알을 품지 않을 때는 상대의 먹잇감을 구한다고 했다. 슴새는 철저한 일부일처제로 금슬이 좋다는 말을 했을 때도 엄마 아빠를 생각했다. 나는 노루섬에 있는 동안 슴새를 통해 많은 것들을 배웠다. 하늘에서는 가장 멀리 나는 새일지라도 땅에서는 걷는 것조차도 서투른 것이 재미있었다. 어른이 되어서 깨닫게 된 일이지만 슴새가 땅 위에서도 하늘에서도 다 완벽했더라면 형과 나는 슴새를 그렇게 좋아하지 않았을지도 모른다. 한쪽이 완전하면 다른 한쪽은 불완전한 것, 그리고 불완전과 완전이 서로 보완하고 조화를 이루는 것이 더 아름답고 생각했다. 그러나 슴새를 잊고 사는 동안 나는 아내와 딸에게 최선을 다하지 못했을 뿐만 아니라, 매사에 완벽주의자가 되려고 했다. 형님은 노루섬에 있는 동안 슴새 박사가 되었다. 슴새만 보면 얼굴이 밝아지며 눈길을 뗄 줄 몰랐다. 그러고 보니 형님은 어쩌면 슴새를 찾아 노루섬에 갔을지도 모른다는 생각이 들었다. 나도 슴새를 다시 보고 싶었다. 그러고 보니 우리 형제는 오랫동안 슴새를 잊고 살아왔다.

2

　다음날 9시 노화도행 배가 출항했다. 맑게 갠 하늘에서는 눈부신 햇살이 바다에 화살처럼 꽂혀 내렸다. 바람도 적당해 항해하기에 좋은 날씨. 하늘이 맑은 날의 바다는 언제보아도 유유하다. 항구를 벗어나자 바다는 끝없이 그윽하고 끝없이 깊어보였다. 12살 때 처음 보았던 바다 역시 그 끝이 하늘과 맞닿아 있었다. 수평선 끝에서 하늘로 기어오를 수 있을 것 같았다. 워낙 작은 배라 높지 않은 물결에도 조리질하듯 심하게 흔들렸다. 먹은 것도 없이 토악질을 계속했지만 처음 본 바다의 신비로운 모습에 취해 잠시도 눈을 감지 않았다. 오랫동안 수평선을 바라보고 있으려니 바다와 하늘을 구별할 수가 없었다. 바다와 하늘이 하나가 되었다. 배가 파도에 부딪쳐 요동을 칠 때마다 하늘과 바다의 위치가 뒤바뀌곤 했다. 하늘이 바다가 되고 바다가 하늘이 되었다. 나는 그때, 바다는 내가 꿈꿀 수 있는 또 하나의 아름다운 세계라고 생각했다. 넓은 바다로 나갈수록 배는 더욱 심하게 흔들려 몸이 바다로 튕겨나갈 것만 같았다. 헤엄을 칠 줄 몰랐지만 두렵지 않았다. 그때까지 만 해도 나는 바다는 사람을 외롭게 만드는 울타리 없는 감옥과 같다는 것을 전혀 깨닫지 못했다. 바다가 사람을 외롭게 만든다는 것을 알고 있기라도 한 듯, 아버지와 형님의 표정은 차갑게 굳어있었다. 앞으로 바다에 갇힌 채 낯선 땅에서 살아갈 일이 두려웠기 때문이었는지도 몰랐다.

　나는 토악질을 계속한 데다가 바닷바람이 차가워 오슬오슬 몸을 떨었다. 그러자 아버지가 나를 그러안더니, 조금만 참아라. 조금 있으면 노루섬에 도착한다. 그곳에 가면 따뜻한 방이 있고 쌀밥을 배부르게 먹을 수가 있다. 네가 좋아하는 갈치구이도 실컷 먹을 수 있단다. 노루섬에 가면, 빨갱이 자식이라고 놀려대는 사람도 없고 아버지를 잡아갈 사람도 없단다. 하고 입을 내 귀에 가까이 대고 속삭이듯 말했다. 지금 생각해보니 아버지는 아는 사람이 없는 낯선 땅으로 숨어들기 위해 노루섬을 찾아갔던 것 같다. 그것은 도피였으며 세상과 담을 쌓고 철저하게 은둔하기 위한 것이었을 것이었다.

여객선은 목포를 출항한 지 한 시간 조금 지나 노화도 이목항에 도착했다. 조카와 나는 낚싯배를 빌리기 위해 서둘렀다. 그런데 낚싯배들이 노루섬은 너무 멀고 한 번도 가보지 않았다면서 거절을 했다. 한 시간 가까이 뛰어다니다가 간신히 뱃삯을 달라는 대로 다 주기로 하고 자그마한 낚싯배를 빌려 노루섬으로 향했다. 소안군도를 빠져나가자 확 트인 바다가 한눈에 들어왔다.

"보아하니 낚시꾼 차림도 아니고 초행길 같은디, 노루섬에는 뭣 땜시 가십니까?"

체격이 우람하고 얼굴이 검게 그을린 오십 안팎의 낚싯배 선장이 조카와 나를 의심쩍은 시선으로 여러 차례 흘깃거리며 물었다.

"슴새 보러 갑니다."

"그 먼 데까지 새를 보러가요? 슴새라면, 갈매기 말이오?"

내 대답에 선장이 거듭 물었다. 그는 슴새를 모르고 있는 것 같아 그냥 쓴웃음을 삼켰다. 배가 더 넓은 바다로 나가자 하늘 빛깔의 망망대해가 펼쳐졌다. 바다와 하늘 외에는 아무것도 보이지 않게 되자, 눈앞의 정경이 꿈속에서처럼 현실감이 없어지면서, 목적지도 없이 어디론가 계속 흘러가고 싶은 충동에 사로잡혔다. 끝이 보이지 않은 바다에서 목적지 같은 것은 아무 의미도 없었다. 변화 없는 광경에도 지루하지 않았고 순간마다 눈앞에 새로운 세계가 열리는 느낌이었다. 그래서 바다는 도전과 모험을 즐기는 용기 있는 남자를 기다리는 것이 아닐까.

조카는 멀미를 하는지 기관실 옆에 몸을 조그맣게 웅크리고 앉아 있었다. 시간이 흐르고 노루섬이 가까워지고 있었지만 슴새는 보이지 않았다. 55년 전 처음 이 곳에 왔을 때는 슴새가 떼를 지어 유유히 바다 위를 날고 있었는데 그 많은 새들이 다 어디로 날아가 버린 것일까. 나는 단 한 마리의 슴새라도 찾아보기 위해 바다에서 잠시도 눈길을 거두지 않았다. 이목항을 출발한 지 한 시간이 다 되어갔지만 그 흔한 갈매기 한 마리도 날지 않았다. 새가 날지 않은 바다는 적막했다.

노루섬이 가까워질수록 가슴이 뛰었다. 형님을 만나게 될 반가움보다 그 사이 다른 사람으로 변했을지도 모르는 형님을 보기가 두려웠다. 어쩐지 형님이 낯설게 느껴질 것만 같았다. 반추하고 싶지 않은 오래된 기억들을 마주대하기가 싫었기 때문인지도 모른다. 마침내 노루섬이 바다 끝에서 갈매 빛 돌덩어리 모습으로 둥실둥실 떠올랐고, 돌덩어리가 함지박을 엎어놓은 것 같은 거대한 바위로 커지면서 시야를 가득 채웠을 때, 나는 자신도 모르게 탄식과도 같은 감탄사를 토했다. 섬에 가까이 다가갈수록 바윗덩어리 모양이 점점 작아지면서 해변의 모래사장과 후박나무 숲으로 에두른 바위산 아래쪽과 바다 가까이에 집들이 뚜렷하게 각기 제 모습을 드러냈다. 배가 노루섬 선착장에 도착할 때까지 끝내 슴새를 보지 못했다.

선착장에서 바라본 노루섬은 55년 전 모습이 아니었다. 옛날에는 야트막한 산기슭에 40여 채의 초가들이 따개비처럼 다닥다닥 붙어 있었는데, 지금은 선착장 옆으로 큰 길이 뚫리고 길을 따라 슬래브 집과 빨강과 초록빛 양철지붕 집들이 여남은 채가 띄엄띄엄 자리를 잡고 있었다. 배에서 내리자 조카는 멀미에 시달렸기 때문인지 어지럽다면서 몇 발짝 걸음을 옮기더니 흐물흐물 땅바닥에 주저앉았다. 선착장 바로 옆 슬래브 2층 집에 바다식당이라는 간판이 보였다. 당장 이장 댁으로 찾아가서 형님부터 만나보고 싶었지만 조카가 몸을 추스르는 것이 급했다. 나와 조카는 우선 식당으로 들어갔다. 혼자 식당을 지키고 있던 추레한 차림의 노파는 손님을 대하고도 반갑게 맞지 않고 꿈을 꾸고 있는 것처럼 멀고도 희미한 눈빛으로 멀뚱히 바라보기만 했다. 나는 우럭매운탕을 시켰다. 이목항에서 이른 점심을 먹었으나 배에서 파도에 시달려서인지 허기가 졌다. 조카는 식당에 들어서면서부터 물만 계속 들이켰다. 매운탕이 끓는 동안 나는 잠시 밖으로 나와 선창 주변을 두리번거렸다. 이상하게 사람은 보이지 않고 강아지 한 마리가 나를 보더니 앙칼지게 짖어댔다. 선창에서 가까운 집들을 기웃거려 보았지만 사람의 기척이 없었다. 사람이 살지 않은 텅 빈 섬처럼 느껴지면서 을씨년스럽기까지 했다. 선창거리에서 다시 모래사장 쪽으로 내려가고 있을 때 백발에 낡고 땟국에 절인 흰 와이셔츠 차림에 허리가 구부정한 할아버지가 보여, 가까이 다가가려고 발걸음을 서둘렀다. 돌담 모퉁이를 돌아서보니 할아버지는 눈앞에서 사라져버리고 없었다. 나는 연신 고개를 갸웃거리다가 다시 선창 주변을 서성거리며 55년 전 삼부자가 잠시 빌붙어 살았던 최 씨네 집을 찾아보았다. 흔적조차 발견할 수가 없었다. 아버지 친구 최 씨는 선착장 가까이 흙집에 다리를 못 쓰는 노모와 살면서 고기잡이와 두부를 만들어 섬사람들에게 팔았다. 형은 그때 최 씨 집에서 두부 만드는 일을 도와주었다. 작은 섬이었지만 그런대로 두부가 잘 팔렸고 콩비지만 먹어도 굶주림은 면할 수 있었다.

식당으로 돌아온 나는 일흔이 훨씬 넘었음직한 식당 주인 할머니한테 옛날 두부 집을 했던 최 씨 소식을 물어보았다. 처음에는 아무런 반응이 없더니 다시 물어서야 할머니는 고개를 가로저었을 뿐이다. 나는 더 이상 묻지 않았다. 조카는 배가 고프다고 하면서도 탕을 몇 숟갈 뜨는 둥 마는 둥 했다. 탕 맛이 이상했다. 간이 맞지 않은 데다 고춧가루도 풀지 않아서인지 비린내가 심했다. 밥은 물기가 많은데다 찰기가 전혀 없고 반찬도 입에 맞는 것이 없었다. 나는 탕 냄비를 밀치고 찬물에 밥을 말아 반찬도 없이 몇 숟갈 뜨고 밖으로 나오고 말았다.

바다식당 아래 조붓한 해변 길로 걷다가 돌담 모퉁이에서 산등성이로 추어 오르자 초록색 지붕의 이장 집이 보였다. 갯가에서 돌계단을 따라 한참 오르자 꽃이 만발한 고목 자미화가 눈에 들어왔다. 잡풀 하나 없이 말끔하게 정돈된 마당 안쪽 화단에는 자미화 외에도 맨드라미며 봉숭아, 패랭이꽃, 도라지꽃 등 여름에 피는 화초들이 가득 흐늘거렸다. 꽃들을 보며 마당 안으로 들어서자 우리를 기다리고 있었던 것처럼 백발 늙은 부부가 마루에 걸터앉아 있었다. 순간 나는 놀라 걸음을 멈췄다. 조금 전 바다식당 아래 돌담 모퉁이에서 얼핏 눈에 띄었다가 순식간에 사라졌던 흰 와이셔츠 차림의 노인을 보았기 때문이다. 백발 노부부는 집안으로 낯선 사람이 들어오는 것을 보고도 아무 반응이 없었다. 그들은 우리 두 사람에게는 관심이 없다는 듯 마당 끝으로 펼쳐진 바다만 바라보고 있었다.

"여기가 이장님 댁이 맞습니까?"

조카가 아버지를 찾느라 눈으로 집 안을 쑤석거리는 사이 나는 마루 가까이 다가가 허리를 구부려 예의를 갖추고 물었다.

"내가 이장이오만…"

얼핏 보아도 팔십이 훨씬 넘어 보이는 백발노인이 잘 알아들을 수 없을 만큼 낮은 목소리로 중얼거리듯 대답했다.

"저희는 서울에서 사람을 찾으러 왔습니다. 이 댁에 제 형님이 와 계신다고 해서요."

나는 그렇게 말하고 형님의 흔적들을 찾기 위해 집 안이며 토방의 신발들을 유심히 살펴보았다. 두 개의 방문 앞 토방에는 흙 묻은 장화 한 켤레와 굽이 납작하게 찌그러진 낡은 구두며 여자 흰 고무신이 가지런히 놓여있었다. 형님의 등산화는 보이지 않았다. 그래도 혹시 형님이 방 안에서 우리를 지켜보고 있을지도 모른다는 생각에서 연신 헛기침을 쏟았다.

"노숙자로 떠돌아 댕겼다는 황 씨라면 여기 없소. 헌디, 황 씨는 친척붙이가 한 사람도 없다던데?"

"어디로 가셨는가요?"

노인의 말에 조카가 다급하게 긴장된 목소리로 물었다.

"안개섬으로 갔소."

"안개섬이라뇨? 그 섬이 어디 있는데요?"

"사람이 살지 않은 섬인데 멀어요."

"안개섬에는 무엇 때문에 가셨지요?"

"그 섬에는 어떻게 갈 수 있지요?"

조카와 내가 거의 동시에 물었다.

"배가 있어야 가지."

이장이라는 백발노인은 다시 바다 쪽으로 눈길을 던지며 웅얼웅얼 말했다. 노인의 말로는 노루섬에는 자기 소유인 발동선 고깃배가 딱 한 척이 있다면서, 안개섬은 워낙 멀고 뱃길이 험해 가고 싶지가 않다는 것이었다. 결국 뱃삯을 배로 쳐주겠다고 어렵게 설득을 하여 다음날 일찍 출발하기로 했다. 배를 부릴만한 젊은 사람이 없냐고 물었더니, 노루섬에는 노인들만 남아 있다고 했다.

그날 밤 우리는 형님이 거처했다는 이장 댁 골방에서 하룻밤 묵기로 했다. 신문지로 도배를 한 좁은 방에는 사과궤짝 위에 이불과 때에 절이고 납작하게 가라앉은 베개 하나가 놓여 있을 뿐이었다. 형님의 흔적은 아무것도 남아있지 않았다. 주인 노인한테 혹시 형님이 남긴 물건이 있느냐고 물었더니 안방에서 낯익은 중절모를 들고 나왔다. 형님이 안개섬으로 가면서 선물로 주었다고 했다. 조카가 중절모자를 받아 큼큼 냄새를 맡았다. 그 볼사리노 중절모자는 조카가 이태리에 출장 갔을 때 거금을 주고 회갑 선물로 사온 것으로, 형님이 가장 아끼던 것이었다. 형님은 내게 볼사리노는 70년대에 알랑드롱이 즐겨 써서 유명해졌다면서, 당신이 죽은 다음에 내게 주겠다고 했었다. 나는 노인에게서 중절모자를 되돌려 받고 싶었지만 참았다. 조카도 한참동안 볼사리노를 만지작거리고 서 있었다. 특별한 모임이나 외출을 할 때만 쓸 정도로 아꼈던 모자를 어울리지도 않은 백발노인한테 줘버렸다는 게 서운했는지, 시종 언짢은 기색을 감추지 못했다. 나는 형님이 나와의 약속을 깨고 보물단지처럼 아끼던 볼사리노를 노루섬까지 일부러 가지고 와서 선뜻 노인한테 줘버린 의도를 이해할 수 없었다. 변변한 옷가지 하나 챙겨오지 않고 등산복 차림으로 집을 나간 형님이 무엇 때문에, 유럽 신사들이라면 누구나 하나쯤 갖고 싶어 한다는 명품 볼사리노를 가져왔는지도 의문이었다.

"숙부님, 아버지는 왜 볼사리노를 여기까지 가져오신 걸까요?"

잠자리에 들자 조카가 뚜벅 물었다. 조카도 볼사리노 때문에 아쉬움이 큰 모양이었다.

"가장 소중한 것을 가져오고 싶었던 건지도 모르겠다."

나는 형님이 소유하고 있는 것들 중에서 가장 소중한 것이 무엇인가 생각해보았다. 아파트 등기, 저금통장, 조류학에 대한 저서 몇 권 외에 또 무엇이 있을까. 가방은 낡았고 시장바닥에서 사 신은 기성화에, 시계는 개교기념 사은품이며 휴대폰은 공짜가 아닌가. 그러고 보니 누구한테 선물로 줄 수 있는 가장 소중한 것은 볼사리노 중절모 외에는 없는 것 같다.

"아버지는 이 외딴 섬 구석에서 볼사리노를 쓰고 싶었을까요?"

"형님께서 쓰시려는 게 아니고 누구에겐가 주려고 했겠지."

"저 백발노인한테요?"

어처구니없다는 듯 코웃음을 치는 조카 말에 나는 두부장수 최씨를 생각했다. 어쩌면 형님은 볼사리노를 최 씨한테 주려고 가져왔는지도 모른다. 최 씨는 아버지와 우리 형제에게 잘해주었다. 성질이 왁살스러워서 그렇지, 잔정이 많은 사람이었다. 최 씨는 멸치잡이 철이 되면 두부 집을 형에게 맡기고 섬사람들과 함께 배를 타고 고기잡이를 나갔다. 아버지도 함께 데려갔다. 추자도 근해까지 가서 멸치를 잡아 완도까지 가서 팔고 오자면 사오일쯤 걸렸다. 멸치잡이 배가 돌아온 다음 날이었다. 그날은 아침부터 비바람이 몰아쳤다. 아버지와 최 씨가 크게 싸웠다. 형님 때문이었다. 형님이 두부를 훔쳐 먹다가 들켜 최 씨한테 주먹뺨을 맞아서 왼쪽 어금니가 빠지고 입술이 찢어져 피가 많이 났다. 이 광경을 목격한 아버지가 최 씨한테 서운한 말을 하게 되었고 싸움이 커져 마을 사람들까지 몰려왔다. 결국 최 씨 입에서 '이 빨갱이 새끼들'이라는 말이 튕겨나오게 되었다. 이날 아버지는 혼자 홧김에 최 씨의 어선을 몰고 바다로 나갔고 다시 돌아오지 않았다. 최 씨가 다른 사람 어선을 빌려타고 수색해보았지만 배도 아버지도 찾지 못했다. 우리 형제는 무작정 아버지를 기다렸으나 소식이 없었다. 그로부터 한 달쯤 지나, 최 씨가 다른 사람 어선을 타고 고기잡이 나간 사이, 형이 두부 집 돈을 모두 훔쳐 노루섬에서 도망쳐 나왔다. 그 돈으로 형제는 서울 변두리에 가게를 얻어 두부를 팔기 시작했다. 장사가 잘 되어 학업을 계속할 수 있었다. 형제가 야간대학을 나와 이만큼 살게 된 것은 노루섬 두부 집에서 훔쳐온 종잣돈 덕분이었다. 내 생각에 형님이 볼사리노를 노인 이장한테 준 것은 노루섬에서 최 씨를 만나지 못한 것 같았다. 노인 이장한테 최 씨에 대해 물어보았으나 모른다고 하지 않았던가.

"아버지에게 우리는 뭐죠? 어머니와 자식들은 아버지에게 어떤 존재인가요? 아버지에게 가족이란 무슨 의미가 있는 거죠?"

잠이 든 것으로 알았던 조카가 벌떡 일어나 앉더니 불만 섞인 목소리로 거듭 물었다. 나는 즉각적인 대답을 못하고 헛기침만 토했다.

"때때로 사람은 인생이란 궤도에서 벗어나고 싶은 충동을 느낀다. 평생 가족을 책임지고 정해진 길을 간다는 게 얼마나 고단하고 외로운 건지 너도 알지 않느냐. 네 아버지는 33년 동안 똑같은 집에 살면서 똑같은 직장에 똑같은 길을 오갔으니, 그동안 얼마나 지루하고 답답했겠느냐."

내 말에 조카는 거푸 한숨을 쏟더니 다시 자리에 누웠다. 조카는 그 후로도 이내 잠을 이루지 못하고 한참을 뒤척였다. 나도 잠을 이루지 못했다. 형님이 사라진 후 지난 몇 달 동안 내 삶은 검불처럼 가벼웠다. 형님의 부재는 내 생애의 가장 소중한 부분이 잘려나간 기분이었다. 목적지에 다 와서 길을 잃어버린 듯 당혹감에 사로잡혔다. 형님 없이는 내가 완전하게 존재할 수 없다는 것을 깨달았다. 형님과 내가 같은 궤적의 삶을 살아왔기 때문일 것이다.

3

우리는 동이 트기 전에 배를 타기 위해 서둘렀다. 조카와 나는 노인이 볼사리노 중절모를 깊숙이 눌러쓰고 나오는 것을 보고 망연자실했다. 나는 바람에 날릴지도 모르니 제발 그 모자를 벗어두고 가라는 말을 하고 싶었지만 노인의 신경을 건드리지 않기 위해 참았다. 새벽바다는 차가우면서 습윤한 기운이 감돌았다. 노루섬에 하나 밖에 없다는 노인의 소유 어선은 고작 1.5톤의 낡은 배였다. 노인은 나이에 비해 익숙한 솜씨로 배를 움직였다. 바람이 불지 않은 날씨였는데도 출항하면서부터 배가 심하게 요동쳤다. 끝없는 바다 위에서 흔들리는 배가 나뭇잎처럼 가볍게 느껴졌다. 배가 거칠게 흔들리자 조카는 고물 쪽에 무릎을 그러안고 몸을 조그맣게 웅크렸다. 멀미 걱정 때문에 조카는 아침에 물 한 모금 마시지 않고 배에 올랐다. 나와 조카는 노인에게 안개섬까지는 얼마나 걸리겠느냐고 거듭 물었으나 노인은 이상하게도 말수가 적은 탓인지 무엇 하나 시원하게 대답해주지 않았다. 나는 궁금한 것이 너무 많았다. 안개섬은 어떤 섬이고 이 작은 통통선으로 얼마나 걸릴지 알 수 없었다. 더욱이 형님은 도대체 무엇 때문에 아무도 살지 않는 안개섬으로 갔으며, 안개섬에서 어떻게 살고 있는지 궁금했다.

출항한 지 한 시간쯤 지나자 햇살이 퍼지기 시작했다. 동쪽 바다 끝에서 커다란 불덩이가 뾰족하게 수면 위로 떠오르면서 금세 바닷물을 주황빛으로 물들였다. 잠시 후에 햇덩이가 둥실 둥실 바다에 떠다니는 것 같더니 순식간에 하늘로 솟구쳤다. 그 순간 끝없는 바다에 불이 붙은 듯 붉게 타올랐다. 너무 장엄하고 엄숙하여 자신도 모르게 탄성이 나왔다. 조카도 이 순간만은 멀미도 잊은 채 경이로운 눈빛으로 두 손을 맞잡고 기도하듯 바다와 하늘을 번갈아보았다. 어쩌면 아버지의 무사를 기원하고 있는 것인지도 몰랐다. 어둠에 갇혔던 바다가 열리고 햇살이 가득 넘치자 나는 숨새를 찾아보기 위해 사방을 두리번거렸다. 새는 보이지 않았다. 해가 떠오르고 한참을 더 기다렸으나 섬도 새도 보이지 않았다.

"안개섬은 어떤 섬입니까?"

나는 너무도 궁금하여 더 참지 못하고 노인에게 큰 소리로 물었다.

"안개 낀 날에는 뵈지도 않아. 잠시 정박해 있는 큰 기선 같기도 하고 또 어떤 날은 비를 머금은 먹구름 같이로 뵈는 섬이여."

"잠시 정박해 있는 기선이라면 언제 떠나버릴지 모르겠고 먹구름이라면 비 온 뒤에는 사라지겠구만요."

내가 묻자 노인의 표정이 굳어졌다. 실재로 그런 섬이 있는지 의아스러워지기까지 했다.

"후박나무 동백나무 호랑이가시나무 숲이 울창허고 바위 절벽에다 폭포도 있고, 경치가 좋아. 한 번 가 본 사람은 경치에 반해서 다시 나오고 싶지 않을 정도라니께. 극락과 천국이 따로 없어."

그러면서 노인은 안개섬에 대한 전설도 이야기했다. 옛날 고기잡이배가 좌초되었을 때, 어부들 중에 효자 한 사람이라도 있을 경우 바다 속에서 안개섬이 솟아올라 어부들을 살려냈다고 했다. 그래서 멀리 고기잡이를 나갈 때 선주는 반듯이 근동에서 소문난 효자 어부를 배에 태웠다고 했다. 그런가하면 왜놈들이 쳐들어와 안개섬에 상륙하여 숙영을 하면 섬이 바다 속으로 가라앉아버려 잠든 왜놈들이 허우적거리다가 물고기 밥이 되게 만들었다고 했다.

"섬에 먹을 거는 있나요? 먹을 것은 좀 가져갔겠지요?"

전설 따위에는 관심이 없는 나로서는 형님이 섬에서 아사하지나 않았을까 걱정이었다.

"낚싯대를 가져갔으니께…"

"겨우 낚싯대요? 라면도 안 가져갔어요? 섬에서 나오고 싶으면 어떻게 하죠? 이장님께서 데려오기로 약속을 했나요?"

"데리러 오라는 말은 없었어."

나는 더럭 불안해졌다. 먹을 것도 없이 낚싯대 하나만 가지고 그동안 어떻게 버티고 있을지 걱정이었다. 나는 제발 형님이 무사하기를 빌었다.

"얼마나 남았습니까? 섬이 어디 있는 거요?"

나와 노인의 이야기를 듣고 있던 조카가 뒤뚱거리며 이물 쪽으로 내달아 오더니 거칠게 물었다. 아버지 걱정 때문에 다소 흥분한 것 같았다. 노인은 아무 반응 없이 이물 앞쪽만 바라보았다. 그때 바다와 하늘이 맞닿은, 아스라이 먼 지점에서 손톱만큼 작은 회색빛 점 하나가 수면 위로 톡 튀어 오르는가 싶었는데 이내 물속에 잠겨버렸다. 부표처럼 튀어 올랐다가 잠기기를 몇 차례 되풀이하더니 점점 형체가 드러났다. 회색빛 점이 확연하게 커지면서 파도 위에서 출렁거렸다. 통통선은 물살을 가르며 직선으로 전진했다. 나는 그 회색빛 점이 안개섬이라고 단정했기에 노인에게 굳이 묻지 않았다.

　가까이에서 본 안개섬은 노인의 말대로 출항을 서두르는 거대한 배가 물 위에 떠 있는 것 같았다. 금방이라도 소리도 없이 떠나버릴 것만 같았다. 아래쪽은 검은 바위가 둘렸고 위쪽으로는 사철나무들이 푸르게 덮여 있었다. 기껏해야 해발 백 미터도 안 될 것 같은 높이의 산마루 푸른 숲은 칼로 잘라내기라도 한 듯 평평하고 반듯했다. 배에서 내려 마루턱으로 올라가기가 쉽지 않을 것 같았다. 노인은 성벽처럼 높게 에두른 해변의 바위 옆에 배를 바짝 붙이고 닻을 내린 다음, 가슴 높이 물속으로 뛰어내리더니 뱃줄을 바위등걸에 친친 묶었다. 배를 정박시킨 후 뱃줄을 묶기까지 노인의 행동은 매우 날렵하고 익숙해보였다. 나와 조카는 조급한 마음에 망설임 없이 배에서 뛰어내려 노인을 따라 비교적 완만한 바위를 타고 마루턱으로 기어 올라갔다.

　편편한 마루턱에 올라서자 사방으로 하늘과 하나로 이어지는 바다가 한눈에 들어왔다. 하늘과 바로 통할 수 있을 것처럼 신비롭고 아름다워 탄성이 저절로 나왔다. 섬에서 사다리를 놓는다면 금방 하늘로 올라갈 수 있을 것 같았다. 그러나 사람이 함부로 범접할 수 없는 성지에 발을 딛고 있는 것처럼 경건해졌다. 안개섬은 세상에서 가장 견고한 성으로 둘러싸인 듯했다. 세상의 어떤 강자에게도 난공불락의 요새. 이 섬에서라면 평생 두려움 대신 용기, 외로움 대신 편안함, 남루함 대신 화려함, 궁핍 대신 풍요, 갈등 대신 평화, 경쟁 대신 양보, 단절 대신 소통이 넘치는 삶을 살 수 있을 것 같았다.

　"황 씨는 여기 올라와 보더니 이 세상에서 하나밖에 없는 낙원이라고 탄복하더구만."

노인의 말에 나도 고개를 끄덕였다. 형님이 이곳에 온 이유를 알 것 같았다. 어쩌면 형님은 낙원을 찾아 여기까지 왔는지도 모르겠다. 아버지가 바다에 온 것은 자신을 더 깊숙이 숨기기 위해서였다면 형님은 낙원을 찾아 안주하기 위해서 안개섬을 찾아왔는지도. 나는 형님이 부러웠다. 이곳이야 말로 진정 내가 찾고 있던 곳이 아닌가. 아내도 죽고 딸 하나 있는 것 결혼해서 뉴질랜드로 이민을 가버려, 혼자 살고 있는 나야 말로 이곳이 내가 여생을 한갓지게 보낼 낙원이 아닌가 싶었다. 형님과 같이 이곳에서 살 수만 있다면 얼마나 행복하겠는가.

나와 조카는 노인을 따라 후박나무 숲 속으로 들어갔다. 조금 들어가니 나무가 없는 공터가 나왔다. 그곳에는 땅을 일구어 텃밭을 만들고 옥수수며, 콩, 고구마, 고추, 가지, 호박, 오이 등을 심어 제법 실하게 잘 자라고 있었다.

"허허, 중절모를 주고 대신에 괭이, 톱, 낫허고 씨앗을 쪼끔 가져가더니 여기서 농사를 짓고 있구먼 그려."

노인이 다소 놀라워하는 눈으로 텃밭을 쓸어보며 말했다.

"거금 사백오십 달러를 주고 산 볼사리노를 고작 농기구 몇 자루와 씨앗하고 바꾸다니…"

옆에 있던 조카가 노인이 들을 수 없게 중얼거렸다. 나는 형님이 안개섬에 있다는 확신으로 마음이 놓였다. 우리는 형님을 찾기 위해 노인을 따라 다시 숲 속으로 들어갔다. 후박나무 숲이 끝나고 동백나무가 들어찬 곳에 이르니 20여 미터 깊이로 분지처럼 땅이 움

푹 들어간 곳이 나왔다. 흙을 파서 내놓은 길을 따라 아래로 내려가보니 패인 곳의 넓이가 여남은 평이나 됨직 했고 한쪽에 두 개의 큰 바위가 서 있으며 그 바위 사이로 작은 폭포처럼 물이 흘렀다. 나는 직감적으로 여기가 바로 형님의 거처라는 것을 알고 큰 소리로 거듭 형님을 외쳐댔다. 조카도 다급하게 아버지를 불러댔다. 노인이 바위 귀퉁이에 서너 사람이 들어갈 수 있는 암굴로 우리를 안내했다. 형님은 보이지 않았다. 암굴 입구 돌을 쌓아 만든 화덕 위 냄비를 열어보았더니 도미에 미역이며 고사리 등 산나물을 섞어, 고춧가루도 없이 끓인 맑은 탕이 남아 있었다. 형님이 아침에 먹고 남은 것이 분명했다. 나는 계속 형님을, 조카는 아버지를, 노인은 황 씨를 외쳐 불러댔으나 형님의 대답은 없었다. 세 사람은 암굴 밖으로 나와 숲과 해안, 바위더미 등 섬 전체를 헤집고 다니며 형님을 찾았다. 낚시터가 될 만한 곳이며 바닷가 풀숲도 다 뒤져보았으나 헛수고였다. 세 사람은 텃밭 옆 풀 위에 앉았다. 섬을 두 바퀴 돌고났더니 다리가 뻐근할 정도로 지쳤다.

"배 없이는 아무데도 갈 수가 없겠지요?"

"오늘… 아침꺼정도… 음식을 해서 묵었던디…"

맥이 빠진 목소리로 묻자 노인이 웅얼웅얼 말끝을 흐렸다.

"아마도 형님이 우리가 오는 것을 지켜보고 어디로 숨어버린 것 같다."

나는 그렇게 짐작했다. 안개섬을 떠나지 않으려고 깊숙이 몸을 숨긴 것이라고 생각했다.

"숨을 만한 곳이 있습니까?"

조카가 노인에게 말했다.

"작정하고 숨는다면야 못 찾제. 그나저나 서둘러 돌아가야 겠는 디. 저녁 안개가 내려오는 것을 보니께 곧 날이 저물게 생겼어."

노인이 일어서며 그만 섬을 떠나야한다고 채근하기 시작했다. 노인은 안개가 내리면 섬이 사라진다고 했다. 나도 노인의 말대로 빨리 안개섬에서 떠나고 싶었다. 형님이 바라는 대로 해주는 것이 형님에 대한 예의라고 생각했다. 얼핏 조카의 표정을 살폈다. 조카 가 암울한 얼굴로 일어섰다. 마지막으로 섬을 한 바퀴 더 돌아보고 싶다며 숲속으로 걸음을 옮겼다. 나와 노인도 하는 수 없이 세 번째 섬을 뒤지기 시작했다. 예상했던 대로 찾지 못했다.

"저는 여기 남겠어요. 아버지를 두고 그냥 갈 수는 없어요."

조카가 주저앉으며 떼를 쓰다시피 말했다. 노인이 난감한 얼굴 로 나를 보았다.

"나도 이대로 돌아가고 싶지 않다. 허지만 오늘은 그냥 가자. 일 단 노루섬으로 돌아가 준비를 해서 다시 오자."

나는 조카의 손을 잡아끌며 말했다. 결국 조카는 나와 노인의 성 화에 떠밀려 배에 올랐다. 그동안에도 조카는 몇 번이고 뒤를 돌아 보며 안개섬에서 잠시도 눈길을 거두지 않았다. 배에 오르기까지 나는 조카에게 한 마디도 하지 않았다. 배가 움직이기 시작하자 나 는 안개섬을 향해 손을 흔들었다. 어디선가 형님이 우리를 지켜보 고 있으리라고 믿었기 때문이다. 아니 어쩌면 떠나는 내가 안개섬 에 남은 또 다른 나에게 작별을 고한 것인지도 몰랐다. 출항한 지 5 분쯤 지나, 노루섬 쪽으로 방향을 돌리자 안개섬이 뿌옇게 흐려지기 시작했다. 노인의 말대로 하늘에서 잿빛 안개가 서서히 내려와 섬을 휘감아 덮고 있었다. 안개는 섬의 위쪽 후박나무 숲을 덮기 시작하여 차츰 바다 아래로 내려와 순식간에 안개섬을 송두리째 감쌌다. 순간 안개섬이 바다에서 사라져버렸다. 섬은 안개가 되었다. 그때, 한 무리의 슴새 떼가 안개 속으로 지그재그로 몸을 흔들며 날아들고 있었다.

돌담 쌓기

　오늘 아침에도 나는 시끄러운 때까치 소리에 잠을 깼다. 때까치는 뒷곁 편백나무 숲에서 여러 마리가 떼를 지어 '개개개개개 개액개액' 하고 귀청을 쪼아대듯 요란하게 울어댄다. 동트기 전에 때까치가 사납게 울어대는 것을 보니 오늘도 날씨가 화창할 듯하다. 날 궂은날 때까치는 울지 않는다. 나는 눈을 뜨고 누운 채 몽그작거리며 일어나지 않았다. 아래층 화장실에서 물 내려가는 소리가 들렸기 때문이다. 아버지가 밖에 나갈 준비를 하고 있는 것이리라. 아버지는 날마다 새들이 깨우기 전, 가장 먼저 일어나서 돌담을 쌓는다. 아버지가 우리 집에 돌담을 쌓기 시작한 지가 벌써 석 달이 넘었다. 지난 2월, 85세 생일을 맞는 날부터 아버지는 무슨 연유에서인지 혼자 돌담을 쌓기 시작했다.

　끙끙대며 돌담을 쌓고 있는 아버지와 마주치기 싫어하는 나는, 언제나 그렇듯 아버지가 현관문을 열고 밖으로 나가는 기척을 듣고서야 눈을 뜨고, 반듯하게 누운 채 힘을 주어 두 손바닥을 마찰하여 마른세수를 한 다음 천천히 일어나 앉는다. 먼저 두 손 검지로 눈곱

자리부터 떼어내고 눈두덩과 안와 주변을 가볍게 돌려가며 문지르고 나서 관자놀이, 뺨, 코, 귀, 인중, 턱을 거쳐 목의 뒷덜미를 주무른다. 아침에 깨어나서 몸을 일으키기 전에 손으로 얼굴을 문지르는 것이 이제 습관이 되었다. 전에는 동이 트자마자 아침산책을 하곤 했는데 아버지가 담을 쌓기 시작하면서부터 그만두었다. 아버지가 힘들여 담을 쌓고 있는데 아들인 내가 할랑할랑 산책을 할 수가 없었기 때문이다.

얼굴 마사지를 하고 나면 아침산책을 한 후처럼 한껏 기분이 개운해졌다. 나보다 혈압이 높은 아내한테도 권해보았지만 어찌된 건지 요즈막 아내는 내 이야기라면 아예 들으려고 하지를 않는다. 어쩌면 내게 무언의 항의를 하고 있는 것인지도 모른다. 3년 전 정년을 하고 혼자 사는 아버지를 모시기 위해 시골로 내려온 후, 아내는 섬에 갇힌 사람처럼 무기력의 늪에 빠진 채 말이 없다. 감정이 메말라버리기라도 한 듯 기쁨도 분노도 겉으로 나타내지 않았다. 나는 그런 아내를 볼 때마다 숨이 막힐 것만 같다. 내가 얼굴 마사지를 하고 있는 사이 아내가 아침을 짓기 위해 옷을 꿰고 방을 나갔다. 아버지를 위해 아침마다 일찍 일어나 밥을 짓는 아내에게 미안한 생각이 앞선다. 오래전부터 우리 내외는 우유와 삶은 달걀 하나로 아침을 해결해오고 있지만 아버지는 어김없이 정찬을 고집했다.

아내가 아버지를 위해 아침을 짓는 동안 나는 개와 닭 사료를 준다. 하루 두 차례 6마리의 개 먹이를 챙겨주는 일도 쉽지가 않다. 시골로 내려올 때 아키다 강아지 한 쌍을 얻어다 키우기 시작했는데 새끼를 낳아 6마리가 되었다. 개에게 사료를 줄 때는 반드시 서열의 순서를 지켜야한다. 개의 서열은 나이순이 아니라, 자신들의 힘에 의해 결정된다. 서열이 정해지기까지 개들은 자기네들끼리 몇 차례의 치열한 싸움을 되풀이 한다. 이 싸움에서 입술과 귀가 찢어지고 다리에 상처가 나는 것 등은 흔한 일이다. 주인은 절대로 싸움을 말려서는 안 된다. 주인은 싸움에서 결정되는 서열에 따라 사랑을 나누어주면 된다. 두 번째 서열의 결정은 주인의 사랑에 의해 좌우된다. 아무리 힘이 세다할지라도 주인의 사랑을 받지 못하면 서열에서 밀려나게 마련이다. 그래서 개들은 서로 주인의 사랑을 많이 받으려고 아첨을 떤다. 개들처럼 질투심이 많은 동물도 없는 것 같다. 나는 개들이 싸움을 통해 정해진 서열을 존중한다. 그래서 서열 1번인 설국이부터 설봉이, 진국이, 진봉이, 밤돌이, 차돌이 순으로 사료를 준다. 사료를 주고 나서 잠시 개를 쓰다듬어주거나 대화를 하는 것을 잊지 않는다. 서열이 낮은 개들은 자칫 스트레스를 받거나 주눅이 들기 때문에 더욱 관심을 보이며 안아준다. 주인이 한번 안아주면 금방 기분이 좋아지는 것을 볼 수 있다. 나는 6마리의 개를 기르면서 동물에게 본능이야 말로 생명 그 자체라는 것을 깨달았다. 짐승들에게는 삶과 죽음, 사랑과 분노가 철저하게 본능에 따라 좌우된다는 것을 알았다. 우리 집 개들이 주인인 내게 특별히 충직한 것 같지만 따지고 보면 그래야 제대로 얻어먹고 살 수 있다는 본능적인 행동일 뿐이라는 것을 나는 안다. 이처럼 짐승이 본능에 따라 살고 있다면 인간은 지능으로 살아가는 것이 아닐까 싶다. 사람은 최대한 본능을 억제하고 지능으로 살아가려고 한다. 그렇다고 해서 본능이 동물적이고 지능이 인간적이라고는 말할 수 없다. 지능을 앞세워 비인간적으로 살아가는 사람들이 많기 때문이다. 나는 본능이 지능보다 순수하다고 느낄 때가 있다. 우리 어머니의 자식에 대한 무조건적인 희생과 사랑 역시 본능에 가까운 것이었다.

개 사료를 주고 나서 닭장으로 들어간다. 비닐하우스 닭장에 8마리의 토종닭을 기르고 있다. 병아리 때부터 키웠기 때문에 주인을 무서워하지 않고 내가 닭장 안으로 들어서면 우루루 나를 에둘러 몰려든다. 닭 사료를 주고 난 나는 마당 가운데 우두커니 서서, 담을 쌓고 있는 아버지를 바라본다. 아버지는 집 앞으로 흐르는 개울 건너 밤나무가 많은 산에서 돌을 주워 리어카에 싣고 조붓한 농로로 올라오고 있다. 물 빠짐이 좋아 밤나무가 잘 자라는 산에는 돌이 많다. 나는 농로로 달려가서 아버지 대신 리어카를 끌고 오고 싶었지만 참았다. 이상하게도 아버지는 담 쌓는 일만은 누구의 도움도 받기 싫어하기 때문이다. 마을 초입에 한갓지게 자리를 잡은 우리 집은 그동안 성처럼 높은 블로크 담에 초록빛 철제대문이 굳게 잠겨있었다. 블로크 담은 아버지가 마음먹고 둘러친 것이었다. 치매 증세가 심해진 어머니가 걸핏하면 집밖으로 뛰쳐나가려고 했기 때문이다. 어머니 혼자 집에 두고 외출을 할 때, 아버지는 초록색 철제대문에 둔중한 열쇠를 채우곤 했다. 그렇듯 철저하게 문단속을 했는데도 결국 어머니는 집을 뛰쳐나갔으며 다시는 돌아오지 못했다. 아버지는 늘 어머니가 어떻게 그 높은 블로크 담을 넘었을지 의문이라는 말을 탄식과 함께 버릇처럼 되풀이했다. 아버지는 어머니가 세상을 뜬 후, 블로크 담을 없애고 싶다고 했다. 아버지는 대도무문(大道無門)이라는 말을 좋아했다. 평생 시내버스 운전기사로 살아온 아버지가 유일하게 즐겨 쓰는 문자다. 큰 도에는 문이 없다. 생각할수록 마음에 새겨둘 만하다 싶었다. 아버지는 블로크 담을 허물고 철제대문도 철거했다. 허문 블로크를 치우는 데만도 꽤 많은 돈이 들었다.

아버지가 쌓고 있는 돌담은 좀 이상하다. 대문이 있었던 집 앞은 막을 생각을 하지 않고 양쪽 옆에만 돌로 쌓겠다는 것이다. 돌담으로 집을 둘러쳐 막지 않고 집 앞과 뒤는 그대로 둔 채 양쪽만 막겠다니 그런 돌담을 무엇 때문에 쌓겠다고 하는 것인지 이해할 수가 없다. 집 앞은 마을로 들어가는 도로가 있고 다랑이 논과 밭이 골짜기 입구까지 이어져 있다. 집 오른쪽은 뽕나무 밭으로 올라가는 황톳길이 직선으로 뻗어있고 왼쪽은 기왓등 골짜기의 실개울에 물이 지적지적 흐른다. 아버지는 집 옆 황톳길과 실개울 쪽만 돌담을 쌓고 뽕나무 밭이 둔덕처럼 어슷하게 누워 있는 집 뒤와 집 앞 쪽은 그대로 열어놓겠다는 것이다. 담이 아니라 바람의 통로를 만들고 있는 것 같기도 했다.

더욱이 아버지가 쌓는 담은 높이가 허리춤에도 미치지 못해 담 같지가 않다. 밑 부분에 폭이 큰 지대석을 두 줄로 놓고 그 위에 작은 돌로 쌓은 다음, 가운데 빈 곳을 흙과 주먹돌로 메웠다. 담 위에는 기와 대신 넓적한 돌을 가지런히 놓았다. 홑담이 아니라 너비가 1미터가 넘을 정도의 겹담이다. 이 담은 집 안팎을 차단하거나 경계를 짓기 위한 것이 아니라는 것을 알 수 있다. 담도 아니고 둑도 아니다. 어쩌면 아버지는 돌로 예술작품을 만들고 있는 것인지도 모른다. 지난 3개월 동안 대문 왼쪽으로 10여 미터쯤 쌓았으니 다 쌓으려면 몇 년이 걸리게 될지 모른다. 어쩌면 아버지는 담을 쌓다가 세상을 뜨게 될지도 모를 일이다. 담을 쌓기 시작한 날 나는 아버지에게 무엇을 쌓는 것이냐고 물었다. 아버지는 그냥 마음을 쌓고 있다고 했다. 담을 잘 쌓아야 좋은 이웃이 된다는 말도 했다. 나는 그런 아버지를 도무지 이해할 수 없었다.

직사각형의 식탁에 세 식구가 앉았다. 아버지와 내가 마주보고 앉고 아내는 귀퉁이에 불안정하게 자리를 잡았다. 흰쌀밥과 쇠고기 무국을 비롯해서 군 갈치, 계란찜, 김, 김치, 깻잎장아찌, 마늘장아찌, 멸치볶음 등 밑반찬이 정갈하게 아버지를 중심으로 차려졌다. 아버지의 밥상에 비해 나와 아내의 아침은 너무 단출하다. 다섯 가지 곡식가루 두 숟갈을 탄 우유 한 잔과 달걀, 사과 반쪽이 전부이다. 내 앞에는 삶은 달걀이, 소화기능이 약한 아내 앞에는 달걀 프라이가 진달래꽃 무늬 작은 접시에 놓여졌다. 언제나 그렇듯 세 식구의 식사시간에는 대화가 없다. 아버지와 함께 살기 시작하면서부터 아내의 말 수가 더 부쩍 줄었다. 아버지가 쩝쩝대며 반찬을 씹거나 국물을 입안에 떠 넣느라 후루룩거리는 소리 말고는 무덤 속처럼 조용하다. 나와 아내는 아버지 식사시간에 맞추기 위해 적당히 속도를 조절해가며 조금씩 그리고 천천히 목구멍 안으로 음식을 넘긴다. 세 식구의 식사는 마치 의식을 치르는 것처럼 엄숙하기까지 하다.

"닭장 옆에 애호박이 먹기 좋게 열렸더라. 애호박에는 돼지고기가 궁합에 맞지. 암돼지 앞다리 살에 애호박을 숭숭 썰어 넣고 얼큰하게 끓인 애호박국에 쇠주 한 잔 걸치면 그만이지. 네 에미가 다른 것은 몰라도 애호박국 하나는 일품으로 잘 끓였더니라."

아버지가 사과를 씹고 있는 아내를 보며 입을 열었다. 아내는 고개를 들지 않는다.

"약속이 있어 읍에 나갔다 오는 길에 돼지고기를 떠오겠습니다."

나는 아내의 눈치를 살피며 말했다. 아내는 내가 읍에서 누구와 무슨 약속이 있는지에 대해서 관심이 없는 듯 아무것도 묻지 않았다.

"작년에 퇴직한 박 선생이 점심이나 같이 하자고 해서… 왜 첨단 아파트에서 같은 동에 살았던 뚱보 박 선생 말이야. 그 친구 지난달에 상처를 했거든."

나는 아내한테 읍에 나갈 핑계를 만들기 위해 거짓말을 했다.

"암퇘지 앞다리 살이 좋다."

아내는 반응이 없는데 아버지가 말했다. 아무래도 오늘 저녁에는 애호박국을 끓여 드려야할 것 같다. 실은 나도 요즈막 언덕에 심은 철쭉이 한창 피어오르는 것을 보고 애호박국이 먹고 싶었지만 아내한테 차마 말을 못하고 있었다. 어머니는 해마다 이맘때쯤이면 입맛이 물릴 정도로 끼니때마다 애호박국을 끓여주곤 했다. 씨가 여물기 전의 풋 호박을 나박나박 썰어놓고 돼지고기와 두부, 간장을 넣어 달달 볶은 다음 물을 붓고 양파, 호박과 함께 자작자작 끓이면 된다. 마지막에 굵직하게 썬 양파와 마늘 다진 것을 넣고 고춧가루며 통깨를 뿌리면 그 맛이 얼큰하면서도 고소하고 달콤하다. 마늘 다진 것을 나중에 넣어서 돼지고기 잡내 대신 짙은 마늘향이 알

싸하게 느껴진다. 어머니가 끓여준 애호박국에 고춧가루를 듬뿍 넣고 벌겋게 만들어서는 땀을 뻘뻘 흘리면서 먹던 아버지의 옛날 모습이 떠올랐다. 그 입맛 때문인지 아버지는 어머니가 세상을 뜬 후에도, 해마다 이맘때쯤이면 애호박국 타령을 하곤 했다. 아마 아버지가 애호박국을 먹고 싶어 한 것은 죽은 아내를 그리워하는 것인지도 모른다. 어머니가 세상을 뜬 이듬해 봄이었던가. 나는 일요일에 시골로 아버지를 만나러 갔다. 아버지는 갑자기 애호박국이 먹고 싶다면서 아이처럼 보챘다. 나는 아버지와 함께 순창장까지 자동차로 1시간이나 달려가 애호박국을 사 먹었다. 아버지는 어머니가 끓여주었던 그 맛이 아니라면서 돌아오는 내내 혀를 찼다. 애호박국 생각에 오랫동안 잊고 지내왔던 어머니가 떠올랐다. 어머니는 아버지가 회갑을 맞아 시내버스 운전기사를 그만두던 해부터 우울증을 보이기 시작했다. 아버지는 그런 어머니를 위해 공기 좋은 고향으로 내려왔으나 어머니의 우울증은 더욱 심해져서 끝내 치매를 앓게 되었다. 종당에는 자식은 물론 평생을 함께 살아온 남편까지도 못 알아보았고 끝내는 혼자 집을 나갔다. 어머니의 시신을 찾은 것은 가출한 지 두 달 만에, 집에서 50여 킬로미터나 떨어진 섬진강 가에서였다.

아버지의 아침식사가 끝나갈 무렵에 전화벨이 다급하게 울렸다. 서울 사는 다섯 살 난 손자한테서 온 전화다.

"할아버지, 연못에 물고기랑 개구리 잘 있어요?"

손자 놈은 할아버지 할머니한테 인사 대신 작년 추석에 우리 집에 왔을 때 보았던 물고기와 개구리 안부부터 물었다. 그러나 나는 그런 손자에 대해 담배씨만큼도 섭섭하지 않다.

"그래, 네 친구 밤돌이 차돌이도 잘 있단다. 네 할머니 바꿔줄게 인사해라."

나는 내 말을 끊고 다급하게 아내한테 전화기를 넘겼다. 손자 전화 받으라는 말에 아내의 안색이 금세 해질녘 박꽃처럼 활짝 피어났다. 손자의 목소리는 언제나 아내한테 청량제 역할을 했다.

"애들 주말에 내려온다고 하네요. 당신 읍에 나간 김에 찬거리 좀 사오세요."

한참동안 손자와 통화를 하고난 아내가 밝은 얼굴에 생기 넘친 목소리로 말했다. 아내는 무기력의 심연에 깊숙이 가라앉아 있다가도 자식들한테서 전화만 오면 금세 기분이 팔팔해지곤 했다. 아내는 나이가 들수록 자식들에 대한 그리움이 커지고 있는 듯했다. 아내에게 자식들은 희망 에너지가 아닌가 싶다. 그런 아내를 볼 때마다 안타까운 마음에 오장이 옥죄어오는 것만 같다.

"걔들 왔다간 지가 언제였냐? 그래 가지고 자식이라고 할 수가 없지. 자식이 되어갖고 쯧쯧…"

아버지는 마뜩찮은 얼굴로 연신 혀를 찼다. 손자들이 집에 자주 찾아오지 않은 것에 대해 노골적으로 불만을 토로한 것이다. 아버지는 잠시 걱정과 실망이 뒤엉킨 눈빛으로 우리 부부를 번갈아보았다. 아버지는 자식들과 멀리 떨어져 사는 우리 부부의 노년을 걱정하고 있는 것이리라. 그런 나에 비해 이승 떠나는 길 끄트머리에 자식과 함께 있는 자신은 얼마나 다행인가 자위하고 있을지도 모를 일이다.

아버지는 잠시 후 계속 담을 쌓기 위해 현관을 나섰고 아내는 아들이 좋아하는 수수부꾸미 재료를 챙겨놓아야겠다면서 창고로 향했다. 아들은 통팥 고물을 잔뜩 넣은 수수부꾸미를 좋아했다. 수수부꾸미는 식을 때보다는 막 부쳐내어 난질난질할 때 먹어야 제 맛이다. 아내는 고작 1년에 두서너 차례 오는 아들에게 수수부꾸미를 만들어주기 위해 마당 귀퉁이 멍석만한 넓이의 땅에 수수와 팥을 심었다. 내가 애호박국을 먹을 때마다 어머니를 떠올리듯 훗날 아들 녀석도 수수부꾸미를 먹을 때마다 다시 만날 수 없는 제 어머니를 그리워할지 모르겠다. 나도 수수부꾸미를 좋아하는 편이지만 아내는 지금껏 한 번도 나를 위해 특별히 만들어주지 않았다. 그런 아내에 대해 서운한 마음은 없다.

나는 일과처럼 혼자 커피를 타 마시고 컴퓨터 앞에 앉아 이메일을 검색해보았다. 쓸데없는 광고메일만 10여 건이나 들어와 모두 삭제시키고 뉴스를 검색했다. 8절지의 좁은 공간 안에 세상의 크고 작은 일들이 한 눈에 흐르고 있는 것을 볼 수가 있다. 어제와 크게 다를 바 없는 변화지만 그 안에 기쁨과 슬픔과 분노와 사랑이 점철되어 있다는 것을 느끼게 된다. 그러나 컴퓨터 화면 속의 일상은 호수처럼 잔잔하기 만하다. 분노도 슬픔도 사랑도 심장을 자극시키지 못한 것 같다. 모든 것이 나와 무관한 일들로 받아들여질 뿐이다.

무료해진 나는 잠시 방안을 서성이다가 무심히 창밖을 바라본다. 아내가 창고에서 나오더니 고추밭으로 향하는 모습이 컴퓨터 영상처럼 희미하게 보인다. 허리를 곧게 펴지 못하고 구부정하게 걷는 아내 모습을 보자 애잔한 마음에 울컥해진다. 고추밭 모퉁이 자두나무에 발갛게 익은 자두가 주렁주렁 매달려 있다. 아내가 자두를 하나 따서 입에 넣는다. 자두를 보자 입에 침이 가득 고인다. 해거리를 하는지 작년에는 익기도 전에 옴씰하게 떨어져버렸는데 올해는 가지가 휘어지도록 열렸다. 손자들이 오면 자두를 따줄 생각을 하니 얼굴에 미소가 피어난다. 아내한테는 자식들 짝사랑 그만하라고 큰소리쳐대지만 나도 어쩔 수 없는 늙은 할아버지인 모양이다.

시계를 보니 10시가 넘었다. 아무래도 점심 전에 읍에 다녀와야 할 것 같다. 나는 서둘러 면도와 머리손질을 한 다음 휘주근한 추리닝을 벗고 회색 진 바지에 옅은 녹색 민소매 티셔츠로 갈아입었다. 외출할 일이 별로 없는 나는 괜히 마음이 설렌다. 40분쯤 헌털뱅이 고물 지프차를 몰고 읍에 가서 돼지고기 한 칼 떠오는 일인데도 기분이 마냥 좋다. 아, 며칠만의 외출인가. 동생네 둘째 결혼 때 나갔다 왔으니 2주일만인가. 가끔은 가까운 곳에 드라이브를 하고 싶지만 아내가 싫어했다. 그렇다고 늙은 나이에 청승맞게 하릴없이 혼자 나돌아 다니기도 무엇하고 해서 몇날며칠이고 집에만 처박혀 있자니 머리가 지끈거릴 정도다.

나는 아버지가 개울 하류 쪽으로 돌을 나르러 내려간 사이에 도망치듯 부리나케 자동차를 몰고 집을 나왔다. 이상하게도 나는 아버지와 마주치는 것을 피하고 싶었다. 마을 사람들이 아버지에 대해 고개를 갸웃거리는 것도 싫었다. 산과 들로 쏘다니며 몸에 좋다는 약초를 체취해서 다려먹는 것 외에는 특별히 하는 일이 없던 아버지가 갑자기 담을 쌓는 것을 마을 사람들은 이상하게 볼 수밖에 없을 것이다. 아버지만 이상하게 보는 것이 아니라, 고령의 나이에 혼자 끙끙대며 버겁게 돌을 쌓고 있는 아버지를 도와주지 않는 나를 불효막심한 놈으로 치부하는 것 같기도 했다. 그렇다고 마을 사람들을 한 사람 한 사람 붙들고 아버지가 한사코 도움을 거절하기 때문이라고 변명을 할 수도 없는 일이다.

아버지는 돌을 쌓기 시작하면서부터 다른 사람으로 변해갔다. 그전까지 아버지의 인생관은 건강하고 즐겁게 사는 것이었다. 그런데 지금은, 비록 고통스럽더라도 뜻있게 살아야한다는 게 아버지의 생각인 것 같다. 어머니가 세상을 뜬 후로 부쩍 더 자신의 건강에 마음을 쏟던 아버지는 이제 약초 다려먹는 것도 중단했다. 돌을 쌓기 시작하기 며칠 전 아버지가 내게 자주 묻는 말은 "저 것이 얼마나 오래 갈 것 같으냐." 하는 것이었다. 소나무는 얼마나 오래 살 수 있느냐, 배롱 꽃은 며칠동안이나 피느냐, 닭의 수명은 몇 년이냐, 자동차는 몇 년이 되면 폐차를 하느냐 는 등등, 물건의 시한성이나 생명의 유한성에 깊은 관심을 가졌다. 아버지는 시간은 무한하나, 세상에 영원한 것은 아무것도 없다는 결론을 얻어낸 것 같았다. 사물이나 생명의 유한성에 집착하던 아버지는 어느 날 갑자기 내게 마을 앞 소나무가 빼곡하게 들어차 있는 야트막한 거북등을 가리키며 "오늘 자세히 보니 영락없이 거북이가 엎드리고 있는 것 같구나." 하며 무릎을 치듯 감탄했다. 나도 아버지도, 마을 사람들까지도 그곳을 거북등이라고 부르지만 정말로 거북이 엎드려 있는 것 같다고 실감한 사람은 별로 없지 않았는가. "그려, 자세히 보니, 거북이가 바람모퉁이 연못으로 물 마시러 기어나는 것 같구만." 아버지는 위대한 발견이라도 한 듯 연신 탄성을 쏟았다. 그 후, 아버지는 모든 사물의 형체에서 의미를 찾아내려고 했다. 하루는 마당 앞 황금편 백나무가 바람에 온몸을 흔들며 굼실굼실 움직이는 것을 보더니 나무가 불춤을 춘다고 했다. 이처럼 아버지는 눈에 보이는 모든 것들에 대해 나름대로 실체와 다른 형상을 느낀 듯했고 각각의 형상마다에 어떤 의미를 부여하려고 애를 썼다. 물론 아버지의 그 같은 생각은 내가 보기에 억지스럽기도 하고 치졸하게 느껴지기도 했다. 그렇다고 누구에게 내 생각을 말한 적은 없다.

"우리가 죽고 난 다음에 무엇이 남는다고 생각하느냐?"

돌을 쌓기 하루 전날이었던가, 아침을 먹다 말고 아버지가 의미심장한 얼굴로 나를 보며 뚜벅 물었다.

"아버지가 돌아가시고 나면 제가 남고, 제가 죽고 나면 제 아들 태식이가 남고… 태식이가 죽고 나면 제 손자 준호가 남겠지요. 그것이 존재의 증거가 아니겠어요? 헌데 그건 왜 물으시는 건데요?"

"내가 죽고 나면 이 세상에는 아무것도 남지 않는다."

아버지는 그렇게 말하면서 오랫동안 공허하고 쓸쓸하게 미소를 흘렸다. 85회 생신날 아침 생신상을 받은 아버지가 느닷없이 "나는 헛살았다."고 탄식하듯 큰 소리로 말했을 때처럼 아버지의 표정은 허무의 밑바닥처럼 깊고 음울해보였다. 아버지의 생신을 맞아 오랜만에 만난 4남매는 아버지의 그 같은 탄식에 저마다 자신들의 불효를 반성하듯 무겁게 고개를 떨어뜨렸다. 그런데 아버지가 헛살았다고 한 말은 자식들을 불효를 탓하는 것이 아니라 아버지 자신의 삶을 뼈저리게 통회하는 탄식임을 알았다.

"나는 가난한 집에서 태어나 배운 것도 없고 가진 것도 없어서, 서른한 살 때부텀 30년 동안 시내버스 기사노릇을 해서 네들 4남매를 키워 대학꺼정 보냈다. 환갑 때 보니, 네들 저저끔 짝지어서 앞가림허게 되었더구나. 해서 여생을 일 안하고 놀면서 편하고 즐겁게 보낼라고 사표를 냈더니라. 30년 동안 운전대를 잡고 똑 같은 길을 수만 번 왔다갔다 허다보니께, 어느새 내가 늙어부렀더구나. 운전 허기가 무섭기도 하고 징허게도 싫었다. 암턴 나는 사표를 낸 후 여태꺼정 아무 일 하지 않고 베짱이 모양으로 편허게 잘 살아왔다. 20년 가까이 건강한 몸으로 먹고 싸는 일 외에는 아무것도 해 놓은 것이 없구나. 20년이면 얼매나 긴 세월이냐. 공부를 했으면 박사를 땄고 소리를 했으면 명창이 되었을 것이며 나무를 심었으면 숲을 만들었을 것 아니냐. 헌데 이것이 뭣이냐. 지난 20년 동안 나는 참말로 헛살았구나. 이렇게 내가 오래 살 줄 알았더라면 뭣이든지 세상에 남을 만한 일을 했을 것인디…"

아버지의 말에 자식들은 비로소 불효를 탓하는 것이 아니라는 것을 알고 안도했다. 그러나 내 기분은 동생들과는 달리 조금은 쓸쓸했다. 너는 앞으로 나처럼 남은 인생을 헛살지 말라는 충고로 받아들여졌기 때문이다. 아버지의 인생과 내 인생이 비슷하다는 생각이 들었다. 아버지가 30년 동안 똑같은 길을 오가며 4남매를 키우고 공부를 시켰던 것처럼, 나 역시 32년 동안 사립중학교 국어교사로 재직하며 두 딸과 아들을 키우고 대학 졸업을 시켰다. 아버지가 시내버스 기사로 같은 노선을 운행했던 것처럼 나는 자전거를 타고 똑같은 길을 오갔다. 아버지는 그 길이 고통스러울 정도로 답답하고 권태로웠다고 했다. 너무도 괴로워서 버스를 몰고 도시를 탈출하고 싶을 때가 한두 번이 아니었다고 했다. 그런 아버지와는 달리, 내가 걸어온 그 길은 조금도 지루하거나 괴롭지가 않았다. 제자들을 잘 가르치기 위해 최선을 다했고 그런 하루하루가 행복했다. 32년 동안 재직했던 학교를 떠나올 때는 너무 슬퍼 눈물이 났다. 지난 32년 동안에 어제 같은 오늘, 오늘 같은 내일이, 똑같이 되풀이해서 이어졌지만, 지금 생각해보면 하루하루 변함없는 일상들이 내게는 진정한 행복이었던 것 같다. 일상이 주는 안정감, 되풀이 되는 반복의 편안함 속에서 나는 잔잔한 행복을 느꼈다.

아버지는 생신을 맞고 일주일쯤 후에 블로크 담을 허물어버렸다. 2미터 높이의 블로크 담을 허물자 마당에서도 길 건너 고추밭이며 파란 보리밭 들녘이 한눈에 들어왔다. 보리밭을 간질이고 살랑거리며 불어오는 봄바람의 새콤한 향기가 핏줄 속으로 찌릿찌릿 퍼지는 기분이었다. 마을로 들어서는 길이 환히 보였고 우리 집 앞을 지나는 사람들과 낮은 목소리로도 이야기를 주고받을 수 있었다. 마을 사람들이 훨씬 가깝게 느껴졌다. 집 앞을 지나다가도 이물 없이 안으로 들어와 허물어버린 담 밑 화단에 화사하게 피어있는 영산홍 구경을 하기도 했고, 장에 가지고 가서 팔다 남은 산나물을 한 움큼씩 주고 가기도 했다.

하기야 나도 우리 집 블로크 담이 마음에 들지 않았다. 집 안에 있으면 벽속에 갇히기라도 한 것처럼 답답했다. 유년시절 잠시 읍에서 살 때 성벽처럼 높고 위압적인 읍장네 토담이 생각나기도 했다. 읍장네 집 앞을 오갈 때마다 너무 높아 안을 넘어다볼 수 없다는 생각에 늘 위축감을 느꼈다. 읍장네의 가지런하고 위압적인 토담보다는 어머니의 오랜 친구였고 내가 점백이 이모라고 불렀던 앞집과 경계를 이룬 나지막한 돌담이 훨씬 정겹고 평화로웠다. 우리 식구들과 점백이 이모네는 가슴 높이의 돌담을 사이에 두고 얼굴을 마주보며 다정하게 이야기를 주고받곤 했다. 명절이나 두 집 가족의 생일이면 담 너머로 음식을 건네주던 오래 전의 정경이 아직도 뇌리에 살아있다.

블로크 담을 허문 그 자리에 쌓은 이 돌담이 아버지에게 무슨 의미가 있다는 말인가. 블로크 담과 돌담의 차이는 무엇인가. 블로크 담은 시멘트와 모래를 섞은 것으로, 2미터 높이로 마당에서는 들판이 한눈에 들어오지 않았고 까치발을 딛고 서도 집 앞의 길이 보이지 않았다. 그러나 자연 그대로의 돌로 쌓은 돌담은 높이가 1미터 정도라서 우리 집과 길, 그리고 바깥세상이 막히지 않고 하나로 연결되어 확 트였다. 아버지가 새로 쌓은 돌담은 경계를 막는 벽이 아니라 지나가는 마을 사람들이며 파란 보리밭, 바람과 물소리와 이야기하기 위해 문을 열고 길을 튼 것이라는 생각이 들었다.

읍에 나간 나는 푸줏간에 들러 암퇘지 앞다리살 두 근을 뜬 다음, 아내가 부탁한대로 생선가게에서 갈치 두 마리와 낙지 한 꿰미를 샀다. 손자 녀석 주전부리를 위해 깨강정과 유과 등 한과도 잊지 않았다. 읍에 나간 김에 친구들이나 만나볼까 싶었지만 점심때가 거의 다 된 것 같아 이내 돌아오기로 했다. 돌아오는 길에 잠시 소쇄원(瀟灑園)에 들렀다. 갑작스럽게 소쇄원 돌담이 떠올랐기 때문이다. 대밭 사이 길로 들어서서 조금 올라가자 대봉대(待鳳臺)맞은편에 흙과 돌을 섞어 쌓고 기와를 입힌 돌담 애양단(愛陽壇)이 나타났다. 남쪽 입구에서부터 제월당(霽月堂)에 이르는, 오곡문(五曲門) 옆 시냇가까지의 공간에 동쪽을 경계로 야트막한 돌담이 초여름의 햇살을 넉넉하게 받고 있다. 지난겨울에 왔을 때 보았더니, 단 앞의 시내가 꽁꽁 얼어붙었는데도 돌담 아래는 질컥하게 눈이 녹아 있었다. 애양단은 양지바른 곳으로, 소쇄원을 조성한 양산보(梁山甫)가 어머니가 해바라기를 할 수 있도록 이 곳에 돌담을 쌓았다고 한다. 추운 겨울날 동쪽을 등지고 돌담아래 한가롭게 앉아서 햇볕을 쪼이고 있는 늙은 어머니의 모습이 보이는 것 같다. 나는 ㄷ자로 둘러친 소쇄원 돌담을 한바퀴 돌아보았다. 소쇄원의 담은 높고 낮은 땅의 형세에 따라 안과 밖을 가두고 열어 서로 소통할 수 있게 했다. 혹시 아버지도 소쇄원의 돌담을 구경하기라도 한 것일까. 양산보는 노모를 위해 애양단을 쌓았다는데 아버지는 누구를 위해 지금 돌담을 쌓고 있는 것일까. 나는 작고 초라한 초막 대봉대에 앉아서 한참동안 애양단을 바라보았다. 세상과 담을 쌓고 소쇄원에 은둔한 양산보는 대봉대에 앉아서 오동나무에 봉황이 날아오기를 애타게 기다렸다고 한다. 그가 기다렸던 봉황은 누구였을까. 초막 앞 아름드리 오동나무는 썩어 없어지고 죽은 밑동과 뿌리만 죽은 사람의 유골처럼 땅 위로 삐주룩이 남아있었다.

그날 저녁 아버지와 나는 애호박국을 맛나게 먹었다. 아버지는 옛날대로 고기 건더기부터 건져 먹은 다음 고춧가루를 듬뿍 풀고 밥을 말아 땀을 흘려가며 먹었다. 소주 한잔 마시는 것도 잊지 않았다. 담을 쌓기 시작하면서부터 아버지는 기력이 나아지고 식욕도 좋아진 듯했다.

"어머니가 끓여주신 것만은 못하지요?"

"잘 먹었다. 이만하면 에미 솜씨도 괜찮어."

"집사람은 애호박국보다는 수수부꾸미를 잘 만들어요. 수수부꾸미는 가루고물보다는 통팥 째 넣은 게 더 맛나요."

"남자가 고장난 연장을 잘 고칠 수 있어야 하드끼, 여자라면 뭣인가 한 가지 특별한 음식을 잘 만드는 솜씨가 있어야지. 때로는 음식이 사람을 생각나게 하거든. 헌데 네들 며늘아기는 음식 잘 하는 거 뭐가 있다더냐?"

"모르죠. 한 번도 안 먹어봤으니까요."

아내는 부자가 주고받는 말을 잠자코 듣고만 있었다.

저녁을 먹고 마당에 나오자 바람이 거칠게 불었다. 하늘에 별이 없는 것을 보니 비가 묻어올 것 같다. 예상했던 대로 밤이 깊어지자 비바람이 몰아쳐 도리깨질 해대듯 유리창을 심하게 후려쳤다. 아침에 일어나보니 비는 멎었는데 빨간 자두가 옴씰하게 떨어졌다. 손자 놈한테 보여주고 싶었는데, 마음이 아팠다.

나는 아침을 먹고 나서 땅에 떨어진 자두 꼬투리를 실로 묶어 가지에 매달기 시작했다. 여남은 개쯤 매달고 나니 허리가 뻐근했다. 그래도 나는 계속했다. 담을 쌓던 아버지가 내 옆으로 다가와서 한참을 바라보고 서있었다.

"미친 놈, 그것이 얼마나 오래 갈 것 같으냐. 생각이 가상하기는 하다만, 그런 간절함을 네 손자 놈이 알아줄지 모르겠구나."

"다… 제 마음이지요."

"마음은 매달아놓은 것이 아니다. 소망처럼 차곡차곡 쌓아 올려야 한다. 그래야 편해."

그 말에 나는, 그렇다면 지금 아버지는 소망을 쌓고 있는 거냐고 묻고 싶었지만 참았다. 85세 아버지의 소망이 무엇인지 알고 싶기도 했다. 지금 내 소망은 손자 놈이 와서 가지 끝에 주렁주렁 매달린 자두를 보고 신기해하는 모습을 즐기는 것이다.

"인생이란 평생 마음을 쌓는 것인지도 모르겠다."

아버지는 혼잣말처럼 나지막하게 중얼거리며 내게서 멀어져 갔다. 나는 한동안 아버지의 그 말을 곰곰이 곱씹어보았다. 예전 시내버스 기사를 그만두던 날, 아버지는 "지난 30년 동안 내가 살아온 것은 다람쥐 쳇바퀴 도는 것과 같았다."는 말을 탄식하듯 뱉어냈다. 평생 똑 은 일을 되풀이해도 결과는 달라지지 않았다는 것이었다. 30년간 버스를 몰고 똑같은 길을 하루에 네 차례씩 오가는 일을 되풀이해온 아버지 입장에서 보면, 변함없는 궤도 위의 그 일상들이 얼마나 답답하고 지루했을까. 도시를 벗어나고 싶은 욕망은 또 얼마나 간절했을까. 내가 중학교에 입학하던 해였던 것 같다. 나는 처음으로 아버지가 운전하는 시내버스를 타보았다. 아침부터 저녁까지, 차고지에서 종점까지 아버지가 앉아 있는 운전대 바로 뒷좌석에 앉아서 하루를 보냈다. 그날 나는 아버지와 함께 똑같은 길을 네 차례나 오갔다. 처음에는 아버지 등 뒤에 앉아 차창 밖으로 거리풍경을 구경하느라 시간 가는 줄도 몰랐다. 두 번째까지도 별로 지루한 줄을 몰랐다. 그러나 아버지와 함께 차고지 컨테이너 부스에서 점심을 먹고 나서 세 번째 차에 탔을 때부터는 계속 자울 자울 졸았으며 네 번째부터는 너무 지루해서 버스가 정류장에 설 때마다 뛰어내리고 싶은 마음이 간절했다. 그날 이후 나는 아버지가 운전하는 시내버스에 타지 않았다.

30년간 다람쥐 쳇바퀴 돌 듯 똑같은 궤도를 달렸고 20년 동안 시골에 내려와 당신 자신의 건강만을 생각하며 유유자적해온 아버지는 지금 마음을 쌓아올리듯 힘들여 돌담을 쌓고 있다. 아버지가 쌓고 있는 마음이란 도대체 무엇이란 말인가. 아버지의 남은 인생이 소망을 쌓는 것이라면 어머니의 인생은 또 무엇이었을까. 아버지를 위해 애호박국을 맛나게 끓여주는 것이었을까. 그렇다면 아내의 인생은 수수부꾸미를 만들어주기 위해 아들을 기다리는 것이고, 내 인생은 애호박국을 먹고 싶어 하는 아버지의 마음을 헤아리며 아들을 기다리는 아내를 지켜보는 것이란 말인가. 문득 인생이란 커피 마시고 싶을 때 커피를 마시는 것이라고 한 어느 작가의 말이 떠오른다. 어떤 사람은 인생은 길 찾기라고도 하고, 또 누군가는 흰 종이에 자의대로 그림을 그리는 것이라고도 했다. 그러나 인생이란 그렇게 가볍지도 무겁지도 않은 것 같다. 어쩌면 자기 힘껏 들 수 있는 만큼의 무게가 아닌가 하는 생각이다. 그렇다면 지금 내 인생은 가볍고 아버지의 인생은 너무 무겁단 말인가. 인생이란 정답이 없는 것 같다. 인생이란 그냥 특별한 변화 없이 똑같은 모습으로 잔잔히 흐르는 물이거나 바람, 시내버스나 자전거의 한결같은 움직임이 아닐까 싶다.

아들 식구들이 온다는 토요일. 아침에 일어나보니 투명하게 갠 하늘에서 너울대며 쏟아진 초여름의 눈부신 햇살이 푸른 대지에 가득 출렁였다. 아내는 새벽부터 일어나 수수부꾸미 고물을 만들기 위해 팥을 삶느라 바쁘다. 팥 삶은 찜통에서 김이 오를 때마다 고소한 팥 냄새가 뼈 속까지 스며드는 듯했다. 세 식구가 식탁에서 아침을 먹고 있을 때 아들한테서 전화가 왔다. 갑자기 회사에서 일이 생겨 올 수 없다고 했다. 나는 아들의 전화 내용을 차마 아내한테 전할 수가 없어 한참을 망설였다. 아버지는 그럴 줄 알았다는 표정으로 혀를 찼고 아내는 먹고 있던 사과를 쟁반에 놓은 채 시무룩해져서는 밖으로 나갔다.

이날 아내는 기력을 잃은 채 하염없이 마루 끝에 앉아 먼 산만 바라보았다. 아버지는 끙끙대며 담을 쌓고 나는 마당 가운데 서서 가지 끝에 매달린 자두를 바라보고 서 있었다. 갑자기 아버지처럼 돌담을 쌓고 싶어졌다. 개울을 내려다보니 마름모꼴의 크고 넓적한 돌이 여뀌 풀 속에 처박혀 있다. 너무 크고 무거워서 아버지가 옮겨가지 못하고 그대로 둔 모양이다. 나는 개울로 내려가서 두 팔에 힘을 주고 돌을 들어올리려고 했다. 겨우 무릎높이로 들어올렸으나 팔에 힘이 빠지는 바람에 놓아버리고 말았다. 나는 심호흡을 하고 나서 다시 들어올렸다. 안간힘을 다해 가슴팍까지 들어올린 후 두 팔로 안아 간신히 개울 위 길가에 놓았다. 내가 숨을 헐떡거리며 개울에서 나오자 아버지가 가까이 다가왔다. 아버지와 나는 말없이 마름모꼴의 돌을 마주잡았다. 둘이 힘을 합해서 들자 한결 가뿐했다. 때까치 두 마리가 머리 위를 낮게 맴돌며 개개개개 울어댔다.

시계탑 아래서

1

짙은 하늘색 유리문을 열고 들어서자 실내는 사이키델릭한 록음악으로 팽팽하게 부풀어, 이내 뻥하고 폭발할 것만 같은 공포를 자아냈다. 나는 쿵쿵 울리는 드럼소리가 군홧발로 내 머리를 직신직신 밟아대는 것만 같아, 잠시 지팡이를 짚고 선 채 진저리를 쳤다. 불이 켜져 있는데도 실내가 짙은 안개 속처럼 흐릿했다. 나는 눈을 지그시 감고 한동안 심신을 가누려고 애썼다. 되돌아나가고 싶었으나 편히 앉아서 광장을 바라볼 수 있는 장소가 이곳뿐이라서 참기로 했다. 머리가 지끈거려 새끼손가락 끝으로 버릇처럼 이어플러그를 깊숙이 밀어 넣었다. 그때야 심신이 안정되고 정신이 조금 맑아지면서 부옇던 실내가 서서히 눈에 들어왔다. 널따란 홀 구석에서 아들 또래로 보이는 젊은 남녀 예닐곱 명이 뒤섞여 앉아서 큰소리로 떠들어대고 있었다. 카운터 데스크에 빨간 스웨터 차림의 앳된 여자 아이가 달갑지 않은 시선으로 우리 부자를 흘금거렸다. 초라

한 내 행색 때문일 거라고 생각했다. 그러나 내 신경은 시끄러운 음악소리에 팽팽하게 쏠려 있었다.

나는 버스가 터미널에 도착하면서부터, 1주일 전 아들이 사준, 실리콘으로 만들어진 황색 귀마개로 귀를 막았다. 아들 녀석은 다음에는 블루투스를 탑재하여 소리를 선택해서 들을 수 있는 신소재 이어플러그를 사주겠다고 했다. 듣고 싶은 소리만 골라 들을 수 있다면 얼마나 좋을까 싶기도 했지만 싫다고 했다. 시골에 사는 동안에는 귀마개가 필요하지 않았기 때문이다. 더욱이 앞으로는 도시에 나올 일도 별로 없거니와 지금 착용하고 있는 실리콘 귀마개는 공진현상이 없고 상대방과 대화하는 데는 별로 불편하지 않았다.

버스 터미널 앞 승강장에서 시내버스를 기다리는 동안 차가운 겨울바람이 온몸으로 파고들었다. 바람 끝이 뾰쪽뾰쪽하게 느껴졌다. 도시는 여전히 전쟁터처럼 시끄럽고, 매캐한 냄새로 목이 깔깔하고, 부딪치는 사람들마다 눈빛이 날카롭고 살벌했다. 총소리와 대포 터지는 소리가 여기저기서 산발적으로 들려오는 것만 같아 한사코 심신이 움츠러들었다. 나는 사람을 죽이는 것만이 전쟁이라고 생각하지 않는다. 고통과 슬픔을 주고 증오심과 분노를 일으키며, 평화로운 개인생활을 방해하는 것도 전쟁이 될 수 있다고 믿었다. 도시는 자동차 클랙슨 소리며 꽝꽝대는 음악 소리, 공사장 망치질 소리, 불도저 소리 등 무질서한 소리로 넘쳤다. 알 수 없는 기계음들이 굉음을 내며 도시가 거대한 탱크의 캐터필러 돌아가 듯 굴러가고 있는 것처럼 보였다. 포연 같은 매연까지 부옇게 뒤덮고 있어 영락없이 전쟁터를 방불케 했다.

터미널에 내린 순간부터 나는 알 수 없는 불안증으로 계속 속이 울렁거렸다. 바람소리 물소리 새소리를 들을 수 없었기 때문인지도 몰랐다. 순간 내가 살고 있는 골짜기를 떠올렸다. 지붕을 어루만지듯 스치는 봄비 내리는 소리며, 후두두 땅껍질을 벗기는 소나기소리, 대숲을 춤추게 하는 소쇄한 바람 소리, 졸졸졸 나지막하게 속삭이는 개울물 소리, 초여름 애타게 짝을 찾는 새들의 낭자한 노래 소리, 짱짱한 땡볕 속에 풀벌레 울어대는 생명의 소리들이 그리웠다.

나는 한참 후에야 아들의 부축을 받으며 광장을 바라볼 수 있는 커피숍 창가에 앉았다. 철거되지 않은 옛 도청 4층 건물이 눈에 들어오는 순간 35년 전의 공포가 되살아나는 것 같아 헉 하고 숨이 막혀왔다. 나는 흰 페인트가 희끔희끔 벗겨진 4층 건물을 보지 않으려고 고개를 돌렸다. 건물 광장의 전체 모습은 한눈에 들어오지 않았지만 물을 뿜지 않은 분수대가 정면으로 보였다.

"아버지, 너무 시끄럽죠? 음악 소리를 줄여달라고 할까요?"

내가 이맛살을 잔뜩 찡그리고 실내를 두리번거리자 아무렇게나 팽개쳐둔 지팡이를 의자 한쪽으로 치우며 아들이 뚜벅 물었다.

"냅둬라. 귀마개를 끼웠더니 견딜만하다."

그렇게 말은 하면서도 나는 다시 두 손 새끼손가락 끝을 가볍게 귓속에 질러 넣고 광장 쪽으로 길게 시선을 던졌다. 나는 오래전부터 청각과민증을 앓고 있다. 35년 전 도시를 날려버릴 것처럼 소름 끼치도록 무서운 폭음으로 청신경세포가 손상을 입은 데다, 고문을 당할 때 한동안 주먹뺨을 맞은 후유증으로 모든 소리가 지나치게 크게 들렸다. 세상이 소음으로 가득 차 있고 내 삶은 온통 소리에 지배당하고 있는 기분이었다. 일상적으로 주고받는 대화도 악다구니를 쓰며 싸움질하는 소리로 들리는가 하면, 피아노 건반 두드리는 소리가 총소리처럼 들리기도 했다. 자동차 클랙슨 소리에도 깜짝깜짝 놀라 몸을 떨곤 했다. 텔레비전 음악 소리가 뇌성처럼 들렸으며 망치질 소리가 대포 소리처럼 귀청을 뜯었다. 나는 바람 소리나 물 소리 등에는 별로 충격을 받지 않았지만 기계음에는 민감하게 반응했다. 도시의 기계음들이 총소리로 들렸다. 그 때문에 한동안은 귀를 틀어막고 살아야만했다. 결국 나는 도시에서 살 수 없어 깊은 산골짜기로 들어갔다. 기계음이 들리지 않은 골짜기에 집을 짓고 비닐하우스 온실을 만들어 야생화를 가꾸며 살아가고 있다. 아무 소리도 들리지 않은 온실 속은 언제나 평화로웠다. 나는 평화란 숲 속의 고요함 같은 것이라고 생각한다. 고요함 속에 깊숙이 들어앉아 있으면 자신이 한 없이 작아지면서 원망도 미움도 생겨나지 않았다.

"아버지, 따끈한 우유 드시겠어요?"

"커피 마실란다."

"커피 좋아하시지 않으면서…?"

"도시에 왔으니 오랜만에 씁쓸한 커피 한번 마셔보겠다."

나는 아들이 차를 주문하기 위해 카운터로 걸어가는 사이 무연히 창밖을 보았다. 황사 탓인지 광장에 내리꽂히는 겨울 하오의 햇살이 잿빛이다. 그리고 보니 하늘과 빌딩 숲 사이로 멀리 보이는 하늘도 온통 잿빛이다. 봄도 아닌데 어디선가 잿빛으로 버물러진 송화가루 냄새가 풍긴다. 해마다 5월이 되면 나는 최루탄 가스처럼 매캐한 송화가루 냄새를 맡곤 했다. 나는 상반신을 유리창 쪽으로 바짝 붙이고 광장 모퉁이쪽 시내버스 정류소를 찾느라 시울을 바쁘게 굴렸다. YMCA 건물 앞 공중전화 부스 옆에 아들 또래의 휘주근한 작업복 차림의 청년이 상반신을 90도로 구부리고 침을 튀겨가며 구두를 닦고 있다. 쑥대머리 장발에 얼굴이 부스스한 청년은 35년 전 내 모습이다. 구두닦이 청년 모습을 보고 있자니 울컥 눈물이 쏟아지려고 한다. 그때만 생각하면 최루탄 가스를 마신 것처럼 밥을 먹다가도 왈칵 눈물이 나려고 했다. 그 시절 나는 최루탄 가스 때문에 눈물을 흘리면서도 내 꿈이 별처럼 반짝반짝 빛나게 하기 위해 열심히 구두를 닦았다.

아침부터 최루탄 가스가 거리를 부옇게 덮은 그날은 아무도 구두를 닦는 사람이 없었다. 나는 그날 대낮에 그곳에서 함성을 지르며 광장을 향해 달려가던 청년이 총에 맞아 피를 흘리고 죽어가는 모습을 보았다. 그리고 잠시 후 나는 성난 파도처럼 광장을 향해 질주하는 수많은 사람들 속에 섞여있는 자신을 발견했다. 망설임도 두려움도 없었다. 온몸이 슬픔과 분노로 뜨겁게 타올라 있어 내가 나를 제어할 수가 없었다. 그곳으로부터 도망치려고도 해보았지만 몸과 마음이 일치되지 않았다. 그 후 나는 그들과 함께 있었다. 그들 중에는 중국집 왕자관에서 철가방을 들고 배달을 하는 고향 후배 현식이도 있었다. 우리들은 총알이 퍼부어대면 바람처럼 순식간에 골목이나 건물 안으로 흩어졌다가 잠잠해지면 다시 모여 구호를 외치며 광장을 향해 돌진했다. 이러기를 수없이 되풀이하는 동안 많은 사람들이 쓰러졌다. 나는 구두통 대신 총을 들고 이레동안 그들과 함께 밥을 먹고 잠자고 소리 지르고 분노하고 공포에 떨었으며, 마지막 날 새벽에 무서운 굉음에 놀라 도망치다 잡혔다.

"커피 드세요."

잠시 후 아들이 머그컵을 탁자에 놓고 앉아서야 나는 창밖으로부터 시선을 거두었다. 나는 커피에 설탕을 듬뿍 넣고 휘저은 다음 천천히 마셨다. 오랜만에 맡아보는 달콤하면서도 알싸한 커피 향기가 뼛속까지 파고드는 것처럼 온몸이 찌릿찌릿한 느낌이었다. 뒷맛이 오래도록 혀끝에 남아 있었다. 시골로 들어간 후 30여 년 동안 나는 한 모금도 커피를 입에 대지 않았다. 커피 향이 구두닦이 시절을 떠올리게 했기 때문이다. 광장 모퉁이에서 구두닦이를 할 때 종일 Y다방에서 솔솔 새어나오는 커피 향기를 맡고 나면, 머리가 지근거리고 밤에 제대로 잠을 잘 수가 없었다. 커피 향기와 음악 소리는 내 몸에 달라붙어 한동안 나를 괴롭혔다. 그때까지만 해도 내 청신경은 아주 정상이었다. 낮이나 밤이나 내 귀는 음악에 젖어 있었고 코는 커피 향기에 절어 있었다.

"아직 시간이 많이 남았는데 기다리기 지루하시겠어요."

"기다릴 때는 인내가 필요하다. 어차피 인생은 기다림이 아니더냐. 어떤 경우에도 기다림은 포기하는 것보다는 낫단다. 한 시간은 순간이다. 삼십오 년도 기다렸는데 뭐가 걱정이냐."

나는 성격이 급한 아들을 조단조단 낮은 목소리로 다독였다. 그동안 광장 주변의 모습이 얼마나 달라졌는지 궁금했지만 참았다. 광장 지하에 문화전당이 들어선다는 소식을 들었을 때부터 한번 와

보고 싶었지만 참았다. 괜히 과거의 아픈 기억을 떠올리기가 싫었기 때문이었는지도 모른다.

"광장 시계탑이 어떻게 생겼는지 궁금해요. 저는 처음 보잖아요."

"그렇구나. 시계탑이 사라졌을 때는 네가 태어나기 전이니까."

"후담에 돈을 벌면 붉은 벽돌로 쌓고 꼭대기에 별이 달린 러시아 크렘린 궁전의 시계탑을 꼭 보러갈 겁니다. 아버지도 모시고 갈게요. 사진에서 보니까, 밤에는 붉은 벽돌이 불빛에 비쳐 온통 붉게 타오르는 것 같았어요. 런던의 빅벤이나 프라하 구시청사 시계탑보다 크렘린 시계탑이 더 보고 싶어요."

"애비는 다른 나라 시계탑엔 별로 관심이 없다. 광장 시계탑을 보는 것으로 충분해."

"그래요? 빨리 시계탑 보고 싶으시죠?"

"아껴두고 있다. 제막식 끝나고 노래가 나오면 그때 실컷 보려고…"

나는 아껴두고 있다는 내 말을 되뇌어보았다. 옮겨 심은 며느리밥풀꽃이 3년 만에 꽃을 피웠을 때도 나는 매일 비닐하우스를 들락거리지 않고 사흘에 한 번씩 보고 싶은 마음을 아껴가면서 조금씩 보았다. 보름달빛이 노랗게 물든 단풍잎을 흥건하게 적실 때도, 보고 싶은 마음을 오랫동안 다독였다가 문을 열고 밖으로 나와 확 눈을 뜨고 바라보는 버릇이 있다. 간절함을 아껴두었다가 보게 되면 훨씬 반갑고 아름답기 때문이다.

"옛날 시계탑 그대로라던데요?"

"원래 광장에 있었던 것을 옮겨왔으니까 그렇겠지."

"헌데 시민들은 삼십오 년이 지나도록 왜 그동안 잊고 있었죠?"

"글쎄다. 살아가기가 너무 힘들어서 그랬던 게지."

"이해가 안가요."

"참, 너, 선배 출판기념회에 가야한다고 하지 않았더냐?"

"일곱 시니까, 아버지 버스 타시는 것 보고 가도 되요."

나는 여유를 가지고 천천히 커피를 마시며 아들의 얼굴을 마주 보았다. 근육질 얼굴에 시원스런 이마와 짙은 눈썹, 작지만 날카로운 눈매, 튼실한 콧대, 두툼한 입술이며 영락없이 나를 닮았다. 거뭇한 콧수염이 까끌까끌하게 느껴질 만큼 남성미가 넘친다. 이런 아들이 옆에 있다는 게 든든하다. 밥을 먹지 않아도 배가 부르다. 스물여섯 해를 햇빛과 비바람을 먹고 자란 소나무처럼 싱그럽게 푸르고 늠연하다. 언젠가는 내가 푸른 소나무 그늘 밑에서 편하게 쉴 수 있을 거라는 생각만으로 지금 나는 행복하다. 아들은 대학을 졸업하자마자 입대하여 지난겨울에 제대를 한 후 지금은 학원에서 아이들을 가르치고 있다. 아들은 시인이 되는 꿈을 꾸고 있다. 실은 내가 은근히 시인이 되기를 권했다. 시인이 되었으면 좋겠다는 내 말에 아들은 뜻밖이라는 듯 놀라움을 감추지 못했다. 아들은 과수원을 경영하는 농부가 되고 싶다고 했다. 과수원을 하면서도 얼마든지 시를 쓸 수 있다고 말을 해주어서야 내 제안을 받아들였다. 나는 아들이 세속적으로 출세를 하거나 부자가 되기를 바라지 않는다. 그냥 오래 기억되는 사람이 되었으면 하는 게 바람이다. 나는 아들이 많은 사람들에게 오래 기억되고 이 세상에 영원히 사라지지 않을 아름다운 흔적을 남겼으면 싶다.

2

나는 감옥에 있을 때 내 나이 또래의 젊은 시인을 만났었다. 그는 우람한 체격에 얼굴이 창백했고 부끄러움이 많았다. 사람들은 체격에 비해 목소리가 가냘프고 소년처럼 눈빛이 순결한 그를 반체제 민중시인이라고 했다. 시인이라고 불러주기를 좋아한 그는 감옥에서 자작시를 낭송했는데 그때마다 수인들로부터 박수를 받았다. 나는 그때 난생 처음으로 시가 무엇인지를 어렴풋하게 알았다. 시는 노래보다 큰 힘을 가지고 있다는 것도 알았다. 그의 시는 어렵지 않아서 쉽게 받아들여졌다. 모두들 시처럼 정직하고 해맑은 그 시인을 존경했다. 나는 시인이 비록 가난하지만 많은 사람들로부터 존경을 받을 수 있다는 것을 처음 깨닫게 되었다. 내가 감옥에서 시인을 만날 수 있었던 것은 큰 행운이라고 생각한다. 출옥을 한 후에도 여러 차례 그와 만나기도 했다. 그는 내 삶에 많은 변화를 주었다. 전쟁터 같은 도시를 떠나 시골로 들어간 것도 시인의 영향 때문이다. 나는 그 시인을 통해 인생의 길은 여러 갈래가 있고 자기가 선택한 길에 충실한 것이 행복이라는 것을 깨닫게 되었다.

"오늘 시집 출판기념회를 한다는 선배 시인의 시 좋아하냐?"

나는 희갈색 머그컵을 든 채 넌지시 물었다.

"선배 시는 사람 사는 이야기는 없고 예쁜 장미꽃처럼 향기만 찐해요. 저는 사람 냄새가 나지 않은 시는 별로예요."

"그런데도 왜 그를 좋아하는데?"

"시보다 사람이 진국이니까요."

"시는 좋은데 사람이 나쁜 것보다는 낫지."

내 말에 아들은 입을 다문 채 어색하게 씨익 웃으며 스마트폰을 꺼내 시간을 확인했다. 아직 45분이 남았다는 말도 덧붙였다. 아들은 빨리 시계탑이 보고 싶은 듯 안달이다. 나는 아들을 향해 희미하게 미소를 날리며 버릇처럼 광장으로 시선을 던졌다. 광장이 한사코 내 시선을 질기게 잡아당겼다. 4층 벽돌건물 모퉁이에 가려서 시계탑은 보이지 않았다. 기실 나는 시계탑이 어떻게 생겼는지 잘 모른다. Y다방 앞에서 구두닦이를 할 때 광장에 세워진 시계탑을 나는 한 번도 눈여겨 보지 않았었다. 태엽손목시계를 차고 있었기에 시계탑을 볼 필요가 없었다. 오늘도 내가 큰 맘 먹고 어렵게 짬을 내어 이곳에 온 것은 굳이 시계탑을 보기 위해서가 아니다. 혹시 시계탑에서 노래가 흘러나올 때 그녀가 나타날지도 모른다는 기대 때문이다. 오랫동안 그녀에 대해 까맣게 잊고 살아온 것이 부끄러웠다.

나는 시민항쟁 마지막 날까지 철가방 현식이와 함께 도청에 있었다. 우리는 계엄군이 도시를 점령하러 몰려온다는 정보를 알고 있으면서도 도망치지 않았다. 도망치는 것을 막을 사람이 아무도 없다는 것을 알면서도 2층 창변에 몸을 웅크리고 앉아 눈을 부릅뜨고 광장 쪽을 주시하고 있었다. 도망치지 않고 그곳에 있다가는 죽을지도 모른다는 공포 속에서 날이 밝기만을 기다렸다. 희망도 욕심도 없었다. 유일하게 기다리는 것은 밝은 햇볕이었다. 그리고 계엄군이 돌아오지 않기만을 간절하게 빌었다. 그들이 돌아오면 죽을지도 모른다고 생각했다. 그들이 오더라도 대낮에 왔으면 좋겠다 싶었다. 어둠이 걷히면 광장으로 몰려든 시민들과 함께할 수 있기 때문이었다.

나는 현식에게 여러 차례 도망치라고 말했지만 그는 끝내 나와 함께 있겠다면서 꼼짝도 하지 않았다. 현식은 총구를 창밖 쪽으로 향한 채 쪼그리고 앉아서 계속 김추자의 '거짓말이야'를 흥얼거렸다. "그짓말이야 그짓말이야 그짓말이야. 사랑도 그짓말 웃음도 그짓말" 내가 몇 번이고 조용히 하라고 퉁겨댔지만 현식은 노래라도 흥얼거리지 않으면 무서워서 견딜 수 없다고 했다. 현식은 한참을 흥얼거리고 나더니 김추자가 정말 간첩이냐고 뚜벅 물었다. 나는 피식 웃고 말았다.

뜬눈으로 밤을 새우고 자울 자울 졸고 있는데 미명의 어둠 속에서 지축을 울리는 탱크 소리가 금남로 5가 쪽에서 들려왔다. 처음에 나는 하늘에서 들리는 우레 소리로 들었다. 탱크 소리가 어둠을 삼키며 점점 가까이 들려오자 심장이 거칠게 쿵쿵거렸다. 그때 누구인가 다급한 목소리로 "도망쳐라"라고 외쳤고 뒤이어 세상이 폭발하는 듯한 굉음에 정신을 잃었다. 나는 현식의 팔을 잡아당기며 무의식적으로 몸을 납작하게 엎드린 채 사력을 다해 복도 끝까지 기어갔고 뒷마당 쪽 창밖으로 몸을 던졌다. 총소리와 함께 총알이 와장창 유리창을 박살내고 벽돌건물 벽에 맞아 투두둑 투두둑 튕기는 소리가 어지럽게 들렸다. 두 팔로 머리를 감싼 채 맨땅에 곤두박질

친 나는 한 뼘이라도 건물로부터 멀리 떨어지기 위해 최대한 몸을 낮추고 계속 기었다. 현식이를 돌아볼 여유조차 없었다. 총알이 계속 땅바닥과 담벼락에 맞아 튕겼다. 그때는 다리에 이상이 생긴 것도 몰랐다. 죽기 살기로 도청 담을 넘고 나서야 뒤를 돌아보니 현식이가 보이지 않았다. 나는 그를 더 기다리지 못하고 계속 기어서 민가 건물 2층 철제 층계에 몸을 얹었다. 가까스로 층계를 기어 올라가 옥탑방 문을 열자마자 정신을 잃었고 5월의 아침 햇살이 방 안에 가득해서야 침대 밑에 누워 있는 자신을 발견했다. 페인트 냄새가 콧구멍을 후벼팠다.

나는 눈을 뜨고 천천히 고개를 움직였다. 손으로 침대보를 살짝 올리자 벽에 세워진 이젤과 캔버스와 그림들이 어지럽게 널려있는 것이 보였다. 시계탑 그림에 눈길이 갔다. 시계탑이 숨을 쉬기라도 하는 것처럼 꼭대기가 파란 하늘에 젖어 있었다. 푸른 하늘 끄트머리에 무등산이 갈매 빛으로 출렁여보였다. 광장에 있는 화강암 시계탑이 분명했다. 그림 아래쪽에 Y.J.KIM이라는 사인이 선명하게 보였다. 숨을 죽이고 귀를 기울여보았지만 사람의 기척은 없었다. 나는 한동안 침대 밑에 반듯하게 죽은 듯 누워 있었다. 발목이 욱신거렸지만 참을 수밖에 없었다. 밖에서는 호루라기 소리와 군홧발 소리에 섞여 금속성처럼 날카로운 목소리가 총알처럼 들려왔다. 그때야 현식이 걱정을 했다.

페인트 냄새로 가득한 옥탑방 주인의 얼굴을 본 것은 정오가 훨씬 지나서였다. 눈을 뜨고 누워 있는데 누구인가 침대보를 올리고 쪼그리고 앉아 목을 길게 빼고 내 얼굴을 들여다보았다. 여자였다.

흰색 양말과 조금 도톰하면서도 미끈하게 느껴지는 우윳빛 무릎이 먼저 보였다. 발목이 내 손목보다 더 가냘파 보였다. 나보다 서너 살쯤 위로 보이는 젊은 여자가 절반쯤 엎드린 채 침대 밑에 누워있는 나를 걱정스러운 얼굴로 들여다보더니, 속삭이는 목소리로 괜찮으냐고 물었다. 나는 유별나게 하얀 얼굴과 서글서글해 보이는 눈을 쳐다보며 거듭 고개를 끄덕였다. 눈부시게 예쁜 얼굴은 아니었지만 착하고 이지적으로 보였다. 여자는 아직 위험하니 그대로 있으라는 말을 하고 침대보를 내렸다.

그날 저녁에야 여자는 침대 밑에서 내 팔을 잡아당겨 꺼내주었다. 여자는 하늘색 바탕에 물방울무늬 블라우스에 굵은 체크무늬 스커트를 입고 있었다. 나는 다급하게 화장실부터 찾았다. 화장실에서 일을 보고 나오자 무표정해 보이는 여자는 커튼을 내리고 전깃불 대신 촛불을 켠 다음, 나를 부축해 둥근 탁자에 앉히더니 밥상을 차려주었다. 밥과 김치찌개가 전부였지만 잔뜩 배가 고파있던 터라 정신없이 먹어치웠다. 일주일 동안 주먹밥만 먹었던 내게 얼큰한 김치찌개 맛은 환상적이었다. 곰삭은 묵은 김치에 멸치와 두부를 넣고 끓였을 뿐인데, 들큼하면서도 얼큰 새콤한 맛이 완전히 나를 사로잡았다. 돼지고기 한 점 넣지 않았는데도 깊고 진한 맛이 오래토록 혀끝에 남았다.

여자는 침대 모서리에 걸터앉아 밥을 먹고 있는 나를 말끄러미 바라보기만 했다. 그때야 나는 촛불 불빛에 출렁이는 여자의 모습을 자세히 볼 수가 있었다. 작달막한 몸피에 동글납작한 얼굴이며 크고 시원한 눈을 가진 여자였다. 서글서글한 눈매가 가난하고 나이 많은 강원도 광부한테 시집간 막내 이모와 비슷했다. 밥을 다 먹고 난 나는 조심스럽게 방안을 둘러보았다. 방 안에는 옷장 같은 살림도구는 보이지 않고 온통 그림으로 가득 차 있었다. 나는 그때야 방주인이 그림 그리는 여자라는 것을 알고 신기해했다. 그때까지 나는 화가라는 사람을 한 번도 만난 적이 없었다.

　여자는 나에 대해서 아무것도 묻지 않았다. 나는 도와주어서 고맙다는 말을 했다. 세상이 좋아지면 꼭 은혜를 갚고 싶다는 말도 했다. 그리고 시계탑 그림을 보며, 용기를 내어 1년 후 이날 정오에 시계탑 아래서 만나면 관광호텔 스카이라운지에서 맛있는 점심을 사겠다는 말도 했다. 그 무렵 내 소원은 돈을 많이 벌어 애인과 함께 YMCA 옆에 있는 관광호텔 스카이라운지 양식당에서 폼나게 칼질을 하는 것이었다. 나는 여자에게 약속장소가 시계탑이라는 말을 되풀이했다. 그 시절 많은 젊은이들 만남의 약속장소는 중앙우체국 앞 우다방이나 광장 시계탑이었다. 나는 일방적으로 약속을 했다. 여자는 대답하지 않았다. 여자는 나에 대해 모든 것을 다 알고 있는 것 같은 눈치였다. 어쩌면 Y다방 앞에서 구두를 닦는 것 까지도. 그러면서도 여자는 내 이름과 신분에 대해서 아무것도 묻지 않았다. 다만 제대로 걷지를 못할 정도로 이상이 생긴 내 다리 치료에 대해 걱정을 했을 뿐이다. 하룻밤을 지내고나자 발목이 부어올랐고 송곳으로 쑤셔대는 것처럼 심한 통증에 시달렸다. 그녀는 양파를 갈아 밀가루에 갠 다음 발목에 파스처럼 붙이고 거즈로 감아주었다. 여자는 발목이 삔 것 같다고 했지만 내 생각엔 뼈가 부러진 것만 같았다. 시간이 갈수록 발목 통증은 더 심해졌다.

나는 이틀 밤을 그렇게 페인트 냄새가 깊게 밴 옥탑방에 숨어 있었다. 그리고 사흘째 되는 날 새벽, 여자와 나란히 침대에 누워 있다가 불시에 들이닥친 계엄군에 붙잡히고 말았다. 두 손이 뒤로 묶인 채 붙잡혀가면서 나는 의식적으로 시계탑 그림에 거듭 시선을 주며 눈빛으로 말했다. 시계탑 아래서 만나자는 약속을 상기시켜주고 싶었던 것이다. 겁에 질린 여자는 방구석에 쪼그린 채 떨고 있다가 겨우 고개를 들어 내 얼굴을 바라보았다.

8개월 동안 감옥에 있다가 나온 나는 현식이를 찾았으나 행방을 알 수가 없었다. 옥탑방도 찾아가보았다. 모르는 신혼부부가 살고 있었다. 집주인한테 물어보았지만 어디로 이사를 간 것인지 알 수가 없었다. 내가 여자에 대해 아는 것이란 나보다 두서너 살 많고 그림을 그리는 화가라는 것과 Y.J.KIM 이라는 사인뿐이었다. 대학마다 찾아다니면서 졸업생 앨범을 찾아보고 미술 전람회장마다 돌아다녀 보았지만 헛수고였다. 물론 출옥한 그 해 5월 30일 정오에 시계탑을 찾아가보았다. 광장에 있던 시계탑이 보이지 않았다. 시민들은 누가 왜 시계탑을 없애버렸는지 아는 사람이 없었다. 시계탑을 찾으면 그 여자와 현식이의 행방을 알 수 있을 것만 같았다. 누구도 사라진 시계탑의 소재에 대해 말해주지 않았다. 나는 광장에 서서 지나가는 사람들을 붙잡고 시계탑이 어디로 사라졌느냐고 물었다. 시계탑이 언제 없어졌지요? 누가 왜 없앴답니까? 왜 없어졌지요? 나는 여러 사람들에게 똑같이 물었지만 확실한 대답을 들을 수 없었다. 글쎄요, 시계탑이 어디로 사라졌지요? 시민들은 오히려 내게 물었다. 그 무렵 시중에는 온갖 비밀스러운 이야기들이 떠돌았다. 항쟁 때 죽은 사람의 숫자가 정확하지 않았다. 헤아릴 수 없을 정도로 많은 사람들이 죽었다고 했다. 시체들은 다 어디로 옮겨졌는지에 대해서도 이상한 소문들이 나돌았다. 그 비밀을 시계탑이 알고 있을 것이라고들 했다.

나는 감옥에서 만난 시인의 시를 떠올렸다. "누가 시민들을 향해 총을 쏘았는가/풀잎처럼 쓰러져 피를 뿌린/그들은 모두 어디로 사라졌는가/햇빛 속에 감추어진 진실을/시계탑과 분수대와 회나무는 알고 있다." 시인이 항쟁의 비극을 노래한 시 때문이었을까. 분수대와 늙은 회나무는 그대로 제자리를 지키고 있는데 왜 시계탑만 사라졌을까. 나는 다방이며 식당, 빵집, 은행, 여행사 등 광장 주변의 상점들을 돌아다니며 시계탑의 행방을 알아보았으나 아는 사람이 아무도 없었다. 신문사에도 찾아갔다. 글쎄요, 시계탑이 어디로 사라졌을까요? 하면서 무덤덤한 반응을 보였을 뿐이었다. 물론 시계탑의 행방에 대해서 신문에 단 한 줄도 보도되지 않았다.

그 후 나는 현식이와 시계탑을 까맣게 잊고 살았다. 더 이상 광장 주변을 배회하고 싶지가 않았다. 더욱이 청각과민증 때문에 도시를 떠날 수밖에 없었다. 아직도 아들이 살아서 돌아오기만을 기다리며 살고 있는 현식이의 늙은 부모 볼 면목이 없는 나는 고향에 갈 수 없었다. 분노와 외로움과 고통을 다스리기 위해, 고향이 아닌 낯선 골짜기에 들어가 숨어 살다시피 하면서부터는 시계탑 아래서 만나자고 했던 약속마저도 잊었다. 다만 김치찌개를 먹을 때면 옥탑방 여자와 Y.J.KIM이라는 그림 속의 사인이 떠올랐을 뿐이다. 기억을 재생하는 것은 언제나 시계탑보다는 김치찌개가 먼저였다.

골짜기 숲 속에 비닐하우스를 만들고 야생화를 기르는 동안 나는 청각과민증으로 시달리지 않아도 되었다. 무엇보다 과거의 아픈 기억들을 잊을 수가 있어 다행이었다. 나는 깽깽이풀, 코딱지꽃, 복수초, 별꽃, 할미꽃, 달개비, 산물매화, 까치무릇, 며느리밥풀꽃 등 여러 가지 야생화를 기르고 있다. 야생화에 관심을 가지면서 알게 된 것은 세상의 모든 꽃들은 사람처럼 저마다 슬픈 이야기를 갖고 있다는 것이었다. 어쩌면 꽃들은 자신의 이야기들을 세상에 알리기 위해 꽃을 피우는 것인지도 모른다고 생각한다. 나는 골짜기로 들어온 지 5년 째 되는 해 늦가을에 산에 오르다가, 하마터면 밟을 뻔했던 작고 아름다운 며느리밥풀꽃을 발견하고 나도 모르게 아, 하고 탄성을 뱉으며 한참동안 꽃 앞에 쪼그리고 앉아있었다. 키가 한 뼘 정도나 될까 말까 싶은 작은 꽃대에 여자 입술처럼 빨간 꽃잎 사이에 흰 밥풀 같은 꽃술이 하늘하늘 붙어 있었다. 휴대폰으로 사진을 찍어 집에 와서 인터넷으로 검색을 해보고 나서야 그 꽃이 며느리밥풀꽃이라는 것을 알았다. 가난한 집 처녀가 가난한 집으로 시집을 갔다. 그날은 시아버지 생신이라 모처럼 쌀밥을 했다. 며느리가 제대로 뜸이 들었는지 보려고 밥풀을 입에 넣어보았다. 그때 시어머니가 부엌으로 들어오다가 이것을 보았다. 시어머니는 며느리가 혼자 밥을 훔쳐먹고 있다면서 소리소리 지르며 며느리를 직신직신 짓밟고 때렸다. 미처 해명을 할 틈도 없이 두들겨 맞은 며느리는 밥풀을 입에 문 채 억울하게 죽고 말았다. 마을 사람들이 불쌍한 며느리를 뒷산에 묻어주었는데 이듬해 봄에 무덤에 꽃이 피었다. 그 모습이 며느리가 입에 밥풀을 물고 있는 모양과 같았다.

나는 가난하고 슬픈 여자가 영락없이 입술에 흰 밥풀을 머금고 있는 것 같은 이 꽃을 보며 강원도로 시집간 막내 이모를 떠올렸다. 막내 이모는 내가 감옥에 있을 때 유방암으로 죽었다. 나는 해마다 가을이 되면 죽은 막내 이모를 만나듯 며느리밥풀꽃을 볼 수가 있어 좋다.

3

　"지루하시죠? 아직도 삼십 분이나 남았네요."

　아들이 스마트폰을 들여다보고 나서 하품을 씹으며 말했다. 아들의 눈빛은 왜 이렇게 시간이 더디가죠? 빨리 시계탑이 보고 싶어 죽겠어요 라고 말하고 있는 듯하다. 아들은 시계탑이 보고 싶어 발싸심이고 나는 여자를 기다리느라 초조해하고 있다.

　아들은 내가 35년 전 항쟁 때 다리를 다쳤고 감옥에 갔다 온 것이며, 어찌된 이유로 청각과민증으로 고통을 겪고 있는 것에 대해 전혀 알지 못했다. 나는 아들에게 35년 전의 일을 말하고 싶지가 않았다. 아들은 최근에 우연히 〈민주항쟁과 기층민의 역할〉이라는 글에서 아버지의 이름을 발견했다고 했다. 그러고도 아들은 별로 놀라지 않았다. 항쟁 때 내가 어떤 역할을 했는지에 대해서 자세하게 묻지도 않았다.

　"그때나 지금이나 달라진 게 별로 없어요. 그때 감옥 갔다 온 사람들 중에는 출세한 사람이 엄청 많드만요. 헌데 삼십오 년 전에 가난했던 사람은 지금도 가난하고 그때 잘나가던 사람은 지금도 잘나가고 있어요."

"다 자기들 할 나름이다."

"아버지도 제대로 배우기만 하셨다면 출세 할 수 있었을 텐데…"

아들은 중얼거리듯 혼자말로 말했을 뿐이다. 그렇게 말하는 목소리에는 탄식과 원망이 무겁게 깔려 있는 것처럼 들렸다.

"항쟁 일주일 동안 태어나서 처음으로 사람 대접을 받아본 것만으로 충분하다. 어디를 가도 시민들로부터 박수를 받았지. 그 이레 동안만은 아무도 나를 천대하지 않았다. 나는 더 이상 아무것도 바라지 않았다."

사라졌던 시계탑이 35년 만에 제자리에 돌아온다는 소식을 알려준 것은 아들이었다. 아마 내가 35년 전 항쟁 때 참여했던 사실을 알았기 때문에, 돌아온 시계탑에 대해 관심을 갖고 내게 알려준 것일 터였다. 아들은 시계탑에 대해 보도한 신문을 가져와서 내게 보여주었다.

-항쟁의 상징 시계탑 35년 만에 돌아와 - 35년 전 시민항쟁 당시 시민들의 슬픔과 분노를 지켜보았던 시계탑이 제자리에 돌아왔다. 1980년 5월 항쟁이 끝난 직후 신군부에 의해 시민들의 눈에 잘 띄지 않은 외곽지역에 옮겨졌던 시계탑은 시민들의 염원에 따라 광장으로 되돌아오게 된 것이다. 시는 80년 5월 한밤중에 옮겨지면서 없어

진 시계와 일부 화강암이 파손된 것을 복원하고 항쟁의 추모곡인 '님을 위한 행진곡'을 차임벨로 편곡해 매일 오후 5시 18분에 울리도록 제작했다.-

기사는 신군부가 시계탑을 몰래 옮긴 연유에 대해서도 보도했다. 항쟁 직후 시민들 사이에서는 죽은 사람이 수백 명인데, 시체들을 헬기로 실어가 바다에 수장시키거나 인근 도시 화장터에서 화장을 시켰다느니, 잡혀가서 돌아오지 않은 수많은 젊은이들은 아직도 수용소에 갇혀있다는 등 온갖 유언비어들이 나돌았다. 한 시인이 쓴 〈시계탑과 분수대와 회나무는 진실을 알고 있다〉는 시를 읽고 겁을 먹은 군부가 시계탑을 밤중에 옮겨버린 것이라고 했다. 분수대와 회나무는 옮길 수 없어 시계탑만 숨긴 것인지도 몰랐다.

신문기사를 다 읽고 난 나는 퍼 하고 입에서 바람 빠지는 소리를 냈다. 〈시계탑과 분수대와 회나무는 진실을 알고 있다〉는 시 때문에 시민들 몰래 한밤중에 옮겼다니, 웃음이 나오기도 하고 기분이 매우 씁쓸했다. 아, 우리가 그런 세상을 살아왔구나 싶어 탄식을 섞어 허허 웃었다. 문득 감옥에서 만났던 시인의 시가 생각났다.

나는 기사를 읽은 후 옥탑방에서 보았던, 꼭대기가 파란 하늘에 젖어 있는 시계탑 그림과, 막내 이모를 닮은 여자와 Y.J.KIM이라는 사인과, 현식이 흥얼거리던 김추자의 '거짓말'이라는 노래가 뇌리에서 계속 부스럭거렸다. 김치찌개의 칼칼한 뒷맛이 혀끝에서 아릿하게 다시 살아났다. 나는 오래토록 잊고 있었던 Y.J.KIM에 대해서 알아보고 싶은 충동에 사로잡혀 한동안 아무 일도 손에 잡히지 않왔다. Y.J.KIM은 누구일까. 나는 Y.J.KIM에 대해 모든 정보를 알아보기 시작했다. 김윤자, 김영자, 김양자, 김양재, 김양주, 김영주, 김영조, 김영지, 김윤지, 김윤정… 이들 이름을 가진 화가가 생존하고 있는지 인터넷을 통해 알아보았다. 검색 끝에 미술대학을 졸업했거나 그림을 그리고 있는 60세에서 65세 사이에 2명의 여자를 찾아낼 수 있었다. 나는 그 두 사람에게 다음과 같은 메일을 보냈다.

-오래 전에 광장의 시계탑 그림을 그린 적이 있습니까. 사라졌던 시계탑이 35년만에 돌아왔습니다. 그날의 약속을 잊지 않으셨다면, 제막식 날 노래가 흘러나오는 시간에 시계탑을 보러 나와 주십시오. 시계탑 아래서 기다리고 있겠습니다.-

물론 아들은 내가 여자를 기다리고 있다는 것을 알지 못한다.

"언젠가는 저도 시계탑을 소재로 시를 쓰고 싶어요."

"그래? 기대되는구나."

" 누가 또 언제 없애버릴지 모르니 눈앞에 있을 때 써야지요. 실물이 없어지면 전설이 되기 쉽거든요. 아버지도 언젠가는 전설 속 인물이 되겠지요. 허나 전설은 역사가 아니지요."

"지금도 시계탑을 두려워할 사람이 있을까?"

"있지요. 진실을 감추고 사는 사람들…"

나는 아들의 말에 깊이 공감하며 커다랗게 거듭 고개를 끄덕였다. 나는 아들이 언젠가는 시계탑 외에 분수대와 죽은 회나무에 대한 시도 쓰기를 바랐다. 아들의 시를 큰 소리로 읽고 싶었다. 그날이 오리라고 믿고 있다.

"이십 분 남았는데 슬슬 나가볼까요? 사람들이 벌써 광장으로 모여들고 있어요."

아들의 말에 나는 지팡이를 짚고 천천히 일어섰다. 유리문을 열고 밖으로 나오자 차가운 바람이 쌩하게 불어와 목도리 사이를 헤집고 파고들었다. 확성기에서 님을 위한 행진곡 노래가 울려 퍼지고 있었다. 나는 운두가 높은 검정색 중절모를 깊숙이 눌러쓰고 서서 광장을 다급하게 휘둘러보았다. 정면으로 죽은 회화나무가 보였다. 생명을 잃은 고목은 이제 5월이 와도 파란 잎을 틔우지 못할 것이라는 생각에 마음이 아팠다. 아깝게 죽은 영혼처럼 외롭고 쓸쓸하게 보였다. 어찌된 건지 광장이 예전에 비해 좁아진 느낌이 들어 기분이 울적해졌다. 분수대도 초라했고 주변은 삭막하고 을씨년스러웠다. 시민들이 분수대를 중심으로 광장을 가득 메우고 목이 터져라 함성을 지르던 35년 전 모습이 찢어진 플래카드처럼 머릿속에서 얼핏얼핏 펄럭였다.

시계탑 제막식을 보기위해 사람들이 금남로 쪽으로 몰려들고 있었다. 나는 두근거리는 가슴을 애써 다독이며 전일빌딩 쪽으로 고개를 돌렸다. 시계탑이 옛날 그 자리에 그 높이로 흰 천을 감고 서있었고 하늘색 텐트 안에 정장 차림의 사람들이 앉아 있는 것이 눈에 들어왔다. 텐트 앞에 가지런히 줄을 맞춰 놓은 의자 앞줄에 기관장들이나 5·18기념회 관계자들이 딴 세상 사람들처럼 근엄하게 앉아 있는 것도 보였다. 시계탑 뒤쪽에 옮겨 심은 키 큰 소나무가 유난히 푸르렀다.

"아버지, 가까이 가요."

나는 아들의 부축을 받으며 천천히 발걸음을 옮겼다. 나는 광장으로 들어서지 않고 가로수 안쪽 인도를 따라 YMCA 쪽으로 움직였다.

"시계탑 가까이 가요. 아버지는 맨 앞줄에 앉을 자격이 있지 않아요."

"아니다. 그냥 멀찍이서 보고 싶구나."

"왜요?"

"부끄러워. 내가 뭘 했다고."

아들이 까치발을 하고 목을 빼며 한사코 시계탑 앞쪽으로 몸을 쏠렸다. 나는 아들과 조금 떨어져서 35년 전 초라하고도 주눅 든 모습으로, 종일 음악소리와 커피향에 절여서 쪼그리고 앉아 구두를 닦았던 버스정류장 쪽으로 걸었다. 시내버스 정류장이며 공중전화 부스가 그 자리에 있었다. 35년 전 공중전화부스 옆에 쪼그리고 앉아 있었던 내 모습을 발견한 나는 눈알이 아려오면서 울컥 눈물이 나오려는 것을 참았다. 무채색의 내 모습은 좀처럼 사라지지 않고 내 시야에서 부유했다.

나는 사방을 두리번거리며 Y.J.KIM의 모습을 찾기에 바빴다. 군중들 속에서 내 나이 또래의 여자들 중 조금이라도 느낌이 가는 여자를 찾기란 쉽지가 않았다. 공중전화부스가 있던 자리에 걸음을 멈춘 나는 촉촉해진 눈으로 흰 천을 감고 서 있는 시계탑을 눈이 시리도록 바라보았다. 옥탑방에서 보았던 시계탑 그림이 자꾸만 겹치면서 심장이 울렁거렸다. 박수와 함께 키가 작달막하고 강단 있어 보이는 시장이 단에 오르는 모습이 들어왔다. 나는 시선을 팽팽하게 늘여 텐트 안팎을 유심히 살폈다. 내 시선을 붙잡은 사람이 아무도 없었다.

　"삼십오 년 전 옛 광장을 가득 채운 피 끓는 함성과 불의에 저항하며 민주주의를 지켜낸 시민들의 심장 소리를 기억하는 시계탑이 오늘 제 자리에 돌아왔습니다."

　시장의 인사말이 끝나자 다시 박수가 터졌다. 이윽고 탑이 흰 옷을 벗고 매끈하고 투명한 몸체를 드러냈다. 나는 눈을 질끈 감았다가 뜨며 눈부시게 빛나는 시계탑을 바라보았다. 계속 가슴이 두근거렸다. 다시 박수와 함성이 터졌다. 정확하게 5시 18분이 되자 종소리가 3번 울렸고 차임벨소리와 님을 위한 행진곡이 울려 퍼지면서 제막식을 지켜본 사람들이 함께 노래를 따라 불렀다. 노래가 강물처럼 광장을 넘실대며 흘렀다. 아들은 허공에 주먹손을 흔들어대며 목청껏 따라 불렀다. 그날의 내 모습과 같았다. 나는 아들의 모습을 바라볼 뿐 노래를 부르지는 않았다. 최루탄을 마셨을 때처럼 목울대가 후끈거렸다. 노래를 부르다가 울음이 쏟아질 것만 같아서 참고 있었다. 아들은 노래를 부르지 않은 나를 이상한 눈으로 흘금거렸다.

　노래가 끝나자 기관장을 비롯해서 제막식에 참석했던 사람들이 순서를 기다리며 시계탑을 배경으로 기념촬영을 했다. 그때까지도 내 시선은 서치라이트처럼 시계탑 근처와 길 이쪽과 건너편을 샅샅이 훑었다. 그녀로 짐작되는 사람은 없었다. 어느덧 어둠이 는개처럼 부옇게 내리고 있었다. 제막식에 참석했던 기관장들과 구경꾼들이 어둠에 밀려나듯 서서히 흩어지기 시작했다.

　"아버지는 왜 노래를 따라 부르지 않았어요?"

아들이 내 옆으로 바짝 다가서며 궁금하다는 듯 물었다.

"가사를 다 까먹어서…"

나는 어색하게 웃으며 말끝을 얼버무렸다. 아들은 내가 거짓말을 하고 있다는 것을 알고 있는 것 같았다.

"아버지, 시계탑 가까이 가요. 기념촬영은 해야지요."

아들이 이끄는 대로 나는 지팡이를 짚고 절뚝거리면서 시계탑 가까이로 갔다. 가까이 다가갈수록 심장 박동이 빨라졌다. 나는 마음을 단단히 여미고 숨을 길게 몰아쉬며 그 여자에게 다가가듯 아주 천천히 걸음을 옮겼다. 단 위로 올라서서 지팡이를 왼손에 바꿔 짚고 오른손으로 시계탑을 쓰다듬었다. 손끝이 떨렸다. 참으로 오랜만이네요. 삼십오 년 전 모습 그대로입니다. 나는 마음속으로 말하며 탑신을 어루만졌다. 여자의 피부처럼 부드럽고 따뜻하게 느껴졌다. 숨소리가 들리는 듯했다. 나는 오랫동안 탑에서 손을 떼지 못했다. 아들이 스마트폰을 들고 나를 향해 똑바로 앞을 보라고 소리쳤다. 그러나 나는 고개를 바로 들지 못하고 웅숭그린 채 탑신에서 손을 떼지 못했다. 아들의 재촉에 나는 얼핏 아들 쪽을 향해 고개를 들고 있으면서도 시선은 어둠이 내리고 있는 시계탑 주변을 더듬고 있었다. 어둠 속에서 철가방을 든 현식과 머리가 희끗한 Y.J.KIM이 손을 흔들며 다가올 것만 같아 쉽게 시계탑을 떠나고 싶지가 않았다.

"아버지, 저는 저 시계탑의 시간과 사람들 시간이 다르다는 것을 알았어요."

나는 아들의 말을 잘 이해할 수가 없어 잠자코 있었다.

"시계탑의 시곗바늘은 시간을 가리키고 있는 것이 아니라 역사를 가리키고 있다는 생각이 들어요."

나는 그때야 아들이 무슨 말을 하고 있는지 대충 어림할 수가 있었다.

"하긴 누가 시간을 알려고 시계탑을 보겠느냐?"

그렇게 말하는 순간 공중전화부스 옆에 쪼그리고 앉아 있는 낯익은 청년의 모습이 경중경중 다가오고 ,현식이 새벽이 올 때까지 계속 흥얼거리던 '거짓말'이라는 노래가 아련하게 들려오면서, 막내 이모를 닮은 여자가 부유하듯 시계탑 주변을 맴돌았다. 나는 광장 가득 계속 울려 퍼지고 있는 님을 위한 행진곡 노래 소리를 온몸으로 듣기 위해 귀마개를 뽑아버렸다. 아무 소리도 들리지 않았다. 금세 광장이 텅 비었다. 세상이 공허하게 느껴졌다. 나는 광장을 떠나지 못하고 시계탑처럼 꼿꼿하게 그곳에 서 있었다. 목울대가 후끈거리면서 어둠의 점액질이 달라붙는 내 눈이 어느새 펑 젖었다.

흐르는 길

1

이 여자는 자살을 하려고 차에 뛰어든 것이 분명했다. 휴게소에서 나와 핸들을 잡은 현섭이 빠른 소울 음악에 맞춰 45도 각도로 어슷하게 꺾어지는 고속도로의 커브를 막 돌아서는 순간, 난데없이 여자가 바람처럼 도로 복판으로 뛰어들었다. 그는 커다란 비닐 뭉치가 날아오는 것으로 알았다. 2차선 쪽으로 급하게 핸들을 꺾었기에 망정이지, 하마터면 이 여자는 차에 받혀 풋볼처럼 허공으로 치솟았다가 고속도로 바닥에 떨어져 박살이 났을 것이다. 길바닥에 핏덩이처럼 시뻘건 속살을 드러내놓고 으깨진 수박을 연상하면서, 그는 잠깐동안 눈을 감은 채 진저리를 쳤다. 생애에서 이때처럼 위기의 순간을 경험해보기는 처음이었다. 핸들을 꺾었을 때 2차선으로 달리던 차량이 있었더라면 그 역시 살아나지 못했을 것이다. 그것은 그가 원하는 최후가 아니었다. 그는 어떤 경우에도 자신의 의지대로 죽음을 선택하고 싶었다.

여자가 차에 뛰어들기 직전까지만 해도, 그는 참으로 오랜만에 기분이 새털구름처럼 가볍게 날아오르고 있었다. 막연한 생각으로 아파트 주차장을 빠져나올 때까지만 해도 조금은 불안하고 우울했는데, 서울 톨게이트를 지나면서부터 왠지 기분이 봄날 아침 햇살처럼 화사하게 가벼워졌다. 그에게는 마지막 여행이 될지도 몰랐지만, 오랜만에 멀리 떠난다는 것 때문에 마음이 가벼워진 것이리라. 그는 마지막 여행을 충분히 즐기고 싶었다.

현섭은 덜컹거리는 마음을 진정시키기 위해 자동차를 갓길에 세우고 한참동안이나 머리를 핸들에 박은 채 엎뎌 있었다. 온몸의 물기가 깡그리 빠져나가 머릿속이 수수깡처럼 파삭하게 느껴졌다. 한동안 멍했다. 천천히 고개를 들어 룸미러를 통해 후방을 살펴보았다. 길바닥에 널브러져 있는 여자가 보였다. 여자는 날개를 접은 비둘기처럼 아주 작아 보였다. 분명 찌익 하는 타이어 마찰음과 함께 여자를 피해 핸들을 꺾었는데, 여자는 미동도 하지 않은 채 비닐조각처럼 길바닥에 납작하게 널브러져 있었다. 어쩌면 여자는 다른 차가 달려와 자신을 깔아뭉개기를 기다리고 있는 것은 아닐까. 가슴이 심하게 덜컹거렸다. 그는 급하게 자동차를 후진시킨 다음 후들거리며 차에서 내렸다. 그리고 약간 겁먹은 표정으로 고속도로 전후방을 두리번거리며 끙끙대고 여자를 안아 일으켜 자동차 뒷좌석에 짐짝처럼 떠밀어 넣었다.

여자는 멀쩡하게 살아 있었다. 자신의 행동이 민첩한 것에 크게 놀랐다. 평소 아내한테 행동이 유난스럽게 굼뜨다는 핀잔만 들어온 그였지만, 다급할 때는 칼날처럼 재빠르게 움직일 수 있다는 것을 알고 적이 놀란 것이다. 다행히 오가는 차량은 눈에 띄지 않았다. 그는 그곳으로부터 도망치듯 다급하게 차를 몰았다. 그는 사고가 알려지는 것을 원하지 않았다. 사고 때문에 여행이 엉망이 될 수 있다는 것을 알기 때문이다. 여자를 뒷자리에 밀쳐 넣은 후 핸들을 잡은 그는 덜컹거리는 가슴을 진정시키기 위해 시속 80킬로미터의 저속으로 달렸다. 불안감에 짓눌려 속력을 낼 수가 없었다. 20분쯤 달리다가 얼핏 룸미러를 통해 뒷좌석을 보았다. 여자는 비스듬히 등을 기대고 앉아서 우묵한 눈에 아무렇지도 않은 표정을 하고 한가하게 오른쪽 차창 밖을 바라보고 있었다. 여자의 표정에서 일말의 놀라움이나 두려움도 찾아볼 수 없었다. 여자의 전체적인 인상은 오랫동안 버려진 묵정밭처럼 피폐해보였다. 얼굴은 갈색의 초겨울 참나무 잎보다 더 건조해 보였고 삶에 지친 듯 마음마저 공허해 보였다. 그렇다고 정신이상 같아 보이지는 않았다. 그런 여자의 표정을 보자 뿌질뿌질 울화가 치밀었다. 그는 숨을 죽인 채 여자의 행색이며 표정 하나하나를 짯짯하게 눈여겨 살폈다. 짓무른 게뚜더기 눈이 여자의 메마르고 지친 삶을 짐작케 해주었다.

여자는 노랑머리에 하늘빛의 짧은 인조가죽 스커트와 분홍 반팔 티셔츠를 받쳐 입었다. 옷차림이 천박스러워 보였다. 뾰주리감처럼 턱 끝이 빈약하고 머리통이 큰 역삼각형의 근육질 얼굴 때문에 신경질적인 인상이 강팍스럽게 느껴졌다.

"이 미친년아, 대형사고 날 뻔 했잖어. 뒈지고 싶으면 혼자나 뒈져야지. 왜 뒈지면서까지 다른 사람한테 피해를 줄려고 해. 뒈지고 싶으면 산 속에 들어가서 나무에 목을 매달거나, 바다에 몸을 던져

물고기한테 보시라도 하던가. 왜? 혼자 죽기가 겁이 나서?"

현섭은 게거품 뿜어대듯 목청껏 큰 소리로 쏘아댔다. 한바탕 소리를 지르고 나서야 조금 기분이 가라앉았다.

조그맣게 몸을 웅크린 여자는 여전히 차창 밖으로 시선을 멀리 던진 채 말이 없었다. 무시당하는 것 같아 더욱 화가 치밀었다. 현섭은 갓길 쪽의 비상정차 공간에 급하게 차를 세우고 고개를 돌려 화난 얼굴을 하고 여자를 째려보았다.

"왜 말이 없는 거야? 너 벙어리야?"

다그쳐 물었으나 여자는 여전히 반응이 없다. 무반응이 그를 더욱 화나게 만들었다.

"하필 왜 내 차에 뛰어들어?"

"뛰어들긴요."

"뛰어들지 않았다고? 자살하려고 뛰어들었잖아?"

"좀 태워달라고 손을 들었을 뿐인데요."

"뭬야? 태워달라고 손을 흔들었다고? 이게 나를 허수아비로 아나?"

"진짜예요."

여자는 현섭을 향해 능청스럽게 히죽이 웃음을 흘렸다. 그 웃음에서 시궁창 썩는 냄새가 날 정도로 칙칙한 기분이 그를 느끼하게 휘감아왔다. 그는 어처구니가 없어 퍼허 하고 바람 빠지는 소리를 내고 말았다. 여자가 거짓말을 하고 있다는 것을 알았다. 현섭은 거짓투성이의 이런 종류 여자들 혈관에는 거무튀튀하게 썩은 피가 흐르고 있을 것이라고 상상했다.

"젠장. 고속도로 한복판에서서 태워달라고 손을 흔들었을 뿐이라고? 이런 미친년을 봤나."

"그래요. 배탈이 나서 화장실에 좀 오래 앉아있는 사이에 씨팔놈에 버스가 나를 그냥 놔두고 떠나 버렸다구요."

여자는 애써 투정을 하듯 얄미울 정도로 당당한 목소리로 말했다. 그러나 여자의 목소리는 어딘가 허기진 사람처럼 깊고 침울하게 가라앉아 있었다. 여자의 말이 믿기지 않은 그는 버스표를 보여 달라고 하려다가 그만두었다. 버스표를 보여 달라는 말 대신, 당장 차에서 내리라고 소리치고 싶었다. 그는 잠시 망설였다. 이 여자를 고속도로에 내려놓으면 필시 또 다른 차에 뛰어들 것이 뻔했다. 그 것은 살인을 방조한 것이나 다를 바 없다. 그렇다고 자신의 몸 하나 가늠하기도 어려운 처지에 죽음만을 생각하는 이 여자를 무작정 태우고 갈 수도 없지 않겠는가 싶었다. 그는 여자를 내려줄 만한 적당한 장소를 찾아야겠다고 생각했다. 갑자기 짜증이 일면서 목구멍 속으로 뜨거운 김이 홧홧 솟았다. 그는 누구를 책임진다는 생각을 하게 되면 짜증이 나면서 온몸이 후끈거리도록 열이 오르곤 하였다. 누구를 책임진다는 것은 바로 그 자신이 속박당하는 것이라고 생각해왔다. 그 때문에 아내가 그를 비난할 때마다 버릇처럼 무책임한 사람이라는 말을 퍼부어대곤 했다. 그는 그 말을 들을 때마다 온몸의 피가 거꾸로 솟구치는 듯한 기분을 느끼면서 아내한테 무섭도록 화를 내곤 했었다. 하긴, 그가 생각해봐도 자신은 확실히 무책임한 사람이다.

여섯 살쯤 되어서였다. 어머니 아버지가 외사촌 결혼식에 가면서 갓 돌이 지난 누이동생을 현섭에게 맡겼다. 아침에 부모님이 집을 떠날 때까지만 해도 새근새근 잠을 자던 아기는 점심때가 되자 칭얼대며 눈을 떴고 계란찜과 삶은 감자를 배가 불룩하게 먹은 후, 한참동안 놀다가 갑작스럽게 자지러지듯 울기 시작하였다. 아기는 온몸이 불덩이처럼 쩔쩔 끓었으며 울음을 그치지 않더니 끝내는 몸과 사지를 떨면서 심하게 경련을 일으키기까지 하였다. 너무 놀란 현섭은 아기 혼자 둔 채 집 밖으로 도망치고 말았다. 날이 어두워 부모님이 집에 돌아왔을 때 아기는 이미 숨을 거둔 뒤였다. 그때부터 현섭은 집에 들어가는 것을 두려워했다.

"아저씨 미안해요. 빨랑 가기나 해요."

여자는 자동차가 속력을 내지 못하자 혼란을 겪고 있는 현섭의 심중을 알아차리기라도 한 것처럼 서두르는 목소리로 말했다.

"빨리 가자고?"

"잘못했다구요. 그러니 화 푸시고 속도를 내요."

여자의 목소리가 한껏 낮게 가라앉았다. 그는 룸 밀러에 시선을 박고 한참동안 여자의 표정을 꿰뚫어보았다. 뻔뻔스러움을 가장하고 큰 소리쳐가며 거짓말을 하고 있는 여자가 어쩐지 측은하게 여겨졌다.

"어디로 갈 건데?"

"아무데나요. 기왕 차를 탔으니 지구 끝까지 가고 싶지만 그곳이 어딘 줄 모르걸랑요. 혹시 또 모르죠. 운 좋게 아저씨 같은 사람을 만난다면 그곳까지 갈 수 있을지도."

여자 역시 현섭과 마찬가지로 목적지가 정해진 여행이 아닌 것

은 분명했다. 지구 끝까지 가고 싶다는 막연한 그 말은 아무 때나,
아무데서나 죽고 싶다는 의미로 들렸다. 이 여자는 여행을 떠나는
차림이 아니었다. 핸드백이나 손지갑도 없는 완전한 빈 몸이 아닌
가. 정말 가진 것이라고는 아무것도 없는 사람으로 보였다.

"죽음이 끝이야. 죽는 곳이 바로 지구의 끝이라는 걸 몰라?"

"그냥 끝이라는 말이 좋아요. 난 시작이라는 말 보다 끝이라는
말이 더 좋거든요. 지금까지 난 언제나 이 세상의 끝에 와 있다는 생
각을 하면서 살았으니까요."

여자는 애매하게 말하며 거무죽죽한 웃음을 흘렸다.

"끝도 여러 가지가 있어. 완전한 끝이 있고, 시작을 위한 잠깐 동
안의 끝이 있을 수도 있어."

"시작을 위한 끝이라고요? 시작은 시작이고 끝은 끝이에요."

"끝이 없는 시작은 없지."

현섭은 아무래도 고속도로에 여자를 내려놓고 떠날 수는 없었기
에 더 이상 지체하지 않고 속도를 올렸다. 여자는 다시 말 없이 차창
밖 멀리 시선을 던지는가 싶더니 이내 눈을 감았다. 눈을 감은 여자
의 얼굴은 새벽 달빛처럼 음산하고 창백했다. 갑자기 그동안 까맣
게 잊고 있었던 죽은 누이동생의 얼굴이 찔레꽃 모습으로 하얗게
떠올랐다. 누이동생은 꽃잎이 지듯 그렇게 숨을 거두었다. 조금은
음울하고 차갑게 느껴지는 여자의 얼굴에도 죽음의 그림자가 머물
러 있는 것처럼 보였다. 머지않아서 이 여자도 누이처럼 죽게 될 것
이라고 생각했다. 죽음을 생각하는 사람에게는 죽음의 그림자가 쉽
게 눈에 띄는 것인지도 몰랐다.

2

고속도로는 시간이 흐르면서 점점 정체가 심해졌다. 고속도로를 꽉 메운 차량들이 철판처럼 곧게 뻗은 아스팔트 바닥에 친친 묶여 있는 것 같았다. 긴 자동차 행렬이 겨우 조금씩 꿈틀거리며 가다 서다를 되풀이하다가, 안성휴게소를 지나서야 앞이 조금 트이기 시작했다. 한동안 시속 30킬로미터로 달리기도 어려웠다. 현섭은 되도록 마음을 차분하게 가라앉히고 느긋하게 차를 몰았다. 아직 그는 여행의 행선지조차 결정하지 못했다. 그냥 자동차를 몰고 어디론가 떠나고 싶은 생각뿐이었다. 그에게 서울은 텅 빈 공동의 도시에 불과했다. 아무도 없는 서울에 더 이상 갇혀 있고 싶지가 않았다. 행선지는 어디라도 상관없었다. 지상의 끝까지 달리고 싶었을 뿐이다. 갈 수 있는 곳까지, 길을 따라 가고 싶었을 뿐이다. 어차피 되돌아오지 못할 지상의 마지막 여행이기에, 죽음이 그를 기다리고 있을 길의 끝까지 달려가고 싶었다. 그는 남쪽을 택하는 것이 가장 멀리 달릴 수 있다고 생각했다. 남쪽은 그의 고향이었고 오랫동안 만나지 못한 중고등학교 동창생들과 아는 사람들도 살고 있었다.

현섭은 여행 중에 만나고 싶은 사람이 있는지 생각해보았다. 가장 먼저 떠오른 사람은 상민이었다. 상민은 남쪽에 있다. 그래, 상민을 만나서 반지를 돌려주자. 대학시절 같은 학과 친구였던 상민과 헤어진 지 36년이 지났다. 그동안 현섭은 되도록 상민을 잊은 채 살아가려고 했었다. 그는 상민에게 뭔지 모를 마음의 부채 같은 것을 느끼고 있었다. 해마다 TV에서 봄소식을 전하거나 송홧가루가 불불 날리는 5월이 되었을 때, 역사에 관계되는 책을 만들 때, 아내가 그에게 서운한 말을 했을 때 얼핏 얼핏 상민이 생각났고 그럴 때면 바윗돌에 짓눌린 것처럼 마음이 무거워졌다.

완전한 자유를 위해 떠나는 마지막 여행길에 왜 상민이를 만나고 싶은 것인지 모른다. 상민이가 아내 혜자한테 주고 간 커플반지를 돌려주어야 한다는 생각 외에 또 다른 이유가 있을 것만 같았다. 현섭은 결혼을 한 후 숨가쁘게 살아오는 동안에도 문득문득 상민에 대해서 설명할 수 없는 연민을 느끼곤 했다. 그것은 아내 때문에 생긴 미안함이나 죄책감 또는 자책감 때문이 아니었다. 부담감도 아니었다. 그런데도 문득 그들 두 사람이 떠오를 때마다 오목가슴이 싸해지면서, 어두웠던 시간의 그림자가 목구멍에 생선가시처럼 걸려있는 기분이었다. 36년 전 봄, 흥분을 감추지 못하고 전사처럼 분노를 안고 고향으로 내려간 상민을 끝내 말리지 못한 것은 현섭의 잘못이 아니었다. 당시 현섭으로서는 상민을 말릴 수조차 없는 상황이었다.

상민이가 고향으로 내려가던 때는 상민의 태도가 어찌나 결연하고 드세던지 차마 그를 붙잡을 수 없었다. 방관이라고 해도 할 말이 없었다. 현섭은 친구에 대한 걱정보다는 상민이가 혜자의 시야에서 멀어진다는 것만도 다행으로 생각했다. 그 무렵 현섭이와 상민은 혜자를 가운데 놓고 노골적으로 쟁탈전을 벌이고 있었다. 어쩌면 그때 상민이가 슬픔과 분노에 찬 모습으로 고향으로 내려가지 않더라면, 현섭은 혜자를 아내로 맞을 수 없었을 지도 몰랐다. 그 무렵 그는 혜자를 소유하기 위해서라면 우정 따위는 생각하고 싶지도 않았다.

천안을 지나자 정체가 서서히 풀리기 시작했다. 현섭은 시속 100킬로미터가까이 속도를 올릴 수 있었다. 속도감을 느끼게 된 그는 어느덧 자신이 알 수 없는 꿈의 한 가운데에 있는 듯싶었다. 그는 전율 같은 황홀감에 젖어들었다. 조금이라도 속도를 더 내기 위해 앞 차의 꽁무니를 바짝 물고 달렸다. CD를 넣자 사라 브라이트만의 〈어떤 개인 날〉이 영혼을 쥐어짜듯 흥건하게 흘렀다. 오랜만에 자유로움을 만끽하고 좋아하는 노래를 들으며 봄날의 햇살이 묶음으로 쏟아지는 고속도로를 쌩쌩 달리는 기분은 투신과 파열의 쾌감을 느낄 수 있었다. 찢어지게 기분이 좋았다. 기분이 좋을 때만은 죽음에 대해서 생각하지 않기로 했다. 사실 지금 그가 죽으려고만 한다면 간단히 성공할 수 있다. 눈 딱 감고 핸들을 살짝 돌리면 그의 인생이 바람이 스쳐지나가듯 순식간에 끝난다. 죽음의 시간과 장소, 그리고 방법에 대해 줄기차게 생각했던 그때가 부끄러웠다. 현섭은 아무것도 생각하고 싶지가 않았다. 음악이 자동차의 속도를 조절하는 것처럼 느껴졌다.

여자가 그의 차에 뛰어들기 전까지 만 해도 현섭의 기분은 죽음을 잊고, 살고 싶은 충동을 다시 느낄 수 있을만큼 가벼웠다. 서울을 출발해 한 시간쯤 달려 휴게소에 들러 소변을 본 현섭은 자판기 앞 플라스틱 의자에 다리를 꼬고 느긋하게 앉아서 커피를 뽑아 마셨다. 햇살은 눈부셨고 바람은 적당하게 코끝을 간질였다. 그는 심호흡을 하면서 조금은 여유 있는 시선으로 쾌청한 하늘을 올려다보았

다. 지상의 마지막 여행의 맛을 충분히 즐기고 싶었다. 마지막을 서
두르고 싶지는 않았다. 그는 산사에서 내려와 죽음을 생각한 후부
터 모든 것을 서두르는 일이 없어졌다. 충분히 게으름을 즐겼다. 자
정이 넘어 잠을 잘 때도 한낮이 되어서야 일어날 때도, 음식을 먹거
나 길을 걸을 때도 그는 결코 서두르지 않았다. 게으름으로 몸과 마
음이 느슨하게 풀리자 모든 두려움과 불안이 사라졌다.

　　그는 종이컵 커피를 마신 후, 다시 화장실을 다녀와서는 괜히 휴
게소 여기저기를 기웃거리며 마음을 느긋하게 가라앉혔다. 혼자가
된 그는 세상 어디를 가나 모든 것이 낯설었다. 세상의 경쟁적인 삶
에 대한 욕심을 버린 후부터 모든 것이 생소하게만 느껴졌다. 아무
것에도 애착을 남기고 싶지가 않았다. 그리고 그 낯설음이 조금은
평화로웠으며 그를 여유롭게 만들었다.

3

　　이 여자는 왜 죽으려고 하는 걸까. 현섭은 이 여자의 짧고 황폐
한 삶의 궤적을 더듬어보고 싶어졌다. 필시 이런저런 사정으로 어
머니가 바람이 나서 가출하자, 아버지는 새엄마를 맞아들였을 것이
고, 계모 밑에서 구박받고 살기 싫어 집을 나와 술집을 전전했을 것
이었다. 술집이 아니면 창녀촌일지도 모른다. 암튼 이 여자는 인생
을 포기하듯 묶인 짐승처럼 살아가다가 어느 날 갑자기 자신의 삶

이 의미 없음을 깨닫게 되었으리라. 고통의 우리 속에 갇혀 사느니, 차라리 자유로워지기 위해 올가미를 벗어 던지고 죽음을 선택하기로 결심한 것이리라. 추리가 거기까지 미치자 그는 이 여자에게 쌀쌀맞게 대했던 것이 조금은 후회스러워졌다. 따지고 보면 이 여자나 그 자신이나 소외와 절망의 함정에 빠져 죽음을 향해 허우적거리고 있는 처지가 같지 않는가.

현섭은 아내 49제를 끝내고 산사에 머물렀다. 산사에서 이틀 밤을 묵으면서 아내 없는 49일간의 삶을 되돌아보았다. 해가 중천에 떠오를 때까지, 심신이 흐물흐물해지도록 늦잠을 자고 일어나 커피 한 잔과 딱딱한 빵조각으로 아침 겸 점심을 때우고, 소파에 반쯤 누워 어둠이 몰려올 때까지 TV를 보고, 눈 뜰 힘조차 깡그리 빠지고 나서야 라면으로 배를 채우고, TV 리모컨을 쥐고 신경질적으로 채널을 이리저리 돌리다가 다시 죽은 듯 잠들곤 했다. 그것은 삶이 아니었다. 열흘 넘게 세수도 하지 않았으며 속옷도 갈아입지 않았다. 빈사의 하루하루가 지루하고 답답하게 흘렀다. 무력감에 빠져 한동안 밖에 나가지도 않았다. 아무도 만나기 싫었다. 갈 데도 없었고 만나고 싶은 사람도 없었다. 그는 혼자 있으면서 아내와 함께했던 수많은 날들의 기억을 되살려보는 것이 유일한 낙이었다. 마트에 갈 때, 외식을 할 때, 산책이나 극장에 갈 때, 친척이나 지인의 결혼식이나 장례식장에 갈 때, 심지어는 은행이나 동사무소에 갈 때도 함께였다. 그런 아내가 죽자 그를 받쳐주었던 지지대가 없어진 것 같았다. 심신이 비틀거려서 혼자 설 수조차 없었다. 숨 쉬는 것조차도 답답하고 힘겨웠다.

현섭은 산사에서 이틀 밤을 보내고 나서 큰 소나무가 빼곡하게 들어찬 오솔길을 걸어 산을 내려왔지만 갈 곳이 없었다. 아내가 없는 집으로 되돌아가고 싶지가 않았다. 산사 아래 주차장에 있는 식당에서 장터국수로 점심을 때우고 두어 시간 동안이나 걸어서 면사무소가 있는 마을까지 내려왔다가, 휘적휘적 다시 되짚어 산사로 돌아갔다. 그는 산사의 널따란 대중방에 혼자 머물면서 그의 기억 속에 남은, 스스로 죽음을 선택한 사람들을 떠올려보았다. 대통령도 떠올랐고 도지사며 재벌기업 회장, 야구해설가, 유명한 여배우 등이 생각났다. 홀로 남은 80대 할아버지가 19층 아파트에서 떨어져 죽은 일이며, 고등학교 2학년 때 그의 짝꿍으로 바이올린을 잘 켰던 친구도 생각났다. 자살 이유는 억울함, 오해, 외로움, 가난, 실연, 고통, 절망감, 자존심 등 다양했다. 그들의 죽음을 전해 들었을 때마다 죽을 용기로 살아간다면 어떤 고통도 이겨낼 수 있을 것이라면서 코웃음을 쳤었다. 자살은 세상과의 싸움이 아닌, 자신과의 싸움에서 진 것이라고 생각했다.

현섭은 속력을 늦추며 차창 유리를 반 뼘 정도 내렸다. 첫봄의 칼칼한 바람이 성난 짐승처럼 무색의 머리를 풀어헤치고 으르렁거리며 유리창을 물어뜯었다. 그래도 바람에서는 새봄의 풀잎처럼 새콤한 흙냄새가 풍겼다. 고속도로는 유속이 빠른 거대한 강물 같았다. 자동차도 흐르고 차창 밖 세상도 빠르게 흘렀다. 삶과 죽음, 절망과 희망, 고통과 즐거움, 만남과 이별도 강물과 함께 흐르는 것 같았다.

바람 소리에 놀랐는지 여자가 눈을 뜨고 입을 크게 벌리며 찢어지게 하품을 쏟아냈다. 그는 찬바람이 싫어 재빨리 유리창을 올리고 끝없이 펼쳐진 고속도로의 전방을 응시했다. 철판처럼 곧게 뻗어 있는 고속도로의 끝은 회색빛으로 출렁였다. 도로의 끝은 보이지 않았다. 초록색 바탕의 휴게소 안내 표지판이 빠르게 지나갔다. 휴게소 표지판을 보니 갑자기 배가 고팠다. 그러고 보니 1시가 넘어서야 겨우 자판기 커피 한 잔을 마셨을 뿐 아직 점심도 먹지 않았음을 알아차렸다. 그는 깜박이 신호를 넣고 서서히 휴게소로 진입하면서 이곳에서 여자를 떨쳐버려야겠다는 생각을 했다.

"점심 먹었어?"

현섭은 자동차를 주차시킨 다음 되도록 낮은 목소리로 부드럽게 물었다. 여자는 다시 바지락조개의 속살 같은 진홍빛 목젖이 빤히 들여다보일 정도로 길게 하품을 쏟으며 고개를 저었다. 배나 채우고 나서 차에 뛰어들 것이지 원, 그는 마음속으로 혀를 차며 여자가 차에서 나오기를 기다리고 서 있었다. 여자는 밖으로 나올 생각을 않고 차 안에 앉아서 미적거렸다. 오른발에 구두를 신고 있었다. 빨리 나오지 않고 뭘 꾸물거리느냐고 눈을 흘기며 턱짓을 해보이자, 여자가 자동차 문을 열었다. 그리고 한참이나 있다가 몸을 틀어 조심스럽게 왼발로 땅을 내딛은 채 엉거주춤 서서 그를 쳐다보았다. 그는 자동차 뒷문이 닫히자 다시 운전대에 앉아 시동을 건 후, 자동 도어개패기 단추를 치르륵 소리가 나게 눌러 차창문을 닫은 다음 밖으로 나와 성큼성큼 걸었다. 식당 입구에 가서 얼핏 뒤를 돌아보자 여자는 그때까지도 오른발을 들고 왼발 하나로 자동차 옆에 불안스럽게 서 있었다. 현섭은 여자의 오른발에 이상이 있다는 것을 알았다. 조금 전에 다친 것이 분명하다 싶어 덜컥 겁이 났다. 그는 자동차로 되돌아가서 여자를 부축했다.

"다리를 다친 거야?"

"다친 게 아녀요. 발바닥이…"

"발바닥?"

"오른쪽 발바닥이 망가져서 깨금발로 밖에 걸을 수 없게 됐어요."

여자는 남의 말 하듯 가볍게 웃어 보이기까지 했다. 식당으로 가려던 현섭은 방향을 바꾸어 조심조심 잔디밭쪽으로 걸음을 옮겼다. 여자는 온몸을 현섭에 내맡기듯 기댄 채 조금씩 힘겹게 움직였다. 따뜻한 체온과 함께 쏠려온 여자의 몸무게가 제법 묵직하게 느껴졌다. 그러나 그 무게가 버겁다거나 싫은 기분이 들지는 않았다. 오랜만에 느껴본 야릇한 기분이었다. 순간 돌이질 치듯 거칠게 머리를 흔들었다.

현섭은 여자를 잔디밭의 시멘트 벤치에 앉히고 나서 쭈그리고 앉았다. 구두를 벗기고 발바닥 상처를 확인해보고 싶었던 것이다.

"관둬요."

그녀는 구두 벗기는 것을 완강하게 거부하며 오른다리를 잽싸게 벤치 아래로 구부려서 숨겼다.

"상처를 좀 보자는데 왜 그래."

"보여주고 싶지 않아요."

"상처가 심하면 치료를 해야 할 거 아냐?"

"치료 같은 건 필요 없어요."

여자는 칼날처럼 단호했다. 사금파리가 깨지는 듯 날카로운 목소리에 그는 구두 벗길 생각을 포기하고 쪼그리고 앉은 채 우두커니 여자를 올려다보았다. 여자가 한사코 발바닥 상처 보여주기를 싫어하는 것은 단순히 부끄러움 때문만은 아닌 듯싶었다. 그는 궁금해졌다.

"배고프지 않아요. 여기 있을 테니 아저씨나 식사하고 오세요."

그가 식당까지 부축해주겠다고 했으나 여자는 한사코 거절했다. 하는 수 없이 현섭은 여자를 벤치에 남겨두고 휴게소 건물 안으로 들어섰다. 그리고 되도록 미적거리며 컵라면 두 개를 샀다. 그는 컵라면 값을 계산하는 동안에도 여자가 사라져주기를 기대했다. 발바닥이 아프다는 것은 거짓말일지도 몰랐다. 그의 짐작은 빗나갔다. 여자는 잔디밭 벤치에 앉아서 그를 기다리고 있는 게 아닌가. 먼발치로 여자를 다시 보는 순간 그는 짜증이 울컥 일어 걸음을 멈추었다.

"자, 먹어."

그가 방금 뜨거운 물을 부은 컵라면을 내밀었다. 여자는 망설이는 듯했다.

"빨리 받아."

그때야 여자는 오른손으로 컵라면을 받더니 후루룩 후루룩 게걸스럽게 먹기 시작했다. 그는 멀뚱한 시선으로 여자를 바라보다 말고 왼손으로 나무젓가락을 들고 있는 모습에 화들짝 놀랐다.

"왼손잡이구만."

그는 자신도 모르게 반가운 사람을 만났을 때처럼 큰 소리로 외치듯 말하며 컵라면을 먹기 시작했다.

"핏, 아저씨도 왼손잡이네요 뭐."

오랜만에 여자의 얼굴에 희미한 미소가 흘렀다.

"그래 그래, 나 왼손잡이야."

그도 고개를 쳐들고 하늘을 향해 웃었다. 그러고 보니 아내가 병든 후 처음 낯선 이 여자를 만나, 참으로 오랜만에 웃고 말을 많이 한 것 같았다. 잠시나마 비로소 그의 뇌 속에 맑은 공기가 들어간 기분이었다.

배가 고프지 않다던 여자는 컵라면을 순식간에 먹어치웠다. 그가 무표정하게 흘깃 여자를 보자 여자는 다시 고개를 무겁게 떨어뜨렸다. 차에서 내린 후 여자는 한사코 그의 시선을 피하는 것 같았다. 자동차 안에서와는 딴판이었다. 어쩌다가 시선을 마주칠라치면 여자 쪽에서 먼저 자연스럽게 고개를 돌려버렸다. 그는 이 여자가 수치심을 느끼고 있는 것이라고 생각했다. 부끄러움을 아는 여자에 대해 그는 이상할 정도로 신선함을 느낄 수 있었다. 이런 종류의 여자에게서의 수치심은 순결만큼이나 값진 것인지도 몰랐다.

출발을 서둘러야할 이유가 없는 그는 오랫동안 벤치에 앉아 있었다. 여자도 출발을 재촉하지 않았다. 어떻게 하면 여자를 떨쳐버릴 수 있을지 생각해보았다. 매정스럽긴 하지만 언제까지나 함께 있을 수는 없는 일이었다. 현섭은 여자와 동행자가 되고 싶지는 않았다. 아내가 떠나버린 지금의 그에게는 어떤 경우에도 동행자가 필요 없었다. 이 여자의 죽고 사는 문제는 어떤 경우에도 그와는 결코 아무 상관이 없다고 생각했다. 생의 마지막 순간만이라도 자유롭고 싶을 뿐이었다.

"저 화장실 좀 가고 싶은데요."

여자가 천천히 고개를 들면서 말했다. 그는 여자를 화장실까지 부축해주었다. 그는 이때다 싶은 생각에 서둘러 주차장으로 뛰어내려가서 자동차에 올라 키를 꽂았다. 키를 돌린 다음 기어를 D에 올려놓고 얼핏 화장실 쪽을 보았다. 악셀러레이터만 밟으면 여자를 간단하게 떨쳐버린 채 홀가분하게 출발할 수가 있을 것이었다. 현섭의 마음은 이미 혼자가 되어 자유롭게 쌩쌩 고속도로를 달리고 있었다. 그런데 어찌된 건지 그의 오른발이 브레이크 페달에서 좀처럼 떨어질 줄 몰랐다. 그는 여자 쪽에서 그를 피해 모습을 감춰버리기를 은근히 기대했다. 열까지 셀 동안 나타나지 않으면 출발하기로 마음먹고 천천히 숫자를 헤아리기 시작했다. 다섯 ,여섯,일곱, 여덟…까지는 1초 간격으로 헤아리다가 여덟부터는 그도 모르게 차츰 느려졌다. 아홉까지 헤아리고는 길게 숨을 들이마셨다. 뒈지건 말건 무슨 상관이야. 그는 다시 우럭우럭 짜증이 머리끝까지 치밀어 올랐다. 열을 세고는 브레이크에서 발을 뗐다. 그때 희끔 여자의 모습이 보였다. 여자는 자동차가 움직이는 것을 보고 뭐라고 소리까지 지르고 손짓을 해대며 한 발로 통통 뛰어오고 있었다. 순간 그의 오른발은 어느새 브레이크 페달을 가볍게 밟고 있었다. 현섭은 자동차 문을 열고 나가서 여자를 부축했다.

"휴게소에 약을 파는 곳이 있을 텐데, 발을 조금 보여주겠어?"

그는 여자가 발 때문에 고통스러워하는 것 같아 약을 사주고 싶었다.

"괜찮아요."

"괜찮지 않은 것 같은데?"

"새벽까지 팥죽이 되도록 맥주를 퍼마셨더니 또 장이 빵꾸가 났나봐요. 나는 맥주 체질이 아니거든요."

여자가 재빠르게 자동차 문을 열고 그의 옆 좌석에 앉아 안전띠를 메며 혼잣말처럼 투덜거렸다.

"위장 이야기를 하는 게 아니고… 발 말이야. 오른발을 내 딛지 못하던데…"

"제 발 걱정은 그만 하고 어서 가기나 해요."

옆에 앉은 여자에게서 싸구려 화장품 냄새와 비릿하게 갈치 썩은 냄새가 뒤섞여 한꺼번에 덮쳐왔다. 비위가 상해 울컥 토악질이 나오려는 것을 참았다. 더욱이 여자가 그의 의사는 물어보지도 않고 앞좌석으로 자리를 옮긴 것이 매우 불쾌했다. 여자가 나타날 때까지 출발을 못하고 미적거렸던 자신이 싫었다. 그런 자신을 여자가 속으로 비웃고 있는 것만 같았다. 자존심이 상했다. 여자가 다리를 꼬고 앉았다. 엉덩이까지 밀려올라간 미니스커트 자락 사이로 드러난 희부연 허벅지살이 자꾸만 그의 시선을 끌어당겼다. 문득 아내와 처음 잠자리를 같이 했을 때 눈빛처럼 눈부시도록 흰 속살이 떠오르면서 온몸에 전율이 흘렀다. 아내를 생각할 때마다 온몸에 찌르륵 전율이 흐르곤 했다. 병들어 뼈만 앙상한 아내의 모습은 되도록 떠올리지 않으려고 애썼다. 그는 자신에게 화풀이라도 하듯 거칠게 차를 몰아 고속도로에 진입, 고개를 빳빳하게 세워 정면을 응시한 채 말 없이 오른발에 힘을 주었다. 속도계 바늘이 100을 추어 오르자 추월선으로 차선을 바꾸고 계속 속도를 올렸다. 갑자기 과속을 하자 여자는 상반신을 곧추세우고 다소 긴장된 표정으로 그의 옆얼굴을 보았다.

"설마, 나를 떨쳐버리고 혼자 가려던 건 아니었죠?"

여자가 뚜벅 물었다. 그는 괜히 가슴이 덜컹 내려앉았다. 아무 대꾸도 하지 않았다. 한동안 무거운 침묵이 흘렀다.

"참, 아저씨는 어디까지 가세요?"

한참 후, 여자가 뚜벅 물었다. 현섭은 대답을 하지 않았다. 바윗덩이 같은 바람이 뭉텅뭉텅 자동차에 부딪쳐 알갱이들로 잘게 부서지는 소리가 마치 제재소 기계톱 돌아가는 것처럼 윙윙거렸다. 그는 여자에게 행선지를 말하고 싶지가 않았다. 사실 그는 목적지를 정하고 서울을 출발한 것이 아니었다. 남쪽에서 죽기 좋을 만한 곳을 찾고 싶었을 뿐이었다. 문제는 다른 사람한테 피해 주지 않고 혼자서 장엄하게 죽을 수 있는 장소와 선택의 시간만이 남아 있을 뿐이라고 생각했다. 어쩌면 장소와 시간을 선택하지 못하게 된다면 길이 끝나는 곳까지 달려갈 수도 있을 것이었다. 그곳이 길의 끝이 될지, 삶의 끝이 될지는 모를 일이지만.

"아저씨는 어디까지 가냐구요."

"나? 나는 광주까지 가는데? 어디서 내려주면 되지?"

다그쳐 묻자 그는 엉겁결에 그렇게 말했다. 여전히 여자의 허벅지살이 쫀득하게 그의 시선을 잡아끌었다.

"그래요? 잘 되었네요. 저도 광주까지 가겠어요."

"광주? 거긴 왜?"

"꼭 한 번 가보고 싶었거든요."

"왜? 아는 사람이라도 있나?"

"저는 80년생에 생일이 5월 18일이거든요. 내가 80년생 5월 18일이라고 할 때마다 사람들은 내가 범죄자라도 되는 것처럼 이상한 눈빛으로 두 번 세 번 다시 쳐다보곤 했어요. 그래서 꼭 한 번 가보고 싶었어요."

"그건 별로 이유가 되지 않는 것 같구만."

현섭은 그렇게 말은 하면서도 조금은 흥미롭다는 생각이 들기도 했다. 하기야 전국에 80년 5월 18일생이 어디 한두 명뿐이겠는가. 그는 여자에게 광주까지 간다고 말한 것을 곧 후회했다. 여자와 함께 광주에 가고 싶지 않았다.

"나는 광주까지 가기 전에 잠깐 들를 데가 있는데?"

"어딘데요? 어디로 가실 건데요?"

"나는 미륵암에 가야하니까… 다음 휴게소에서 내려줄 테니… 다른 차로 바꿔 타라고… 사정을 하면 태워줄 거야."

그는 여자가 묻자 천천히 말했다. 현섭의 이번 여행 계획에 미륵암은 들어있지 않았다. 빌미를 만들어 여자를 떨쳐버리기 위해 미륵암을 말했을 뿐이다. 헌데 그렇게 말하고 생각해보니 어차피 목적지도 없는 여행이라 미륵암에 잠깐 들러서 쉬어가는 것도 괜찮겠다 싶기도 했다. 미륵암 앞뜰의 용틀임하듯 배배꼬인, 백 년은 되었음직한 오래된 배롱나무가 갑자기 보고 싶기도 했다. 5년 전 미륵암에 갔을 때 그는 온몸을 새끼 꼬듯 뒤틀고 서 있는 배롱나무 앞에 오랫동안 넋을 잃고 서 있었다. 온 몸이 뒤틀린 나무의 일생이 슬퍼보였다. 비록 나무라고 하지만 그 고통이 마음에 와 닿는 것을 느낄 수가 있었다.

"미륵암이 어디에 있어요?"

"여산휴게소를 지나 서쪽으로 두어 시간쯤."

"거긴 왜 가세요?"

"미륵암엔 어렸을 때 너무너무 배가 고파서 문둥이가 되려고 했다가 결국 스님이 된 분이 계시거든."

그는 여자에게 법주스님의 이야기를 하고 있었다. 그가 수상록 출판을 위해 미륵암에 찾아가서 법주스님을 만난 것은 5년 전의 일이었다. 스님은 책을 내는 것을 완강히 거절했기 때문에 출판을 포기하고 돌아온 후 법주스님과는 더 이상 만남이 없었다. 그는 지금 새삼스럽게 법주스님을 다시 만나고 싶은 생각은 없었다. 그에게 필요한 것은 삶에 대한 깨달음이나 간절한 충고가 아니라, 오로지 마지막 시간의 용기 있는 선택이었다. 법주스님을 만난다고 해서 남은 인생이 달라질 것이 없었다. 오히려 마음만더 혼란스러워질 것이었다.

"문둥이가 되려다가 스님이 되었다고요? 그 이야기 좀 해주세요."

여자는 화들짝 호기심의 불을 댕기며 더 자세한 이야기를 해주기를 바라는 듯 계속 고개를 돌려 그의 옆얼굴을 찬찬히 쳐다보았다. 그는 입을 다물고 직선으로 뻗은 고속도로의 끄트머리에 시선을 던지고 차를 몰았다. 어느덧 초봄의 햇살이 회색빛으로 엷어지고 있었다.

"아저씨, 그 스님 이야기 좀 해줘요."

여자는 쫀득거리는 목소리로 졸라댔다. 이 여자가 왜 법주스님의 이야기에 흥미를 느끼는 것인지 몰랐다. 하기야 그 역시 5년 전 오랜만에 만난 대학 선배로부터 법주스님의 이야기를 듣고 흥미를 느꼈었다. 미륵암으로 찾아가서 문둥이가 되려다가 스님이 된 이야기를 써서 책으로 내자고 졸랐다. 스님은 끈질긴 그의 성화에 못 이겨 기록을 하지 않는다는 조건으로 그에게 스님이 된 이야기를 해주었다.

"일곱 살에 부모를 한꺼번에 잃은 아이는 혼자 남은 외할머니한테 얹혀살았데. 외가가 너무 가난해서 아이는 걸식을 하지 않으면 안 되었데. 전쟁 뒤끝인 그 시절에는 모두 궁핍해서 밥을 얻어먹기가 쉽지 않았거든. 그런데 어느 날 바가지를 들고 밥을 얻으러 다니다가 죽은 아버지 또래의 문둥이를 만났지. 문둥이는 바가지에 가득 밥을 얻어갖고 먹고 있더래. 자신은 한 숟갈도 못 얻은 밥을 한 바가지나 얻어서 배부르게 먹고 있는 문둥이를 본 아이는 그가 너무 부러웠다는 거야. 다음날부터 문둥이 뒤를 따라다녔다나. 사람들은 문둥이가 대문밖에 나타나자 겁에 질린 얼굴로 서둘러 밥을 퍼 주면서도 뒤따라간 아이는 작대기를 휘두르며 내 쫓더래. 너무 배가 고픈 아이는 굶어 죽지 않으려면 차라리 문둥이가 되는 것이 낫겠다는 생각을 하게 되었지. 그래서 문둥이 아저씨한테 자기도 문둥이가 되고 싶다고 말했더래. 그리고는 그날부터 문둥이가 얻은 밥을 같이 먹고 마을 뒤 제각에서 함께 잤다는 거야. 한 달을 그렇게 지냈지만 아이는 문둥이가 되지 않았다는 거야. 그러자 문둥이 아저씨가 하는 말이, 아무래도 너는 문둥이가 될 팔자가 아닌가보다라고 하면서 고개 너머 큰 절로 데려다주었는데. 그 절의 큰 스님이 그 아이를 사미승으로 거두어들였고 훗날 아이는 그 절의 큰 스님이 되었다는 거야. 법주스님 말로는 그때 만났던 문둥이 아저씨는 부처님이 분명하다고 했어. 그러니까 부처님께서 문둥이가 되려는 자신을 스님의 길로 인도하셨다는 거야."

현섭의 이야기를 들은 여자는 한동안 말없이 깊은 생각에 잠긴 표정으로 차창 밖 멀리 하늘 끝에 시선을 던지고 있었다.

"그러니깐 지금 난… 문둥이가 되고 싶어 한 그 아이 같고… 나를 차에 태워준 아저씨는 문둥이로 변신한 부처님 같네요."

여자는 하루의 마지막 태양빛이 희부옇게 쇠잔해가고 있는 하늘 끝에 가느다랗게 시선을 매단 채 혼잣말처럼 땀직땀직 말했다. 얼토당토않은 그 말에 그는 코웃음을 쳤다. 그러면서도 삶의 막다른 길에 와 있는 자신의 처지를 문둥이에 비유한 것에 대해서는 강하게 부정하고 싶지가 않았다. 그는 지금 법주스님이 만났던 그 문둥이보다 더 절망적인 삶에 발버둥치고 있지 않는가.

"그 아이가 문둥이를 부러워한 것처럼 저 역시 자동차를 갖고 맘 먹은 대로 아무데나 갈 수 있는 아저씨가 엄청 부럽거든요. 그러니깐 문둥이 아저씨가 그랬던 것처럼 저를 미륵암에 데려다 주세요."

그 말에 현섭은 호되게 뒤통수를 한 대 얻어맞은 기분이었다. 괜히 법주스님의 이야기를 꺼낸 것을 후회했다.

"실은 저, 아저씨 말대로 자살하려고 뛰어든 거라구요. 죄를 덜 짓기 위해서 하루라도 빨리 죽어야만 해요. 아저씨도 제 행색을 보고 알아차렸겠지만 전 몸을 파는 여자예요. 그런데 씨팔, 재수없게 에이즈에 걸렸다구요. 살기 위해서는 어쩔 수 없이 에이즈에 걸린 후에도 몸을 팔 수밖에 없었어요. 몸을 팔지 않고는 살아갈 수 없는데 어떻게 해요? 난 문둥이보다 더 비참하다구요. 첨엔 에이즈에 걸렸다는 걸 알고 세상 씹새끼들 모두 에이즈에 걸려버려라 하고 복수심에 불타 마구 몸을 흔들어댔지요. 그런데 내가 엄청 죄를 짓고 있다는 걸 알았어요. 그러니까 내가 사는 건 죄를 짓는 거 아니겠어요? 헌데 정말 죽기가 이렇게 힘든 건지 몰랐어요."

여자는 따지듯 앙칼진 목소리로 말했다. 이 여자의 삶에 대한 그자신의 추리가 맞아떨어진 것에 대해 그럼 그렇지 하고 쾌재를 올리고 싶지는 않았다. 여자의 말이 날카로운 비명처럼 명치끝을 깊숙하게 후볐다. 그는 할 말이 없었다. 헉하고 숨이 막혀오는 것 같았다. 흘금 여자를 보았다. 이상하게도 여자의 얼굴을 똑바로 볼 수가 없었다. 그도 한창 경기가 좋았을 때는 친구들과 어울려 술에 취하면 돈으로 여자를 사서 즐긴 적이 있었다. 따지고 보면 이 여자가 이렇게 되기까지는 그 자신도 일단의 책임이 있을 것 같다는 생각이 들었다. 생각이 거기에 미치자 여자의 허벅지가 더 이상 시선을 끌어당기지 않았다. 그러나 현섭은 이 여자가 문둥이 이야기를 듣고 거짓말을 하고 있을지도 모른다는 생각을 했다. 에이즈에 걸린 사람이 이렇게 멀쩡하다는 게 믿을 수 없었다.

"죽는 건 너무 쉽지. 진짜 힘든 건 죽고 싶어도 죽지 못하고 사는 거야."

그는 자신을 타이르듯 애매하게 말했다.

"누구나 그런 말은 쉽게 하죠. 뭐가 진실한 삶인지 모르겠어요. 내 몸이 망가지기 전까지는 한 번도 남에게 해꼬지를 한 적이 없거든요. 그동안 오기를 부려서라도 보란 듯이 살아보려고 했는데 결국은 실패하고 말았어요."

여자는 다시 한숨을 섞어가며 낮은 목소리로 푸념처럼 말했다. 그는 고민 끝에 하는 수 없이 여자를 차에 태운 채 미륵암으로 가기로 했다. 문둥이 아저씨가 그랬던 것처럼 여자를 미륵암에 떨쳐 놓고 갈 수밖에 없다고 생각했기 때문이다. 차후에 여자가 스님이 되건 자살을 하건 그녀의 행로에 대해서는 생각하고 싶지 않았다.

4

미륵암은 비자나무 숲을 지나 소나무와 굴참나무가 듬성듬성한 가파른 산등성이의 벼랑 끝에 있었다. 상큼한 송진 냄새가 폐부를 간질이는 숲길을 지나면서 턱 끝을 쳐들고 올려다 본 미륵암은 마치 하늘에 아슬아슬하게 매달려 있는 것처럼 보였다. 숲길에 들어섰을 때는 어느덧 석양이 마지막 불길을 사르고 어둑한 산 그림자가 빠른 속도로 골짜기를 덮기 시작했다. 그는 어둡기 전에 미륵암에 도착하기 위해, 되도록 뒤따라오는 여자를 의식하지 않으려고 애쓰면서 헉헉 등성이를 추어 올랐다. 여자가 자꾸 뒤처지는 것 같았으나 그는 그녀를 기다려주지 않았다.

현섭은 큰 절(미륵암의 본사)의 주차장에 차를 주차시키고 골짜기를 따라 미륵암 가는 가파른 오솔길로 접어들면서부터 여자에게 한 마디의 말도 하지 않았다. 여자에게 에이즈에 걸리게 된 경위와 증상이며 현재 상태에 대해 묻고 싶었지만 참았다. 최근에는 면역력을 높여주는 약도 개발되었고 관리만 잘 하면 생존율도 꽤 높다는 걸 알고 있었다. 여자는 조심스럽게 그의 눈치를 살피는 듯 적당한 거리를 유지하고 뒤따랐을 뿐 말을 걸어오지 않았다. 어쩌면 여자는 그에게 자신의 비밀을 털어놓은 것 때문에 수치심을 감당 못하고 있는 것인지도 몰랐다. 하지만 그는 여자가 에이즈 환자라는 것을 믿고 싶지 않았다.

법주스님은 5년 전 모습 그대로, 상좌조차 귀찮다 마다하고 오래된 다복소나무처럼 홀로 미륵암에 가부좌를 틀고 있었다. 5년 전에 예고도 없이 불쑥 찾아와 책을 내자고 졸라대면서 하룻밤을 묵어갔을 뿐이었는데, 스님은 어둑한 해거름 속에서 목소리만 듣고도 신통하게 그를 알아보았다. 스님은 왜소하면서도 깐깐한 체구와는 어울리지 않게 우럭우럭 울림이 큰 목소리로 "조 선생이 어쩐 일이오. 또 책을 내자고 오신 것은 아니겠지" 하면서 담담하게 맞아주었다. 스님은 같이 온 여자에 대해서 묻지 않았다. 그도 스님이 어찌 생각하건 신경 쓰고 싶지 않았으므로 굳이 궁색한 변명 같은 것은 하지 않았다. 잠시 후 두 사람은 스님이 안거하는 아주 작은 방에서 스님이 손수 마련해준 소박한 저녁 공양으로 배를 채운 후 녹차까지 마셨다. 그는 향기로운 차를 마시면서 줄곧 스님의 방 벽에 붙은 누워있는 돌부처 사진에 시선을 빼앗기고 있었다. 그러고 보니 5년 전에 왔을 때도 이 사진은 그 자리에 붙어 있었던 것 같았다. 그때 미륵 용화세상이 열리는 날 와불이 벌떡 일어날 것이라는 스님의 말에, 그런 세상이 오리라 믿느냐고 물었던 것 같았다. 그러자 스님은 믿음은 한 인간을 변화시킬 수 있을 뿐만 아니라 세상을 바꿀 수 있다는 말로 대신했다. 그는 스님의 5년 전 그 말을 다시 곱씹어보았다. 그러고 보니 며칠 전 와불이 벌떡 일어나는 꿈을 꾸었던 것도 결코 우연한 일이 아니었구나 하는 생각이 들었다.

여자는 한사코 그의 등 뒤에 밤송이처럼 가시 돋친 표정으로 조그맣게 몸을 사리고 앉은 채 한 마디도 입을 열지 않았다. 법주스님에게 문둥이가 되려다가 스님이 된 이야기에 대해서도 묻지 않았다. 어쩌면 여자는 스님에 대한 관심보다 미륵암까지 그를 따라올 생각으로 그렇게 호들갑을 떨었는지도 몰랐다. 그녀는 다만 옆방으로 잠자리를 안내해주겠다는 스님을 따라 천천히 일어서며 "지금 세상에도 문둥이가 되고 싶어 하는 사람이 있을까요" 하고 생뚱맞게 뚜벅 뱉어냈을 뿐이었다. 그 말에 스님은 처음으로 여자를 정면으로 바라보며 희미하게 미소를 흘렸다.

그날 밤 그는 스님과 나란히 잠자리에 누웠다. 잠자리에 드는 순간 그는 문득 그의 몸이 적막한 궁륭(穹窿) 속에 위태롭게 떠 있는 듯한 기분을 느꼈다. 육신이 한갓 보푸라기처럼 가볍게 느껴졌다. 산등성이를 훑고 달려와 몸살 나도록 비자나무가지를 쥐흔드는 바람이 그를 어디론가 멀리 날려버릴 것 같았다. 거친 바람 소리가 어둠의 골짜기를 가득 채웠다. 깊은 밤 산사의 바람 소리는 5년 전처럼 온몸으로 요동을 치며 한사코 잠 못 들게 보챘다.

그는 스님에게 고속도로에서 차에 뛰어든 여자 이야기를 해주었다. 그리고 한참을 망설인 끝에 에이즈에 걸렸다는 것도 말했다.

"에이즈라면 한때는 문둥병보다 더 무서운 거라고 했죠. 세계에서 해마다 2백만 명 이상이 죽어갔거든요. 걸렸다 하면 죽었죠. 허나 지금은 약을 복용하고 관리만 잘 하면 30년 이상 생존할 수 있다는 기사를 읽은 적이 있습니다. 허나 약을 먹지 않고 관리를 하지 않으면 머지않아 죽게 되겠지요. 세계적으로 에이즈 환자가 줄어드는데도 한국만은 계속 늘어난다고 하는데 그 이유를 모르겠어요."

법주스님은 아무 반응 없이 듣고만 있었다.

"저 여자가 에이즈 환자가 맞다면 약을 먹지도 않겠지요. 죽음만 생각하는 것 같아요. 언제 또 차에 뛰어들지 모릅니다. 그렇다고 전들 어떻게 합니까. 제게는 여자를 보호할만한 능력이 없어요."

현섭은 법주스님한테 여자를 떠맡기기라도 할 것처럼 매달리듯 말했다. 그러나 아내가 죽은 후 살아갈 용기를 잃고 죽음의 여행을 하는 중이라는 이야기는 하지 않았다. 구차한 처지를 누구에게도 까발리고 싶지 않았다. 스님은 여자에 대한 이야기에 여전히 반응이 없었다. 혹시 잠이 들었는가 싶어 고개를 스님 쪽으로 돌리며 "스님" 하고 나지막하게 불러보았다.

"그래서 내게 지금도 문둥이가 되고 싶어 하는 사람이 있느냐고 물었구만."

스님은 그 말 한 마디뿐이었다. 그는 눈을 감고 거친 바람 소리를 들으며 조금 전 여자가 스님에게 던졌던 그 말을 반추해보았다. 여자는 지금 문둥이가 되고 싶어했던 스님보다 더 절망적일 수 있을 것이라고 생각되었다. 아니, 여자의 말이 사실이라면 그녀는 이미 문둥이가 되어 버렸지 않은가.

"문둥이가 되고자하는 사람만이 저 여자를 구해줄 수 있을 겝니다."

스님이 마른기침을 토하고 나서 말했다. 그 말은 마치 그더러 문둥이가 되어서라도 여자를 구하라며 죽비로 후려치는 것처럼 들렸다. 그는 잠자코 있었다. 스님한테 여자 이야기를 한 것을 후회했다.

"여자가 왜 눈총을 받아가면서도 여기까지 조 선생을 따라왔다고 생각하십니까. 그건 조 선생한테서 한 가닥 희망의 밧줄을 붙잡아보기 위해서라는 생각은 안 해보셨습니까. 살고 싶은 게지요. 죽고 싶었으면 조 선생 차에 타지도, 여기까지 따라오지도 않았겠지요. 지금 조 선생은 저 여자의 생명줄을 잡고 있는 것이나 다름없어요. 조 선생이 귀찮다고 그 끈을 놓아버린다면 저 여자는 당장 죽게 되겠지요."

스님의 말에 그는 어둠 속에서 벌떡 일어나 앉았다.

"저는 지금 아무 능력도 없습니다. 결국 저 여자는 자기가 선택한 길을 가겠지요."

그는 스님의 말을 부인하는 뜻으로 거듭 도리질을 쳤다. 스님은 그가 일어나 앉은 것을 알면서도 더 이상 말하지 않았다. 숨소리마저 죽이고 누워 있던 스님은 이내 잠이 들었다. 현섭은 다시 자리에 누웠으나 잠을 이룰 수가 없었다. 그가 여자의 생명줄을 잡고 있다는 스님의 말이 올가미처럼 목을 옥죄어오는 것 같았다. 올가미에서 벗어나기라도 하려는 듯 계속 몸을 뒤척이며 버르적거렸다. 바람 소리마저 더욱 거칠어졌다. 바윗덩어리 같은 바람이 그를 향해 한꺼번에 굴러오는 것 같았다. 그는 바람에 깔리기라도 한 듯 심한 압박감을 느꼈다. 비명을 지르고 싶었다. 당장에 홀로 미륵암에서 뛰쳐나가고 싶었다.

밤새도록 잠을 못 이루고 뒤척이다가 바람 소리가 잠잠해진 새벽 무렵에야 얼핏 눈을 붙인 현섭은, 다시 스님의 새벽 예불 소리에 귀가 열렸다. 완자창문이 희붐하게 밝아올 때까지 방바닥에서 몽그작거리다가 스님의 아침 공양 시간을 알리는 목소리에 밖으로 나갔다. 늘푸른 비자나무 가지 사이로 아침햇살이 화르르 쏟아져 내렸다. 바람 소리 대신에 암자 아래쪽 숲에서 솔잣새가 휘휘 휘파람 불 듯 울어댔다. 5년 전에도 솔잣새가 초겨울의 얼어붙은 아침을 부드럽게 열어주었었다.

"옆 방 손님도 깨우시오."

스님의 말에 현섭은 한참을 주저하다가 옆방 문고리를 잡아 흔들며 아침 먹게 그만 일어나라고 소리쳤다. 한참을 기다려도 방문은 열리지 않았다. 그는 짜증스러운 목소리로 다시 한 번 일어나라고 소리치며 신경질적으로 방 문고리를 힘껏 잡아당겼다. 여자는 방에 없었다. 판잣집 같은 해우소를 기웃거려보기도 하고 개울과 암자 주변을 휘둘러보았으나 여자의 모습은 보이지 않았다. 그는 여자가 암자를 떠났다는 것을 알아차렸다. 체증이 사라진 것처럼 홀가분한 기분이 들면서도, 말 한 마디 없이 떠나버린 여자에 대해 괜히 화가 치밀었다. 암자를 떠난 것은 여자 스스로 선택한 것이기에 그에게는 아무런 책임이 없다고 생각했다. 그런데 왠지 마음이 가볍지가 않았다. 여자를 미륵암까지 데려온 것이 후회스러웠다. 차라리 여자가 잠든 사이 그가 먼저 떠나버릴 것을 그랬구나 싶기도 했다.

현섭은 법주스님이 거처하는 방으로 들어가 서둘러 횃대에 걸어놓은 회색 점퍼를 손에 들고 나왔다. 숙설간에서 밥상을 받쳐 들고 문턱을 넘어오던 법주스님이 떠날 차비를 하고 나오는 그를 멀뚱히 바라보더니 걸음을 멈추어 섰다.

"여자가 없어졌네요."

"없어지다니오?"

"모르겠어요."

"암자 근처를 잘 찾아보시지."

"이 근처는 없습니다. 아마 멀리 간 것 같습니다. 저도 그만 가봐야겠습니다."

현섭은 점퍼를 팔에 꿰며 다급하게 말했다.

"아침 공양이라도 들고 가시지 않고."

"아닙니다. 너무 늦어서요."

서두르는 현섭의 모습을 무연히 바라보던 법주스님은 밥상을 들고 선 채 두어 번 천천히 고개를 끄덕였다. 그는 스님을 향해 합장을 하고 나서 암자를 뒤로한 채 비자나무 가지 사이로 부챗살처럼 어슷하게 꽂혀 내리는 햇살 속으로 뛰어 내려갔다. 숨이 가빠지면서 땀이 숭얼숭얼 맺혔다. 자동차 키를 손에 꼭 쥐고 주차장을 향해 뛰면서 그는 문득 간밤 스님의 말과는 반대로 이제 여자가 내 생명의 끈을 움켜쥐고 있는 것이 아닌가 하는 생각에 사로잡혔다. 그는 이미 여자가 던진 밧줄에 단단히 묶여 있기라도 한 것처럼, 시간을 선택할 자유마저 잃어버린 것이 아닌가 생각하면서 숲 속을 헤치며 뛰었다. 그의 선택권 마저 여자에게 빼앗겨버린 기분이었다. 현섭은 여자를 찾지 못하면 영원히 자유롭지 못할 지도 모른다는 불안과 함께 온몸이 땀에 젖도록 헉헉대며 뛰었다. 비자나무 가지 끝에서 솔잣새가 그를 향해 훼훼 슬피 울었다.

터덜거리며 비포장 비탈길을 빠져나와 저수지에 이르렀지만 여자는 보이지 않았다. 온전하게 걸을 수 없을 정도로 오른발이 아픈 것으로 미루어 얼마 가지 못했을 것으로 짐작했는데, 산 비탈길을 다 내려와서도 여자의 모습을 발견하지 못하자 더럭 불길한 예감에 사로잡혔다. 혹시 저수지에 빠져 죽지나 않았나 싶어 차를 세우고 저수지를 한 바퀴 돌아보았다. 저수지에 빠져죽었다면 어디엔가 신발을 벗어놓았을 것이라고 생각하고, 둑 여기저기를 살펴보았으나 아무데서도 여자의 흔적을 찾을 수가 없었다. 걸음도 제대로 걸을 수 없는 몸으로 도대체 어디로 갔단 말인가. 혹시 한밤중에 암자를 떠난 것은 아닐까. 그는 서둘러 자동차에 올랐다. 마음이 다급해졌다. 죽기 전에 여자를 찾아야한다고 생각했다. 아무 차에나 뛰어들 것이 분명해. 차에 뛰어들기 전에 찾아야만 해. 그는 마음속으로 같은 말을 되뇌이며 속도를 냈다. 저수지를 지나 산자락을 감고 돌자 고속도로로 연결되는 722번 지방도가 나왔다. 넓은 평야를 가로지른 도로는 말끔하게 포장이 되어 있었다. 그는 이제 여행의 목표가 분명해진 것 같다는 생각을 하면서 곧게 뻗은 아스팔트길을 전속력으로 달렸다.

관용과 따뜻함의 미학,
그리고 노년소설의 정수(精髓)

전흥남 | 한려대 교수

1. 들어가며: 생오지의 공간성과 생명력의 원형(原型)

문순태의 열한 번째 소설집 『생오지 눈사람』이 나왔다. 필자는 작가의 인간적인 면모와 따뜻함, 그리고 소설에 대한 구도자적인 자세에 반하곤 한다. 문학을 공부하는 입장에서 소설에 대한 작가의 열정과 그 염결성에 고개가 절로 숙여진다. 세상과 사회의 변화를 늘 예의주시하면서 새롭게 수용하려는 그 열정에 감복하는 경우도 있다. 좋은 소설을 쓰기 위해서는 작가 역시 사고의 건강성과 균형감각, 그리고 열린 시각을 유지해야 가능하다는 생각이 든다. 이번 소설집은 작가의 그러한 인품과 삶의 지혜가 고스란히 배어 있다고 본다.

　소설집 『생오지 눈사람』에는 비교적 근래에 쓴 소설 10편의 가작(佳作)이 수록되어 있다. 이 글이 비평의 범주에 들지는 않지만, 어느 평자가 '주례사 비평'이라는 말을 한다면 달게 감당하고 싶다. 이 소설집은 어부가 출항을 앞두고 한 땀 한 땀 그물을 짜듯이 공이 들여 엮은 작품들로 짜여져 있다는 확신이 들기 때문이다. 이번 소설집의 첫머리를 장식한 작품으로 「생오지 눈사람」이 자리한 것도 예사롭지 않다. 생오지를 공간적 배경으로 한 작가의 웅숭깊은 뜻을 짐작케 한다. 생오지의 공간성에 대한 작가의 무한한 애정은 열 번째 소설집 『생오지 뜸부기』를 내면서 밝힌 작가의 머리말에도 함축되어 있다.

　　현실은 핍진 상태이지만 아직 이 공간에는 원초적 생명력이 넘치고 있다. 넓은 하늘 밖에 보이지 않는 이 골짜기에 들어와 살면서, 나는 삶의 공간에 대해 많은 생각을 하게 되었다. 삶의 무대는 무한하나, 존재의 뿌리를 내린 공간은 유한하다는 것을 알게 되었다. 특히 나는 요즘 자연의 소리 공간에 깊은 관심을 갖기 시작했다. 우리는 산업사회를 거치면서 눈에 보이는 풍경, 즉 '랜드스케이프'에만 신경을 썼지, 소리 풍경(사운드스케이프)에는 무관심해왔다. 생명 가진 것들이 가장 건강하게 살 수 있는 공간은 자연의 소리가 70% 이상 보존되어 있는 곳이라야 한다.

소설집『생오지 뜸부기』를 낸지 6년여 시간이 지난 지금도 작가의 이러한 고백과 관점은 여전히 유효하다. 소설집『생오지 뜸부기』에는 '자연의 소리가 움씰하게 살아 있는 건강한 생명의 공간을 소설로 형상화한' 작품들로 엮어져 있다면, 열한 번째 소설집『생오지 눈사람』역시 그러한 연장선상에 있다. 다만, 이번 소설집에는 '과거와의 만남과 화해를 통하여 "삶의 근원"으로 가는 길'에 직면해 있는 점이 좀 더 두드러져 있다. 물론 이러한 과정에서 생오지가 갖는 공간성은 여전히 '문화적 기억 공간'으로서 확장성을 갖는다. 이를테면 '기억 혹은 복원으로서의 글쓰기'에 해당하는 경우도 있고 혹은 '기억의 재구성과 역사의 서사화'와 관련되는 경우들로 변주(變奏)되어 있기에 결과적으로 '삶의 근원'과 '본질'을 종합하고 있는 셈이다. 여기서 '삶의 근원'은 철학적이거나 관념적인 사유의 대상이기 보다는 우리네 삶이 어디에 가치를 두고 살아야 하며, 정작 중요하게 생각해야 할 것이 무엇인지, 그리고 인간은 단독자(單獨者)이기도 하지만 서로 부대끼며 더불어 사는 존재라는 점을 부각시키고 있다. 아울러 이번 소설집에는 이러한 생각을 독자와 소통하고픈 작가의 바람과 삶의 지혜가 짙게 묻어 있다. 현실은 날로 강퍅하고 힘든 점도 있지만 '그럼에도 불구하고' 우리 인간은 여전히 서로가 위로하고 포용하는 공동체 사회를 지향해야 한다는 점에 방점을 찍고 있다. 이번에 수록된 소설에서 유독 노인이 화자(혹은 초점화자)나 주요 인물로 등장하는 빈도수가 높은 것도 이와 무관하지 않다.

  문순태의 소설에서 이른바 노년소설의 범주에 드는 작품들을 창작하고 관심을 기울인 것은 소설집 『된장』(2002)의 「그리운 조팝꽃」으로 거슬러 올라가고, 정년을 맞으며 낸 소설집 『울타리』(2006)에 수록된 소설들을 통해서도 이미 예고되어 있었다. 작가 스스로 비교적 노년기에 접어든 시기에 쓴 『울타리』에 실린 「늙으신 어머니의 향기」, 「느티나무와 어머니」, 「은행나무 아래서」, 「대나무 꽃피다」 등은 노년소설로서의 성격과 특징을 두루 갖추고 있는 수작(秀作)들이다. 소설집 『울타리』에 실린 절반이 노년소설의 유형에 해당하는 셈이다. 자연히 주요 인물이 노인들이고 이야기의 소재 역시 노년의 삶과 밀접하게 관련되어 있다. 여성 노인을 초점화하여 노년의 삶과 소재에 서사의 초점을 기울이고 있는 공통점을 지닌다.[1]

이번 작품집에 수록된 소설들 또한 노년소설의 범주에 드는 작품들이 많은 편이다. 한편으로는 소설집 『울타리』의 속편이면서 또 다른 측면에서는 『생오지 뜸부기』의 속편의 성격을 지녔다. 작품을 구체적으로 들여다보는 과정에서도 드러날 터이지만, 이번 소설집에 수록된 소설이 일이관지하게 관통하는 한 줄기는 인간에 대한 따뜻한 시선, 자신을 포함한 모든 타자에 대한 신뢰와 관대이다. 그

---

[1] 문순태의 노년소설에서 여성 노인이 자주 등장하고, 여성 노인의 삶이 핍진하게 그려진 경우가 많다. 한국인의 정서상 어머니의 삶 속에서 온갖 수난과 역경 및 가난이 올올이 드러난 경우를 감안한 설정이겠지만, 작가 스스로 어머니의 삶에 대한 각별한 사모의 정과 어머니의 인생관을 작품으로 구현한 측면과도 연관된다. 2010년 10월경 구순의 노모님을 여읜 뒤 가진 필자와의 인터뷰를 통해서 이러한 생각을 밝힌 바 있다. 보다 구체적인 것은 전흥남, 「문순태 선생의 서재를 찾아- '생오지'에서 문학의 향기를 맡고, 나눔의 정신을 배우다」, 『소설시대』 18호, (한국작가교수회, 평민사, 2010. 11), 65-75쪽 참조.

것을 통한 화해의 세계가 주조음(主調音)을 형성할 때 우리 사회는 좀 더 인간다운 삶이 가능할 것이라고 이 소설집을 통해서 전망한다. 따라서 이번 소설집에서는 인간들의 욕망에 의해서 강제된 경계를 다양한 화해의 방법으로 허물기를 시도한다. 문순태의 소설의 이러한 지향점은 그의 소설에 일관되게 흐르고 있는 지점이기도 하지만 이번 소설집은 타인에 대한 신뢰와 포용, 그리고 관대가 전보다 더 깊고 심오해졌다는 점을 놓치면 안 된다. 이런 점에서 작가의 이러한 변화를 마치 예견하듯이 서술한 어느 평자의 언급은 여전히 유효하다.

> 생오지 계열 소설 속에 나타나는 생태성이 초기 소설의 방울재나 노루목 등의 공간에서 엿보이는 생태적 성격과 다르다는 점을 파악하는 것에서 찾아진다. 다시 말하면, 90년대 후반을 기점으로 하여 문순태의 소설은 생오지와 같은 생태공간을 중심으로 용서와 화해를 생명과 인간의 층위에서 고민하고 그것을 단지 역사적인 문제로서가 아니라 자연과 인간의 관계망 속에서 다시 성찰하기 시작한다.[2]

위의 언급은, 문순태 소설의 중심 주제인 '용서와 화해'의 문제

---

2) 한순미, 「용서를 넘어선 포용-문순태 소설의 공간 변모 양상에 대한 문학치료학적 접근-」, 『문학치료연구』 제30집, 한국문학치료학회, 2014. 1. 172쪽.

를 소설의 공간 변모 양상에 주목하여 읽고 그 과정을 문학치료학적 관점으로 접근하고자 한 것인데, 그의 소설을 통해 역사적 트라우마의 치유 가능성까지 모색한 점에서 시사하는 바가 크다. 진정한 화해의 방식을 인간과 자연의 긴밀한 짜임관계를 통해 보여주고 있는 점을 주목한 것이기도 하다. 이런 점에서 문순태의 소설에서 생오지 공간은 작가와 독자가 주요한 소통 매개로서 어떤 기억에 대한 동질성을 확인하고 그 기억을 보존, 재생산하는 공간으로서 역할에 한정할 수 없는 측면을 지닌다. 근래 쓰인 '생오지 계열 소설'의 경우는 더욱 그러하다. 『생오지 눈사람』을 언급하기 전에 다소 서론이 길어진 이유도 여기에 있다.

「생오지 눈사람」은 9개월 전 자살사이트에서 우연히 알게 된 동년배 가출 소년·소녀가 등장한다. 동수는 고등학교 2학년을 중퇴하고 치킨 배달을 하고 있었고, 고등학교 3학년인 혜진은 주유소에서 알바 중이었다. 한 달 동안 카카오톡으로 대화를 나누다가 용기를 내어 만난 그들은, 동시에 감탄사를 뱉으며 거듭 놀란다. 온전하지 않은 가정에, 그들의 일터가 한동네에 있다는 것에 놀라고, 나이가 같은 것에 다시 놀라고, 두 사람 모두 어둡고 눅눅한 반지하방에 살고 있는 것에 또 놀란다. 혜진은 알콜 중독자 아버지와 같이 살고 있었고, 동수는 치매를 앓는 외할머니와 살고 있는 등 처지도 비슷했다. 내일을 기약할 꿈조차 빛이 바랜 두 사람이었다. 혜진이가 같은 처지의 자신들을 가리켜 "우리는 똑같은 흙수저네."라고 쿡쿡 웃으며 말하자, 동수가 "우리는 흙수저도 아닌 똥수저야."라고 했고 그들은 서로를 가리키며 한바탕 배꼽을 잡고 웃는다.

이렇게 열악한 환경이 비슷한 두 젊은이가 자살을 하기 위해 한적한 생오지까지 흘러 들어오게 되지만 뱃속의 아이를 생각하게 되고, 또 홀로 남은 가족들 걱정 때문에 자살을 실행하지 못하고 만다. 자살을 미룬 두 젊은이가 생오지에서 만난 사람들(노인들)과 부대끼며 삶의 의욕을 찾고 새로운 삶을 설계한다는 내용이 이 소설의 중심서사이다. 소설에서 두 젊은이가 극단적인 선택을 하려고 했으나 생오지에서 터를 잡고 생오지 노인들과 정을 주고 받으면서 새 삶을 일궈가는 과정은 따사로우면서 눈물겹다. 생오지에서는 사람을 소중하게 생각하고 서로를 배려하는 따뜻한 정으로 이어져 있기에 희망이 움튼다. 과거에 비해 많이 나아졌다고는 하지만 아직도 농촌의 현실은 노인층이 많은 편이다. 나이가 든 노년들이 외롭게 홀로 사는 경우들이 더 많기 마련이다. 그런데 동수와 혜진이 마을에 정착하면서 마을도 조금씩 활력을 찾게 된다. 동수와 혜진은 자신들을 반기고 사람 대접해 주는 마을 사람들을 보면서 자신들 역시 소중한 인격체로서의 삶을 깨닫고 활력을 찾게 된 것이다. 소설의 마지막 장면은 서기(瑞氣)로움이 가득하다.

혜진이가 집 밖에까지 나와 옴씰하게 눈을 맞고 기다리고 있다가 동수를 맞았다. 혜진은 머리에 눈을 듬뿍 인 채 언제나처럼 두 팔로 아랫배를 느슨하게 감싸 안고 있었다. 동수가 보기에 생오지에 온 후로 눈에 띄게 배가 불러온 것 같았다.

"추운데 왜 나왔어?"

"누워있는데 아기가 밖에 나가자고 발길질을 해서… 빨리 세상 구경을 하고 싶은가봐."

혜진이 어색하게 웃으며 동수 옆으로 바짝 다가섰다.

"배롱나무 밑에다 눈 무덤을 만들었어."

…(중략)…

"벚꽃보다 더 아름다워?"

"보고 싶어?"

"응."

"배롱꽃이 필려면 아직 여섯 달은 더 기다려야하는데?"

"여섯 달이면 여름이네? 그때쯤이면 우리 아기 백일도 지나서인데… 그래도 배롱꽃을 보고 싶어."

혜진이가 오랜만에 배롱꽃잎처럼 살포시 웃으며 말하자, 동수가 왼팔로 혜진의 어깨를 힘주어 감싸며 집 안으로 들어섰다. 눈발이 더욱 굵어지면서 바람이 건듯 불었다. 지붕마다 눈이 쌓인 생오지가 거대한 눈 무덤으로 보였다. 눈 무덤 속에서 생오지 노인들이 큰 소리로 울부짖듯 동수의 이름을 외쳐 불러대는 소리가 여기저기서 들려오는 것 같아 한동안 마을 안쪽을 두리번거렸다.(고딕표지-인용자)

소설의 결말부분이다. 생오지는 때로는 눈이 많이 와서 교통마저 두절되는 외딴 곳으로 알려져 있지만 더 이상 오지가 아니다. 사람들로 붐비는 도시는 아니지만 따뜻한 정이 흐르고 생명력이 가득

한 공간으로 재생되고 있다. 생오지는 작가의 고향이기에 남다른 애착을 보인 공간으로서 작품 속의 생오지는 새롭게 거듭 태어나는 생명력의 공간성을 지닌다. 욕망과 경쟁과 변화를 추구하는 세상과 좀 거리를 둔, 자연과 인간이 잘 어우러진 공간으로서 원시성을 지닌다. 생오지는 삶이 끝나는 죽음의 공간이 아니라 새로운 생명들이 태어남과 죽어감을 반복하는 순환의 공간으로 형상화된다.

이 작품 외에도 「자두와 지우개」, 「은행잎 지다」 등도 생오지 혹은 생오지 근처가 갖는 공간성과 서정성이 조화를 이룬 수작(秀作)으로 주목할 만하다. 「자두와 지우개」는 노년소설의 얼개와 구성을 잘 구비하고 있는 작품으로서 손색이 없다. 노년의 연령선이 조금씩 다르지만 적어도 60대 중반을 넘긴 경우로 봐도 대체로 무리는 없을 것이다. 「자두와 지우개」는 초등학교 시절 동창생과의 추억과 애틋함이 옴씰하게 배어있는 작품이다. 단정적으로 말해 두면, 노년의 사랑과 우정을 이렇게 순수하고 아름답게 묘사하고, 또 작중 인물 역시 우아함과 격조를 띤 경우를 만나기가 쉽지 않을 것 같다.

이야기는 칠순에 가까운 노인('나')이 아내와 사별하고 홀로 고향에 내려와 사는데 자신의 삶의 흔적들이 묻어있는 물건들을 모아놓은 '오동나무 상자' 를 찾는 것으로 시작된다. 화자가 찾는 상자 속에는 어머니가 생전에 내 삶의 추억거리들을 모두 모아놓은 것들이 들어있다. 어머니는 사과상자보다는 약간 크고 뒤주보다는 작은 오동나무 상자에 깔끔하게 옻칠까지 하고는 그 안에 추억거리들을 넣어 붕어 모양의 열쇠를 채우고 방에 신주단지처럼 모셨다. 어머니는 학창시절 화자가 쓰던 물건들을 버리지 않고 하나하나 소중히 보관할 때마다 "훗날, 네가 어렸을 적에 쓰던 물건들이 쓰레기가 되지 않도록 해야 쓴다. 훗날 사람들이 네가 쓰던 물건들을 보고 많은 것을 배우고 뒷이야기를 허도록 해야 쓴다."라고 주문을 외우듯 되풀이했다. 결혼한 지 6년 만에 남편을 잃고 아들 하나 믿고 의지하며 살아온 어머니의 모든 꿈은 '내'가 위대한 사람이 되는 것이었다.

어머니의 기대와 달리 '나'는 평범한 삶을 살다가 이제는 아내와 사별하고 고향으로 돌아와 외롭게 살고 있는 노인이다. 그런데 초등학교 여자 동창 자두가 생오지에서 살고 있다는 사실을 알면서 나는 생기가 돈다. 자두에게 선물로 받았던 고무지우개를 떠올리게 하고, '오동나무'를 찾은 것도 자두가 초등학교 때 화자에게 주었기 때문이다. 화자는 어머니와 함께 k시로 이사를 간 3년 후쯤에 자두도 가족들과 함께 고향을 떠났다는 소식을 접한 후 40여 년 동안 까맣게 잊고 있었다. 그런데 아내와 사별하고 고향으로 온 지 얼마 안 되어 산책을 갔다가 초로의 여인이 된 자두가 폐가가 된 집에 정착하고 있다는 사실을 알게 된 것이다. 화자는 일주일에 한 번씩 교회에서 오는 미니버스를 타고 자두와 자연스럽게 만나게 된다. 자두를 묘사한 소설의 한 대목을 보자.

자두가 온다. 고샅을 나와 마을 앞 큰길로 들어서는 모습이 마치 매화꽃잎만한 배추흰나비 한 마리가 햇빛 속에서 날개를 팔랑거리는 것 같다. 느티나무 가까이 올수록 나비의 모습이 점점 커지더니, 자두가 어느새 단발머리 어린 소녀로 변했다. 자두가 시골 학교로 처음 전학 왔을 때 모습 그대로다. 발가락 쪽에 힘을 주고 땅껍질을 벗기듯 가볍게 튕겨 오르며 폴짝폴짝 걷는 모습이 영락없이 소녀시절 자두 모습이다. …(중략)… 나 역시 첫눈에 총 맞은 기분이 되었고 망설임 없이 마음속에 점을 찍고 화장실 벽에 '자두는 영보 애인이다.' 라고 낙서부터 했다. …(중략)…

어느새 자두의 모습이 교복차림의 중학생으로 바뀌는가 싶더니, 갈래머리로 변한 얼굴에 여드름이 돋고 가슴이 봉긋해진 처녀가 되었다. …(중략)… 내가 서 있는 느티나무 가까이 다가오고 있는 자두는 금세 황토색 염색을 한 개량한복 차림에 반백의 할머니로 변했다. 내가 한눈에 볼 수 있는 길 위에서 그녀의 반세기에 가까운 시간이 빠르게 흘렀다. 그 시간의 축적 위에 자두의 인생이 파노라마처럼 스쳐지나갔다. 인생이란 시간의 흐름과 함께 변화하는 것이 아닌가 싶다.

아담한 키에 환갑 넘은 나이답지 않게 허리를 곧게 펴고 사뿐사뿐 걸어오고 있는 자두는 한사코 내 시선을 피해 주위를 두리번거린다. 햇빛에 그슬려 얼굴이 거무죽죽해 보였으나 큰 눈이며 적당한 콧대로 인해 눈에 띄게 자태가 곱다.(고딕표시-인용자)

환갑을 넘긴 자두의 생애를 한 편의 파노라마처럼 생생하게 묘사하고 있다. 문순태 소설의 묘사는 사물과 정경이 한눈에 보이듯 생생하게 조합해서 그리고 있다는 점에서 인상적이다. 아니 타의 추종을 불허할 정도의 경지다. 노인의 심리상태와 설렘이 풍경과 잘 어우러져 한 폭의 수채화를 연상케 한다.

　일반적으로 노년에 이르면 설렘이 줄어든다고 한다. 설렘이 줄어드는 건 노년기에 접어들고 있음을 가늠해 주는 한 요소이기도 하다. 대체로 노년기에 이르면 매사 심드렁하고 의욕도 줄어들기 마련이다. 자연스러운 현상이기도 하다. 하지만 이것을 당연하게만 생각하는 삶도 왠지 허전해 보인다. 노년기에 빼놓을 수 없는 것이 추억이다. 그래서 노년세대는 추억을 먹고 산다고 한다. 가슴 설레는 추억을 간직하고 사는 노년의 삶에 있어 나이는 숫자에 불과하다. 생물학적으로는 노년이지만 마음은 청춘인 셈이다. 초로의 노인들이 추억을 매개로 우정과 애틋함을 주고 받는 장면은 가슴 찡하고 참신하다.

　　그날 교회에서 예배를 마친 신도들은 새터에서 혼자 살다가 세상을 뜬 여든아홉 살 할머니의 장례식에 참예했다. …(중략)… 나는 버스 안에서 내게 닥쳐올 죽음에 대해서 생각했다. 사실 나는 아내가 세상을 뜬 후부터 죽음의 그림자가 줄곧 내 주위를 맴돌고 있다고 느끼기 시작했다. …(중략)… 나이가 들수록 가까운 사람에게 상처를 남기지 않도록 하는 것이 현명할 것 같다. 그러나 죽을 때 외롭지 않기 위해서는 그렇게 할 수도 없는 일이 아닌가.
　　그날 밤 나는 용기를 내어 자두한테 전화를 걸었다.
　　"전화해서 미안헌데… 정말 내 소원 한번 들어줘. 같이 밥 먹으면서 옛날이야기나 좀 허드라고. 내일 저녁 어뗘? 6시에 비석거리에 나와 있으면 내가 차 갖고 나갈게."

나는 책을 읽듯 빠른 속도로 말을 하고 가슴 조이며 반응을 기다렸다. 다행히 자두는 전화를 끊지 않았다. 텔레비전 연속극을 보고 있었는지 낮은 톤의 배경음악이 전류를 타고 촉촉하게 흘러나왔다. 여자 울음소리도 뒤섞여 나왔다.

"내 말 듣고 있어? 다른 뜻은 없어. 죽기 전에 둘이 얼굴 마주보며 밥 한번 먹고… 커피도 한잔 마시면서…"

자두가 전화를 끊지 않았다는 것을 알게 되자 나도 모르게 더듬거렸다.

"내일은 안 되고…"

"그래? 그럼 언제?"

다급하게 묻고 있는 내 목소리가 쩌렁쩌렁 울릴 정도로 컸다.

"금요일 저녁에… 우리 집으로 와."

"자두 집으로?"(고딕표시-인용자)

자두가 마을에 산다는 소식에 설렘도 잠시 헛소문에 두 사람은 마음고생을 좀 하기도 한다. 그래서 얼마의 시간이 지난 뒤 '내'가 용기를 내는 장면이다. 고딕체로 표시된 부분에 유의해서 보면 이야기의 연결과정이 물 흐르듯 자연스럽다. 노년에 이르니 사람에 대한 배려의 소중함을 깨닫게 하는 장면이기도 하다. 또 노년에 이르면 죽음에 대해 마주할 경우가 많다. 곁에 있던 친구들이 하나 둘 떠나는 모습을 보면서 밀려오는 허전함과 쓸쓸함에 먹먹할 때가 많다. 그렇다고 마냥 회피할 수만도 없다. 자연스럽게 죽음을 받아들일 수 있어야 한다. 그런데 노년에 이르면 주변의 죽음에 슬픔과 외로움을 겪기도 하지만 추억을 매개로 활력을 찾는다. 위의 인용문을 통해서도 드러나듯이, 문순태 소설의 서사는 이러한 연결이 자연스럽고 작위적이지 않은 특장을 지닌다. 세상풍파를 다 겪어왔건만 초등학교 여자 동창과의 순정을 이어가는 장면은 곱고도 정겹다. 소설의 결말에 이르면 초등학교 시절 주고 받았던 목걸이와 고무지우개를 매개로 서로의 순정을 확인하면서 두 사람의 사랑과 우정은 꽃을 피운다.

「은행잎 지다」는 조금 독특한 내용을 담고 있다. 이 작품은 49세쯤 되는 여성이 화자로 등장한다. 이 여성은 삶이 순탄치 못했으며 여러 직업을 전전하다 지금은 말기 암환자를 돌보는 요양보호사다. 이 작품은 여성 화자와 그녀가 고라니라고 부르는 시한부 청년과의 우의(友誼)를 그린 소설이다. 청년은 췌장암 말기환자로 3개월 전 대학병원 호스피스 병동에서 그녀를 처음 만났다. 그는 훤칠한 키에 눈에 띨 정도로 잘 생긴 꽃미남이었다. 그 무렵 이 여성은 1년여 동안 79세의 폐암 말기환자 간병에 심신이 메말라 있었다. 그런데 이상하게도 고라니를 본 순간 그의 옆을 지켜주고 싶어졌다. 화가 지망생인 고라니는 호스피스 병동에서 누워 죽음을 기다리기 싫다고 무등골로 내려오게 된다. 무등골에는 그의 외할아버지가 20년 전 정년퇴직을 하고 내려와 살던 황토집이 있기 때문이다. 고라니는 췌장암 말기로 3개월 시한부 진단을 받았다. 하지만 그는 암선고를 받고 백일째 되는 날에 이곳에 친구들을 불러 이른바 '백일잔치'를 하겠다고 한다. 청년이 이렇게 삶의 활력을 찾기 시작한 것은 요양보호사로 있는 여성의 헌신과 사랑이 크다. 말기 암환자의 고통을 곁에서 지켜보면서 청년의 아픔을 자신의 아픔으로 승화하는 다음 장면은 참신하다.

얼마나 잤을까. 맨홀에 빠진 고라니의 살려달라는 비명을 듣고 소스라치며 잠에서 깨어보니 주위가 깜깜했다. 내가 잠든 사이에 고라니가 불을 끈 모양이었다. …(중략)… 고라니의 손이 점점 배꼽 아래쪽으로 미끄러지듯 서서히 더듬어 내려가더니 잠시 치골 불두덩 위에 멈췄다. 고라니의 숨이 점점 거칠어졌고 꼴깍 꼴깍 마른 침 삼키는 소리가 들렸다. 그가 조심스럽게 내 불거웃을 쓰다듬었다. 손가락 끝이 바르르 떨렸다. …(중략)… 내 몸은 여자로 태어난 후 처음으로 오르가즘의 꼭짓점에서 포말처럼 산산이 부서졌다. 나는 그 순간 수치심도, 죄책감도, 부도덕하다는 생각도 없었다. 다만 나는 여자로서가 아닌, 어머니의 입장이 되어 따뜻한 모성애로 고라니를 받아들여 품어 안은 것이었다. 돌아올 수 없는, 먼 길 떠나는 고라니를 위해 마지막 위로가 되었으면 싶을 뿐이었다. 겨울을 기다리는 황량한 들판처럼 허허로운 고라니의 순결한 마음에 꽃잎 같은 점 하나를 찍었다는 생각을 했다. …(중략)…
"고마워요… 미안해요… 고마워요… 정말 미안해요."

한참 후에 그는 고맙다는 말과 미안하다는 말을 여러 차례 되풀이했다.

"꼭 엄마 같아요. 전 엄마의 사랑을 받지 못했거든요."

"그래 엄마라고 생각해. 나도 아들처럼 생각할게."

위의 장면은 추하거나 불결하지 않는 느낌을 준다. 화자를 통해서도 "어느덧 두 사람의 울음이 방안에 흥건했다. 울고 나자 수치심도, 부도덕함도, 무렴함도, 안타까움도 함께 씻겨 내려간 듯 오히려 기분이 개운해졌다."고 서술하고 있듯이, 독자 역시 비슷한 감정을 가질 것이다. 이렇게 자신의 고통을 함께 나눈 정을 생각하면서 청년은 백일잔치를 위해 마지막 생명에 불을 댕겨 고통을 참아가며 혼신을 다해 그림을 그리기 시작한다. 드디어 청년은 백일째 되는 날 가족들과 친구들을 집으로 초대해서 그림 전시회를 무사히 마치고 결국 여성 화자는 지상에서의 청년의 마지막을 지켜본다는 내용으로 꾸려져 있다.

이렇게 문순태의 소설은 좌절과 시련 속에서도 서로 의지하며 새로운 생명력을 싹 틔우기도 하고, 추억을 매개로 나이는 숫자에 불과한 초로의 우정과 사랑을 그리기도 하고, 또 젊은이의 시한부 삶을 정리해 가는 과정을 통해 삶의 다양한 모습을 축조해 내고 있다. 이러한 인물들이 만들어 가는 따뜻한 세계와 생오지의 공간성은 유기적인 연결성을 갖는다. 그의 소설 속에 나오는 인물들의 시선과 포용력은 생오지가 갖는 공간성과 합일될 때 가능한 지점이기도 하다. 다음에 살펴볼 노년소설에 이르면 이러한 세계를 지향하는 그의 작가의식이 더욱 더 다양하고 인상깊게 드러나 있다.

2. 관용과 따뜻함의 미학, 노년소설의 정수(精髓)

이번 창작집에는 노인들이 자주 등장하고 있는 점에 대해서는 앞에서도 서술한 바 있다. 노년의 기준이 각기 다르다고는 하지만, 대체로 60세 이상 혹은 65세의 전후를 기준으로 하여 그 이상의 연령대를 지칭할 때, 우리나라 노인의 경우 유년시절에 한국전쟁을 겪거나 더 거슬러 올라가면 일제 강점기를 겪으면서 정신적으로 많은 시련을 겪은 세대다. 그들은 격동기의 현대사와 변화를 온몸으로 겪은 세대이기도 하다. 작가 역시 자연인으로서 노년기를 맞는다. 따라서 노년기에 접어든 작가들이 자신의 경험과 삶을 올올이 창작품으로 형상화 했을 경우 그것이 갖는 문학적 의미와 자산을 소홀히 할 수 없는 측면을 지닌다.[3] 노년소설의 주요 소재가 죽음의 문제를 비롯해 우리 삶의 본질을 환기시켜 주는 화두를 자연스럽게 등장시키는 점도 소홀히 할 수 없는 요소다. 나아가 노년기에 접어든 작가들의 노년소설을 통해 우리는 인간의 삶과 사회현상 그리고

---

3) 노년기에 이른 작가들에게 노년소설 창작의 당위성을 강조하려는 의미는 아니다. 작품의 소재는 영역의 제한을 받아서는 안 되기 때문이다. 작가의 역량과 특장을 얼마나 잘 발휘할 수 있느냐가 관건이어야 한다. 다만, 노년기에 이른 작가들 스스로 노년의 삶과 관련해서 혹은 노년의 작중인물 성격화 과정이 보다 더 핍진성을 갖는다는 점에서 순기능적인 측면을 강조하고 싶을 뿐이다.

세상을 꿰뚫어 보는 작가의 안목과 연륜이 묻어있음을 발견할 수 있을 뿐 아니라 수작(秀作)이 적지 않은 문학현상에 대해 우리는 주목할 필요를 느낀다.[4] 노인들이 우리 사회의 발전에 기여해 온 측면, 사회적 소외, 경제적 빈곤, 건강악화, 노인학대 등과 관련해서 현대소설에서는 어떻게 묘사하고 대상화해 놓고 있는지를 따져볼 필요가 있기 때문이다.[5] 하지만 작금의 우리의 현실은 강퍅하게 변하고 있다. 노인들은 뒷전으로 밀리기 일쑤다. 문순태의 소설에 등장하는 노인들이 대체로 삭막한 사회로 변해가는 세태를 따뜻하게 포용하고 관대하는 건강성을 유지한 것도 이러한 세태의 역설적 반영일 것이다. 문순태의 소설 「시소 타기」에 등장하는 여성 노인도 그러한 경우에 해당한다.

1층 33평에서 홀렁하게 혼자 사는 조소래 할머니는 단독주택에 살다가 5년 전 이곳 아파트로 이사왔다. 조소래 할머니가 화단이 있는 1층을 고집한 것도 모란 재배 전문가였던 남편이 단독주택에 심어두었던 다섯 그루를 옮겨 심고 싶었기 때문이다. 그런데, 이 아파트에 말썽꾸러기 재벌이라는 소년(동네 노인들은 도둑고양이라고

---

4) 노년기에 접어든 작가들이 노년의 삶과 일상을 주요 소재로 해서 노년소설을 창작한 경우 비교적 젊은 작가들이 노년소설에 부합하는 작품을 쓴 경우보다 상대적으로 서사의 핍진성과 호소력을 갖는다. 이것은 작품의 수준이나 완성도와도 자연스럽게 연결되기도 한다.
5) 문학적 관심을 떠나 사회적인 당위성을 지닌다. 사람이 늙지 않을 수 없으며 늙지 않는 사람도 없다. 노후의 편안한 삶은 각 개인의 능력에 달린 문제로 볼 수도 있겠으나, 최소한 노인들이 사회로부터 버림받고 푸대접받는 사회 풍토는 지양해야 마땅하다. 노인으로부터는 삶의 경륜을 배우고, 젊은이는 도전과 패기를 일깨워 줌으로써 조화를 이룰 때 그 사회는 건강하고 미래도 밝을 것이기 때문이다.

부른다)이 살고 있다. 어느 날 조소래 할머니는 홀로 놀이터에서 놀고 있는 소년과 시소를 타게 된다. 시소를 함께 타는 동안 모처럼 웃는 소년의 모습을 보면서 자신의 마음도 뿌듯하다. 그런데 그 근처를 지나던 아파트 경비원을 보자 불안해 하는 소년을 본다. 조소래 할머니는 마치 자신의 손자인양 손목을 잡고 자신의 아파트로 소년을 데려온다. 할머니는 화단 쪽 창문을 활짝 열고 모란꽃을 내려다보면서 소년에게 말을 건넨다.

"모란꽃은 씨를 뿌리고 나서 구 년이 지나야 꽃을 피운단다. 구 년만에 여덟 개의 꽃잎이 피는데 이것을 팔중이라고 한단다. 그리고 해가 거듭할수록 꽃잎이 많아져 천중, 만중이 된단다. 만중이 되면 꽃잎이 너무 무거워 꽃이 제대로 고개를 쳐들 수조차 없게 되지. 꽃이 피어 만중이 되기까지는 꼬박 십사 년이 걸린단다. 제대로 꽃을 완성시키는 데 십사 년이 걸리는데 하물며 사람이야 사람구실 하기까지는 오죽 세월이 오래 걸리겠나. 재벌이 너도 서두르지 말고 열심히 살면 언젠가는 네 이름대로 재벌이 될 수 있을 게야."

조소래 할머니는 평소 남편이 집에 오는 손님들에게 해주곤 했던 이야기를 꼬맹이한테 말해주었다. 꼬맹이는 아무런 반응도 없이 잠자코 듣기만 했다.

"얼른 저녁밥 지어줄 테니께 앉아서 입맛 다시고 있거라."

조소래 할머니는 칸막이 목기에 호도며 잣, 땅콩을 담아 탁자 위에 놓았다. 그때 탁자 위에서 전화벨이 다급하게 울렸다.

　"백삼호 모란꽃 할머니 맞죠? 별 일 없지요? 여기 경비
실인데요. 혹시 쫌 전에 놀이터에서 같이 있던 아이가 백
구동 도둑고양이 아니었남요?"

　경비원의 목소리가 어찌나 찌렁찌렁 울리던지 꼬맹이
귀에까지도 들렸다. 조소래 할머니가 호도를 먹고 있는
꼬맹이를 보았다. 순간 꼬맹이의 눈알이 바삐 움직였다.

　"아녀요. 우리 손자 놈인디요."

　"아, 그래요. 도둑고양이 보면 경비실로 연락 주세요."

　할머니는 신경질적으로 송수화기를 놓고는 텔레비전
을 켠 다음 리모컨을 꼬맹이 손에 쥐어주었다.(고딕표시-
인용자)

　소년은 양어머니의 홀대 속에서 마음대로 집에 못 들어가는 경
우가 다반사이고 배고픈 날도 많다. 동네에서는 말썽을 피우기 일
쑤다. 양어머니의 방치에도 불구하고 소년은 보육원에는 들어가기
싫어한다. 인용한 장면에서는 그러한 소년을 자신의 손주처럼 연민
의 정으로 안아주는 할머니의 따뜻함이 묻어나온다. 모란꽃은 할머
니의 남편으로 등치되기도 하지만 어린 소년의 이미지와도 겹쳐진
다. 모란이 꽃을 피우기 위해 기다림이 요구되듯이 말썽꾸러기 소
년에게도 주위에서 따뜻한 배려를 받으면 장차 꽃을 피울 날에 대
한 기대를 하게 한다.

　「아버지의 홍매화」는 초로의 남성이 화자로 등장한다.　'나'(화

자)는 매화축제에서 홍매화를 본 뒤부터 머릿속에서 아버지의 매화나무가 어른거린다. 아버지는 서른넷에 아랫마을에 사는 여자 오빠에게 발동기를 사주고 머리를 얹어 열아홉 살 홍매를 기생집에서 데려왔다. 화자가 초등학교 입학하던 해에 그 집에 홍매화를 심어 지금은 60년이 넘어 제법 교묘한 자태를 갖추고 있을 것으로 짐작된다. 그런데 누나가 그 집에 살면서 홍매화를 다른 사람에게 팔아버렸다는 사실을 알고 상심이 크다. 누대로 살던 집까지 판 아버지가 홍매와 함께 살던 집터를 그대로 남겨둔 것은 홍매에 대한 애착이 컸을 것으로 헤아린다. 하지만 한국전쟁으로 집안이 기울자 홍매는 아버지 곁을 떠나고 아버지는 홍매를 찾아 사나흘 아니면 열흘이나 보름만에 거지꼴로 돌아와서 몸살을 앓곤 했다. 화자는 어머니를 불행하게 만들고 가정을 파탄나게 한 홍매지만 아버지의 지극한 사랑에 대해 한편으로 이해하게 된다. 누나가 판 홍매화를 찾고 주인에게 사정을 얘기해서 아버지의 묘소에 심은 뜻도 아버지의 지극한 사랑이 조금은 헤아려지기 때문이다. 돌이켜 보면 나이가 들면서 하찮게 생각했던 것들도 소중하다는 것을 절감했던 것이다. 비록 화자에게 다정다감하지 않았던 아버지이지만 세월이 흘러 자신도 노년에 이르고 보니 아버지의 정이 새삼 그립고, 아버지의 속 깊은 마음과 아픔도 헤아려지게 된 것이다. 아버지를 생각하는 그리운 마음을 화자를 통해 다음과 같이 표현하고 있다.

지난날의 기억들이 다 그리웠다. 어려서, 홍매 때문에 아버지한테 구박을 받고 속을 끓여 눈물 마를 날이 없는 어머니를 볼 때마다, 두 주먹을 불끈 쥐곤 했던 분노와 원망과 미움마저도 아련한 그리움으로 살아났다. 어머니를 불행하게 만들었고 가정의 평화를 깨뜨려 친지들로부터 지탄 받았던 아버지와 홍매의 사랑마저도 슬픈 전설이 되어 그리움의 붉은 꽃으로 피어난 듯싶었다. 비록 축복이 아닌 비난 속에 피어난 사랑이라 할지라도 이 세상 모든 사랑은 오랜 시간이 지나면 전설이 되어 기억 속에 그리움으로 살아남게 되는 것인지도 몰랐다.

소설 속의 지문처럼 나이가 들면 지난 시절에 대한 회환과 그리움이 있기 마련이다. 아버지에 대한 허물과 원망하는 마음도 세월의 흐름 속에 막연한 그리움으로 대체된다. 이처럼 위의 작품은 아버지가 생전에 심은 홍매화를 매개로 아버지의 신산한 삶을 반추하면서 부정(父情)을 생각하는 화자의 정서가 잘 드러나 있다. 어느덧 노년기에 접어든 화자의 심경이 홍매화(혹은 홍매)와 조합을 이루며 서사가 진행된다.

하지만 작금의 현실은 소설의 장면처럼 노년기에 접어든다고 해서 모든 것이 그립고 소중한 것들로 아로새겨져 있지 않다. 외로움과 쓸쓸함이 일상으로 다가오는 경우들도 적지 않다. 어쩌면 그러한 일상의 반복이 더 많을 것이다. 때론 전화를 기다리면서도 받기 싫은 경우도 부지기수다. 여기서 전화는 사람들과의 부대낌을 은유화한 장치이다. 전화가 오지 않는 날은 사람들과 단절되는 것 같아 불안하고 외롭다. 그러나 정작 사람들과의 만남을 회피하고 싶은 경우도 많다. 오랜만에 받아보는 전화에서 친구의 부음 소식을 들으면 외롭고 쓸쓸한 마음의 여운이 더 길다. 이런 저런 핑계를 대며 연락을 못했던 것에 대한 미안함과 회한이 밀려오기도 한다. 이러한 노년의 정서를 잘 표현한 작품이 「휴대폰이 울릴 때」이다. 이런 점에서 「휴대폰이 울릴 때」는 노년의 쓸쓸함과 허허로움이 짙게 배어 있는 소설이다.

이런 맥락에서 「돌담 쌓기」도 노년소설의 범주에 드는 가작(佳作)이다. 사립학교 교사로 재직하다 3년 전 정년을 한 남성의 시각에서 아버지가 초점화의 대상이다. 홀로 사는 85세의 아버지를 모시기 위해 아내와 함께 시골에 내려와 살고 있는 남성 화자의 시각에서 서사가 진행되고 있다. 화자의 아버지는 30여 년 동안 시내버스 기사를 해서 4남매를 대학까지 보냈을 만큼 억척스러운 삶을 일구어 왔다. 그런데 아버지는 어머니를 여의고 난 전후로 '돌담쌓기'를 지속한다. 그런데 아버지가 쌓는 돌담이 좀 이상하다. "대문이 있었던 집 앞은 막을 생각을 하지 않고 양쪽 옆에만 돌로 쌓겠다는 것"이고 "돌담으로 집을 둘러쳐 막지 않고 집 앞과 뒤는 그대로 둔 채 양쪽만 막겠다니"고 하니 화자는 그런 돌담을 무엇 때문에 쌓겠다고 하는 것인지 이해할 수가 없어 무심한 편이다. 담이 아니라 바람의 통로를 만들고 있는 것 같기도 했다. 더욱이 아버지가 쌓는 담은 높이가 허리춤에도 미치지 못해 담 같지가 않다.

그런데 아버지는 돌을 쌓기 시작하면서부터 다른 사람으로 변해가는 것 같다. 그전까지 아버지의 인생관은 건강하고 즐겁게 사는 것이었다. 하지만 지금은 비록 고통스럽더라도 뜻있게 살아야한다는 게 아버지의 생각인 것 같다. 화자도 그런 아버지의 '돌담 쌓기'를 조금씩 이해한다는 내용이 이 소설의 중심 서사이다. 그럼 아버지의 '돌담 쌓기'에 담겨있는 의미는 무엇인가? 화자의 입을 통해 "아버지가 새로 쌓은 돌담은 경계를 막는 벽이 아니라 지나가는 마을 사람들이며 파란 보리밭. 바람과 물소리와 이야기하기 위해 문을 열고 길을 튼 것이라는 생각"이 든다. 화자의 자식들이 모처럼 내려온다는 소식에 아내는 아들이 좋아하는 수수부꾸미 만들어 줄 생각에 들뜨고, 자신은 손주에게 주려고 땅에 떨어진 자두 꼬투리를 매다는 모습을 보고 "인생이란 평생 마음을 쌓는 것인지도 모르겠다"고 혼잣말처럼 나지막하게 중얼거리는 아버지의 말을 곰곰이 되씹어 보게 된다. 학수고대하던 아들은 회사에 급한 일이 생겼다며 못 내려온다는 소식을 전해온다. 상심한 화자는 아버지의 돌담 쌓는 심정도 헤아려지고 아버지의 '돌담쌓기'를 거들게 된다. 이런 과정을 겪으면서 "인생이란 그냥 특별한 변화 없이 똑 같은 모습으로 잔잔히 흐르는 물이거나 바람, 시내버스나 자전거의 한결같은 움직임이 아닐까 싶다"는 화자의 생각을 통해 이 소설의 주제를 암시해 준다. 이처럼 이 소설은 초로의 시각에서 팔순을 넘긴 아버지의 '돌담 쌓기'를 통해 인생의 의미를 곱씹어 보는 내용이다. 전체적으로 잔잔하면서도 웅숭깊다.

앞에서도 일별(一瞥)한 바와 같이, 문순태의 소설은 노년소설의 성격을 두루 구비하고 있다. 무엇보다도 작품 속의 노인들은 대체로 건강성과 검질긴 생명력을 갖고 있다. 격동의 현대사를 거쳐 오는 동안 여러 형태의 트라우마(trauma)를 안고 있건만, 서로의 상처를 들춰내 덧내는 것이 아니라 용서와 화해의 인간성을 복원하려는 건강성을 지닌다. 그렇다고 문순태의 작품 속에 나타난 노인상은 노년의 삶을 과장하거나 미화하려고만 하지 않는다. 그것은 작금의 현실과는 거리가 멀기 때문이다. 그의 노년소설은 노년의 삶을 소재로 하면서 때로는 진술하게 노년의 삶이 안고 있는 여러 형태의 소외와 밀려남, 무력감을 드러내기도 하지만, 다양한 노년상의 설정을 통해 노년의 삶이 안고 있는 다양성과 다층성을 제대로 아우르고 있다. 이것은 노년소설의 한 유형으로서 중요한 의미를 지니거니와 노년소설의 가능성을 가늠해 보는 데에도 유익한 점을 지닌다.[6] 과거 노년소설의 모습과는 일정한 차별성을 보이고 있기 때문이다. 문순태는 근래 들어 노년소설을 활발하게 창작해 왔을 뿐 아니라 노년소설의 지향점을 제대로 짚고 있다는 점에서도 그의 노년소설은 문제성을 지닌다. 이번 소설집을 통해서도 그러한 면모들이 입증되고 있다.

3. 굴곡진 역사의 상흔과 치유

「안개섬을 찾아서」, 「시계탑 아래서」는 이번 소설집에 수록된 작품들 중에서 결이 조금 다르다. 두 작품의 경우도 노인이 주요

---

6) 문순태 외에도 노년소설의 창작에 지속적인 관심을 기울이면서 수작(秀作)을 발표한 경우를 든다면, 박완서, 최일남, 한승원, 김원일, 김문수, 홍상화, 오정희 등을 들 수 있겠다. 보다 구체적인 것은 전흥남, 『한국현대노년소설연구』, 집문당, 2011 참조.

인물로 등장하거나 화자로 나온다. 따라서 노년의 관점에서 삶을 바라보고 삶에 담긴 의미들이 잘 드러내고 있다. 그런데, 위에 열 거한 두 작품은 굴곡진 현대사의 상흔과 트라우마와 관련된 작품 들이라는 점에서 다른 작품들과 차별성을 지닌다. 문순태의 대하 소설 『타오르는 강』의 경우는 일제강점기 부두 노동자의 삶과 수 난을 배경으로 하고 있으며, 작가 문순태는 한국전쟁, 5·18 등 굵 직한 현대사를 배경으로 한 작품들을 적지 않게 써 왔다. 문순태의 이러한 소설들이 일관되게 지향하는 특징 중의 하나도 현대사의 질곡 속에서 수난당하는 개인의 삶과 상처에 대한 치유와 화해에 대한 탐색이다.

　　그런데 그의 소설의 특장은 민감한 역사적인 소재를 소설로 형 상화해도 "문학에 덧씌어진 환상에 현혹되지도 않지만, 급진적인 이념이나 이론의 틀에 갇히지도 않는다."[7] 동시에 문순태의 소설에 소외된 계층의 서민층이 주요 인물도 등장하는 것도 계급주의적(혹 은 계급투쟁적)인 관점에 입각해 있다기보다는 그들에 대한 관심과 애정의 일단을 드러낸 것이고, 나아가 역사를 밀고 나가는 주체 세 력으로 한 사회의 지배세력이 아니라 장삼이사의 서민층을 설정한 것도 그의 역사관과 보다 더 밀접한 관련을 지닌다. 아래에서 언급 하게 될 작품들은 이러한 맥락에 놓인다.

　　「안개섬을 찾아서」는 실종된 형님을 찾아나서는 초로(初老)가

---

7) 황광수, 『소설과 진실』, 해냄, 2000, 머리말. 위의 표현은 황광수가 조정래의 소설세 계를 살피고 한 말이지만, 문순태의 소설 세계에도 그대로 적용된다고 볼 수 있겠다.

화자가 등장한다. 지도에도 없는 남쪽바다 끄트머리 작은 노루섬에 실종된 형님을 발견했다는 소식을 듣고 형님을 찾아나서는 얘기로 시작된다. 형님과 나는 노루섬과 관련해서 떠올리고 싶지 않은 아픈 기억이 있다. 아버지는 그곳에서 행방불명이 되었고 형과 나는 도망치듯 섬을 빠져나왔었다. 노루섬을 생각하면 배고픔과 두려움, 외로움과 슬픔이 한꺼번에 몰려온다. 더욱이 그 섬에서 2년을 살았고 바다에 나간 아버지가 살아 돌아오지 못했으며, 살기가 막막해지자 우리 형제가 아버지의 친구였던 집 주인의 돈을 훔쳐 도망쳐 나온 이야기는 누구에게도 할 수 없었다. 훔쳐온 돈 덕분에 서울에 정착할 수 있는 터전을 마련했고, 두 형제는 대학까지 나와 교직에 종사하다 지금은 정년을 한 상태이다. 노루섬에서의 그나마 좋은 기억이라면 형님이 처음 본 새라며 슴새를 무척 좋아했던 기억뿐이다. 나는 실종되기 전 어렴풋이 형님이 했던 말을 되새겨 본다. 형님은 정신없이 뛰어오느라고 소중한 것을 어디엔가 두고 온 것처럼 허전하다고 했다. 지금 불행하지는 않지만, 외롭고 슬프고 늘 허기졌던 지난날을 생각하면 모든 것에 감사하게 생각하면서도 찬바람이 가슴을 뚫는 것처럼 헛헛하다고 했다. 그러면서 형님은 지금 할 수만 있다면 68세부터 시작해서 유년시절까지 인생의 필름을 되돌려가면서 거꾸로 살아보고 싶다고 했다. 그래서 두고 온 것, 미처 보지 못했던 것, 느끼지 못했던 것, 잘 못했던 것, 소홀히 했던 것, 남에게 상처 주었던 것들을 하나하나 되짚어보고, 잘못한 것은 되돌리고 용서받고 싶다고 했다. 노루섬은 나와 형님에게 아픈 기억으로 자리한다. 아버지는 낯선 땅에서 철저하게 은둔하기 위해 노루섬을 택하였다. 일종의 현실도피라고 할 수 있겠다.

　그 사연은 이렇다. 지금부터 55년 전, 1955년에 한밤중에 총부리를 겨누며 지서장 집으로 가자는 욱대김에 아버지는 길 안내를 하게 되고, 그날 밤 지서장 식구 다섯이 살해되고, 아버지는 빨치산과 내통했다는 이유로 2년 동안 감옥살이를 하고 나온다. 결국 아버지는 사회주의자라는 빨간 딱지가 붙어 고향에서 더 이상 살 수 없게 되고 외딴 노루섬으로 들어선 것이다. 이 소설에서 형님이 유독 좋아했던 '습새'의 등장은 상징적이다.

　　바다와 하늘에서 강한 습새는 땅 위에서는 약하고 불안해보였다. 땅 위에서는 다리를 곧추 펴지도 못하고 15도 정도 어슷하게 굽혀서 기듯이 걷는 모습이 우스꽝스러웠다. 형님은 내게 습새에 대해 자세히 이야기해주었다. 바다에서 사는 습새는 한여름 번식기에 딱 한 번, 그것도 해가 진 다음에야 상륙을 한다고 했다. …(중략)… 습새는 1년에 알을 딱 하나만 낳는데, 그 단 하나의 알은 습새에게 삶의 전부라고 했다. 습새는 땅굴을 파고 낙엽을 끌어다 둥지를 만들고 알을 낳으며, 비가 와서 둥지가 물에 잠겨도 절대 떠나지 않고 알을 품고 있다고 했다. 나는 형님의 이야기를 들으며 집을 나간 엄마를 생각했다. 습새는 또 암놈과 수놈이 열흘간씩 번갈아가면서 알을 품으며 알을 품지 않을 때는 상대의 먹잇감을 구한다고 했다. 습새는 철저한 일부일처제로 금슬이 좋다는 말을 했을 때도 엄마 아빠를 생각했다. 나는 노루섬에 있는 동안 습새를 통해 많은 것들을 배

웠다.(고딕표시-인용자)

　형님에게 '슴새'는 어떤 의미를 지닐까. 이 소설의 행간에 두 형제가 슴새를 좋아한 이유가 "하늘에서는 가장 멀리 나는 새일지라도 땅에서는 걷는 것조차도 서투른 것이 재미있었다. 어른이 되어서 깨닫게 된 일이지만 슴새가 땅 위에서도 하늘에서도 다 완벽했더라면 형과 나는 슴새를 그렇게 좋아하지 않았을지도 모른다. 한쪽이 완전하면 다른 한쪽은 불완전한 것, 그리고 불완전과 완전이 서로 보완하고 조화를 이루는 것이 더 아름답고 생각했다"고 한 대목을 추단(推斷)해 볼 때, 슴새는 지난날 자신의 삶을 돌아보는 매개물이자 '낙원'의 상징이리라. 또한 슴새는 앞으로 우리가 꿈꾸어야 할 세상과 사회도 경쟁과 완벽을 지향하기보다는 서로가 부족한 부분을 채워가며 사는 세상에 대한 염원이 투영된 것이기도 하다.

　동생과 아들이 자신을 찾아왔지만 형님이 끝내 나타나지 않는 것은 과거 자신이 살았던 세계로의 회귀를 거부하는 의지를 표현한 것이다. 형님의 이런 속뜻을 조금이나마 알아챈 동생은 조카의 완강한 반대에도 불구하고 결국 형님을 찾는 발길을 돌리고 만다. 따라서 소설의 결말에 이르면 조카와 나는 노루섬으로 형님을 찾아가지만 그가 안개섬으로 간 것 같다는 마을 사람들의 얘기를 전해 듣는다. 형님은 동생과 아들이 자신을 찾고자 노루섬으로 왔다는 것을 알고 일부러 피한 것이다 결국 안개섬으로 찾아가지만 형님은 끝내 나타나지 않고 '나'는 형님을 이런 속뜻을 누구보다도 잘 알고 있기에, 또 자신도 그러한 세계를 동경하는 입장에서 발길을 돌린다.

「안개섬을 찾아서」가 한국전쟁을 전후로 한 이데올로기를 작품의 원경(遠景)으로 했다면, 「시계탑 아래서」는 5·18을 배경으로 한 점에서 보다 직접적으로 역사 기억을 다루고 있는 작품이다.

이 작품의 주인공 역시 35년 전 청년시절 5·18을 겪었으며 시민항쟁 마지막 날까지 철가방 현식이와 함께 도청에 있었던 노인이 화자로 나온다. 노인은 그때 다리를 다쳤고 감옥에도 갔다 왔다. 고문을 당할 때 주먹뺨을 맞은 후유증으로 모든 소리가 지나치게 크게 들릴 정도로 청각과민증을 앓고 있다. 그런데 골짜기 숲속에 비닐하우스를 만들고 야생화를 기르는 동안 청각과민증을 앓아도 되지 않을 정도로 호전된 상태다. 그런데 항쟁의 상징 시계탑이 35년 만에 제자리에 돌아온다는 기사를 보고 항쟁과 관련한 기억들이 떠오른다. 꼭대기가 파란 하늘에 젖어있는 시계탑 그림과, 막내 이모를 닮은 여자와 Y.J.KIM이라는 시인과, 현식이 흥얼거리던 김추자의 '거짓말'이라는 노래가 뇌리에서 부스럭거린다. Y.J.KIM이 누구인지 알아보기까지 한다.

이렇게 이 소설은 5·18상징인 시계탑이 제자리에 돌아온다는 기사를 접하면서 35년 전 항쟁의 기억을 떠올리면서 시계탑 제막식에 성장한 아들과 함께 역사의 현장을 공유하는 내용을 담고 있다. 아버지와 아들이 나누는 대화의 한 대목을 통해서 5·18의 역사성과 그 계승의 가치에 대한 핵심이 자리하고 있다.

"아버지, 저는 저 시계탑의 시간과 사람들 시간이 다르다는 것을 알았어요."

나는 아들의 말을 잘 이해할 수가 없어 잠자코 있었다.

"시계탑의 시계바늘은 시간을 가리키고 있는 것이 아니라 역사를 가리키고 있다는 생각이 들어요."

나는 그때야 아들이 무슨 말을 하고 있는지 대충 어림할 수가 있었다.

"하긴 누가 시간을 알려고 시계탑을 보겠느냐?"

그렇게 말하는 순간 공중전화부수 옆에 쪼그리고 앉아 있는 낯익은 청년의 모습이 경중경중 다가오고 ,현식이 새벽이 올 때까지 계속 흥얼거리던 '거짓말'이라는 노래가 아련하게 들려오면서, 막내 이모를 닮은 여자가 부유하듯 시계탑 주변을 맴돌았다.

필자는 다른 지면에 문순태의 5·18 관련 소설에 나타난 '기억'의 방식을 통해 '5월 광주'를 어떻게 서사화하고 있으며, 또 이것이 갖는 문학적 의미를 고찰한 바 있다.[8] 이외에도 문순태의 소설 속에는 여러 형태의 트라우마들이 등장하는데 그 중에서도 '광주항쟁'과 관련된 작품들로는 「일어서는 땅」, 「최루증」, 「녹슨 철길」 그리고 장편 『그들의 새벽』 등을 들 수 있다.[9]

---

8) 졸고, 「5·18광주민주화운동과 '기억'의 방식」, 『현대소설연구』제58호, 한국현대소설학회, 2015. 4.
9) 심영의는, 문순태의 5·18관련 소설들을 분석하면서 '광주'라는 서사공간을 죽음과

문순태는 5·18 당시 기자의 신분으로 현장을 생생하게 목격하고 기록했다. 그는 지식인이자 작가로서 역사적 부채감을 안고 4~5편의 5·18 관련 소설을 쓰기도 했다. 그런데, 공교롭게도 그가 5·18 관련 소설을 대략 7~8년여마다 1편씩 썼던 점도 우연으로 돌릴 수만은 없을 것 같다. '실체적 진실'을 확보하는 것 못지않게 '서사적 진실'의 확보를 통한 '기억의 투쟁'과도 무관할 수 없다고 보기 때문이다. 장편소설 『그들의 새벽』의 경우도 '집단 기억'의 방식을 통해 5·18의 지속적인 관심과 미래 세대 계승의 한 방식을 보여준 점을 주목해야 할 것이다. 「시계탑 아래서」는 이러한 연장선상에서 5·18의 현재성과 역사성, 그 계승적 가치를 시계탑을 매개로 형상화한 작품이다. 이 소설을 통해서도 알 수 있듯이, 문순태의 5·18 관련 소설은 편향된 이념의 스펙트럼이나 도식적인 계급투쟁에 함몰되지 않으면서 균형 감각을 견지하고 있다는 점에서도 시사해 주는 바가 크다. 동시에 한 개인의 삶과 수난을 통해 5·18의 역사성과 현재적 가치, 그리고 미래성을 설득력 있게 제시하고 있다는 점도 주목할 만하다.

삶이 혼재하는 장소, 트라우마와 죄의식의 생성 공간, 윤리적 분노와 저항의 공간으로 의미화한 점을 주목했다. 보다 구체적인 것은 심영의, 『5·18기억과 그리고 소설』, 한국문화사, 2009, 182-196쪽 참조

4. 맺으며 : 과제를 떠올리며

앞에서 살펴본 바와 같이 문순태의 소설들은 따뜻함과 관용이 배어 있다. 한마디로 사람냄새가 난다. 소설 속에 등장하는 노년기에 이른 작중인물들의 면면을 보면 인간에 대한 신뢰와 사랑이 깔려 있다. 인간은 서로 의지하며 더불어 사는 존재로 그려져 있다. 그렇다고 그의 소설은 현실을 외면하지는 않는다. 노년기에 이르면 밀려오는 외로움과 죽음에 대해서도 더 이상 회피하지 않는다. 정면으로 응시하면서 인간의 유한함을 통해 지금보다 더 서로 사랑하고 관대해질 것을 넌지시 주문한다. 그래서 문순태의 소설을 읽으면 삶의 지혜가 묻어나고 가슴이 따뜻해진다. 동시에 우리에게는 다음과 같은 과제도 주어진다.

첫째, 문순태의 소설은 분단시대, 5·18을 비롯한 역사적인 측면, 생명과 환경의 문제 등 여러 가지 다양한 주제를 갖고 있는 바, 그것의 변모과정을 고찰하는 작업이 수반되어야 할 것이다. 특히 문순태의 소설에 나타난 자연의 생태 묘사와 인물의 성격화, 나아가 자연과 인간의 어우러짐을 고찰하는 작업은 그의 소설의 줄기에 해당한다. 이는 그의 소설에 등장하는 인물의 성격과 자연의 융합을 통한 작품의 미학성과도 자연스럽게 연결되고 있다.

둘째, 노년기에 쓴 '생오지 계열' 소설이 갖고 있는 생태성과 그것의 변모양상을 고찰하는 작업도 소홀히 할 수 없을 것 같다. 문순태 소설의 풍경묘사와 서사성은 잘 빚어진 항아리와 같이 그 정합성이 뛰어나다. 이러한 서술이 갖는 특장과 미학성을 구명하는 문제도 우리에게 주어진 핵심 과제로 보인다.

셋째, 노년기에 쓴 노년소설이 갖는 문제성과 그 지향점을 제대로 짚고 넘어갈 필요를 느낀다. 문순태의 노년소설은 노년이 화자로서 등장해서 노년의 삶이 갖는 여러 모습을 다층적으로 제시함과 더불어 포용과 관대의 시선을 통해 노년소설의 지향점을 제시하고 있다.

넷째, 작가들을 흔히 '언어의 채굴사'라고 칭하는만큼 사라져 가는 우리말의 복원은 작가의 관심사항이다. 특히 문순태는 소설 창작과정에서 '우리말 어휘사전'을 족히 만들 정도로 우리 고유의 말을 발굴하고 복원하는데 정성을 많이 기울였다. 이러한 점을 염두에 둔 우리 말의 발굴과 복원 양상에 대해 조명하는 작업이 요구된다.

이외에도 문순태 소설의 자장(磁場)은 광활하고도 깊다. 앞에서 열거한 과제들은 문순태의 소설을 노년소설의 범주에 놓고 볼 때 연구자들이 생각해 보아야 할 것을 거칠게 나열한 것에 불과하다. 그의 소설을 전체적으로 제대로 조망하기 위해서는 주제별로, 문체별로, 시기별로 다양한 연구방법이 수반되어야 한다. 인간성이 날로 메마르고 삭막해지는 작금의 현실에서도 그의 소설을 읽으면 따뜻한 시선과 포용의 정신이 중요하다는 점을 절실하게 깨닫는다. 나아가 관용과 포용의 정신을 부각시키는 과정에서 자칫 공허해 질 수도 있건만 소설 속의 인물에 동화되어 전해지는 그 울림은 결코 공허해지지 않는 묘한 흡인력과 공감을 유도한다. 이런 점은 독자들로 하여금 문순태 소설의 매력에 빠지게 한다. 이는 소설을 향한

작가의 구도자적 자세와 치열성에서 품어져 나온다는 점을 아무리
강조해도 지나치지 않다.